dtv

Witzig und wunderbar chaotisch ist diese Geschichte eines jungen Londoners mit Collegeabschluß und öden »McJobs«. 28 Jahre alt und bei seiner Schwester untergekrochen, lebt er von Samstagabend zu Samstagabend. Träume ja, aber kaum Chancen, etwas anderes als Buchhalter zu werden und in einem Wohnklo mit orangefarbenen Gardinen zu enden. Aber dann führt ihn zufällig ein Job ins Allerheiligste einer Privatbank. Die Versuchung ist einfach zu groß, und schon ist auch der Plan da – verrückt, kriminell, gewaltlos und lukrativ. Allein ist er nicht zu schaffen, aber wozu hat man eine Clique? Und das Fluchtauto, ein weißer Mercedes mit Heckflossen, das fährt die »Schwarze Witwe« mit dem superflachen Bauch, Suzy ... »Ein großartiger Erzähler ... ein witziges und komisches, zugleich ernsthaftes und leichtes, einsichtsvolles und unterhaltsames, tempo- und abwechslungsreiches, kurzum ein gutes Buch«, meinte Hans Dieter Heimendahl im ›zitty‹. Und die ›Wienerin‹ erklärte es zum »größten Lesevergnügen seit langem«.

James Hawes, geboren 1960, ist nach einem Literaturstudium und Gelegenheitsjobs heute Dozent für deutsche Literatur am University College in Swansea. Er lebt in Cardiff.

James Hawes

Ein weißer Mercedes mit Heckflossen

Roman

Deutsch von Wolfgang Mittelmaier

Deutscher Taschenbuch Verlag

Für Teresa

Ungekürzte Ausgabe
August 1998
Deutscher Taschenbuch Verlag GmbH & Co. KG,
München

Titel der englischen Originalausgabe:
›A White Merc with Fins‹
(Jonathan Cape Ltd., London)

Umschlagkonzept: Balk & Brumshagen
Umschlagfoto: © Privatbesitz
Gesamtherstellung: C. H. Beck'sche Buchdruckerei,
Nördlingen
Gedruckt auf säurefreiem, chlorfrei gebleichtem Papier
Printed in Germany · ISBN 3-423-12508-X

Inhalt

1. Wie man nach Moskau kommt 11

2. Ein Glatzkopf in einem Wohnklo 25

3. Achselhöhlen und ähnliches 49

4. Außerirdische vom Planeten Gold 87

5. Umgebung Umgebung Umgebung 117

6. Das weiße Rauschen 129

7. Suzy auf dem Planeten Erde 155

8. Eine dicke walisische Tucke mit Tätowierungen 163

9. Ein Lagerfeuer in der Ferne 195

10. Auster-Montag 207

11. Ein wunderschönes, maßstabgetreues Modell des Lebens 217

12. Die Wunderwirkung von Prozac 245

13. Das Spiel Verlaß-die-Erde 267

14. Mit einem 22er Dumdumgeschoß direkt zwischen die Augen 277

15. Und Suzy nickte einfach 309

16. Das kollektive Unbewußte im Zeitalter des Autos 317

1. Wie man nach Moskau kommt

Brady wollte eine richtige Knarre, er bestand auf einem echten Ballermann. Das dicke Rindvieh stellte sich auf, schlug mit seinen fetten Pranken auf den Tisch und brüllte, daß wir ihn mal kreuzweise könnten, wenn er keine verdammt echte Scheißknarre bekäme. Also sprang ich ebenfalls von meinem Hocker auf, den ich dabei gleich noch mit Absicht wie versehentlich umstieß, bohrte in schönster Gorilla-Art meine Knöchel in den Tisch, hielt meine Fresse direkt in seine Bierfahne und brüllte zurück:

– Halts Maul und hör dir den Plan an!

– Mit einer beschissenen Plastikpistole kann man keine Bank ausrauben!

– Was zum Teufel weißt du schon davon, wie man eine beschissene Bank ausräumt?!

– Auf jeden Fall sagt mir mein Arsch, daß man mit einer beschissenen Plastikpistole keine noch so beschissene Bank ausräumt. Was für ein Kackplan.

Es war kein Spiel mehr. Ich hatte mich mit Brady wieder einmal auf eine Schlammschlacht eingelassen. Jetzt war ich dran, und wir hatten bereits fast das Maximum erreicht.

– Is schön schweres Plastik, guck! sagte Chicho.

– Is mir scheißegal, wie scheißschwer es is (Brady hatte bereits Blut geleckt, sein Blick schwankte, aber er stieß die Knarre weg; er sah aus wie ein Hummer, der kräftig gekokst hatte), und euren beschissenen Plan könnt ihr euch in den Arsch schieben. Ich räume jedenfalls die stinkende Privatbank von diesem scheiß Michael Winner nich mit ner schlappen Knarre aus Plastikwichse aus.

Ich habe es gewußt.

Ich habe gewußt, ich hätte Brady nie sagen sollen, daß es

sich um die Privatbank von Michael Winner handelte. So ganz stimmt das ja auch nicht. Ich hatte es nur gesagt, um dem Ganzen einen gewissen Touch zu geben – Scheiße, muß denn immer gleich alles wörtlich genommen werden? Jetzt ist Brady überzeugt, daß die Bank von Charles Bronson persönlich bewacht wird, und er *weiß* einfach, daß es nur so von künstlichen Blutbeuteln und Drahtschlingen wimmeln wird.

Brady ist ein echter Reservoir Dog-Fetischist. Gott steh uns bei: Er glaubt ernsthaft, »doggy-fashion« bezeichne den Kleidungsstil von Harvey Keitel, und wenn Quentin Tarantino in einen Eimer furzte, würde Brady für einen Schwarzmarktmitschnitt Schlange stehen. Er zieht sich seine Doggie-Klamotten an und fährt mit einem Haufen jämmerlicher Irrer auf der Circle Line herum – das ist seine ganze Lebensgeschichte. Es gibt nur eine einzige Art und Weise, um mit hochgezüchteten Irren wie Brady fertigzuwerden, und so schnappte ich mir die Plastikpistole und drückte die rote Spitze auf seine gebrochene Nase:

– Du abgestunkener, bescheuerter Wichser hast von der ganzen verfluchten Scheiß-Sache keinen einzigen Furz verstanden. Der verdammte Punkt von der ganzen Hurenscheiße ist doch gerade, daß das hier ganz offensichtlich keine stinkende, scheißechte Knarre ist – jeder Schwanzlekker mit auch nur einem halben stinkenden Gramm Dreckshirn würde das mitkriegen, begreifst du das jetzt, du halb abgespritztes Stück hingekotzte Scheiße?

Na, bitte.

Totalbeschuß. Der Vernichtungsschlag. Sogar Brady mußte erst mal Luft holen, bevor er das wegsteckte. Das war der Zeitpunkt, um zuzuschlagen:

– Gut, O. K., sagte ich. Du kannst dein Doggie-Zeug anziehen.

– Ehrlich? fragte er und errötete vor Freude und Scham. Freude und Scham.

Eines muß ich Brady zugestehen, er ist nicht stolz auf seinen Fetischismus. Er schämt sich deswegen, außer wenn er sich in dessen Gewalt befindet und mit seinen Doggies in der Londoner U-Bahn herumstreunt. Er will es gar nicht tun, aber er muß einfach, und wenn er sich wieder beruhigt hat, schämt er sich. Das ist gut, das ist ungefähr das einzig Gute an Brady, meinem ältesten Freund.

Seine Scham beweist, daß er von dem Baum der Weisheit über das Gute und das Versagertum gegessen hat.

Sie beweist, daß er zwar ein bißchen Scheiße im Kopf hat, aber kein hoffnungsloser Fall ist – das ist der Grund, warum ich ihn mag, nehme ich an. Wie auch immer, er kann jedenfalls nicht der Vorstellung widerstehen, eine Bank auszurauben oder wenigstens Teil eines Banküberfalls zu sein, solange er dabei seine Reservoir Dog-Klamotten tragen darf.

– Na gut, sage ich, du kannst den Anzug tragen, als wäre es ein großes Zugeständnis, damit wir alle Freunde bleiben. In Wirklichkeit sind Brady und seine Jungs Teil des Plans, aber das habe ich für mich behalten, da ich wußte, daß Brady wegen irgendwas Theater machen würde, das macht er immer, er liebt es einfach, Unruhe zu stiften, er ist der Typ Mensch, der nach drei Bier zu dir sagt:

– O. K. Du hältst also zu mir, wenn die drei da drüben auf mich losgehen?

Und du drehst dich um und siehst diese drei Skinheads oder was auch immer, die irgendwelche abgefahrenen Alkoholbomben runterkippen und dabei ein ziemlich befremdliches Schimpansengegrunze von sich geben, wie das eben manche Kreaturen hin und wieder tun, und die grundsätzlich so aussehen, als hätten sie an dem Morgen, an dem die Gene verteilt wurden, den Wecker überhört und verpennt. Eigentlich sieht es sehr danach aus, als würden sie sich hauptsächlich um ihren eigenen Dreck kümmern, und so fragst du:

– Wie? Die da drüben? Die gehen doch auf niemanden los.

– Werden sie aber.

Genau so ein Drecksack ist er.

– Auch die Sonnenbrille? fragt Brady.

– O.K., sage ich und strecke dabei gutwillig die Arme aus. Auch die Sonnenbrille.

– Gut, sagt Brady und legt seine Pranken sanft auf den Tisch, als hätte es nie ein Problem gegeben. – O. K. He, das geht in Ordnung. Dann nehme ich auch die Plastikknarre.

– Und ich? fragt Chicho.

– He, nur mit der Ruhe. Ist alles genau geplant.

Aber es läuft gut. Er macht keine Schwierigkeiten.

Chicho macht nie Schwierigkeiten.

Er wäre mir beinahe einmal mit seinem südländischen Temperament zu nahe gekommen, als ich seine Schwester Pilar sitzen ließ (Pilar heißt Säule oder Ständer, was ein etwas seltsamer Name für ein Mädchen ist, wenn man mal darüber nachdenkt), aber er weiß, daß es so richtig war, denn sie ist jetzt mit einem portugiesischen Bäcker verheiratet. In der Nähe der Portobello Road backen sie jetzt zusammen die klebrigsten Süßigkeiten der Welt, überzogen mit einer dicken Zuckerschicht. Sie haben diese Maschine, die gezackte Schlangen aus Zuckerschleim direkt in siedendes Öl plumpsen läßt, wie Spielteig in der Hölle, und dieses Zeug wird dann in kleine Schokoladenförmchen gekippt. Was sie da sonst noch herstellen, nennt Fred, der Sicherheitschef, Croissants, die mit noch mehr Schokolade vollgestopft werden, außerdem haben sie noch saftig-fettige Schweinswürstchen in Blätterteig und ähnliches Zeug. Kein Wunder, daß Chicho so dick ist, aber das macht nichts, denn er ist einfach auf natürliche Weise dick, fett und cool; er ist ein Typ, der einfach nur anständig aussieht, wenn er dick ist, du weißt schon, nicht bescheuert, sondern eher wie der feuchte Traum eines jeden Arschfickers. Abgesehen davon ist ihm das sowieso egal, das einzige, was ihn interessiert und worum er sich ernsthaft Sorgen macht, sind das Glück seiner Schwester und das angeblich phantastische Restaurant mit Holzofen von seinem Halbbruder in Saragossa.

Das mit Pilar ist jetzt geregelt. Er hat kapiert, daß sie mit diesem portugiesischen Bäcker eine bessere Partie gemacht hat, als wenn sie mit einem abgerissenen Penner (mir) in einer schöngeredeten Hütte herumgehangen und auf den Sanktnimmerleinstag gewartet hätte. Diese Geschichte mit dem Restaurant und diesem phantastischen Holzofen schlägt ihm zur Zeit allerdings kräftig auf den Magen, da er jetzt definitiv entscheiden muß, ob er sich daran zur Hälfte beteiligt oder nicht.

- Du mußt nichts tun, außer laut auf Spanisch herumzuschreien, Suzy durch die Gegend zu zerren und die Polizei anzublubbern, lasse ich ihn wissen.

- Anzublubbern? fragt Chicho. Anzublubbern? Is was?

- Laputamadrecabrondiosmio! sagt Suzy, die schwarze Witwe.

- Is anzublubbern? Oh, is leicht für mich, sagt Chicho.

- Ich dachte, ich fahre, sagt Suzy, die schwarze Witwe.

- Tust du auch! sage ich (meine Augen sind wild vor Lust, worauf in ihren ein großes JA leuchtet). - Aber laut Plan mußt du auch herumschreien und so und dich ein bißchen von Chicho herumstoßen lassen.

- Is leicht für mich, verspricht ihr Chicho.

- Oh, wie äntsäätzlich mälodramaatisch, Liebes! sagt Suzy in dem perfekten, zungenverschluckenden Upper-Class-Akzent, den wir so dringend brauchen. Dazu passend die vorstehenden Schneidezähne mit fliehendem Kinn und kraftlos herabhängenden Armen.

– Phantastisch! sage ich.

– Is leicht für Suzy! stößt Chicho voller Ehrfurcht hervor.

– Jesus Christus! Ganz wie eine von diesen Pelznutten ohne Höschen! lacht Brady.

– Aber danach kann ich dann fahren, oder? insistiert sie, jetzt mit ihrer normalen Stimme mit Glasgower Akzent, ihrem gewöhnlichen schottischen Wahnsinns-Gesicht und ihren gewöhnlichen, direkten und fingerzeigenden Gesten.

– Deswegen bist du ja dabei. Fürs Telephonieren und zum Fahren. Die Schreierei und das Herumgezerrtwerden sind nur Dreingabe.

– Und was für einen Wagen kriege ich?

– Was auch immer Mr. Supaservice uns gibt. Ich habe ihm gesagt, daß wir etwas richtig Flippiges brauchen, so einen Discoschlitten, einen weißen Turbo-Mercedes mit Breitreifen und Heckflossen oder so. Etwas, womit ein Araber herumkutschieren würde und das jeder auf 300 Meter erkennt, mit Platz für drei Leute und einen prallgefüllten Plastiksack.

– Und er muß eine Automatik haben, erinnert sie mich.

– Vertrau mir, sage ich und starre sie wieder an. Für einen Augenblick gerate ich beinahe aus der Fassung, als ich plötzlich eine Vision verspüre, wenn man denn Visionen spüren kann, wie meine Hand langsam ihren flachen Bauch hinabgleitet und in ihre schwarze 501-Jeans eindringt.

Wie gestern.

Suzy, die schwarze Witwe, kann nicht nur perfekt den Upper-Class-Akzent nachmachen, sie hält auch den Titel als die bei weitem beste Fahrerin, die ich kenne. Chicho war dabei, als sie zusammen mit seiner Schwester Pilar (eine dicke Freundin von Suzy) aus Saragossa zurückkamen und mit 120 Meilen (nicht Kilometer) die Péripherique von Paris entlangdonnerten. Die Péripherique gleicht einer Kreuzung aus der M25 um London mit dem Nürburgring, aber Suzy zog die Franzosen von Anfang bis Ende gleich dutzendweise ab und drehte dabei mit einer freien Hand noch locker einen Joint. Sie gleitet einfach durch den Verkehr hindurch; es ist, als würde man einem kleinen Jungen zusehen, wie der durch die bereits tausendfach gemeisterten Anfangsstufen eines Videospiels durchjagt – einfach totale Kontrolle. Sie hat in ihrem Leben noch keinen einzigen Unfall gehabt und ist die einzige, die es sich leisten kann, einen weißen Turbo-Mercedes mit Breitreifen zu versichern, da sie so eine geringe Prämie zahlt. Nur eine Automatik muß er haben, mit einer Kupplung kann sie nicht fahren, Kupplungen sind Macho-Scheiße, sagt sie; wenn Gott gewollt hätte, daß wir mit drei Pedalen fahren, hätte SIE uns drei Füße gegeben. Wenn nötig, hat man besser zwei Hände am Lenkrad, so daß man kurz zielen und gleich abdrücken kann, sagt sie. Seltsam, daß alle Männer, die Autos in ihren feuchten Tagträumen als Schwanzersatz betrachten, unbedingt kurze Gangschaltungsstummel zum Spielen haben müssen, irgendwie verraten sie sich dadurch, sagt Suzy.

– Äh, ich gebe zu, mit dem Auto, da gibt es einen Haken.

Ich sehe sofort, daß alle jetzt dasselbe denken:

Ja, ja, ja.
Wir wußten es doch.
Ein Haken.
Es gibt immer einen.
Es war eine nette Idee, aber jetzt ist sie eben im Arsch.

– Wir brauchen fünfhundert Pfund vorneweg, sonst redet Mr. Supaservice kein ernstes Wort mit uns.

Und wir starren alle auf die Banknoten auf dem Tisch, ein jämmerliches Häufchen, das alles darstellt, was wir auftreiben können.

Suzy fängt an, es in schottisch-penibler Art zu zählen, aber wir wissen bereits alle, daß es niemals fünfhundert Pfund sind. Wir schauen ihr mit sinnloser Hoffnung zu. Als sie halb durch ist und wir nicht nur wissen, sondern bereits auch sehen können, daß es niemals reichen wird, platzt Brady:

– Was is los mit uns? Was hat dieses Stück Scheiße, was hat dieser Dieb eigentlich gegen uns? brüllt er heraus.

– Wir haben kein Vorstrafenregister, zum Teufel! brülle ich zurück. Das ist der verdammte Punkt (ich versuche krampfhaft, nicht wieder mit Schlammschlacht anzufangen). Das versuche ich ja die ganze Zeit rüberzubringen. Könnt ihr endlich mal richtig zuhören? Ja? Das ist gerade der zentrale Punkt in dem ganzen Plan. Seht mal: Niemand von uns ist jemals wegen irgendwas eingesackt worden, ja? Das heißt

(a) wir sind bei den Bullen komplett unbekannt, O. K.? Also haben wir eine hundert Mal größere Chance davonzukommen. Und wir wohnen auch nicht zusammen, wir haben das nie getan und sind auch keine Familie oder Clique oder so, also gibt es

(b) keine Verbindungen zwischen uns, ja? Wenn also am entscheidenden Tag alles schiefgeht, wird keiner von uns irgend etwas Verbrecherisches angestellt haben, solange wir alle bei unseren Versionen bleiben, was auch immer sie sagen oder tun. Deswegen ist der Plan auch so gut, kapiert? Niemand von uns hat irgend etwas Bedeutendes angestellt, bevor alles gebongt ist. Du (ich zeige auf Brady) mußt nichts tun, außer mit deinen Kumpeln zu saufen, bis wir tatsächlich bereits abhauen, und du wirst ein Bußgeld oder drei Monate auf Bewährung bekommen, weil du den Laden zusammengeschlagen und die Leute erschreckt hast. Selbst wenn sie uns erwischen und wir alle drei in der Bank festsitzen, ist das scheißegal. Wenn wir bei Suzys Version bleiben, können sie uns nichts anhaben. Ich habe sie gerade mal beim Stempelgeld betrogen, und Suzy und Chicho sind nichts weiter als unter falschem Vorwand in die Bank eingeschlichen.

– Ich bin dummer spanischer Mann von kluge schottische Frau ausgenutzt, sagt Chicho. – Is leicht für mich, und er macht eine dieser coolen, weitausholenden, südländischen Gesten, die ich nie richtig nachahmen kann, es ist, als würde er in Zeitlupe eine Fliege fangen: – Mich nix machen.

– Gut, sage ich. Nicht einmal für VVS könnten sie uns einlochen. Nicht mal, wenn wir es total verbocken.

– VVS? Is was? fragt Chicho.

– Verabredung zur Verübung einer Straftat, sagt Suzy.

– Weiß doch jeder! sagte Brady und errötete wenigstens ein bißchen.

– Einen Moment mal, fährt Suzy plötzlich auf. – Du hast uns eigentlich noch überhaupt nichts erzählt. Was soll das Zeug mit den Bullen und wie die uns helfen sollen, in die Bank zu kommen? Wär nicht schlecht, wenn wir das auch wüßten, oder?

– Sag ich euch nicht, bis ihr fest an den Plan glaubt.

– Wie können wir an den verfluchten Plan glauben, wenn wir keinen Scheißdreck darüber wissen?

– Is schwierig für uns.

– Ihr müßt einfach an den Plan an sich glauben. Wie ein Schlachtplan. C folgt B folgt A. Aber wir müssen A abgehakt haben, bevor wir uns an B machen können. C könnt ihr erst mal vergessen, davon rede ich erst, wenn alles andere bestens flutscht, wenn die Karre organisiert ist, und wenn ich Fred mit der Hilfe von Dais Freund Jimmy herumgekriegt habe. Dann erst gehts weiter mit C, und ich werde Sammy anrufen. Wenn ich euch jetzt von C erzähle, kriegt ihr das übelste Muffensausen. Hört her, es ist ganz wie Fallschirmspringen, ihr müßt den Ablauf im Blut haben, ihr müßt so fest daran glauben, wie ihr daran glaubt, daß nach Montag immer Dienstag kommt, bevor ihr aus dem Flugzeug geworfen werdet, sonst kriegt ihr die Panik, verwikkelt euch und werdet zermanscht.

– Sermantscht? fragt Chicho. – Was is sermantscht?

– Bummbummbumm! sagt Brady und ahmt nach, wie einer der Leute in seinen Filmen von Kugeln durchsiebt wird.

– Oh! Is sehr schlecht für uns, sagt Chicho.

– Gut, O. K., sagt Suzy und wirft mir einen großzügigen Blick zu, als gebe sie mir eine Chance, und Chicho und Brady nicken ebenfalls. Die Stimmung ist jetzt ernsthafter und prickelnder geworden, was eigentlich nur angemessen ist, also will ich so weitermachen, aber Suzys Augen bringen mich aus dem Konzept:

– Also. Äh, Scheiße, wo war ich?

– Da, wo wir dann tatsächlich aus der Bank kommen, sagt Suzy, während sie die letzten paar Banknoten auf den Stapel legt. – Die Stelle, wo Brady in Aktion tritt. Die Plastikpistole?

– Ach ja, stimme ich zu. – Gut, also wenn Brady uns aus der Bank kommen sieht, werden uns die Bullen auch sehen. Könnte sein, daß sie immer noch alles schlucken, sie werden bis dahin so aus der Fassung geraten sein, daß sie uns einfach so durchlassen. Aber das ist der heikle Moment, denn jetzt haben wir tatsächlich die Kohle, jetzt ist es ernst. Was passiert also in dem Moment, wo wir aus der Bank kommen?

– Die Doggies kommen im Pizza-Express auf Hochtouren, sagt Brady und schwingt in Cowboy-Manier eben dieselbe Plastikpistole, die er noch vor zwei Minuten zum Kotzen fand, und er singt mit seiner kräftigen, und häßlichen Stimme: – I love the sound of breaking glass.

– Genau. Perfekt. Und was kriegt Brady dafür?

– Öffentliche Ruhestörung und Widerstand gegen die Staatsgewalt, sagt Suzy.

– Ein paar Hundert Kröten Strafe für eine viertel Million!

– Und warum nur eine so geringe Strafe? insistiere ich.

– Ja, ja, ja, weil es nur eine Scheiß-Plastikpistole ist und jeder Trottel sehen kann und sowieso weiß, daß ich eben ein Doggie bin und ich nur das Fenster einer blöden Pizzeria zerschlagen habe, ein paar Knaller abgedrückt und ein paar Flaschen auf der Bow Street zertrümmert habe.

– Exakt. Bleib bei deiner Story, und wir sind sauber.

– He, aber was is, wenn sie euch drei erwischen, solange ihr noch in der Karre seid? fragt Brady, als hätte er gerade ein schwerwiegendes Problem entdeckt.

– Du kennst uns nicht, und wir lassen dich nicht auffliegen.

– Mir geht es nicht nur um mich, sagt er beleidigt.

– Was is, wenn sie euch anhalten und alle einkassieren, im Auto und mit der Kohle?

– He, wer fährt denn? sagt Suzy.

– Is leicht für Suzy, sagt Chicho.

Und dann lachen wir alle, was sehr gut ist, ich bin stolz auf uns und stolz auf den Plan.

Es ist eigenartig. Ich bin auf den Plan nicht in der Weise stolz, als wäre er etwas, das zu mir gehört, ich mag ihn einfach, weil er perfekt ist, wie ein kleines Juwel oder so, er ist einfach da und ist genau so, wie er sein soll. Ich bin nicht DARAUF stolz, ich bin einfach nur stolz und glücklich, daß er existiert. Seltsam. Er scheint jetzt eine eigenständige Existenz zu führen.

– Aber wir haben nur vierhundertundsiebzehn Pfund, sagt Suzy und schmettert das Geldbündel auf den Tisch und damit uns zurück auf den harten Boden der Realität.

Traurig, aber wahr.

Überraschend, aber wahr.

Wir kriegen noch nicht mal zusammen fünfhundert Pfund auf den Tisch! Was für ein Jahrhundert ist das eigentlich? Andererseits ist das genau der Grund, warum wir hier sind: Wir versuchen, unser Leben zu retten. London ist ein Fleischwolf. Auf der einen Seite werden die Menschen hineingestopft, und auf der anderen Seite kommt das Geld heraus. Und wir sind auf der falschen Seite, da, wo es nur rein geht, rein und noch mal rein.

Nur daß mir der große Gott der Zeitarbeit jetzt den richtigen Weg gewiesen hat.

Ich werde unser Leben retten, selbst wenn es uns den Tod bringt.

Wir werden aus dem Fleischwolf klettern und anfangen zu leben.

Es gibt in London eigentlich nur drei große Volksstämme: der Stamm derer, die nie einen Bausparvertrag bekommen werden, der Stamm derer, die mit den schwankenden Kreditzinsen entweder überleben oder zugrunde gehen, und der Stamm derer, die keine Bausparverträge und Kredite brauchen. Das sind die Unterschiede zwischen Sklaverei und Freiheit. Der Rest ist nur noch eine Frage des Grades.

Chicho will die Hälfte eines Restaurants in Saragossa.

Brady will eine Kneipe in Castlebar in der Mitte von Irland.

Ich möchte eine Wohnung mit großen, hohen Fenstern und einem Garten.

Das sind keine Träume von einem ruhigen, paradiesischen Leben in einem Schaukelstuhl auf einer Veranda, keine beschissenen, langhaarigen Aussteigerphantasien. Das sind unsere Visionen von Startblöcken für einen ernsthaften Versuch, wirklich zu leben.

Jedem das Seine, sage ich.
Zu dieser Zeit ahnte keiner, was Suzy wollte.

Aber in einer Sache hatte sie recht: Ich mußte uns noch hundert Pfund organisieren, und zwar jetzt, solange wir noch glaubten, daß alles hinhauen würde. Es war mein Plan, und es war meine Aufgabe, uns auf Fluchtgeschwindigkeit hochzujagen, oder aber die ganze Aktion würde einfach nur eine großartige Idee bleiben, wie diese anderen großartigen, bierseligen und lebensrettenden Ideen, die wir letzten Samstag in der Kneipe zur Welt gebracht hatten:

Brady wollte eine Fernsehserie machen, die »Der übelste Serienkiller der Geschichte« heißen sollte, über diesen Typen, der wirklich der übelste sein würde, ich meine, einfach ein totaler Versager, der es nie schafft, jemanden um die Ecke zu bringen, der immer Fallen gräbt und Säure in die Bäder kippt und ähnliches und dabei immer versehentlich den Leuten einen Gefallen tut.

Chicho wollte eine Kette von Mr. Chorizo-Läden über London verteilt aufbauen, so daß er nach ein oder zwei Jahren nach Spanien zurück könnte und herumsitzender- und kartenspielenderweise immer fetter würde. Er würde jemanden anstellen, der für ihn in London herumfuhr, um monatlich das Geld abzukassieren – ein Job, den er dreisterweise mir anbot, dieser Hund.

Ich wollte lernen, Englisch zu unterrichten, und für vier Jahre lang in Saudi-Arabien fünfundzwanzigtausend Pfund pro Jahr verdienen. Dann würde ich mir eine Wohnung in Shepards Bush gekauft und als

Spezialist für den Mittleren Osten gearbeitet haben. Ich dachte daran, vielleicht zum Islam zu konvertieren, um meine Qualifikation zu perfektionieren. Das ist eigentlich nichts anderes, als Kalvinist zu werden, von der Kleidung mal abgesehen.

Letzten Samstag hatte ich noch keine Ahnung, was Suzy vorhatte.

Und was daraufhin passierte, war natürlich nur, daß wir alle am Sonntag in unseren eigenen Betten aufwachten und die Sonntagszeitungen lasen und dabei die Bilder der Reichen und Berühmten anschauten.

Aber diese Woche war mir der Weg der Wege gewiesen worden.

Diese Geschichte würde ich Realität werden lassen.

Das erste, was man tun muß, ist einfach, das erste zu tun.

Wie kommt man nach Moskau?

Indem man nach Moskau fährt.

Also nickte ich Suzy zu, und wir ließen Chicho und Brady wie zwei Eulen auf dem Bett in meiner Hütte sitzen. Mehr über meine Hütte später. Während wir durch den Garten und durch das hintere Gartentor gingen, steckte ich ihr mein kleines Acetonfläschchen, meine kleine Dose mit klarem Nagellack und meinen kleinen Pinsel zu.

Sie nahm sie, ohne Fragen zustellen. Das hat Stil.

Und wir gingen los, um ein bißchen Kohle den Besitzer wechseln zu lassen.

Mehr darüber jetzt.

2. Ein Glatzkopf in einem Wohnklo

Es war Samstagabend, ungefähr 21.45, ein bedeckter orangener Himmel, und die Straßen waren mäßig warm. London war in Bewegung, beschäftigt damit, seine Moleküle für die Nachtschicht neu anzuordnen, sich an den Neuralpfaden von sieben Millionen Adreßbüchern und Filofaxes zu reorientieren. Einhunderttausend verschiedene Volksstämme mit ihren jeweiligen Territorien, Regeln, Traditionen, Führern, Helden, Feinden und Hofnarren versammelten sich in Autos, Bussen, Taxis und U-Bahnen. Die ganze Welt hatte aufgehört zu arbeiten, einzukaufen und zu essen. Die Spätnachmittagsvorstellungen der Kinos leerten sich, alle warteten nur auf die große Party, waren heiß darauf, sich in Schale zu werfen und die Nacht lang werden zu lassen. Dies war es, wofür die Stadt von Montag bis Freitag arbeitete, von neun bis fünf, diese lange Nacht würde dauern, bis die Woche begraben und der Sonntag halb verschieden war.

Dies war die Zeit, um auszugehen.

Als Suzy und ich durch die hintere Gartentür herausgingen, konnten wir es schon in der feuchten Luft wittern, eine Million Menschen in Stimmung, ein Ozean ausgetrockneter Seelen, die der Anziehung menschengeschaffenen Mondlichts nachgaben, den Lasern, der Musik, dem Alkohol, den Drogen und dem Sex entgegenlechzten, dem einen Moment, wo die Zeit stehenzubleiben scheint. Sie suchen in der Nacht nach jener versteckten Nebenstraße, die sie nie finden, sondern nur in ihren Träumen sehen, wo bei flickerndem Neonlicht die Stufen nach unten führen, der Türsteher mit dem Auge zwinkert und der ferne Rhythmus singt:

Hier ist es
Hier ist es

Dies ist das Land, wo Werbung wahr wird
Dies ist das Tor zur großen Welt

Wir fuhren in Suzys schrecklichem Automatik-Mini nach Westen. Sie fuhr zweimal hintereinander durch den Kreisverkehr zwischen Shepards Bush und Holland Park und beschleunigte dabei die ganze Zeit, nur um mir zu zeigen, was sie mit ihrem Gerede über zwei Hände am Steuer gemeint hatte:

– Keine Angst, diese Minis haben eine Straßenlage wie Klebstoff, sagte sie.

– Ah, ja. Gut, sagte ich, während mein Ohr an der Wagendecke klebte.

– Und sicher sind sie auch, sie haben eine Knautschzone.

– Eine Knautschzone in einem Mini? Wo?

– Von den Scheinwerfern bis zur hinteren Stoßstange.

– Ah. Nett.

Eigentlich hätten wir ziemlich deprimiert sein müssen. Wirklich, wie tief kann man eigentlich sinken: Wir waren dabei, für den Tageslohn eines Busfahrers den totalen Ruin unseres Lebens zu riskieren. Das wäre ja eine durchaus rationale Kalkulation gewesen, wenn unser Dasein sowieso ruiniert gewesen wäre, sagen wir als Junkies oder Mitglieder der Unterschicht oder wie auch immer, wir darauf programmiert wären, Vorstrafen als einen ganz normalen Bestandteil eines durchschnittlichen Lebenslaufs anzusehen.

Aber wir gehörten weder zur Unterschicht noch etwa zur Arbeiterklasse. Wir gehörten zur unteren Mittelschicht. Wir waren beide auf die Uni gegangen und hatten dort Abschlüsse gemacht, zum Teufel. Unsere Eltern waren nette und anständige Leute, die immer Arbeit hatten und so ihr ganzes Leben lang ihre Hypotheken abzahlten, und kein einziger Gesetzesverstoß dabei.

Ich hatte mal so einen Hippi gebeten, mich zu hypnotisieren, um festzustellen, ob ich wohl unter irgendeinem Verdrängungssyndrom litt, das vielleicht erklären könnte, warum ich so ein Versager war und mir lieber die Beine absägen lassen würde, anstatt einen dauerhaften Job anzufangen. Ich hatte irgendwie die Hoffnung, daß das alles auf ein Trauma zurückzuführen wäre, damit ich mir einen Sündenbock aufbauen könnte. Es stellte sich allerdings heraus, daß ich zwar einen Haufen verdrängter Erinnerungen hatte, wer hat das nicht, verdammt? Nur, daß es alles angenehme Erinnerungen waren, von Teddybären, Weihnachten und so weiter: mein Hirn war eine mißbrauchsfreie Zone.

Das ist das Problem, wenn du deine Kindheit in der netten Welt der unteren Mittelschicht verbracht hast. Du kommst in die Zwanziger und denkst immer noch, die Welt bestehe nur aus Zucker und Sonnenschein.

Als wir an Notting Hill Gate vorbei waren, verbannte ich Teddybären und Sonnenschein aus meinen Gedanken und gab mir einen Ruck. Ich war bei der Arbeit, verdammt nochmal, und das war kein Zeitpunkt, um Schwäche zu zeigen. Ich überprüfte nochmals, ob ich auch die richtige Arbeitskleidung anhatte: Ich hatte den Pullover und die üblichen 501-Jeans durch das alte Oxfam Tweedjacket, die grüne Cord-Hose und das karierte Marks & Spencer's Hemd des Durchschnittsengländers ersetzt. Südlich von Watford war ich jetzt unsichtbar.

Suzy parkte am Liberty-Shop in zweiter Reihe, und ich ging in die Kneipe an der U-Bahnstation Oxford Street und bestellte zwei Glas Bier, als würde ich auf jemanden warten, und quetschte mich in eine Gruppe von jungen Typen in hübschen Hemden und Krawatten, die sich bei Gin & Tonics amüsierten, und sagte:

– Warte nur auf jemanden. Ich hoffe, es macht euch nichts aus. Boah, ganz schön voll, was?

Mit dem Satz sorgte ich dafür, daß sie mich für einen plappernden Langweiler hielten, der ihnen auf die Nerven fallen könnte, und daher würden sie alles, was ich tun würde, noch bestimmter ignorieren.

Sie hatten ihre Jacketts ausgezogen und auf die Bank hinter ihnen gelegt. Irgendeine laute und dümmliche Diskussion über die Gründe für den Untergang des römischen Weltreiches ging ab, ob es an der Sklaverei, den Barbaren, dem Schicksal, dem Zufall oder unvollständigen Finanzinstitutionen gelegen habe. Sie lachten viel und ahmten TV-Stimmen nach, es klang wie eine gute Unterhaltung, ja, tatsächlich, nicht ganz unähnlich den Diskussions- und Alkoholmarathons, die ich mit meinen Freunden an der Uni bestanden hatte.

Aber ich war zum Arbeiten gekommen und legte daher ebenfalls mein Jackett ab und trank ein wenig von meinem Bier und schaute auf meine Uhr, als wäre ich darüber verärgert, daß sich meine Verabredung verspätete. Ich durchsuchte alle meine Taschen nach Zigaretten, die ich nicht finden konnte, und wühlte dann in meinem Jackett und tatsächlich: Ich fand auch ein Scheckbuch und eine Scheckkarte in dem Jackett unter meinem eigenen. Ich steckte sie zunächst direkt unter mein Jackett, nicht in die Tasche, sondern einfach darunter, so daß in dem Falle, daß mich jemand beobachtet haben sollte, niemand behaupten konnte, ich hätte sie in meine Tasche gesteckt. Es ist immer von essentieller Bedeutung (ganz wie in dem PLAN), die Möglichkeit offenzuhalten, daß alles nur ein Zufall war. Das verunsichert jeden Kläger, da kein Kläger einhundertprozentig sicher sein kann. Danach saß ich einfach nur für ein paar weitere Minuten da, rauchte und dachte nach.

Ich schaute mir diese Gruppe von Typen an, die auf die Universität gegangen waren und sich jetzt gut amüsierten, nachdem sie die Jacketts abgelegt hatten, und mich überkam ein ernsthafter, depressiver Anfall: Wie zum Teufel war ich soweit gekommen, in Kneipen Geldbeutel zu stehlen? Wie war der Traum, der Mittelschichtstraum von Zukker und Sonnenschein plötzlich verschwunden?

Man sollte Leute wie uns wirklich nicht auf die Universität schicken. Das ist Schwachsinn, man könnte ebensogut einfach ehrlich sein und uns mit 18 Jahren in Banken arbeiten lassen oder uns auf Universitäten nur Buchhaltung oder auf Lehramt oder so studieren lassen. Statt dessen kriegst du drei Jahre die interessanten Sachen, und dann sagen sie dir: O.K., Jungs und Mädels, die gute Nachricht ist: ihr habt jetzt das Recht, einen total bescheuerten Akademikerhut und -mantel zu tragen (um zu beweisen, daß ihr intelligent seid).

Die schlechte Nachricht ist: das war's schon.

Ja, Jungs und Mädels, ihr habt eure kostenlose Probe von dem Leben der richtigen Mittelschicht bekommen. Der Steuerzahler hat aus irgendeinem verrückten Grund dafür bezahlt, daß ihr Shakespeare lest (Suzy) oder Wittgenstein oder Kafka oder AJP Taylor (ich), und ihr habt Mies van der Rohe oder Paul Klee oder Astrophysik oder sonst irgendwas studiert. Ihr habt ein bißchen durch die Gegend gefickt und seid getrampt, und eure innere Uhr ist komplett auf den Klang der Mitternachtsstunden und der langen, langsamen Sommer eingestellt. Und jetzt, wo ihr gerade herausbekommen habt, wer ihr seid, oder sein könntet... jetzt müßt ihr Buchhalter oder Lehrer werden, oder für ICI mutige, neue Deos entwickeln.

Ist das in Ordnung?

Wie?!

Urplötzlich ist die kurze pseudo-sozialistische Beinahe-Gleichheit der Universität verschwunden: der nette Typ mit dem abgewrackten, lustigen GTI ist auf Entdeckungsreise nach Amerika gefahren, das nette Ding, das dir bei deinen Drogenexperimenten souffliert hat, ist in Muttis freie Zweitwohnung in Süd-Kensington eingezogen, um ein paar Freunde aus dem Verlagswesen aufzusuchen. Und du, du bist hochmütig, aber unversorgt zurückgeblieben, mit Optionen auf Lehrerausbildung, Buchhaltung oder Sozialhilfe.

Mammi, Pappi!

Die nicht ganz erfolgreich gestarteten jugendlichen Erwachsenen schwärmen an den heimatlichen Herd, um noch mehr Geld zu bekommen.

Nur daß Mammi und Pappi kein Geld mehr haben.

Kernschmelze.

Es stellt sich heraus, daß Mammi und Pappi fast jeden Pfennig darauf verwendet haben, um all die Dinge zu besorgen, von denen du immer dachtest, daß sie so ganz im stillen einfach von den netten Typen in den Mittelschicht-Einkaufszentren zur Verfügung gestellt wurden. Es stellt sich heraus, daß der unteren Mittelschicht anzugehören (und nicht etwa der richtigen Mittelschicht, der du dich irgendwie immer so ein bißchen zugehörig fühltest) ein lebenslanger Kampf um Geld ist und daß man in einer stillen Nacht hören kann, wie der Boden ständig wegrutscht. Immer gibt es gerade nicht genügend Geld, um das Geld zu vergessen, und nie kann man die große Speisekarte des Lebens durchsehen, ohne daß die Augen zu dem besonders günstigen Mittagsmenü abwandern. In irgendeiner Ecke deines Blickfeldes findet sich immer der Geist einer letzten außergerichtlichen Mahnung. Du schaffst es einfach nie bis zum Tageslicht, nur beinahe.

Wenn du also mit einem schön eingepackten Schuldenberg die Universität verläßt, der in eine Urkunde aus imitiertem Pergament eingewickelt ist, und darauf wartest, da weiterzumachen, wo Mammi und Pappi ausgestiegen sind, dann stellst du fest, daß Mammi und Pappi nie wirklich ausgestiegen sind, sondern immer noch jeden Tag und jede Nacht gegen das Geld ankämpfen. Es gibt vielleicht irgendwo eine kleine Hilfe durch irgendein kleines Guthaben in Form einer kleinen Wohnung, aber das war's, das ist alles, was es gibt, und es kann nicht aufs Spiel gesetzt werden, weil es dafür keinen Ersatz gibt. Es wird dir erst gar nicht zugeteilt, solange du nicht in der richtigen Kampfausstattung daherkommst. Der lange Urlaub verlängerter Adoleszenz ist vorbei, es ist Zeit für dich, den Platz auf der Leiter der Mittelschicht zu übernehmen, und du stolperst und hörst Rutger Hauers Stimme sagen:

Zeit zu arbeiten.

Es tut weh, es trifft dich hart, aber, Scheiße nochmal, O. K., O. K., O. K., also werden wir eben arbeiten, wir sind nicht zu stolz dafür, wir wollen arbeiten, wir wollen ein paar Mark verdienen, wir nehmen jede Arbeit, wirklich jede, versteht ihr, die am Anfang ein bißchen mehr als tausend Pfund pro Monat bringt und uns was tun läßt, egal was, das die Jugend unserer 20er nicht total verschleißt.

Ist das zuviel verlangt vom zwanzigsten Jahrhundert?

Hat die Hölle Zentralheizung?

Ja, und so ungefähr zwei bis drei Jahre, nachdem du die Uni verlassen hast, wachst du an einem Sonntagnachmittag auf und hast keinen Pfennig in der Tasche (oh, Gott! Diese sinnlose Sauferei letzte Nacht!), und auf der Spüle steht nur alte Milch, und bis nächsten Donnerstag der Scheck von der Sozialhilfe kommt, wird keine müde Mark mehr hereinkommen. Und wie der Abend sich in tödlicher Langsamkeit nähert, merkst du langsam, daß du immer angenommen hattest, daß das Leben mit einer hundertprozentigen, kostenlosen Rückgabegarantie bei Nichtgefallen versehen sei, daß du es nicht wirklich vollkommen verbocken könntest.

Bis jetzt.

Jetzt weißt du, daß es kein Rückgaberecht gibt und daß du es durchaus verbocken kannst.

Höhenangst.

Die zweite Welle von Lehrern und Buchhaltern trudelt ein.

Ich schaue mir diese Typen an und frage mich, wie lange sie wohl widerstanden haben. Ich meine, sie müssen sich eine Zeitlang gewehrt haben, jeder tut das, selbst wenn sie es nicht zugeben. Niemand plant wirklich, Buchhalter zu werden, oder? Niemand ist wirklich für Anzüge und neun-bisfünf Tage geboren, man wird einfach solange zurechtgestutzt und -geschleift, bis man paßt. Aber wo sind dann die Spuren? Ich kann kein Blut an ihnen entdecken, nur sauberes Mischgewebe und volle Geldbeutel.

Was ich sagen will: Es ist alles gut und schön, so lange auszuhalten, aber wozu? Ja, du kannst dich auf deine Hinterbeine stellen und stolz ausrufen:

> Zum Teufel damit, ich weiß, das hat weh getan, aber der Krach kam nur von meiner Knautschzone. Ich werde mir die Haare nie, nie, nie vom Kopf arbeiten und in einer Bank oder einem Großraumbüro Falten in mein Gesicht graben. Das kann ich nicht, genauso wie ich unter Wasser nicht atmen kann, tut mir leid, Mammi, tut mir leid, Pappi, ihr hattet es nie so gut, ihr

hattet das Wirtschaftswunder und JFK und keine Arbeitslosigkeit, zum Teufel, ihr wußtet, daß ihr jedes Jahr den Job wechseln konntet, und ihr dachtet, ihr könntet dazwischen die Welt verändern. Wir gehören zum Rückzug, der sich rückwärts ins Nichts bewegt, wir sind die Generation der Ironie, wir können einen Schritt zurücktreten, herunterschauen und über alles lachen, als wäre es eine gut ausgedachte, aber beschissene Werbung. Aber Ironie ist in Wirklichkeit Scheißdreck, Ironie setzt du nur ein, damit es aufhört, weh zu tun, bevor es angefangen hat, Ironie ist ein Präventivschlag gegen das Leben. Wir müssen ironisch sein, da wir nichts haben, wofür es sich lohnen würde, ein Verletzungsrisiko einzugehen. Nicht daß wir Angst vor der Verletzung hätten, aber davor, sich für nichts und wieder nichts weh zu tun. Wir haben kein Gesamtbild, wissen nicht, wo das alles hingeht und wer warum an den Fäden zieht. Also sitzen wir da und stümpern für ein oder zwei Jahre herum und versuchen, einen gewissen Durchblick zu bekommen, und warten auf den JOB, das richtige Ding, das bei uns einfach vorbeischlendern soll. Was ist der JOB? Wissen wir nicht. Es ist etwas, das uns sagen läßt: Yeah, das ist das, was ich tue, das bin ich hier im Rampenlicht, ohne daß du dabei in dein Bier stieren und dir ein Schild umhängen mußt: Ja, nein, ja, so schlecht ist es gar nicht, weißt du. Etwas, das dich morgens aus dem Bett hochschnellen und denken läßt, ja, wow, mmmm, laß uns heute wieder was tun. Nicht, daß dich der Wecker aus dem Schlaf reißt und niederschlägt, vollkommen verloren und mit dem Gedanken Oh, Scheiße, nicht schon wieder arbeiten! Verdammt, du bist jung, die Nächte gehen schnell vorbei, du schaffst es schon. Wenn es für eine Weile nicht so gut läuft, na und? Du kannst einfach ein bißchen herumhängen und dem Ticken der Wanduhr zuhören, nach der sich die ganze Welt bewegt, und dabei die Landkarten studieren, damit du das nächste Mal auch weißt, wohin du dich wenden mußt.

Klingt alles wunderbar und nett und hip und cool und so weiter, nur wenn du eben kein wirkliches Mitglied der Mittelschicht bist, heißt das alles nichts anderes als: Du lebst in heruntergekommenen Wohnklos in verschissenen Vierteln voller Waschsalons und Pornogeschäften, wo das Bad immer mit den Schamhaaren von anderen Leuten übersät ist und ausländische Radiosender für verlorene Auswanderer durch die Nacht krachen.

Das hab ich getan.

In Wohnklos gelebt.

Die Zeit fliegt dahin, Tage verschmelzen zu Jahren.

Ich bin 28.

28!!!

Irgendwie bin ich nie auf den JOB gestoßen.

An dem Punkt, als ich das dachte, da hatte ich mich bereits vollkommen mit Rauch eingenebelt, und ich sage dir, ich hatte wieder Mumm und gut Dampf drauf, die herzklopfende Gewißheit, daß ich wirklich etwas Radikales würde tun müssen, um mein Leben zu retten. Die Angst hatte mir die Flügel und den Mut zurückgegeben.

Also drückte ich die halb gerauchte Zigarette im Aschenbecher aus, stand auf und nahm Jackett mitsamt Scheckbuch und Karte und ging hinaus. Dabei hatte ich die Beute noch zwischen meinem Jackett und nicht in der Tasche, als letzte Verteidigungsmöglichkeit. Draußen wartete Suzy im Auto.

Wir fuhren zu der Ecke South Moulton Street, zu dem Bureau de Change (am besten man parkt irgendwo, wo man in verschiedene Richtungen verschwinden kann), wo ich noch zehn Minuten brauchte, um die Unterschrift ungefähr sechzig mal zu üben:

Mr. R.H.A. Perceval

(eine schöne Oberschichtsunterschrift, es war ein Vergnügen, sie zu schreiben). Darüber hinaus übte ich mich noch ein wenig darin, Mr. R. H. A. Perceval zu SEIN. Suzy brachte währenddessen den matten Nagellack auf der Rückseite des Scheckbuches auf und ließ ihn trocknen, wie ich ihr es gesagt hatte. Sie fand das interessant, es war neu für sie. Mein eigenes Patent übrigens.

Während ich die Unterschrift übte, so daß ich sie nachher schreiben könnte, als wäre ich wirklich dieser Mann, dachte ich darüber nach, daß England das gottverdammte Himmelreich für Klassenkontinuität war. Hier sitzen wir, neunhundert Jahre nachdem William der Eroberer und seine französisch sprechenden und französisch heißenden Wikinger herüberkamen und England eroberten, und bei jedem Typen, den du mir anschleppst, der einen Namen wie ein Franzmann hat, Perceval oder Montague oder Beaufort oder so, wette ich mit dir zwei-gegen-eins, daß er mindestens zur Mittelschicht gehört. Altes Geld hält lange vor, das ist der Grund, warum jeder danach strebt.

Wie auch immer - wir waren soweit. Wir trotteten in das Bureau de Change, und Jippee!, die arme Kuh in dem Büro war müde, es war spät, und sie war halb erleichtert, daß wir ein nettes englisches Paar waren, das ein bißchen in die Klubs gehen wollte, Mr. R.H.A. Perceval mit seinem Tweed-Jackett und seinen drei Initialien und sein Mädchen mit Rotznasengesicht und Henna und Lederjacke und Jeans, die fünf bis zehn Zentimeter ihres bemerkenswert flachen Bauches frei ließen, und nicht ein böser, schwarzer Räuber oder ein verrückter Ausländer mit etwas, was seiner Meinung nach eine VISA-Karte der Bank von Bosnien-

Herzegowina sei. Ja, und da kümmerte sie sich nicht groß darum, daß der Kugelschreiber auch wirklich durch die Durchschläge durchschrieb, sondern machte einfach ein kleines Kreuz auf der Datumsmarke, und so konnten wir nachher im Auto den unsichtbaren Nagellackfilm bequem mit Azeton wieder entfernen, was natürlich bedeutete, daß das Kreuz einfach mitverschwand, und potzblitz! hatte die Datumsmarke kein Kreuz mehr. Das Papier war an dieser Stelle ein bißchen aufgerauht, aber das fiel nur auf, wenn man sehr genau hinsah, und wir vergewisserten uns, daß das Scheckbuch an dieser Stelle schön verknickt war, damit auch das nicht auffiel.

Jetzt, wo wir es wirklich zusammen getan hatten, sahen wir uns mit diesem unheiligen Glanz in die Augen. Wir waren gemeinsam durch die Tore der Legalität hindurchgegangen und leckten uns jetzt die Lippen, und es war nichts Besonderes mehr, gleich noch das Bureau de Change beim MacDonald's am Marble Arch aufzusuchen und nochmals hundert Pfund freizusetzen. Das war's, wir würden das Scheckbuch nicht weiter benutzen, sondern Mr. Supaservice als zusätzlichen Beweis unserer ehrbaren Absichten übergeben. Er würde es ohne Angstschweiß versetzen können; seine organisierten Jungs und ihre gierigen Untermänner würden es für weitere vier oder fünf Tage nutzen können, ohne daß es ihnen zu heiß würde. Wir hatten, was wir wollten: £ 100 für Mr. Supaservice und £ 100 zum Verpulvern für den Abend, und dabei war niemand zu Schaden gekommen außer den Diebstahlversicherern von Mr. U. M. C. Percevals Bank, was hieß, niemand, der mir leid tun würde und hoffentlich auch nicht dir, denn wenn er dir leid tut, dann warne ich dich jetzt gleich laut und deutlich, daß da noch eine Menge Dinge kommen werden, die dir noch wesentlich mehr leid tun werden.

Ich gab Suzy unseren Hunderter direkt in die Hand, und sie steckte ihn sofort in das Reißverschlußfach ihrer Handtasche. Ich weiß nicht, warum ich das tat, mir war wohl einfach danach, es schien irgendwie natürlich, als wäre ich mir sicher, daß wir ihn gemeinsam ausgeben würden.

Und sie nahm ihn auch, ohne nachzudenken.

Schön.

Dann schaute sie mich an und sagte:

– Meine Wohnung oder deine Hütte?

Weißt du, ich wohne nicht mehr in einem stinkenden Wohnklo. Nicht mehr wirklich. Ich kann mich nicht beschweren, denn:

Ich habe Rückhalt.

Dieses kleine bißchen.

Denen, die besitzen, wird Raum zum Atmen gegeben werden.

Ich lebe in einer angebauten Hütte im Garten meiner großen Schwester.

Sie ist zehn Jahre älter als ich und ging in den frühen Achtzigern von der Uni. Dadurch ist sie ein Relikt der guten alten Ausnahmebewilligung, des vereinigten Staates, den es von 1945 bis etwa 1982 gab, das Fließband, das die untere Mittelschicht in die eigentliche Mittelschicht befördern sollte. (Diejenigen, die verarscht wurden, gehörten zur Arbeiterklasse. Sie zahlten Steuern, aber profitierten nicht von der Bausparförderung und kostenlosem Studium und Kunstförderung und so weiter: Sie kauften sich statt dessen die »Sun«.) Meine große Schwester, diese Glückskuh, schaffte es, das Schwanzende dieses Himmels der unteren Mittelschicht zu packen, und hat daher ein schönes Haus in Shepards Bush und eine lächerliche, dreizehn Jahre alte Hypothek.

Und ich kriege die Hütte.

Versteh mich nicht falsch, ich mag sie.

Ich liebe sie, es ist eine große Hütte, einfach an die Rückwand ihres Hauses angeklebt. Ich habe sie vor drei Jahren mit Chicho zusammen gebaut. Sie ist fünf mal fünf Meter groß und knapp drei Meter hoch und auf Bahnschwellen aufgesetzt, Strom kommt durch die Wand aus dem schwesterlichen Haus. Auf eineinhalb Meter hohen Stützen steht das Doppelbett, darunter mein Wiener Stuhl, meine Stereoanlage und ein rostiger, röhrender Kühlschrank voller Bier und Käse und Chichos Tortillas und Zeug, das man futtern kann, ohne kochen zu müssen. Die Hütte ist mit Glaswolle isoliert (nachdem ich mir im ersten Winter die Eier abgefroren habe), es gibt Vorhänge und Lampen und schöne Decken an den Wänden und ein Bücherregal an der ehemaligen Rückseite des Hauses; und letzten Sommer, als ich mehrere Wochen lang nichts zu tun und auch kein Geld hatte, schnitzte ich an den Giebeln, so daß sie jetzt ein wenig an alte russische Märchen erinnert.

Ich benutze den Strom von meiner Schwester und ihr Badezimmer und ihre Waschmaschine und gebe ihr dafür ungefähr £ 30 pro Woche oder so, wenn ich bei der Zeitarbeit bin oder sonst einen Job habe, und kaum etwas, wenn ich nicht arbeite. Wenn ich will, bin ich Teil des Haushalts, und frei, wenn mir nicht danach ist. Ich rasiere und wasche mich, bin zivilisiert und zahle nicht £ 50 pro Woche, um in einem abgeschissenen Wohnklo in East Acton oder sonst irgendwo zu wohnen.

Dadurch habe ich relativ viel Geld zum Verschwenden zur Verfügung.

Passend zu meinem verschwendeten Leben?

Bob (der Mann meiner großen Schwester) hat nichts dagegen, daß ich in einer Hütte in seinem Garten wohne, da ich nämlich, kurz nach meinem Einzug, einen siebzehnjährigen Dieb erwischt habe, der (verständlicherweise) nicht damit rechnete, daß sich jemand aus einer Hütte heraus an ihn heranschleichen würde, als er gerade ein Fenster aufbrechen wollte. Ich schlug ihn zusammen und rettete so Bobs Bang&Olufsen Hifiturm und den Rest, bevor ich merkte, daß der Typ kaum halb so groß war wie ich und daß er eine Nagelfeile in der Hand hielt, mit der er die Fenster öffnete, und nicht etwa ein Messer, mit dem er mich hätte erstechen wollen. Er hätte sie fallen lassen sollen, aber das tat er nicht. Ich glaube inzwischen, daß er einfach nicht verstand, was ich da brüllte, ich hatte Angst, ich sah dieses Ding in seiner Hand glitzern und schlug ihm einfach voll in die Fresse, es war schon eine massiv körperliche Angelegenheit geworden, ich brüllte laßdasgottverdammteMesserfallendu-Arschloch und solches Zeug. Ich wagte nicht aufzuhören, ihn zu schlagen, bis er plötzlich aufgab und zusammenfiel und das Ding fallen ließ. Ich hatte ihm die halbe Lippe abgerissen, manchmal denke ich nachts daran, ich kann immer noch die Haut an der Seite seiner Lippe sehen und das Blut, wie es heraus und über meine Hand läuft. Das tat mir sofort leid, und ich ließ ihn abhauen, er sagte noch mit schwacher Stimme danke, als ich ihn über die Mauer hievte, und heute wünsche ich mir, daß das alles nie passiert wäre.

Es bedeutet allerdings, daß Bob mich jetzt als eine Art totale Abschreckungswaffe betrachtet.

Bob hat eine Haut in bestem Schweinsrosa und ist ein Mitglied einer echten Mittelschichtsfamilie mit Stipendien etc. Er ist ein linksliberaler Anwalt, und ich nehme an, daß seine politische Erleuchtung auf seine überraschende Erkenntnis zurückzuführen ist, daß nicht jeder Mensch einen Volvo fahren und die Snackauslage bei *Harrods* durchprobieren kann. Für den jungen Bob war das eine Ungerechtigkeit von kosmischem Ausmaß, eine unnatürliche Bosheit, und seither ist er stets ein mutiger Kämpfer für den Himmel der Mittelschicht gewesen. Bei seinen Dinner-Parties erfülle ich den doppelten Zweck, (a) die Wohnungskrise zu illustrieren und (b) als Beweis für seine Großzügigkeit gegenüber der traurigen Familie seiner Frau zu dienen. Ich ziehe da durchaus mit, wenn das Abendessen gut riecht, und das tut es oft, denn Bob ist ein Küchenfetischist erster Güte: Im Sommer pflückt er Lorbeerblätter und Basilikum von seinen Balkonpflanzen und schmeißt sie direkt in das Essen. Und außerdem höre ich gerne seine eine Geschichte.

Er hat nur eine richtige Geschichte, aber ich kann sie immer wieder hören, denn schließlich kümmert es doch niemanden, ob sie neu ist oder nicht. Ist Hamlet etwa neu? Bobs Geschichte geht folgendermaßen:

Nach dem Bergarbeiterstreik verteidigte Bob einen Kumpel, dem vorgeworfen wurde, daß er mit einem Ziegelstein nach einem Polizisten geworfen hätte. Er stritt das ab. Zu der Zeit hatte die Polizei gerade diese riesigen Schutzschilder eingeführt, die wir heute als ganz normal ansehen, und der betroffene Polizist war angeblich von dem Ziegelstein am Knie getroffen worden. Bob hatte eines dieser neuen Schilder in den Gerichtssaal bringen lassen und den Polizisten aufgefordert, sich hinter dem Schild aufzubauen. Bob hielt einen Stein in der Hand und fragte ihn, wie irgend jemand ihn mit einem Ziegelstein am Knie hätte treffen können, wo das Schild ja bis zu seinen Knöcheln reichte. Der Bulle gab keine Antwort, er war darauf nicht vorbereitet worden, in seinem Notizbuch gab es dazu keine Einträge. Also hielt Bob seinen Ziegelstein etwas höher und sagte:

– Na ja. Ich nehme an, er könnte einfach vom Boden abgeprallt sein.

– Ja, sagte der Bulle rasch, – so war's.

Bob wirft den Stein auf den Boden. Er prallt nicht ab, sondern bleibt liegen. Die Staatsanwaltschaft rutscht verlegen auf dem Arsch und schaut sich die Fingernägel an. Der Bulle glotzt auf den Stein und wird sehr rot. Schnell wie ein Blitz zieht Bob einen halben Ziegelstein hervor und sagt:

- Vielleicht war es ja so einer?

- Ja, genau so einer war's! sagt der Bulle.

Bob wirft den halben Ziegelstein auf den Boden. Er prallt auch nicht ab. Verfahren leider eingestellt.

Abgesehen von dem phantastischen Essen und dieser Geschichte gibt es noch einen Grund, warum ich Bobs Dinner-Parties mag: Ab und zu gibt es nette Mittelschichtsmädchen, die sehen, wie ich in einer ungewöhnlichen Hütte lebe und (immerhin) der Bruder von Bobs Frau bin und außerdem immer ganz nett mit meinen Neffen umgehe, die (4 und 6 Jahre alt) mich gerne in der Hütte aufsuchen. Sie nehmen dann an, daß ich wohl eine Art verheimlichter Mittelschicht angehöre und gewissermaßen nur auf einem verlängerten Urlaub bin und jederzeit, wenn das richtige Mädchen vorbeikommt, mit meinem privaten Einkommen herausrücke und sie in ein abgesichertes Künstlerleben in Islington entführe.

Würde ich tun, wenn ich's könnte.

Ich bin der perfekteste Onkel der Welt und bin nur 28 Jahre alt.

Vor einigen Wochen war Bob während des Abendessens sehr in sich versunken, als er plötzlich aus heiterem Himmel und etwas zu schnell sagte, daß er sich dachte, die Jungs würden die Hütte vielleicht ganz gut als Spielhütte gebrauchen können, wenn Jamie so ungefähr neun Jahre alt wäre. Oder zehn, sagte er sofort, wurde ganz rot und schenkte mir gleich mehr Wein ein und war für den Rest des Abends extrem nett zu mir.

Aha.

Und weißt du, was noch los ist? In drei Monaten werde ich 29.

Verfluchte 29 Jahre.

Und wir wissen alle sehr gut, was dann als nächstes kommt.

Ich nähere mich meinem zu-verkaufen-bis-Datum.

Die Monate fangen bereits an, in einer Art Zeitverfall an mir vorbeizufliegen, die Sonne dreht sich in Höchstgeschwindigkeit in schnellen, kurzen Bögen um mein Leben auf der Erde.

Ich glaube, ich werde nicht gerne (tief durchatmen!) dreißig Jahre alt.

Ich würde nicht gerne in einer Hütte dreißig Jahre alt werden.

Oder aus einer rausgeworfen werden.

Und immer noch zur Zeitarbeit oder Stempeln gehen?

Shepards Bush an Portionskontrolle: Wo zum Teufel bleibt meine Portion?!

Vielleicht bin ich für das Glück immer nur gerade noch in die engere Wahl gekommen.

Vor einiger Zeit habe ich angefangen, in den Straßen rumzulaufen, abends, im Regen, und zu den Lichtern in den Fenstern der kleinen Häuser aufzuschauen. Dabei bekomme ich Gelüste, die Bewohner mit einer Axt abzuschlachten, nur ihrer chinesischen Lampenschirme wegen und wegen der netten IKEA Bücherregale und Grünpflanzen.

Ich hasse das an mir.

Ich hasse es, daß ich angefangen habe, mich darüber aufzuregen, daß ich nie zur Mittelschicht gehören werde. Ich hasse es, daß ich mir um Geld und um das Älterwerden Sorgen mache. So war ich nie, das schwöre ich bei Gott, ich habe immer durch die Gegend gefickt und gesoffen und mich dabei einen Scheißdreck darum gekümmert, mit wem, wie reich sie waren oder wie alt - ich habe nie auch nur daran gedacht.

Vielleicht war ich vorher blind?

Vielleicht fange ich gerade an, mich umdrehen zu lassen?

Ich weiß es nicht, ich weiß es einfach nicht.

Ich nehme an, man macht sich nie um etwas Sorgen, bevor einem klar wird, daß man es verlieren könnte.

Ich laufe Gefahr, meine Hütte zu verlieren.

Ich bin auf dem besten Wege, meine Zwanziger zu verabschieden.

Ich fange an, meine Haare zu verlieren, zum Teufel!

Das ist das schlimmste, das mit den Haaren. Das ist das erste, leise Pfeifen der Sense. Einen Bierbauch oder Hängetitten oder Rettungsringe kann man wegtrainieren (ich habe erst vor kurzem begriffen, daß ich auch welche kriegen könnte, ich dachte immer, ich wäre davor gefeit. Aber wer denkt das nicht?), aber einen Glatzkopf kann man nicht wegtrainieren, den kann man nur wegschießen.

Über die Gartenmauer hinweg, kann ich die rückwärtigen Fenster der Häuser auf der anderen Straßenseite sehen. In einem davon sitzt ein glatzköpfiger Mann in einem Wohnklo, seine Vorhänge sind stets zurückgezogen, und man kann ihm zusehen, wie er den ganzen Abend lang Flugzeugmodelle bastelt.

Manchmal wird er plötzlich langsamer, hört dann auf, starrt für ein, zwei Minuten vor sich hin, steht dann auf, zieht die Vorhänge zu (es sind natürlich orangene Vorhänge; es muß irgendwo ein geheimes Gesetz geben, nach dem alle Vorhänge in Wohnklos orange sein müssen), und zehn Minuten später zieht er sie wieder auf, setzt sich langsam hin und macht sich wieder in Ruhe an seinen Klebstoff und seine Plastikteile. Ich nehme an, daß er in diesen Pausen seine geistige Wichserei durch körperliche Wichserei unterbricht oder vielleicht einfach nur in Verzweiflung seinen Kopf gegen die Wand haut. Oder beides.

Ich habe angefangen, ihn zu beobachten, als sei er ein furchtbarer Spiegel einer möglichen Zukunft.

Ich habe keinerlei Absichten, so zu enden wie er.

Andererseits hatte er die wohl auch nie.

Während ich ihn beobachte, weiß ich, was Angst bedeutet, und spüre die Macht der Gewißheit: Nichts kann schlimmer sein als das, nicht einmal der Knast ist schlimmer als das.

Ein Buchhalter zu sein kann nicht schlimmer sein.

Bis jetzt konnte ich der großen Gleichung des Endes dieses Jahrtausends Widerstand leisten (abnehmende Hoffnung - drohende Angst = Buchhalterei), indem ich mindestens einmal in der Woche während des Berufsverkehrs an Charing Cross vorbeilief, um einen Blick auf die Buchhalter zu werfen, die dort vor der Tafel für die Abfahrten stehen. Sie haben einen starren Blick wie verrückte Bauern vor einer Reliquie und warten auf die Mitteilung, daß sie nun endlich dahin gehen können, wo sie in Wirklichkeit gar nicht hinwollen.

Aber ich weiß, daß ich schwächer werde.

Letzte Woche habe ich eine Anzeige für eine Ausbildung zum Buchhalter gelesen. Zweimal.

Nein, nein, nein.

Wenn ich jetzt Buchhalter werde, dann heißt das, daß ich es vor sechs Jahren hätte werden sollen.

Ich kann mich jetzt nicht einfach drücken.

Ich muß Michael Winners Privatbank ausräumen und mein Leben retten.

Und das ist der Grund, warum ich (jetzt – um hier endlich wieder auf Trab zu kommen) mit Suzy in ihrem furchtbaren Mini vorm Marble Arch sitze und überlege, wo wir als nächstes hinfahren.

– Wir müssen uns mit Mr. Supaservice treffen, sagte ich.

– Roger! sagte sie.

– Nein, Mr. Supaservice, sagte ich.

– Ha, ha, sagte sie.

Ich sah sie an, wie sie den Automatikhebel auf D umschaltete und dann den Motor unsanft in Kontakt mit den Rädern treten ließ:

– Wir müssen ziemlich abgedreht sein, sagte ich, als wir das Bureau de Change hinter uns ließen und langsam und überlegen dem großen Bogen der Straße folgten.

– Was ich meine, ist, wir müssen das wirklich nicht tun, es ist verrückt. Wir könnten immer noch den rationalen Weg wählen, könnten irgendeine Berufsausbildung machen, wir könnten sogar jetzt noch eine ordentliche Karriere machen.

– Yep, sagt sie und läßt uns elegant um den Marble Arch herumgleiten und gibt dabei laufend Gas, mit beiden Händen am Steuer. – Könnten wir. Is leicht für uns.

– Wir könnten eine Berufsausfallsversicherung haben und staatlich geförderte Bausparverträge und lauter solche Dinge.

– Absolut richtig, sagte Suzy (einen Moment lang blieben wir am Queensway hinter einem Nachtbus kleben).

– Ich meine, wir sind ja noch nicht total jenseits, wir könnten sogar Kinder haben.

– Was?

– Ich meine, nur mal angenommen. Wir könnten ihnen immer noch eine normale Kindheit geben. Ein Idyll, wie es sein soll. Teddybären und Weihnachten und so. Den Himmel der unteren Mittelschicht.

– Was zum Teufel redest du da?

– Nun, wir könnten immer noch Buchhalter werden oder so, wenn wir uns Anzüge kaufen und bei den Einstellungsgesprächen lügen.

– Yep, da hast du recht, das könnten wir immer noch.

– Könnten wir. Das ist alles, was ich sage.

– O.K.

– O.K. was?

– O.K., wenn das hier nicht hinhaut, dann werden wir beide Pissbuchhalter. Sie dreht sich zu mir um: Ehrlich, ich mein es so.

– Oh, sage ich.

– Wir sind auf dem Weg zu der Stadt der letzten Chance, O.K.?

– Klingt hart.

– Ist der einzige Platz, an dem man leben kann, sagt sie.

Und sie scherte aus und zischte mit durchgetretenem Pedal an dem Bus vorbei, selbst die Verkehrsampeln schienen uns entgegenzurufen: Los, auf geht's, denn ich schwöre bei Gott, daß wir auf dem ganzen Weg nach Hause nicht mehr unter die fünfundfünzig Meilen pro Stunde fielen, selbst in einem furchtbaren, alten Automatikmini fühlte es sich an wie Warp 139 oder so, der ganze Wagen drohte förmlich auseinanderzuplatzen, und die Ampeln wurden einfach immer
RotundGelb und Grün
RotundGelb und Grün
RotundGelb und Grün
vor unseren Augen, geradewegs bis runter zur Bayswater

Road und mitten durch Notting Hill und Holland Park und um Shepards Bush Green herum, als würden wir sie umschalten allein dadurch, daß wir es so wollten. Dabei ließen wir mit voller Lautstärke dieses lateinamerikanische Psychosambazeug laufen, und alle drehten sich nach uns um, da ein furchtbarer, alter Automatik-Mini bei fünfundfünfzig Meilen genauso klingt wie ein Thunderbird 1 auf Koks. Wenn du's nie probiert hast, hast du keine Ahnung, warum Joyrider einfach das Pedal durchdrücken, wenn sie hinter sich die blauen Lichter blinken sehen, obwohl sie wissen, daß sie höchstwahrscheinlich erwischt oder zu Matsch gequetscht werden oder so. Wir hätten es auch getan, sage ich dir, trotz Uniabschluß und so, wir waren einfach high aufgrund dieser 100% reinen, ganz natürlichen, frisch gepreßten, organischen Putschmittel, die nur das menschliche Hirn selbst produzieren kann, Chemikalien, die alles, was in Tabletten oder Pulver daherkommt, einfach ganz, ganz blaß aussehen lassen; Zauberei, die wir selbst herbeigerufen hatten, aus uns selbst und einfach indem wir die Herumscheißerei Herumscheißerei haben sein lassen und uns in den hell erleuchteten Schaufenstern nahmen, was uns gefiel, einfach so.

Ich guckte zur Seite und schaute Suzy beim Fahren zu und hätte sie dort auf der Stelle durchficken wollen, in dem Mini, weil sie einfach so gut und so heiß aussah, und sie merkte, wie ich sie anschaute, und sie grinste mich an, ganz wie ich sie, und ich dachte: Als man das Leben erfand, war es genau das, was man sich vorgestellt hatte. Es war mir komplett egal, ob wir an Ort und Stelle zerschmettert würden, aber ich wünschte mir für uns beide ein ewiges Leben.

Eine Stunde später geriet alles außer Kontrolle.

3. Achselhöhlen und ähnliches

Eine Stunde später sprachen wir darüber, was wir mit dem Geld machen würden, und Suzy sagte, sie überlege, ob sie nach Indien gehen würde, um ihr Leben in Ordnung zu bringen und so weiter, sich vollkommen zu verändern und so, und ich dachte: Oh Gott - es wäre ja wohl auch zu schön gewesen. Und ich sagte, vielleicht etwas forscher als notwendig:

- Ach, wirklich?

- Ja, sagte sie, und ich werde ganz als dieselbe zurückkommen, nur daß ich fünfundzwanzig Kilo weniger wiegen und den Kopf voll Scheiße haben werde.

In diesem Moment fing ich an zu lachen.

Ich komme gleich wieder darauf zurück.

Bevor das passierte, brachten wir Mr. Supaservice noch seine fünf Hunnis mitsamt dem Scheckbuch plus Karte vorbei und verdeutlichten ihm damit unsere Geschäftsfähigkeit und unseren guten Willen. Er schaute uns an und sagte:

- Ja, ja, ja, ja, ja, ja.

- Euch fehlts am rechten Glauben, sagte ich.

- Ja, so bin ich, mein Sohn. Aber jetzt, wo ich's anfassen kann, glaube ich's auch. Also gut: Was braucht ihr?

- Einen GTI mit Automatik oder so in der Art, sagte ich.

- GTIs gibt's nicht mit Automatik, sagte Suzy.

- Spiderwoman hat recht.

- Von was hattest du da geredet? fragte sie mich. - Ein weißer Mercedes mit Heckflossen?

- Na, das ist doch was, sagte Mr. Supaservice, - das taugt. Die Dame hat Geschmack. Wenn ich mich recht erinnere, habe ich von ein oder zwei gehört, die es in Southhall geben soll. Die Typen mit ihren 24-Stunden-Läden stehen auf so was, und die Asiaten, die wollen Automatik; die denken, daß es sich damit auf dem Broadway in Ealing mehr wie auf dem New Yorker Broadway anfühlt. Wenn ich einen finde, mein liebes, bösartiges Fräulein Schwarze Witwe, dann kriegen Sie ihn. Supaservice wird ihm die Hitze nehmen, Sie werden mit Ihren acht kleinen Händchen nicht einmal ahnen, wie heiß die Ware ist. Aber billig wird das nicht. Ein weißer Mercedes mit Heckflossen? Mit Automatik? Da solltet ihr doch besser erst einmal den Preis hören.

Fünfzehntausend Pfund, sagte er zu uns, und ich sagte ihm, wir würden ihm zweiundfünfzig fünfzig geben, aber erst nach dem Job, als würde ich davon ausgehen, daß er rundweg akzeptiert. Zweiundfünfzig fünfzig klang einfach gut, es klang wie genau durchkalkuliert. Ihm gefiel das gar nicht; ich wußte, daß er darauf ansprechen würde:

– Willst du mich verarschen, Milchbart? Glaubst du, ich kriege die Wagen umsonst? Scheiße, ich dachte, ihr seid in Ordnung. Ich muß die Karren Kohle bar auf die Hand bezahlen, und das werdet ihr auch, mein Junge.

– Komm schon, Super S., ich rede hier von Risikokapital. Willst du sein wie alle anderen High-Street-Autohändler? Schau, wir haben kein Kapital, wir brauchen die Ware, wir müssen dir weit mehr als den marktüblichen Preis bieten – und wer trägt das Risiko? Du? Nein! Du bist der Mittelsmann. Du sitzt fest im Sattel. Du gibst das Risiko an deine Zulieferer weiter, alles klar? Du sagst dem Typen, daß du einen neuen Auftrag hast: er besorgt dir den Mercedes, er bekommt zunächst gar nichts, und am Mittwoch kriegt er entweder das Doppelte oder Niente. Der Typ braucht das Geld, sonst würde er ja wohl keine Autos klauen, um sich seine Butter aufs Brot schmieren zu können, was soll er also einzuwenden haben? Er wird prompt ja sagen, und zwar nichts als ja, ja, ja, ja.

– Mr. John Denver, Sie haben ein Händchen fürs Geschäft.

– Wir sind nichts weiter als Kinder aus der Generation, die Maggie Thatcher auf dem Gewissen hat. Du kannst selbst entscheiden. Entweder gehst du mit uns ein kleines Risiko ein, oder du steigst aus und wirst ein anständiger kleiner Händler mit einem schönen Schild über deinem Laden und lebst von deinen zwanzig Prozent. Dann kannst du dich gleich Mr. Sicherer Mercedes nennen, wir wär denn das?

– Ja, ja, sagt er, als würde er schon nur noch mit halbem Ohr zuhören, dabei weiß ich, daß ihn das so gut wie rumgekriegt hat.

– Wenn wir Scheiße bauen, kriegst du den Wagen am Dienstagnachmittag zurück, ohne daß er auch nur ein bißchen heißer geworden ist als vorher, und du hast die fünf Hunnis für den einen Tag Miete.

– Und wie soll das funktionieren?

– Ist alles in meinem Plan, Super S., wir haben bombensichere Abbruchmechanismen eingebaut, bis hin zu dem Moment, wo wir die Steine im Kofferraum haben. Mehr kann ich dir nicht sagen, sonst weißt du zuviel – du weißt, wie ichs meine.

– Ganz auf den Kopf gefallen bist du ja nicht, Mr. Milchshake.

– Um dich reinlegen zu wollen, bin ich jedenfalls zu klug, Supa S.

– Man muß ein bißchen was riskieren, um viel gewinnen zu können, sagte Suzy.

– Sie nennen das ein bißchen, Fräulein Spinnenbiß?

– 60, wenn der Coup gelandet ist, sagte ich.

– Und mit Automatik? Ich nehme an, daß ihr auch die komplette Hifi-Einrichtung festlegen wollt, wenn ihr schon einmal dabei seid. So wie ich euch einschätze, wollt ihr einen vollautomatischen CD-Wechsler und so weiter?

– Sehen wir so aus, als würden wir nur Spielchen machen?

– Sie sehen einfach phantastisch aus, Fräulein Geldspinne, sagte Mr. Supaservice mit einem breiten Grinsen.

– Sie auch, sagte Suzy, aber wenn Sie's nicht machen können, dann drauf geschissen. Also her mit dem Geld und dem Scheckbuch und der VISA-Karte. Auf, sagt sie zu mir, ich mache morgen die große Kohle und werde wohl noch einen Freiberufler-Arsch aufreißen, der mir die Karre dazu verschafft.

Was für ein Instinkt!

Was für eine Verhandlungskunst!

Was für ein genialer Bluff eine Sekunde, bevor wir einig gewesen wären!

Es war, als hätte Suzy Bücher darüber verschlungen. Oder als hätte sie den Zigeunern in Wanstead beim Pferdekauf zugesehen, was auf dasselbe hinausläuft. Wie konnte sie nur darauf kommen, daß Supaservice bei dem Wort »Freiberufler« die große Krise kriegen würde?

Das kommt, weil er sich für den König des Autoverleih- und -verkaufsmarktes in seinem Viertel hält. Er haßt die jungen Crack-Schnösel, die ihm in der Gegend der Imbißbude *House-of-Pies* den ganzen Kundenstamm abgejagt haben, indem ihnen grundsätzlich alles am Arsch vorbeigeht. Er muß sich gegen diese schlanken und hungrigen Konkurrenten verteidigen, die ganz ohne außergewöhnliche Unkosten arbeiten können.

Mr. Supaservice hat außergewöhnliche Unkosten. Er braucht ständig eine Menge Umsatz, denn wie alle Freischwimmer der Mittelschicht lebt Mr. Supaservice ständig ein wenig über seine Verhältnisse.

Er muß das Schulgeld für seine vielen Söhne bezahlen und für die Verwöhnung seiner vielen Töchter aufkommen.

Mr. Supaservice heißt in Wirklichkeit Maurice. Er ist ein großgewachsener, eher dünner, aber durchtrainierter Mann um die 40 vielleicht. Er weiß, daß seine Söhne, wenn er sie in die normale Schule in der Latimer Road schickt, in das wilde Leben der Straße abrutschen und mit 13 oder 14 irgendwelche krummen Dinger drehen werden, um cool zu wirken und weil es Spaß macht. Und da sie schwarz sind und nicht der Mittelschicht angehören, werden ihnen diese dummen, kleinen Verbrechen nicht als Schuljungenstreiche ausgelegt werden. Die Supaservice Söhne würden verknackt werden und schließlich in der Polizeistation von Shepards Bush enden und dann von dort auf dem Laufband direkt in den Fleischwolf geraten. Daher schickt er seine Söhne nacheinander in dem kritischen Alter zwischen 12 und 16 in eine Korrekturanstalt namens Privatschule in Hampshire, was ihn Abertausende von englischen Pfund kostet, die er verdient, indem er Sozialwohnungen vermietet, als Zuhälter unterwegs ist und gestohlene Wagen verscherbelt. Mit sechzehn kriegen sie dann ihren Schulabschluß, und der übelste Teil der pickelübersäten Testosteron-Zeit wurde den Lehrern zugemutet, die genau dafür bezahlt werden. Supaservice hat ungefähr zehn Söhne mit ungefähr vier Frauen, soviel ich weiß – manchmal beneide ich ihn wirklich darum. Den Frauen hat er auch noch Unterstützung zu zahlen. Was seine vielen Töchter angeht, so glaubt er fest daran, daß kein Mädchen sich je billig verkaufen wird, solange sie glaubt, daß sie etwas Besonderes ist. Nach dieser Devise läßt er sie bei ihren jeweiligen Müttern und verzieht sie komplett mit teuren Kleidern und Schmuck und anderem Zeug, und an ihren Geburtstagen besorgt er sich eine richtige amerikanische Limousine mit sechs Rädern, einer Fernsehantenne auf dem Kofferraum, die als Bumerang durchgehen könnte, und undurchsichtigen, schwarzen Fenstern. Den Schlitten bekommt er von einem großen Autohändler, mit dem er befreundet ist. Er holt sein Geburtstagskind dann in aller Öffentlichkeit ab, damit alle Freundinnen und Freunde sie sehen können, und bringt sie dann zu einem schwarzen In-Schuppen in Brixton, wo er einen Tisch und Champagner reserviert hat, damit sie nie auf den Gedanken kommt, einen verrufenen Typen von der Straße auch nur anzusehen. Alle zehnjährigen Jungs aus der Gegend sind verzweifelt darauf aus, mit den Töchtern von Supaservice etwas anzufangen, da ihre Väter darauf aus sind, mit Supaservice etwas anzufangen. Auf diese Weise genießen die Supaservice-Töchter ihr Leben in vollen Zügen, und sie wissen auch, warum sie es so genießen, denn wenn die Väter anderer Kinder auftauchen, werden diese immer knallrot; wenn aber Mr. Supaservice kommt, strahlen seine Kinder vor Stolz. Bis vor kurzem war er in seinem Viertel ein absolutes Vorbild. Inzwischen fühlt er sich jedoch in dieser Stellung ein wenig bedroht, er zählt schon fast zu den Etablierten. Das ist wohl der Grund, warum er mich mag. Er verachtet mich ein wenig, weil ich ein Versager bin, das weiß ich, aber er lädt mich gerne zu einem Bier ein oder kommt einfach zu mir, um Hallo zu sagen (was eine wunderbare Wirkung auf mein Anschreibelimit hat), einfach weil er sich zum einen gerne herablassend gegenüber einem Studierten verhält und zum anderen, weil er von Bob kostenlos juristischen Rat erhält. Er nennt ihn übrigens einen Ahnenwald, was Bob unmäßig auf die Nerven geht. Ein anderer Grund, warum er mich mag, ist, daß mal jemand über ihn gesagt hat, er sei ein konservatives Arschloch, worauf ich widersprach und diesem Jemand erklärte, daß Supaservice kein Konservativer sei, sondern einfach für die freie Marktwirtschaft eintrete. Leider hätten wir aber eben keine freie Marktwirtschaft, sondern Kapitalismus. Das gefiel Supaservice, da es ihm aus der Klemme half.

(Sein Hobby ist, hinter oder unter Autos hervorzuspringen, wenn seine M. S. liberalen, ultraweißen Mittelschichtsnachbarn von der BBC vorbeikommen. Sie bekommen stets einen Herzinfarkt vor Schreck, bis sie merken, daß es sich nur um Supaservice handelt, von dem sie billig Autos kaufen und den sie ihren Freunden in Weinbars weiterempfehlen. Er droht ihnen dann mit dem Finger und beschuldigt sie, Rassisten zu sein, die im Unterbewußtsein denken, daß jeder Neger auch ein Räuber und Dieb ist, und lacht ha, ha, ha.)

Er blickte auf das Geld mit dem Scheckbuch und der Visakarte, die er beide nur als Zugabe bekommen hatte, und er sagte, Scheiße, er kenne uns jetzt schon einige Jahre, und da wir noch immer kein Vorstrafenregister hätten, wären wir offensichtlich ziemlich gerissen (es kam ihm nicht in den Sinn, daß wir kein Vorstrafenregister hatten, weil wir nie groß etwas anstellten), und er sagte fünfundsiebzig. Bevor ich fünfundsechzig sagen konnte, hatte Suzy in schönster schottischer Art nochmals sechzig gesagt, und Supaservice hatte zugestimmt. Er schüttelte mir die Hand, wobei ich mir etwas doof vorkam, denn eigentlich hatte Suzy die Verhandlung geführt, aber ihr bot er seine Hand nicht an. Ich will nicht behaupten, daß er das aus irgendeinem bösartigen Grund tat, er dachte einfach nicht daran. Sie war nur ein Mädchen, und ich war der Mann. Suzy schüttelte einfach nur den Kopf und lachte in sich hinein; ich wußte, daß sie genau dasselbe dachte wie ich.

(Vor einiger Zeit half ich einmal Chichos Schwester Pilar, einem alten Spanier in Acton einen schrecklichen alten FIAT abzukaufen. Er sprach kein Englisch, hätte aber niemals mit einer Frau verhandelt, das wäre einfach nicht in seinen verknöcherten Bauernschädel hineingegangen. Da ich kein Spanisch verstehe, verlief das Gespräch ungefähr so:

ICH ZUM ALTEN MIGUEL: Pili hier möchte diesen schrecklichen, alten FIAT kaufen, den Sie im Hinterhof stehen haben.
DER ALTE MIGUEL ZU PILI: Was sagt er?
PILI ZUM ALTEN MIGUEL: Er sagt, daß ich vielleicht Ihren FIAT will.
DER ALTE MIGUEL ZU MIR: Er läuft wie eine Eins.
ICH ZU PILI: Was sagt er?
PILI ZU MIR: Er sagt, er läuft wie eine Eins.
ICH ZU PILI: Wieviel willst du dafür zahlen?
DER ALTE MIGUEL ZU PILI: Was sagt er?
PILI ZUM ALTEN MIGUEL: Er fragt mich, was ich zahlen möchte.
PILI ZU MIR: Sag ihm vierhundertfünfzig.
ICH ZUM ALTEN MIGUEL: Sie gibt Ihnen vierhundertfünfzig.
DER ALTE MIGUEL ZU PILI: Was sagt er?
PILI ZUM ALTEN MIGUEL: Er sagt, daß ich Ihnen vierhundertfünfzig gebe.
DER ALTE MIGUEL ZU MIR: Warum lassen sie es zu, daß sich diese Verrückte über mich in meinem hohen Alter lustig macht?
ICH ZU PILI: Was sagt er?
Und so weiter.)

Eine Stunde später, nachdem wir das Geschäft mit Supaservice abgeschlossen und Brady und Chicho angerufen hatten, um ihnen von unserem Erfolg zu erzählen und ein Treffen in der Hütte in zwei Stunden auszumachen, bei dem ich ihnen den richtigen Plan darlegen würde (ja, ja, kommt jetzt gleich, fest versprochen), erzählte ich Suzy diese Geschichte. Wir saßen an einem großen Tisch mit Blick über Bush Green und einem halb aufgegessenen, chinesischen Gericht.

Während des Essens hatte sie ihre Schuhe ausgezogen und spielte unter dem Tisch mit ihrem nackten Fuß mit meinem Schwanz. Sie konnte ihren Fuß so lange horizontal ausstrecken, wie sie wollte; ein Ergebnis ihres jahrelangen Ballettrainings, das auch zum Teil für ihren flachen Bauch verantwortlich war. Ich zog auch meinen Schuh aus und versuchte, die attraktive Naht ihrer Jeans zwischen ihren Beinen zu massieren, aber es funktionierte nicht so richtig, da meine Füße dafür zu groß und tolpatschig waren und ich darüber hinaus noch meine Socken anhatte, was ein bißchen bescheuert und britisch wirkte. Außerdem bekam ich nach ungefähr zwanzig Sekunden einen entsetzlichen Krampf im Bein und konnte es einfach keinen Moment länger gestreckt halten. Ausprobieren!

Inzwischen hatten wir damit sowieso aufgehört, lehnten uns zurück und sahen uns an, während wir Zigaretten rauchten, mit Zahnstochern kleine Krabbenteile aus unseren Zähnen fischten und wohlig gähnend die Mischung aus Adrenalin, chinesischem Bier, Chili, Geschmacksverstärker, Tabak und bevorstehendem Sex genossen.

Das war der Moment, in dem sie davon sprach, wie sie nach Indien gehen würde, um dann fünfundzwanzig Kilo leichter zurückzukommen und Scheiße zu erzählen.

Jetzt hatte sie mich soweit, daß ich laut herauslachte.

Du weißt, was ich meine: dieses Scheiß-drauf-Lachen mit zurückgeworfenem Kopf, das dir den ganzen Hals öffnet und bei dem du im Hinterkopf immer denkst, Jesus, wann habe ich das letzte Mal so gelacht? Genau so. Das war der Moment, in dem ich wußte, daß wir definitiv dieselbe Wellenlänge hatten.

Allein der Gedanke, daß Suzy fünfundzwanzig Kilo abnehmen würde, war schon verrückt. Suzy hat kein einziges Kilo zuviel. Sie ist einssiebzig groß, und nach meiner wohlbegründeten Einschätzung würde sie mit fünfundzwanzig

Kilo weniger dem Nullpunkt gut um die Hälfte näher kommen.

Meine Einschätzung war wohlbegründet, da wir ein wenig früher am Tag im Stehen gefickt hatten und ich ernsthaft bezweifle, daß ich sie die ganze Zeit über hätte tragen können, wenn sie auch nur ein bißchen mehr als gut fünfzig Kilo gewogen hätte, wieviel Adrenalin ich auch immer im Blut gehabt hätte.

Ich sage mit Bedacht »ficken« und nicht etwa, um wieder in die Ficksprache zu verfallen. Es ist ein gutes altes Wort, und meine persönlichen Rechtsanwälte (Ehrlichkeit & Aufklärung, Kanzlei für rechtlichen Beistand für die relativ begünstigten Schichten) raten mir dringend davon ab, zu behaupten, daß wir uns geliebt hätten, denn das sei doch etwas anderes.

Ficken allein ist genausowenig mit Liebe gleichzusetzen wie Zärtlichkeit allein: Dieser Planet ist voll von Leuten, die bumsen, und von Leuten, die sich Schatzi und Putzmutzi nennen, und ich wünsche ihnen das Beste, aber sie sollten sich daran erinnern, daß sie das alles morgen genausogut mit jemand anderem tun könnten, da das alles niemandem im besonderen gilt, sondern im Grunde jedermann. Der Beweis ist leicht geführt, indem man sich klar macht, daß man T-Shirts kaufen kann, auf denen Ich liebe dich, Schatz! steht, und wir sollten uns darüber nichts vormachen. Es handelt sich dabei nicht um Liebe.

Hör zu, wie kann ich sagen, wir hätten uns geliebt, ich meine, zum Teufel nochmal, wir kannten uns kaum, bis zur letzten Nacht.

Ich gehe jetzt mit dir zurück zur letzten Nacht. Nicht um dich zu verwirren oder so, sondern nur um zu erklären, was wann passiert ist und wo wir uns jetzt befinden. Also:

Letzte Nacht. Freitagnacht also:

O. K., ich hatte Suzy natürlich über Chichos Schwester Pilar kennengelernt und wußte daher, daß sie Dialekte nachmachen konnte, um andere zu amüsieren. Ich nehme an, daß ich sie wohl mal hier und dort getroffen habe, bevor Pilar und ich uns trennten, ich wußte jedenfalls, daß man sie die schwarze Witwe nannte, weil sie stets Schwarz trägt, von Kopf bis Fuß, und wegen der paar Monate, als sie mit Drogen experimentierte und diese zwei Typen, halb Dealer, halb Junkies, sich beide ihretwegen umbrachten, weil sie sie nicht bumsen konnten oder sie von ihr nicht Kiffbrüderchen genannt wurden oder was auch immer sie von ihr wollten, sie aber nicht tat. Vermutlich dachten sie, sie seien verliebt in Suzy.

So eine Geschichte kann einer Frau einen Namen machen, und das war auch passiert.

Und ich wußte natürlich, wie sie Auto fahren konnte.

Aber zunächst mußte ich herausfinden, ob sie wirklich vom Heroin herunter war. Traue nie einem Junkie, denn ein Drittel von seinem Hirn ist immer damit beschäftigt, wie er wohl seinen nächsten Schuß bekommt, was auch immer ihn sonst gerade beschäftigt. Junkies sind fast so schlimm wie Säufer.

Wie auch immer: Wir trafen uns das erste Mal in Filthy MacNasty's Whiskey-Kneipe über Kings X. Zunächst waren wir bemüht, den gesellschaftlichen Kontakt aufzubauen, was zur Folge hatte, daß wir uns über unsere gemeinsame Bekannte, Chichos Schwester Pilar (wie ich vorher schon sagte) unterhielten.

– Pili war ein wenig am Ende, nachdem ihr Schluß gemacht habt.

– Ja, ich weiß. Tat mir wirklich leid.

– Und warum hast du's dann getan?

– Christus, ich weiß nicht. Weißt du, jedesmal, wenn sie

anfing mit: wo das alles hin sollte und so, wußte ich, daß sie ans Heiraten dachte, das war es, was sie wollte. Ich sagte zu ihr, wie soll ich sie heiraten, ich wußte, daß sie auch Kinder wollte, ich meine, zum Teufel, ich wohne in einem abgerissenen Schuppen, ich habe keinen Job, aber als ich ihr das alles vortrug, sagte sie nur O.K., O.K., als ob ich sie in Wirklichkeit nur verarschen würde und ich mich jederzeit ändern könnte, wenn ich sie nur wirklich liebte und einfach sagen könnte: Schau, Pili, stell dir vor, ich habe diesen tollen Job und eine schöne Wohnung, wir können zusammenziehen und maschinengewebte Teppiche auslegen, ich habe dich nur ein bißchen an der Nase herumgeführt. Verstehst du das? Je länger es gedauert hätte, desto schlimmer wäre es geworden, das war eben so.

– Is es dir jemals andersrum passiert?

– Wie? Das man mich hat sitzen lassen?

– Yep.

– Klar! So fifty-fifty, würde ich sagen.

– Gut.

– Und du?

– Ach, jeder weiß doch genau über mich Bescheid.

– Die schwarze Witwe, sagte ich.

– Durch die beiden war's dann wieder ein bißchen ausgeglichen.

– Zwei Tote für den Ausgleich? Du mußt ganz schön hinterhergehinkt haben.

– Ziemlich, sagte sie. Aber jetzt ist es auch ungefähr fifty-fifty, glaube ich.

– Wer war er?

– Jemand.

– Jemand, den ich kenne?

– Jemand eben.

Das war das Ende der Unterhaltung. Suzy dachte über etwas nach, was sich ungefähr fünf Zentimeter unter der Oberfläche ihres Biers befinden mußte, und ich war von der bedrückten Stimmung, die plötzlich eingefallen war, ziemlich aus der Fassung gebracht. Da wir schon über die beiden toten Junkies geredet hatten, brachte ich jetzt die Sprache auch aufs Fixen, um zu sehen, ob sie wieder vollkommen sauber war.

Das brach dann endgültig das Eis.

Ach, Verliebtheit!

Im Ernst, Heroin ist ein phantastisches Gesprächsthema, um herauszufinden, was eine Person wirklich denkt. Ich meine richtiges Denken, über das Leben und die ganze Welt und so. Heroin ist nicht so gefährlich, weil es so abhängig macht, es macht nicht wirklich abhängig. Es ist so gefährlich, weil es so verdammt gut in dem ist, was es ist:

Der Himmel zum Mitnehmen.

Heroin bedeutet pulverisierte Harfen und Flügel. Es ist Buddha unter dem Baum und Siddharta, der zuschaut, wie sich der Fluß ins Meer ergießt – du fließt einfach davon, und wenn du bis auf drei gezählt hast, brennt dir das bleiche, warme Licht in den Adern in deinem Kopf, und du rollst sanft vor und zurück. Nach zehn Sekunden befindest du dich wieder sicher auf der Erde, und du kannst Autofahren, dich unterhalten oder arbeiten oder was auch immer. Das einzige, was verschwunden ist, sind die Angst, der Streß und die Panik. Du bist genau so, wie du eigentlich schon immer hättest sein sollen. Gut? Heroin ist Gottes persönliche Genußmarke, die Droge der Drogen.

Das ist auch der Grund, warum Ärzte das Zeug stets in ihren schwarzen Taschen haben und auch brauchen, wenn sie dich mit herausgerissenem Rückgrat auf der Autobahn finden und Morphium einfach nicht mehr ausreicht, um dich beim Sterben vom Schreien abzuhalten. Heroin ist das letzte der irdischen Dinge, das ist dein süßer Tod, das ist alles.

Wenn du tief in dir nichts anderes wünschst, als daß es endlich alles aufhört, wenn du wirklich auf und davon willst, wenn tatsächlich dein ganzes Leben nur noch ein tonnenschwerer Rucksack ist und es dir so vorkommt, als laute deine Strafe, daß du ihn so lange tragen mußt, bis du nicht mehr kannst, wenn du auf den Kalender schaust und die Tage und Monate ohne jegliches Richtungsschild, ohne Warnlampen und ohne Schienen einfach nur dahinziehen und dein erster und ehrlichster Gedanke nur ist: Gott steh mir bei, wie zum Teufel soll ich diese ganze lange Zeit überstehen, diese langen Abende und diese verschwendeten Tage, diese leeren Sonntagnachmittage – dann ist Heroin der einzige Kumpan, der dir bleibt.

Was es zu einem ziemlich guten Prüfstein macht, sagte Suzy.

Ich stimmte zu.

Das war die erste Sache, über die wir uns total einig waren, und daher war das ein verdammt wichtiger Moment für uns. Ich werde Heroin dafür ewig dankbar sein.

Also tauschten wir ein paar Drogen-Stories aus:

Ich erzählte ihr, wie ich zwei Wochen lang jeden Tag fixte (mir wurde beim ersten Mal nicht schlecht, das ist nur Schwachsinn, genauso wie der Unsinn, sich irgendwas um den Arm zu binden, wenn du gesunde, junge Venen hast, spannst du nur ein paar Mal den Bizeps an, und schon bist du fertig vorbereitet). Ich hörte auf, nachdem ich mir einen Speedball gesetzt hatte (du weißt schon, Koks und Heroin gemischt und reingejagt, das Zeug, das River Phoenix über den Jordan befördert haben soll; mir hätte es ebenfalls beinahe das Hirn platzen lassen). Das war nicht etwa ein großes Vorhaben, sondern ich hörte einfach deswegen auf, weil ich mich außerhalb der Stadt in einem heroinlosen Nest herumtrieb. Nach einer Woche hatte ich einen wilden Traum in Supertechnicolor mit digitalem Stereo-Dolby-Surroundsound, ich träumte, die Nadel stecke schon drin, mein Daumen wurde schon weiß auf der Spritze, mein Hirn war schon ganz auf den Schuß eingestellt - ich wachte schreiend auf und verkrallte mich in der Bettdecke, weil es nicht wahr war. Ich wollte mir mit den Zähnen meine Venen aus den Armen reißen und sie wie Zuckerröhrchen auslutschen, aber als es Morgen wurde, war der Spuk vorbei und kam nie wieder zurück, weil ich ihn nie wieder rief.

Dann erzählte mir Suzy, wie sie fast einen ganzen Monat lang jeden Tag fleißig Heroin konsumierte und wie sie es aufgab - wie eine schwere Grippe sei das gewesen, mit dem kleinen Unterschied (Aha! Aha! Ein kleiner Unterschied!): Wenn man die Mutter aller Grippen kriegt und dann jemand (- Wer? fragte ich. - Jemand eben, sagte sie.) daher kommt und dir das Mittel anbietet, von dem du weißt, daß es (a) dafür sorgen wird, daß du dich nicht mehr wie ein ausgedorrtes Stück Scheiße fühlst und (b) dir innerhalb von vier Sekunden eine besondere Beziehung zum lieben Gott verschafft. Jetzt mal ehrlich: Stell dir vor, Grippostad würde das schaffen! Keine gesetzlich vorgeschriebene Warnung über die Nebenwirkungen würde auch nur einen Menschen davon abhalten, es zu nehmen.

Suzy sagte:

- Die Menschen sind so dankbar dafür, daß sie nichts fühlen müssen, sie glauben dann sogar, es ginge ihnen phantastisch, dabei fühlen sie einfach nur gar nichts mehr.

Wir waren uns sofort darüber einig, daß Junkies einfach nur verkrachte Existenzen sind, die irgend etwas anderes machen würden, wenn es kein Heroin gäbe. Wenn du glaubst, daß das Quatsch ist - Pech für dich. Trink einfach mal eine Flasche Wodka pro Tag für zwei Wochen, nur eine kleine Flasche, nur kurze zwei Wochen, und du wirst feststellen, daß dein persönlicher Platz auf der guten alten Parkbank schneller für dich gebucht wird, als du gucken kannst: Das Angebot steht immer, und es fragt dich niemand nach deiner Kreditwürdigkeit, du brauchst es nur zu wollen. Hart, aber gerecht.

Ich habe mir nie Crack reingezogen und sie auch nicht. Das ist eine sehr junge Szene und verdammt Hardcore mit guten Chancen auf eine kostenlose Ladung Blei an der nächsten Ecke, und ich habe die Hardcore-Sachen vor einigen Jahren sowieso zum Teufel geschickt. Gerade einmal die gelegentliche Line Koks oder eine Fingerspitze davon, wenn es mir zufällig über den Weg läuft. Es heißt, Crack sei das echte Zeug. Vielleicht. Vielleicht ist es echt, weil es sehr gut in dem ist, was es ist. Ich weiß es nicht, und ich werde daher auch nichts dazu sagen. Andererseits ist Whiskey auch ziemlich echt, wenn man davon heftig genug genug will. Zum Teufel, selbst das alte Gesöff Bier kann dich total runterziehen – da genügt ein Rundgang in Shepards Bush zur Zeit, wenn die Kneipen schließen: Da stehen sie dann alle patriotisch stramm für das Lied des Soldaten, und dann hat man einen Eindruck, was Hefe und Gerste diesseits der Legalität anrichten können.

(In Dublin habe ich mal einen Heroinprinzen am Ende einer langen Party sagen hören: He, Alter, ich glaub, ich muß mich jetzt in den Schlaf schießen.)

Wie auch immer, Suzy war von dem Zeug runter, das war also gebongt. Ob jemand wirklich sauber ist, erkennst du immer daran, wie sie von dem Zeug schwärmen. Die Typen, die nicht wirklich davon losgekommen sind, die trauen sich nicht zuzugeben, wie sehr sie darauf abgefahren sind. Das ist die einzig richtige Art, mit Heroin umzugehen: Du mußt es als Teil deiner glücklichen Vergangenheit akzeptieren und damit einer noch glücklicheren Zukunft ins Auge sehen. Wenn du versuchst, es zu vergessen, vergiß es: Das gelingt dir nie.

Da hatten wir uns also blendend über die verpulverte Vergangenheit unterhalten und sie ein wenig im Licht der dämmrig-romantischen Sonne schimmern und seufzen lassen, und am Ende der Unterhaltung wußte ich nicht nur, daß Suzy die richtige Fahrerin für uns war.

Ich wußte auch, daß ich ganz dringend mit ihr ins Bett gehen wollte.

Ich habe keine Ahnung, wie irgendein Mensch es schafft, ohne Zigaretten mit jemandem ins Bett zu gehen. Zigaretten sind so praktische kleine Geschenke! Sie haben eine Vielfalt von Anwendungsmöglichkeiten: für die Überbrükkung von Stille, die Übereinstimmung geschmacklicher Vorlieben, das Anbieten und Annehmen, den Austausch von Marken, das Bekenntnis des Bedürfnisses, das Berühren und Schmecken, die Hoffnungen! Und mit Kippen ist es inzwischen auch ein Leichtes geworden, herausfinden, wer es innerhalb einer Gruppe von Menschen wert ist, daß man sich mit ihm beschäftigt: Wenn du diejenigen herausfiltern willst, die in die Versicherung des ewigen Lebens investieren, dann ist das Rauchen dein bester Maßstab, sei es bei der Arbeit, im Flugzeug, im Zug oder auf der Party: Es ist der sicherste statistische Indikator, um zu erkennen, wer zum Stamm der leicht abgedrehten Typen gehört. Das funktioniert besonders gut bei den Amerikanern: Wenn du jemals einen gebildeten Ami triffst, der raucht und nicht auf den ersten Blick vollkommen Total-und-Endgültig-Abgedreht (T. E. A.) ist, solltest du unmittelbar in den Modus Freundschaftsangebot umschalten. Es ist so gut wie garantiert, daß es sich lohnt.

Wie auch immer. Als wir das vierte Mal Zigaretten austauschten, konnte ich mich nicht mehr zurückhalten und fragte sie, ob sie ein wenig an die frische Luft wollte.

Ich konnte das natürlich alles in bezug auf den Plan rechtfertigen, da es Gerüchte über einen festen Freund Suzys gab, der sich angeblich noch nicht umgebracht hatte, ein Mann, der ganz auf sie fixiert ist und dabei eine Art T. E. A.-Messerstechertyp. Die Rede war, daß sie sich von ihm nicht vollständig losreißen könne, und ich fragte mich, ob das der »Jemand« war, von dem sie vorher geredet hatte, und daher wollte ich unbedingt herausfinden, ob sie mit diesem Arschloch wirklich zusammen war, denn schließlich roch der ziemlich nach Ärger.

Ich hätte auch behaupten können, daß Fickbarkeit oder deren Unmöglichkeit davon die erste Sache ist, die man bei einer professionellen Zusammenarbeit klären muß, je früher, desto besser.

Aber das war alles nur Gequatsche.

Der wirkliche Grund war einfach: Ich war beunruhigt.

Das heißt, ich wollte wissen, ob ich verrückt war.

Du weißt, was ich meine: wenn das Echolot tief in einem Daueralarm gibt und einem mitteilt, daß hier etwas abgeht. Und deine Tageslicht-AWACs sagen dir: He, du Schwanzhirn, nicht schon wieder, bist du eine Art Fickmaschine oder was? Kannst du dich wirklich keine zehn Minuten mit einer von Angesicht zu Angesicht unterhalten, ohne darüber nachzudenken, ob du sie ficken kannst?

Na ja – wenn das passiert, dann muß man eben sehen, daß man Gewißheit bekommt.

Also fragte ich sie, ob sie mal eben nach draußen gehen möchte (eigenartig, wie diese Frage entweder auf einen Kuß oder auf eine Schlägerei hinauswill). So wollte ich herausfinden, ob ich ein ganz normaler Homo Sapiens mit funktionierendem Sexualradar oder aber ein armer, sexbesessener Verrückter war. Um irgendwelche Mißverständnisse bezüglich meiner Absichten zu vermeiden, begleitete ich meine Frage wegen der frischen Luft mit einem entsprechenden Blick, fast einem Blinzeln.

- O.K., sagte sie und stand einfach auf.

Das war also das.

Es geht einfach, oder es geht einfach gar nicht.

Es war bei mir schon einige Zeit nicht mehr gegangen.

Es stellte sich heraus, das unsere Münder optimal zusammenpaßten.

Ziemlich enttäuschend, nicht wahr, jemanden zu küssen, um dann festzustellen, daß ihr Mund zu klein oder zu trokken oder daß ihre Lippen zu hart und zusammengepreßt oder zu schwammig und sentimental sind. Oder daß sie sich einfach nicht aufs Küssen verstehen und einfach nur lästig an einem herumnagen oder aber einen von oben bis unten abschlecken, wie ein Labrador mit einem walnußgroßen Hirn.

Suzy nicht.

Ich war fast schockiert, hatte beinahe vergessen, was für ein gutes Vorspiel Küssen sein kann. Ich hatte beinahe vergessen, was Küssen überhaupt IST. Nur, daß wir uns nicht lange küßten: Da spürte ich nämlich etwas Flaches und Hartes, wie ein Buch, das sich mit voller Absicht an die Knöpfe meiner Jeans drückte.

Suzys Bauch.

Zu der Zeit kam das ein wenig überraschend, aber inzwischen weiß ich, daß sie das tut, weil sie fast übertrieben (aber nur fast) stolz auf ihren sehr festen und flachen Bauch ist.

Dieser Stolz kommt daher (wie sie später erklärte), daß sie ihn eben erst zurückerobert hatte. Auf der Universität und kurz danach hatte sie noch viel Tanzunterricht genommen und auch choreographiert. (Ihr Hintern war zu groß, als daß sie eine richtige Tänzerin hätte werden können, und auch ihre Beine waren nicht lang genug, und ihre Knöchel waren zu dick. Das ist das, was sie sagte, und ich halte es nicht für sehr objektiv, aber wer ist schon objektiv?) Dann hörte sie ein Jahr damit auf, um sich ein wenig als Junkie zu üben und so, und verlor dabei ihre Bauchmuskeln. Aber in den letzten drei Monaten habe sie wie verrückt trainiert, um sie zurückzubekommen, und hier waren sie wieder.

Jetzt, wo sie diesen wunderbaren Bauch zurückbekommen hat, kann sie es kaum glauben, daß er ein Teil von ihr ist. Sie sieht ihn fast als eine Art unglaublich aufreizendes Kleidungsstück, auf das sie lange gewartet hat, bis sie es endlich kaufte und anzog, um sich damit anzuturnen. Sie wollte, daß ich ihn gleich bemerke und mitkriege, wie toll er ist, sie wollte meine hilflose Erektion spüren, damit sie weiß, daß ich weiß, daß sie von diesem neuen Bestandteil ihrer selbst ganz begeistert ist und daß auch ich finde, daß es sich dabei um ein wunderbares, äußerst appetitanregendes und unglaublich erotisches Etwas handelt, wovon ich sie wiederum überzeugen sollte, damit sie noch erregter würde, weil es ein Teil von ihr war.

Oder so ähnlich. Ein klassisches Beispiel einer Vermengung von Ursache und Wirkung.

Ich weiß das alles, weil sie es mir später erzählt hat, als ich nämlich postkoital erwähnte, daß sie einen erstaunlich flachen Bauch hat. Das erwies sich als die glücklichste verbale Anmache, die ich je hervorgebracht habe.

Er ist wirklich verdammt flach. Wenn sie sich auf den Rücken legt, zieht sich eine glatte Linie von ihren Rippen nach unten, die sich erst dort ein wenig anhebt, wo ihre Schamhaare beginnen.

Auf ihre Brüste ist sie nicht stolz, es erregt sie nicht besonders, wenn man sie küßt, leckt, drückt oder beißt; ich glaube sogar, daß es ihr überhaupt keinen Spaß macht. Seltsam. Schließlich ist rein gar nichts an ihnen auszusetzen.

Damals fragte ich sie nicht danach. Damals dachte ich, es läge vielleicht daran, daß sie ungefähr von durchschnittlicher Größe waren und damit viel zu groß für eine Balletttänzerin. Möglicherweise gab sie ihnen die Schuld, daß sie nicht Barcy D'Arcy D'Avignon ist oder wer auch immer in Covent Garden tanzt. Vielleicht kotzte es sie auch nur an, daß die Männer immer auf ihre Brüste schauten, anstatt in ihre Augen. Oder auf ihren Bauch.

Sehr viel später habe ich dann alles darüber erfahren.

Aber im Ernst: Ihre Augen gefielen mir am besten.
Sie ging mit grünen Augen auf die Toilette und kam mit blauen zurück.

Es dauerte ein bißchen, bis ich kapierte, daß sie farbige Kontaktlinsen hatte. Jesus Christus, ich hatte wirklich gedacht, daß ich entweder verrückt war oder aber mit einer Art magischer Sex-Göttin Bier trank, was ungefähr auf dasselbe herausläuft.

Und darüber hinaus (da das Gehirn eigentlich das größte Sexualorgan ist) ist das Beste an ihr, daß sie gerade ausreichend abgefahren ist, um interessant zu sein.

Genau so liebe ich es.

Ich hasse total abgedrehte Typen, da sie sowohl im Bett als auch außerhalb total langweilig sind. Sie sind alle auf irgendwas fixiert, und nichts ist so langweilig wie eine Fixierung, im Bett wie auch sonst: Es ist, als würde man sich einen Film über T. E. A.-Leute ansehen. Wenn sie wirklich definitiv und endgültig T. E. A. sind, werden sie sehr schnell langweilig, wie ein Urschrei; selbst Harvey Keitel kann einem mit seinem Urmenschengebrüll nur für gerade mal dreißig Sekunden das Blut in den Adern gefrieren lassen, danach wird es einfach langweilig, weil es keine Bedeutung hat. Es hat keine Bedeutung, die man entschlüsseln kann, außer vielleicht: Leb wohl - Leb wohl - Leb wohl.

Andererseits sind Leute, die in keinster Weise abgedreht sind, genauso langweilig. Sie kennen die Bedeutung der Gefahr nicht, und dabei ist alles, was irgendwie interessant ist, auch irgendwie gefährlich (andersherum gilt das übrigens nicht). Diese Typen glauben, daß die Welt im großen und ganzen um sie herum und zu ihrem Vorteil erbaut worden ist, und ihre Ambitionen sind grundsätzlich so bescheiden, daß sie fast garantiert erfüllt werden. Sie kaufen sich kleine Reihenhäuser in der Nachbarschaft von Dioxinfabriken und schnarchen sich bleiern durch den Schlaf der ewig Zufriedenen.

Nein, gib mir jeden x-beliebigen Tag Leute, die gerade ein wenig abgedreht sind, Leute, die gerade genug abgedreht sind, um die Scheiße in ihrer Umgebung zu erkennen, aber nicht so abgedreht, daß sie in dieser Scheiße wie Kaninchen im Scheinwerferlicht hängenbleiben. Gib mir richtige Menschen.

Ach, wo wir gerade von richtigen Menschen und richtigen Dingen sprechen: Suzy ist auch auf ihre Arme stolz, nicht weil sie an sich wunderbar sind (obwohl das ganz meine Meinung wäre. Ich liebe die Art, wie sie von ganz feinem Haar bedeckt sind, das man nur im Gegenlicht sieht), sondern weil sie keinerlei Einstichnarben haben, da sie nie Nadeln verwendet hat.

Sie erzählte mir das erst, NACHDEM wir zum ersten Mal gefickt hatten und ich sie vorher einfach nicht gefragt hatte. Für sie war das eine sehr wichtige Sache des Vertrauens, wie sie mir hinterher erklärte, und sie meinte damit, daß ich sie hoffentlich für klug und beherrscht genug halten würde, um zu wissen, ob sie HIV positiv sei oder mit welcher Wahrscheinlichkeit, und daß sie mir das vorher sagen würde, so daß wir auf Nummer sicher gehen könnten. In Wirklichkeit habe ich nie darüber nachgedacht (Entschuldigung, aber ist das bei dir etwa anders?).

Aber es WAR eigenartig, daß SIE nicht MICH fragte, denn ich hatte ihr von meiner Fixerzeit erzählt. Also, ich wußte, daß ich in Ordnung war, da ich vor etwa einem Jahr einen Test gemacht hatte, aber wie sollte sie das wissen?

Wie sich herausstellte, hatte sie von der Geschichte gehört, daß ich früher nur frische Einwegspritzen aus Deutschland verwendet hatte, wo man einfach in eine Apotheke gehen und sagen kann: »Guten Tag, geben Sie mir bitte zwanzig Nadeln mit 0.3 mm Durchmesser«, und daß ich die immer selbst aus der festen Plastikhülle ausgepackt hatte, jedes einzelne Mal. Offenbar hatte man das damals für so bizarr gehalten (immerhin ist es zehn Jahre her, lange bevor die Leute richtig aufgeklärt waren), daß man sich heute noch daran erinnerte, als sei ich ein teuflisches Arschloch, das schon damals mehr wußte als die anderen, aber es niemandem sagte. In Wirklichkeit hatte ich es nur aus Angst vor Hepatitis und aus gesundem Menschenverstand getan. Die Junkies, die im Westway in den verlassenen asbestverseuchten Apartments wohnten, da sie sich einen Scheißdreck um Asbest kümmerten, lachten mich aus und nannten mich Mr. Clean und John Denver. Was ich zu hören bekam, klang ungefähr so:

– Fick dich, Johnny-Boy, wenn du es nicht so dringend brauchst, daß du mit uns das Besteck teilst, dann brauchst du es nicht dringend genug. Hier Mr. Clean-Ficker, nimm's oder laß es bleiben. Und damit schoben sie mir dann die Nadel rüber, blutverklebt, die Spitze im Löffel. Ich schwöre es beim Tod meiner Mutter: Diese Typen waren offensichtlich so stolz darauf, Hardcore-Junkies zu sein, als seien sie Mitglieder in einem großartigen Club, der allein deswegen gut sein mußte, weil die Mitgliedschaft so teuer war. Ich tat dann immer so, als wollte ich gehen, und dann verkauften sie es mir eben doch, obwohl sie mich dafür haßten. Ich wußte, daß sie mich hassen würden, und sie haßten mich auch besonders, weil ich nie etwas kaufte, wenn sie nicht vorher selbst etwas aus derselben Tüte nahmen und für sich kochten. Sie haßten das; sie waren gewohnt, mit Leuten zu handeln, die total verrückt nach dem Stoff waren. Sie konnten einfach nicht damit umgehen, daß hier jemand war, von dem sie wußten, daß er einfach ohne das Zeug gehen konnte; und sie hätten mir allein schon dafür irgendwelches mieses Zeug verkaufen wollen, wenn sie es gekonnt hätten, nur um mich fertigzumachen. Ein- oder zweimal hatte ich sogar den Eindruck, daß ihr Haß ausreichen könnte, um mich zu packen und zu zwingen, eine dieser mit kochender Scheiße gefüllten Nadeln reinzudrücken, und daher nahm ich beim Fixen immer ein großes Schnitzmesser mit und sorgte dafür, daß der Griff gut sichtbar war.

Mit diesen Junkies war es wie mit den Daily-Mail-Lesern, die an Ratenrückzahlungen kaputtgehen und die Zigeuner allein deswegen hassen, weil sie durch sie daran erinnert werden, daß man sich eigentlich gar nicht derart selbst quälen MUSS.

Inzwischen sind die meisten von ihnen tot, und ich habe (wie ich jetzt feststellen mußte) unter den wenigen, im Sterben liegenden Überlebenden den Ruf, ein herzloses Stück Scheiße zu sein, als wäre es unfair von mir, noch am Leben zu sein.

Na, was habe ich dir gesagt?

Diese Leute sind nicht abgedriftet, weil sie Junkies sind, sondern es ist genau umgekehrt.

Inzwischen habe ich auch keine Narben mehr am Arm.

Also verglichen Suzy und ich unsere perfekten Arme und ergötzten uns an unserem eigenen Überleben und unserem Wunsch, am Leben zu bleiben, und an unserer heroinfreien Daseinsfreude.

Apropos Freude, ich muß dir von ihren Beinen erzählen, die aussehen wie die eines kleinen Fußballers (wahrscheinlich ist wieder das Tanztraining schuld); nur nicht so behaart. Aber sie sind auch nicht rasiert, sondern mit ebensolchen Haaren bedeckt wie ihre Arme, nur sind die an den Beinen ein bißchen länger; weiche, hellbraune Haare, die man nur dann wirklich spürt, wenn man sie nach oben streicht oder mit der Wange berührt. Solche hat sie auch auf der Oberlippe. Ich steh da drauf. Sie hat auch Haare in den Achselhöhlen, was mir ebenso gefällt.

Wenn du auf behaarte Achselhöhlen stehst, solltest du nach Deutschland gehen.

Wenn nicht, dann bleib hier und hör sofort auf zu lesen.

Ich will damit nicht sagen, daß es jetzt nur so von behaarten Achselhöhlen wimmeln wird, das hier ist keine haarsträubende Geschichte einer Achselhöhlen-Obsession, aber es werden noch eine Reihe von Dingen zur Sprache kommen, die in dieselbe Richtung gehen wie meine Vorliebe für behaarte Achselhöhlen, wahrscheinlich hast du dir das ja auch schon gedacht.

Meine beste (und eigentlich auch meine einzige) Achselhöhlengeschichte handelt von 18jährigen Amerikanerinnen, die ich durch Europa geführt habe. Was für eine üble Masche! Ganz Europa wartet nur auf sie, rackert sich ab, um ihnen das Geld aus der Tasche zu locken. Es ist kaum zu glauben, was es alles für Wege gibt, Kapital aus 18jährigen Amerikanerinnen zu schlagen, wenn man Euro-Hand in Hand mit den Glasbläsern von Venedig, den Diamantenschleifern von Amsterdam, den Uhrmachern in Luzern, den Gondolieri in Venedig und den Bateau-Mouche Typen in Paris und all den anderen Gaunern und Verkäufern der alten Welt zusammenarbeitet! Wie auch immer – dieses eine Mädchen, ein bißchen der Cheerleader-Typ, eines dieser wirklich eigenartigen, David-Lynchigen amerikanischen Phänomene: Da bringen sie ihren jungen Mädchen bei, wie Profis zu tanzen und sich wie Profis zu kleiden, als sei das alles nur eine nette gesellschaftliche Fähigkeit, die nichts mit Sex zu tun hat. Im Münchener Hofbräuhaus wurden mir von ein paar Geschäftsleuten gleich mehrere Maß Bier spendiert, damit ich das Mädchen nicht davon abhalte, ihr Ra-Ra-Getanze auf den Tisch zu legen und vor ihren fett bebrillten Augen zum Chicken Song mit ihrem Arsch zu wackeln. Zuerst hatte ich versucht, das Mädchen ein wenig zu beruhigen, aber die Yankees waren davon gar nicht begeistert: War ich etwa ein Stimmungskiller? War das der fröhliche & enthusiastische Service, der ihnen versprochen worden war? Also gab ich auf und trank das Bier, das mir die Krawattenhälse spendierten. Ach ja: Dieses Cheerleader-Häschen verliebte sich unsterblich in mich, ein sechzehnjähriges Mädel in den allgewaltigen, zweiundzwanzigjährigen Touristenführer, der wie John Denver aussah. Das kam alles sehr unpassend, da ich damals auf einer Welle der europäischen Kooperation schwamm, die zum Ziel hatte, sie und ihre Freundinnen um einige Tausend Dollar zu erleichtern (hier ist immerhin von Pappis goldener Kreditkarte die Rede). Zwar fand ich sie im Prinzip schon so scharf, daß ich sie gern mal schnell gefickt hätte, aber ich bin grundsätzlich kein Fan davon, eine Frau finanziell auszunehmen und dabei gleichzeitig mit ihr ins Bett zu gehen, tut mir leid, ist einfach nicht mein Stil, und damals brauchte ich das Geld dringender als den Sex. Also zeigte ich ihr und ihren Freundinnen ein Bild von meiner damaligen Freundin Kattrin, eine sehr dunkle Polin, und sie stöhnten alle:

– Oohhh, sie ist sooooo hübsch!, und schauten mich dabei mit diesen Darf-ich-auch-mit-in-Deinen-Harem?-

Augen an, die junge Mädchen oft haben, wenn sie anfangen, ans Bumsen zu denken, und ich sagte:

– Jepp, Mädels, oho, sie ist wirklich scharf, und wißt ihr, was das Beste an ihr ist? Sie rasiert sich die Achselhöhlen nicht – dafür liebe ich sie einfach!

Danach schauten sie mich an, als wäre ich vom Planeten Anstößig. Das war in Ordnung: So konnte ich sie ohne schlechtes Gewissen ausnehmen. Als ich zurückkam, trieb ich es mit der polnischen Kattrin auf einem ganz mit Dollarnoten übersäten Bett, was ich lustig fand und sie ganz wild machte vor Lust: Einige Tausend Dollar in Ein-Dollar-Noten sehen einfach nach viel mehr aus, als es wirklich ist. Es sieht aus, als wäre es das ganze Geld der Welt, insbesondere wohl, wenn man aus Polen kommt, nehme ich an. Als Vorspiel zählte sie das Geld in der Kneipe, eine Note nach der anderen; dann führte sie mich am Schwanz nach Hause, wir legten das grüne Geld langsam und vorsichtig wie Tarot-Karten in sauberen Reihen auf das Bett in meiner Hütte und fickten uns auf dem Heiligengrab von George Washington das Hirn aus dem Kopf. Als ich aufwachte, war sie mit exakt der Hälfte des Geldes verschwunden (seltsam, aber wahr). Sie hinterließ einen Brief, in dem sie schrieb, sie könne meine Hütte nicht mehr ertragen, es erinnere sie zu sehr an Polen. Manchmal vermisse ich Kattrin, die Polin, sie war noch einzigartiger als die meisten Leute. Sie hatte diesen wahnsinnigen Fleck auf dem Rücken, wie Affenhaut oder die Rinde einer Kokosnuß, eine Art dunkles Muttermal, so groß wie meine Hand, bedeckt mit kurzem, schwarzen Tierhaar. Sie erschreckte Leute zu Tode damit, wenn sie in der Kneipe ihre Schulter entblößte und die Typen aufforderte, sie an dem Fleck zu streicheln. Wenn die Typen dann fragten, ja, darf ich wirklich, bist du sicher, Wahnsinn, is ja irre, so was hab ich noch nie gesehen, dann sagte sie immer: Klar, los, das fühlt sich gut an. Wenn dann irgendein Idiot den Mut aufbrachte, sie wirklich zu berühren, sprang sie plötzlich auf und brüllte wie ein Schimpanse. Phantastisch.

Nun ja - diese Anbetung von Achselhöhlen und Augen und so geht Suzy am Arsch vorbei. Sie kennt die geheimen Tricks, mit denen man jeden Mann in nullkommanichts vor Begierde umbringen kann:

- Alles, was du brauchst, ist Leder, Henna und A.T.s.

- A.T.s?

- Anschnall-Titten. Wonderbra im Volksmund.

- Ah, ja. Und?

- Und ein Rotznasengesicht mit dem Dir-gehört-die-Welt Ausdruck.

- Nett.

Nein, alles was Suzy von einem Mann verlangt, ist, daß er ihren Bauch anbetet.

Also zum Teufel damit.

Also stellte sie sicher, daß ich vor der Kneipe mit meinem Schwanz deutlich durch meine Jeans hindurch ihren Bauch lieben lernte, bevor sie überhaupt wußte, wie man meinen Namen buchstabiert. Ich wußte, daß sie kurze, harte Schamhaare hatte, bevor ich ihre Adresse besaß. Diese alarmierende Geschwindigkeit, diese komplette Abwesenheit von Rücksichtnahme auf die Grundwerte der westlichen Kultur, wie gemeinsame Persönlichkeit, die Illusion von einer persönlichen Seele und von Erlösung, hinderten sie nicht daran (Überraschung, Überraschung!), innerhalb von dreißig Sekunden feucht zu werden. Ich konnte sie riechen (hab ich dich nicht gewarnt, als wir über Achselhöhlen sprachen?), und doch mußte ich dort meine Hände wegnehmen, wo ich zuvor noch durch ihre Jeans ihre Möse gestreichelt hatte, denn in meinem Kopf rumorte es:

- Nein, bitte, ich glaub's nicht, ich, verdammt, ich weigere mich definitiv, nach all diesen Jahren in meiner Jeans abzuspritzen! Oh Mann, warum trage ich auch Hosen, die einem den halb-steifen Schwanz zwischen den Schenkeln einklemmen und an ihm herumreiben? Antworten bitte auf einer Postkarte, wobei die korrekte Antwort lautet:

Ich weiß nicht, wie lange ich noch damit davon komme, daß ich 501-Jeans in Größe 32 tragen kann, ohne daß ich endgültig wie O.T.E.K. (Opa/Oma tragen Enkels Kleidung) aussehe. Also werde ich sie verdammt noch mal noch so lange tragen, wie es geht.

Ich kann den obersten Knopf immer noch schließen, ohne mir dabei den Bauch einzuschnüren, und ich kann mich hinsetzen, ohne daß es mir dabei die Eier zerreißt. Ich habe so ungefähr ein Jahr qualitativ hochwertiger Jeanszeit übrig, ich kann die 30er Barriere durchbrechen und überleben, da bin ich mir sicher. Andererseits denken natürlich alle anderen O.T.E.K.s dasselbe. Aber ich bin mir sicher, daß es bei mir anders ist. Natürlich. Wie auch immer, zum Teufel damit, ich denke, ich komme immer noch davon, ich verliere noch nicht wirklich meine Haare, und sowieso, wenn du es auf den Punkt gebracht haben willst: Hast du jemals einen so flachen Bauch wie den von Suzy gesehen? Nee, haste nicht. Hast du jemals jemanden gesehen, der besser Auto fährt als Suzy oder bessere Händel abschließt oder bessere Witze reißt oder direkter und ehrlicher ist oder mit exakterer Balance auf dem Hochseil des gerade noch nicht zu sehr Abgedrehtseins tanzt? Na, bitte. Und, äh, wer fickt sie? Ja, nochmal bitte?

Ziemlich traurig, was?

Aber erinnere dich einfach daran, daß das hier nichts weiter ist als ein kleiner Ausflug in die schwachsinnsfreie Zone (können wir in solch dünner Luft überhaupt atmen?), und zum Teil bin ich eben genau das: ein trauriger Fall.

Ich gebe es ganz offen zu, es macht mir Spaß, daß eine

Frau, die gerade mal eben auf die 25 zugeht, von dreißig nicht zu reden, mich nicht für O.T.E.K. hält und ihr es gefällt, ihren strammen, flachen Bauch gegen meinen Jeans-überzogenen Schwanz zu pressen.

Ich stehe da, entblößt und verdammt.

Es wird schlimmer.

In einem hinteren Eck meines Kopfes gibt es diese widerliche Stimme, die ich mehr als alles andere auf der Welt hasse, die mir vor einem neuen Fick mit einer interessanten und attraktiven Frau jedesmal einflüstert, daß es letztes Jahr oder so Gott sei Dank doch nicht das endgültig letzte Mal war.

Das ist eben so unglaublich traurig.

Ich hasse diesen Teil von mir, der das sagt. Ich hasse diese Andeutungen meiner eigenen Sterblichkeit. Aber sie kommen, jeden Monat ein wenig schlimmer, und ich habe den Eindruck, daß sie nur noch schlimmer werden können, da Zeit (wie ich habe sagen hören) eine Busfahrt durch eine Einbahnstraße ist und wir alle an Bord sterben werden. Die nächste Haltestelle heißt 30.

Ohne Veränderung bedeutet Alter nur Verfall.

Darum muß ich mein Leben retten.

Aber für den Moment sollten wir die überschäumenden Trinkschädel nehmen und uns versammeln und auf Achselhöhlen und ähnliches zurückkommen, zu den kleinen Vergnügungen, die wir verdammtnochmal genießen sollen, solange der geflügelte Wagen der Zeit nur ein kleiner Punkt im Rückspiegel ist:

Alles in allem war oben beschriebenes Rumgereibe und Vorspiel ganz nett, und ich fühlte mich großartig, nachdem ich mich aus unserer Umarmung gelöst hatte, um im letzten Moment ein Abspritzen in der Hose zu vermeiden. Und als ich wieder beinahe soweit kam, als ich die Knöpfe ihrer schwarzen 501 öffnete, knöpf, knöpf, knöpf, kein Höschen, aha, deswegen roch ich sie so schnell, als sie so auf meiner Brust saß, da war alles wieder wunderbar, wie mit sechzehn, als hätte ich all den Ballast an Kontrollgewichten abgeworfen, die man über die Jahre ansammelt.

Aber es war nicht Liebe, das möchte ich festhalten.

Das war dann bereits in Suzys Apartment.

Eine interessante und eigenartige Tatsache dieser Welt ist, daß Frauen und schwule Männer selbst die schlimmsten Wohnklos wie ein Zuhause aussehen lassen können, während alleinstehende, heterosexuelle Männer selbst ganze Wohnungen wie kleine Wohnklos aussehen lassen können. Ich kannte mal diesen Typen, der glaubte, daß er deswegen keine Frauen bekam, weil er in einer beschissenen Miniwohnung wohnte. Er verschuldete sich dann, um ein Haus mit sechs Zimmern in Acton zu kaufen, vermietete die oberen drei und hatte dann die drei unteren ganz für sich allein. Es nutzte ihm nichts, denn die drei Zimmer sahen immer wie zusammengeklebte Einzimmerwohnungen aus, und jede Frau, die sie zu sehen bekam, sorgte dafür, daß sie sie nicht nochmal sehen mußte.

Du mußt darauf achten, daß du nicht ZU eindeutig um Erlösung bettelst.

Deswegen achte ich so sehr darauf, daß meine Hütte einigermaßen so aussieht, als würde sie von einem menschenähnlichen Wesen bewohnt, nicht von dem Ding aus dem Wohnklo X. Mit der Zeit glaubst du selbst daran, und das ist alles, was du brauchst: Glaube. Das ist wiederum ganz praktisch, wenn es alles ist, was man besitzt.

Suzys Apartment war ein Zuhause, das sah man auf den ersten Blick.

Mehr von Suzys Apartment zu einem späteren Zeitpunkt.

Mehr von Suzy gleich jetzt.

So saß sie also wie gesagt auf meiner Brust, und ich löste die Knöpfe ihrer schwarzen Jeans (knöpf, knöpf, knöpf) und dann stellte sie sich hoch über mir auf und grinste - eine Frau ohne Höschen und überlegen - und schüttelte ihre Jeans zu ihren Knöcheln herunter. Dann wackelte sie für einige Sekunden in Striptease-Manier mit den Hüften, um mich nach ihrer Möse lechzen zu sehen, und ließ sich dann herab und nahm mich in sich auf, ganz sanft, sanft, sanft, und wir stellten fest, daß ich auf diese Weise genau ihre Nippel küssen konnte, so genau paßten wir zusammen, und wir konnten eine gute Weile gemeinsam ihren flachen Bauch bewundern, bis ich ihn herausnehmen mußte, damit es mir nicht kam. Dann fanden wir heraus, daß ich, wenn ich genau über ihrem Kopf kniete und dabei fast vor Glück über das tiefe Lutschen meines Schwanzes zusammenbrach, bequem ihre Klitoris streicheln konnte (nachdem ich zuvor natürlich bewundernd auf ihren flachen Bauch geklopft hatte).

Das sind alles sehr reizende Dinge, überaus reizend sogar; und je mehr die Menschen so was täten, desto glücklicher wäre die Welt. Und selbst wenn das dann alles wäre, was es auf der Welt gibt, wäre das wirklich auch keine Tragödie; aber es handelt sich dabei nicht um Liebe. Das möchte ich wiederholt haben.

Also waren wir dann so weit (wie ich bereits angedeutet habe, aber wenn es sich lohnt, es zu tun, dann muß es sich auch lohnen, mehr zu tun, als es nur anzudeuten, wie Achilles möglicherweise zu Homer gesagt haben könnte), stehenderweise im Zimmer herumzuhopsen, wobei ich mich um der Balance willen ein wenig zurücklehnte und sie ein wenig mehr, um den gegenseitigen Stößen besser entgegenzukommen, und damit sie besser sah, was dort unten vor sich ging.

– Das sieht phantastisch aus! sagte sie.

(Ich war mir nicht sicher, ob sie wieder ihren Bauch meinte oder meinen Schwanz und ihre Möse oder was auch immer. Ich war vollauf damit beschäftigt, nicht aus- oder aus ihr herauszurutschen, zum Teil jedenfalls, zum anderen Teil stöhnte ich einfach wie ein Verrückter, denn es fühlte sich einfach viel zu gut an, um nur einen Gedanken daran zu verschwenden, wie es AUSSAH; also glaubte ich ihr es einfach).

Dann hörte sie auf zu sprechen und grub ihre Fingernägel tief in meine Schultern. Ich öffnete die Augen und sah, wie ihre den Fokus verloren, oder vielleicht begann sie nur zu schielen, denn wir waren mittlerweile Nase an Nase gekommen, unsere Wimpern begannen fast, sich zu verknoten, alles was ich von ihr sah, war ein einziges, großes Auge, unsere Stirnen waren fest aneinandergepreßt, sie krallte sich mit ihren Fingern in meine Schultern, um in dem Schweiß Halt zu finden, während meine ständig von ihrem Arsch herunterrutschten. Dann begann sie zu vibrieren und gab Es-ist-so-schön-daß-es-wehtut-Laute von sich, und ich bewegte meinen Kopf, um Luft zu holen und einen Blick auf das Es-ist-so-schön-daß-es-wehtut-Gesicht zu werfen, und sie guckte ebenfalls in mein Es-ist-so-schön-daß-es-wehtut-Gesicht, und wir reflektierten unsere Gesichter, ohne daß wir wußten, wer führte und wer geführt wurde, und wir knurrten und knirschten und grinsten und starrten uns in die Augen, und es war einfach zu schön, ich war kurz davor, zu kommen, ich wollte nur auf sie warten und versuchte mich durch tiefschürfende Schrottgedanken abzulenken, wie (hier wieder ganz Herr Hauer):

– Am Rande der Befriedigung erscheint die Begierde endlos – aber es half nichts, alles was ich tun konnte, war, ihr Gesicht zu lecken und meinen Körper in Turbo schalten zu lassen. Ich hörte mich brüllen und nach Luft ringen, und der Raum begann, sich zu drehen – ich suchte nach einer Wand, um sie daran festzunageln, aber es gab kein Stück Wand, das nicht voll ihrer bescheuerten Kleiderbügel und Kleider gewesen wäre.

Ja, Suzys Wände sind über und über mit ihren Kleidern bedeckt.

Mehr davon später.

Ich verlor das Gleichgewicht und stolperte in ihre Stehlampe hinein. Das Tutu fiel herunter und landete zwischen unseren Gesichtern, als wir gerade wieder die Zungen ineinander verschlungen hatten, und erstickte uns um ein Haar.

Ja, ein Tutu.

Also zerrte ich das gottverdammte Tutu mit den Zähnen aus dem Weg und stieß mir bei dem Versuch, es abzuschütteln, den Kopf an einem Holzbalken. Ich schrie und fluchte und lachte und verlor sie beinahe, aber kriegte sie doch gerade noch zu fassen und fand ihren Blick wieder, und mein Lachen verwandelte sich in Knurren. Sie lehnte sich zurück und blickte mit heraushängender Zunge nach unten, sie warf ihre Lippen auf, und ihre Gesichtszüge begannen, den Kriegstanz der neuseeländischen Rugbyspieler aufzuführen. Gerade als ich dachte, daß nun endgültig der Herzinfarkt kommen müsse, kam sie statt dessen selbst, sie schrie JA!, als hätte sie gerade den schönsten Tennisvolley hingeschmettert, und dann OOOOOOOOHO-HO-HO, ihre Stimme ging direkt durch mich hindurch, wie ein Eiswürfel den Arsch hinauf, und ich kam ebenfalls, schrie, stolperte und fiel über den großen Bären, den sie auf dem Boden liegen hatte. Um ein Haar hätte es uns der Länge nach hingeschlagen, mir wurden die Knie weich, aber es gelang mir noch, uns die entscheidende Drehung zu geben, so daß wir rücklings aufs Bett fielen, sie immer noch auf mir, ich noch in ihr, dann nur noch wir beide, sich in den Armen haltend, meilenweit entfernt von jeder Ironie, einfach nur ruhig, ruhig, ruhig.

Zehn Minuten später, es mußte zehn Minuten später gewesen sein, obwohl es wahrscheinlich nur zwei Minuten dauerte, bis ich genügend motorische Kontrolle wiedererlangte, um nach einer Zigarette zu greifen und damit das wieder aufzunehmen, was man wohl als meine kardio-vaskulären Funktionen bezeichnen kann.

Das war alles so wunderbar, viel wunderbarer als wunderbar, und ich würde dir gerne immer wieder davon erzählen, keine Angst, ich werde es nicht tun. Aber Liebe ist das nicht.

Bevor ich einschlief, gerade bevor der Boden unter mir wegbrach und die Träume sich aus den Bäumen am anderen Ufer lösten, sah ich sie an und dachte, ohne wirklich zu denken: Suzy ist dabei. Der Plan ist real, mit ihr an Bord kann er nicht schiefgehen, es ist alles nur eine Frage von zielen und schießen, ansetzen und losrennen. Und mein letzter Gedanke in diesem post-koitalen, halb-träumerischen Zustand, wenn die seltsamsten Teilstücke der Welt plötzlich wunderbar zusammenpassen, ohne daß es einen wundert, galt dem letzten Teil des Plans.

Da fiel es mir einfach ein: die eine Sache, mit der ich Fred, den Sicherheitschef, bestechen konnte, und ich lachte darüber, wie dumm ich gewesen war.

– Worüber lachst du? fragte Suzy, im Halbschlaf.

– Jimmys Testament, sagte ich und erklärte es ihr.

– Cool, sagte sie, schon halb hinüber.

Das war also jetzt auch geregelt. Ich konnte mit Dai Substantial Jimmys Testament ausklamüsern, und so rearrangierten sich die Megabytes meines Gehirns, die tagelang mit diesem Problem beschäftigt gewesen waren, plötzlich im sauberen, leeren, virtuellen Raum - ich lächelte und streckte mich, und das nächste, woran ich mich erinnere, ist, wie ich neben Suzy aufwachte und es Morgen war. Samstagmorgen.

An diesem Morgen stellten wir fest, daß wir wie Löffel aufeinanderpaßten oder wie Hunde oder Missionare, sogar noch besser ohne Alkohol, was sehr nett ist, und vielleicht ein wenig überraschend, aber nicht Liebe. Es gibt eine Pathologie der Nacht, die jeder nach ein paar Drinks durchlebt, und das ist auch alles in Ordnung so. Aber es gibt auch eine Pathologie des Tages, und wenn man damit beginnt und die Sonne scheint und der klassische Radiosender seine letzten Kadenzen ausseufzt und du weder betrunken bist noch einen Kater hast und immer noch in den Armen der anderen die Unendlichkeit suchst, dann geraten die Dinge langsam außer Kontrolle. Aber Liebe ist das noch immer nicht, jedenfalls nicht notwendigerweise.

In der Dusche, in die wir ohne darüber nachzudenken einfach gemeinsam stiegen, waren wir uns auf Pickelausdrückniveau nähergekommen, was wirklich sehr schön ist und auch überraschend am ersten Morgen. Ich erlaubte ihr sogar, Shampoo in mein dünner werdendes Haar zu tun, ohne dabei zu sehr zusammenzuzucken, was fast überraschend war, und dann wurden wir beim gegenseitigen Abtrocken unterbrochen: Die Idee, im Stehen von hinten zu ficken war doch zu verlockend, eine Stellung, die wir zuvor irgendwie ausgelassen hatten, und so kamen wir fast so verschwitzt und riechend aus der Dusche, wie wir hineingegangen waren, was nicht geplant war, was aber sehr, sehr schön war. Aber eben doch nicht Liebe.

Und dann sah ich sie in ihrem Mini fahren und mit Mr. Supaservice verhandeln und gehen und sprechen und

Krabben essen und so weiter, und es wurde immer besser, und dann, na ja, dann erzählte sie dieses Zeug, wie sie nach Indien gehen wollte, um fünfundzwanzig Kilo leichter zurückzukommen und Schwachsinn zu erzählen, was mir so sehr gefiel, daß ich das schon erwähnt habe, und warum auch nicht?

Aus all diesen Gründen könnte man bumsen, und aus diesen Gründen wird auch von jedermann gebumst, das hat nichts zu sagen, wir haben den Besonders-begünstigten-Status in der Natur, wir können alle jederzeit bumsen und mit fast jedem; der Unterschied ist der Grund, der dich dazu treibt, dieselbe Person tagein tagaus bumsen zu wollen, und das ist der Moment, wo das Lachen aus vollem Hals entscheidend wird.

In Kürze & Würze:

> Um 22.00 Uhr am Freitag wußten Suzy und ich, daß wir einige Erfahrungen und Ansichten gemeinsam hatten, was das Leben und Überleben am Ende des zweiten Jahrtausends anbelangt, und sie hatte mir bewiesen, daß sie auf der absoluten Höhe ihrer Fahrkünste war und immer noch perfekt den UpperClass-Akzent nachahmen konnte und damit perfekt für den Plan geeignet war.
>
> Um 23.00 Uhr wußten wir, daß wir zusammen ins Bett gehen wollten, und am Samstagmorgen wußten wir, daß es sowohl betrunken als auch nüchtern klappte. Und jetzt um 11.00 Uhr am Samstagabend gingen wir zusammen auf Diebestour, wir hatten begonnen, ein Team zu werden, die Eröffnung war gemacht, die Plätze waren reserviert, wir hatten die ersten Schritte nach Moskau getan, und ich lachte aus vollem Halse über ihre trockenen Witze.

Also wirklich.

O.K., O.K., stimmt schon: Ich konnte mich immer noch täuschen. Vielleicht hatte sie insgeheim eine Vorliebe für frei improvisierten Jazz oder Prince Charles' ideales Dorf oder so was, vielleicht hatte sie noch nicht gemerkt, daß ich langsam meine Haare verlor, Liebe ist vielleicht blind, aber Begierde kann ziemlich kurzsichtig sein. Wer wußte das schon so genau? Soweit ich sehen konnte, war alles da:

> Wir waren auf derselben Bewußtseinsebene
> Und die Warnlampen für die Sicherheitsgurte waren abgeschaltet, und Gott allein wußte, wohin die Reise ging
> Doch wo auch immer sie enden würde, der Weg führte über Michael Winners Privatbank.

4. Außerirdische vom Planeten Gold

Ich habe erst letzten Mittwoch überhaupt von der Existenz von Michael Winners Privatbank erfahren. (Es ist natürlich nicht wirklich seine Privatbank. Ich bin sicher, daß sie ihm nicht gehört, ich bin mir nicht mal sicher, daß er überhaupt dort hingeht, aber ich habe sie nun einmal so genannt, um Brady zu beeindrucken (Ist alles in Ordnung, Herr Wachtmeister, ich habe eine makellose Lizenz für dichterische Freiheit) und kann auch selbst nur noch unter dieser Bezeichnung an sie denken. Ich bin in meiner eigenen Geschichte gefangen.)

Wie auch immer, am Mittwoch ging ich also zu Michael Winners Privatbank und reichte einen Scheck über £ 500.000 ein.

Ja, du hast richtig gehört.

Hast du jemals einen echten, wirklichen, gedeckten Scheck über £ 500.000 gesehen? Versuch's mal, irgendwann. Oder stell es dir einfach mal vor und zwar jetzt.

O.K.?

Nett, nicht wahr?

Aber Besitz ist alles, und es war nicht (oh, Tragödie!) mein Geld, ich war nur der Sklave, der es abgab.

Und so ist das passiert:

Letzte Woche habe ich bei Baron Films in der Wardour Street gearbeitet. Die ersten zwei Tage waren für einen Zeitarbeitsjob ganz normal. Ich frankierte Briefe mit einer Frankiermaschine, holte Sandwiches für die Mädels im Photokopierraum, brachte Bilder von möglichen Drehorten zu dem Photogeschäft um die Ecke, sagte den Empfangsmädchen, daß sie sich nicht von den hohen Tieren sexuell belästigen lassen sollten, und brachte Werbematerial zum Baron

Premier in Chinatown und Filme zum Paddington Kino und tat anderes Zeug dieser Art.

Mein Leben: Im Alter von fast dreißig Jahren (Nein! Noch nicht, zum Teufel, ich bin noch nicht einmal neunundzwanzig!) und mit einem durchschnittlichen Abschluß in Geschichte an einer halbwegs anerkannten akademischen Institution, die inzwischen zur Universität erhoben wurde. Sehr erfolgreich, das muß ich schon sagen.

Durch die Zeitarbeit lernt man wenigstens alle möglichen Ecken und Enden von London kennen und trifft auf Leute, die man sonst nie treffen würde. Da habe ich zum Beispiel für den nationalen Anti-Vivisektionsverein gearbeitet. Als ich fragte, warum so viele von den Briefen, die ich frankierte, nach Südafrika gingen, sagte man mir, Südafrika habe so einen hervorragenden Ruf im Tierschutz. Das war 1989.

(An dem Tag, als Mandela Präsident wurde, brachte ich zufällig eine Flasche südafrikanischen Wein mit zum Essen bei Bob. Bob (1) wurde vor Schreck fast vom Schlag getroffen, begriff dann (2), daß es jetzt nicht nur in Ordnung war, das Zeug zu trinken, sondern geradezu tugendhaft, und verschluckte sich (3) daran, als ich ihn darauf hinwies, daß der Wein drei Jahre alt war.)

Andere Blüten der Zeitarbeit: Ich habe mal bei einer Hotelkette gearbeitet und 7 Jahre Mehrwertsteuer-Rückzahlungen umgeschichtet. Brady und ich (ich hatte ihm den Job verschafft) turnten die ganze Zeit auf diesen Bergen von Kartonkästen herum, die sie auch für Stuntmen hernehmen; der Chef war ein abgefuckter Schwachkopf, der unbedingt wollte, daß wir seine Freunde werden. Er hatte als Queens-Student getarnt im Geheimdienst der Armee in Nordirland gearbeitet und war von dort geflohen, als er in seiner Post einen Brief mit seinem richtigen Namen fand, in dem stand WIR WISSEN, WER DU BIST, HERZLICHE

GRÜSSE, DEINE IRA. Verständlich. Eines Abends ging er auf Alexie Sayle zu, den wir in einer Kneipe in der Nähe von Edgware Road hinter dem Kino bei Marble Arch entdeckt hatten, und sagte ihm, daß er alle Alexie Sayle-Platten besitzt, worauf Alexie Sayle antwortete, das bedeutete nicht, daß sie jetzt miteinander befreundet wären, worauf Mr. Abgefuckt sagte:

– Ich tue das für dich, Alexie, zerbrach sein Glas und schnitt sich dabei die Hand auf. Wenn du mir nicht glaubst, frag Mr. Sayle. Ein andermal schleppten wir große Säcke mit Mehrwertsteuerrückzahlungen durch Hotelfoyers und stellten in der Gegenwart von Jetlag-gestreßten Amerikanern laut fest, daß die Leute dieses Jahr wie die Fliegen an BSE und der Legionärskrankheit krepierten. Das war unser Stil. Oder:

Ich habe mal zusammen mit einem Schwarzen namens Barrington-Charrington oder so für IBM gearbeitet. Er hatte einen extremen Upper-Class-Akzent und trug die schönsten Anzüge, die ich je gesehen habe, zusammen mit den weißesten Hemden und (er war schockiert, daß er mir erst sagen mußte, was es war) einer Krawatte der Guards. Sie hatten ihn vom telefonischen Verkauf in die Marktforschungsabteilung für Direktwerbung versetzt (da arbeitete ich), weil er so deutlich nach Oberschicht klang, daß er alle potentiellen Kunden in Watford und sonstwoher vergraulte: Sie schämten sich am Telefon so sehr ihres eigenen Akzents, wenn sie mit Barrington-Charrington sprachen, daß sie IBM haßten, weil sie daran erinnert wurden, wie sehr sie eben doch der unteren Mittelschicht angehörten, trotz ihrer hohen Hypotheken und ihrer BMWs.

Barrington-Charrington war ein Unteroffizier bei den Guards gewesen und hatte sich um den Offiziersgrad beworben. Sie ließen ihn warten und (wie er später herausfand) hofften, daß er es vergessen würde, aber das tat er nicht, denn das Regiment war sein Leben, und es ist nicht einfach, sein Leben zu vergessen. Letztendlich ließen sie ihn dann doch nach Sandhurst gehen, und er bestand alle Tests dreimal anstatt nur einmal, war immer der Beste im Nahkampfseminar und verprügelte jeden, der irgendwie versuchte, ihn mit Initiationsriten oder ähnlichem Scheißdreck zu belästigen, und so mußten sie ihn am Schluß durchkommen lassen. Er ging zurück zu seiner Familie, dem Regiment, und dachte dann natürlich, daß man ihn jetzt zum Offizier befördern würde, aber sein Kommandeur, der eigentlich wie sein Vater sein sollte, sagte – nicht ohne, wie Barrington-Charrington zugab, ein gewisses Maß an peinlicher Berührtheit –, daß Barrington-Charrington hervorragendes Offiziersmaterial darstelle, daß aber die Männer beim Regiment einfach keinen schwarzen Offizier akzeptieren würden. Zum Wohle des Regiments solle er eine Stelle in einem anderen Bereich der Armee annehmen, sagte der Kommandeur, und Barrington-Charrington fragte, was für ein Regiment, und der Kommandeur sagte REME.

– Was ist REME? fragte ich.

– Genau, ganz genau, alter Junge: Das ist gar kein Regiment. Die fahren irgendwelche Sachen durch die Gegend, glaube ich zumindest, sagte Barrington-Charrington und rümpfte die Nase.

– Und was hast du dann getan? fragte ich.

– Was glaubst du wohl, was ich getan habe, alter Junge? Ich war natürlich bei den Unruhen in Brixton dabei. Ich sag dir, mein Bester, wenn wir ein bißchen disziplinierter gewesen wären und ein paar Tote in Kauf genommen hätten, dann hätten wir die Metropolitan Police direkt in den Fluß jagen können!

(Ich dachte sofort an Barrington-Charrington, als ich das erste Mal den Gedanken hatte, der PLAN könnte es notwendig machen, ein paar Aristokraten mit Blei zu durchsieben, aber ich kam nicht drauf, wie ich ihn letztendlich in den Plan integrieren sollte, und davon abgesehen habe ich keine Ahnung, wo er sich gerade herumtreibt. Irgendwo in London, nehme ich an. Es ist ziemlich blöd, da lernt man jemand so gut kennen und muß dann eines Tages feststellen, daß man den Kontakt verloren hat, daß man überhaupt keine Spur von demjenigen hat, daß er zwar in derselben Stadt lebt, daß man ihn aber wahrscheinlich nie wiedersehen wird. Vor kurzem habe ich zum ersten Mal in meinem Leben angefangen, ein richtiges Adreßbuch zu führen. Ich verbrachte einen ganzen Tag damit, Papierschnipsel und alte Bierdeckel und solches Zeug in meiner Hütte aufzustöbern und Namen und Telefonnummern in ein richtiges, kleines Adreßbuch zu schreiben - eine Sicherungsdatei für mein Leben.)

Zeitarbeit ist so verführerisch, weil man nicht weiß, wo man im nächsten Monat sein wird. Man weiß nur, daß man woanders sein wird: Herumzukommen spiegelt einem vor, daß man vorwärtskommt.

Bis du dann eines Tages aufwachst und feststellst, daß du gar nicht vorwärtskommst, sondern die Welt es ist, die sich weiterentwickelt, und zwar ohne dich. Das ist der Moment, wo du dich entscheidest, daß du ziemlich bald dein Leben retten mußt.

Nun ja, das war also mein dritter Tag bei Baron Films, letzten Mittwoch also, an dem ich, um die Zeit totzuschlagen, hauptsächlich traurige Privatwettbewerbe veranstaltete, um zu sehen, welche der Briefe am weitesten aus der Frankiermaschine herausfliegen würden (»Ah, ja, hier ein sehr schöner Versuch von Mr. A. CHARLESWORTH aus STEPNEY, aber MS. P. PRITCHARD aus CLAPHAM hat immer noch ein elegantes Stückchen Vorsprung«), als plötzlich einer der hohen Tiere hereinkam und mir sagte, ich solle die verdammte Post aufräumen und dann zu Fred, dem Sicherheitschef, gehen. Das Nächste, an das ich mich erinnern kann, ist, wie ich mit einem Briefumschlag in der Hand auf dem Rücksitz dieser Limousine saß und Fred am Steuer war. Der Umschlag war nicht zugeklebt, und ich schaute rein und fand einen übergroßen, mit Füllfeder ausgestellten Barscheck über £ 500.000, unterschrieben von Herrn Dr. Siegberth R. Mittelmaier.

In diesem Moment gab es eindeutig eine Veränderung in der Bühnenbeleuchtung meines Lebens.

Dasselbe passierte am Donnerstag nochmals.

Ich habe keine Ahnung, warum sie mich auswählten. Ich nehme an, sie wollten keinem der Festangestellten das Geheimnis von Michael Winners Bank anvertrauen und nahmen an, daß niemand diese Information innerhalb von zwei Wochen würde nutzen können, für länger war ich bei ihnen nicht eingeplant (da haben sie sich wohl verrechnet). Abgesehen davon, selbst wenn ich abgehauen wäre, welche Bank hätte mir wohl einen Scheck von Herrn Dr. S. Mittelmaier über eine halbe Million eingelöst, der auf

Baron Filmsworthy

ausgestellt und von diesem unterschrieben gewesen wäre, oder gar auf

Mr. B. Aron Filmschmann III?

Na, hätten die Schweine doch nie eingelöst.

Das war schon ziemlich übel, denn immerhin wurde ich bei der Zeitarbeit, wegen der Sozialhilfe, unter falschem Namen geführt. Sie hatten keine Ahnung von meinem wirklichen Namen oder meiner wirklichen Adresse, ich kassierte einfach immer am Anfang jeder Woche bei der Zeitarbeit Barschecks, die auf niemanden Spezielles ausgeschrieben waren, und gab undeutliche Geräusche von mir, die andeuteten, daß ich irgendwo in Richtung Peckham wohnte. Meine Zeitarbeitsfirma - eine der großen Ketten - steht sowieso mit einem Bein in der Schwarzarbeit, und das wissen sie selbst. Sie fragen nie nach einem Ausweis oder irgend so was, denn sie wissen nur zu genau, daß jeder, der in London überleben will, nicht mit dem auskommt, was sie ihm zahlen, sondern zusätzlich noch Sozialhilfe kassieren muß. Die Regierung finanziert so ihre riesigen, sechzigprozentigen Einsparungen.

Also hätte ich einfach verschwinden können.

Aber niemand hätte den Scheck eingelöst.

Andererseits gab mir das dritte Mal, also gestern am Freitag, ein anderer von den hohen Tieren eine Tasche mit £ 37.000 in bar, zusammen mit einem Scheck über £ 247.560. Ich konnte es einfach nicht glauben. Es war eine ganz normale Leinentasche mit einem Riemen, voller Bargeld, wie in einem Comic. Und dieses Mal riefen sie ein Taxi und wollten mich allein hinschicken, mit £ 37.000 bar in einem Taxi! Ich saß da und wartete auf das Taxi, versuchte den Schweiß unter Kontrolle zu halten und die Arschbacken zusammenzukneifen und fragte mich, ob ich wohl den Mumm haben würde. Aber im letzten Moment kam das hohe Tier zurück und sagte:

- Oh, mein Gott, ich nehme an, wir schicken dich besser mit Fred, nicht daß du noch überfallen wirst oder so.

Und damit hatte ich gleich ZWEI Gründe, nicht zu versuchen, mich mit dem Geld davonzumachen:

(a) £ 37.000 sind nicht genug, um dein Leben zu retten, und der ganze Clou bei der Sache ist, EIN großes Ding zu drehen, wenn dein Vorstrafenregister noch leer ist, denn dadurch kriegen sie dich immer; wenn du keine Vorstrafen hast, erwischen sie dich auch nicht. Und wenn du keinen weißen

Mercedes mit Heckflossen kaufst. Die meisten Kriminellen haben entweder (i) ein Vorstrafenregister oder (ii) kriegen eins, weil sie nicht umhin können, einen weißen Mercedes mit Heckflossen zu kaufen. Das liegt daran, daß sie zum größten Teil der Unterschicht oder der unteren Arbeiterklasse angehören und instinktiv wissen, daß ihnen die Kohle nichts nützt, wenn sie damit bei ihrem Stamm nicht angeben können. Im achtzehnten Jahrhundert war das dasselbe, die ganzen Straßenräuber wurden erwischt, weil sie in Shoreditch oder wo auch immer herumfuhren und goldene Guineen unter das Volk warfen. Was hätten sie auch sonst damit tun sollen? Einen Bausparvertrag abschließen? Für das Studium zahlen? Und so schmeißen sie heute eben große Parties und kaufen jedesmal einen Mercedes, aber unbedingt mit Heckflossen, und die Polizei achtet einfach nur darauf, wer in einem weißen Mercedes mit Heckflossen bei den Parties in Essex aufkreuzt, und kassiert die Leute dann. Kinderspiel.

Aber ich werde mir keinen kaufen. Auf der Universität habe ich gelernt, daß ein Mercedes mit Heckflossen einfach geschmacklos ist (ich wollte unbedingt einen haben, als ich siebzehn war), genau wie ich dort auch lernte, daß Mammis schöne, saubere Vorhänge geschmacklos waren. Was auch immer du für einen Abschluß machst, den Abschluß über die Geheimnisse des Himmels der Mittelschicht, den kriegst du immer dazu. Ich weiß genau, was ich mit dem Geld anfangen würde, ich gehöre zu den Millionen der unteren Mittelschicht, die sich in Europa, Amerika und im Südpazifik herumtreiben und die genau wissen, was sie mit dem Geld tun würden, wir wurden extra dafür ausgebildet, damit wir uns später in richtige Mitglieder der Mittelschicht würden verwandeln können.

Ich weiß, daß mein Arsch die ideale Höhe hat, um sich an die Reling einer Segeljacht zu lehnen, ich kann mir nur keine leisten.

Nein, wenn ich die Kohle kriege, dann werden sie vor den großen Parties umsonst auf meinen weißen Mercedes mit Heckflossen warten. Ich werde einfach unsichtbar mit dem Himmel der Mittelschicht verschmelzen. Nicht über jeden Verdacht erhaben, aber einfach unsichtbar.

Doch ich brauche mehr als £ 37.000.

Und es gibt noch einen weiteren Grund, warum man Baron Films nicht ohne angemessene Umsicht & Aufmerksamkeit berauben sollte, und der heißt

(b) Fred.

Fred ist der oberste Bodyguard/Chauffeur von Baron Films. Jedesmal, wenn er Michael Winner oder sonstwen zum Flughafen fährt, gibt ihm Michael Winner oder irgend jemand anders ein goldenes Feuerzeug oder so was. Er sagt, wenn er in Pension geht, wird er ein schönes, kleines Geschäft mit Edelmetallen aufmachen können. Ich war gerade im Foyer, als einmal Michael Winner (diesmal war er es wirklich) von der Wardour Street hereinkam: Plötzlich quollen all diese unwichtigeren Tiere aus allen möglichen Türen, den Wänden und weiß der Teufel woher, um ihn zu umringen und anzubeten, aber Fred mit seinen breiten Schultern stand einfach auf, schob sich durch die Menge, hielt ihm die Tatze hin und sagte:

- Vorsicht, Meister,

und man konnte deutlich erkennen, daß Michael Winner diese Reaktion am besten gefiel.

Fred hat den archetypischen Kommandoleiter-Look der britischen Nationalisten. Er ist nicht einmal so groß wie ich, geschweige denn wie Brady. Er hat für die Krays gearbeitet und muß also mindestens um die fünfzig sein, er sieht aus wie ein Werbebild für die Evolutionstheorie, seine Arme hängen durch das Gewicht seiner Hände lang herunter, sein Kopf ist rasiert und geht hinten direkt in seine Schultern über. Er hat einen kleinen Schnauzer und trägt immer noch Springerstiefel, enge, hochgerollte Wranglers, eine schwarze Nylon-Bomberjacke mit der Aufschrift A MORDECHAI GOLEM FILM: THE BETA FORCE und darunter ein weißes T-Shirt.

Freds Bomberjacke ist prallgefüllt mit Muskeln. Ich bin einmal versehentlich mit ihm zusammengestoßen, als wir Möbel umstellten, es war, als wäre ich gegen einen Sack voller Bowlingkugeln gerannt, ich prallte einfach ab. Fred hat langsame, durchsichtige, braune Augen und dieses irritierende Gewicht um Hals und Schultern, mit dem man einfach geboren sein muß.

Ich würde jederzeit jede beliebige Summe auf Fred gegen Brady setzen, obwohl er gut über fünfzig ist. Persönlich würde ich ihm in einer dunklen Straße nur mit mindestens einem Flammenwerfer und einem kompletten Sondereinsatzkommando auflauern.

Das einzige, was ich nicht kapierte, war, warum Michael Winner einen Nazi-Bodyguard haben wollte, es schien einfach zu bizarr.

Ich war schon nahe daran, es einfach den unerforschten Abgründen der menschlichen Psychopathologie zuzuschreiben, als ich einmal Fred in sehr guter Laune antraf, da er gerade gesagt bekommen hatte, daß sein fünftes Enkelkind zur Welt gekommen war. Also traute ich mich, einen Marsch der Nationalisten zu erwähnen, von dem gerade in den Nachrichten berichtet wurde, nur um zu sehen, wie er reagierte. Ich war darauf vorbereitet, zur Tür zu hechten.

Fred saß auf dem Tisch der Empfangsmädels (sie liebten ihn alle wie einen Onkel) und spielte mit seiner deutschen Stahlsonnenbrille und sagte:

– Oh, ja, richtig, ich hab diesen Scheißnazis schon oft die

Fresse polieren müssen, weil – ich bin ja halb Jude, halb Ire. Ich hasse dieses Pack. Wenns nach mir ginge, ich würde die ganze Meute in die Luft jagen, mit einer schönen Ladung Sprengstoff, das ist alles, was du brauchst, einfach durchs Fenster von einer von den Kneipen, wo die sich treffen, und mit einer Maschinenpistole auf die Überlebenden, wenn sie rausrennen. Glaub nicht, daß ich nicht oft dran gedacht hab. Wäre ein nettes Ende für den Schrott. Bruder, bleib weg von den Leuten, Abschaum ist das.

So ist das also.

Fred gab mir auch ein paar nützliche Tips, die ich beherzigen sollte, wenn ich (wenn, nicht falls) mal zwischen die Mühlen des Gesetzes gerate. So könnten zum Beispiel Freunde von mir einen Lastwagen voller Sprengstoff vor dem Gefängnis parken. Ich würde dann zum Gefängnisdirektor gehen und ihm sagen, daß ich es einfach nicht verantworten könnte, daß so viele unschuldige Menschen umgebracht werden, und könnte dadurch meine frühzeitige Entlassung erreichen, auch wenn meine Freunde nie vorgehabt hätten, das Ding in die Luft zu jagen. Oder falls mir jemand einen Gefallen schuldete, sollte er sein Kind in die Themse werfen, damit ich es während meiner Bewährungszeit retten könnte.

Am Donnerstag, als wir von der Mittagspause zurückkamen, trafen wir auf einen großen, schlaksigen Verkehrspolizisten mit zentimeterdicken Brillengläsern. Er war gerade dabei, die Nummer von einem schrecklichen gut ein Dutzend Jahre alten Jaguar aufzuschreiben, und Fred ging einfach hin und sagte:

– Nimm deine dreckigen Pfoten von meiner verdammten Karre, und er nahm dem Typen den Block weg und zerriß ihn in kleine Stücke, die er langsam in die Gosse fallen ließ, schlug dem Bullen dann ins Gesicht, wenn auch nur ganz leicht. Als wir weitergingen, sagte ich zu ihm:

– Jesus Christus, Fred, damit kommst du doch nie davon, jeder einzelne Bulle in Soho wird auf dich warten, wenn du zurückkommst, um die Karre abzuholen.

– Is nich meine Karre, sagte Fred, – ich hasse den Typen, dem die Karre gehört.

Will sagen, alles in allem ist Fred ein ganz besonders guter Grund, nicht zu versuchen, mit £ 37.000, die seinem Chef gehören, in einem Taxi abzuhauen.

Er hätte mich einfach auseinandergenommen wie einen eingelegten Hering.

Fred war also ein großes Problem für den Plan, da er (i) so hart ist und es (ii) extrem schwierig sein würde, erfolgreich zu sein, ohne Fred irgendwie matt zu setzen, denn Freds unangenehmste Charaktereigenschaft ist seine anscheinend grenzenlose Loyalität gegenüber seinen millionenschweren Arbeitgebern.

Ich verbrachte ganze Tage damit, um herauszufinden, was Freds Schwächen sein könnten. Er mußte einfach welche haben, jeder Mensch hat irgendwo welche. Wir haben alle irgendwo im stillen eine Hütte, in der wir die geheimen, gyroskopischen Fetische unseres Lebens aufbewahren.

Das Leben mancher Menschen bewegt sich in ganz festen Bahnen, sie würden einschrumpfen und sterben, wenn man sie plötzlich daran hindern würde, Krebsforschung zu betreiben oder was auch immer. Andere würden sofort an einem Hirntumor erkranken, wenn man den Kilometerzähler ihres Autos überkleben würde oder das Sammeln von Bonusmeilen verbieten würde, oder ihnen untersagen würde, Modellflugzeuge zu basteln, oder Weinsnobismus kriminalisieren würde oder die Wettervorhersage. Die Menschen suchen ihre Hütten nicht aus einem gesunden Interesse auf, sondern weil sie müssen, weil ihre Welt plötzlich stehenbleiben würde, wenn sie es nicht täten: Finde die Hütte eines Mannes, und du hast den Mann.

Was Fred in seiner Hütte hatte, fiel mir nach dem Sex mit Suzy ein, wie ich ja schon vorher erwähnte. Ich wußte, daß ich ihm etwas anbieten konnte, das er einfach nicht ablehnen konnte. Der Plan war gerettet.

Ach, ja, richtig. Der Plan. Der bedarf immer noch der Erklärung.

O.K.

Der Plan ist so, wie er ist, weil Michael Winners Privatbank so ist, wie sie ist. Er würde anderswo nicht funktionieren, nicht einmal die Idee würde irgendwo anders funktionieren. Der Plan ist nicht irgendein billiges, altes Ding von der Stange, keine Konfektionsware, sondern ein eng-anliegendes, maßgeschneidertes Teil speziell für diese eine Bank, alles hängt von der Natur dieser Bank ab. Ihrer privaten Natur.

Nun, die gewöhnliche Durchschnittsbank auszurauben ist sehr einfach und bedarf genau einer Fähigkeit, die ich nicht besitze, nämlich Gewaltbereitschaft auszustrahlen: Du mußt da rein und sofort jeden überzeugen, sowohl die Kunden als auch die Belegschaft, daß du ihnen auf jeden Fall sehr, sehr weh tun wirst oder sie sogar umbringst, wenn sie nicht genau das tun, was du sagst. Dann nimmst du ihnen das Geld ab und verschwindest, bevor die Polizei kommt. Natürlich gibt es da auch Variationen, zum Beispiel kann man auf die Angestellten warten, wenn sie morgens die Türen öffnen, oder die Kinder des Managers entführen und damit drohen, sie bei lebendigem Leib zu grillen oder was auch immer, aber die letztendlich favorisierte Methode bleibt die klassische, denn bei der gewöhnlichen Durchschnittsbank ist es kein Problem, hinein- und herauszukommen: Die High-Street Banken sind gerade dafür ausgelegt, daß die Leute eingeladen werden, durch die Tür einzutreten, wenn man sich beim Reingehen bedroht fühlte oder ausgefragt würde, könnte man ja woanders hingehen. Da hast du die Vorteile des freien Markts. Die Bankbesitzer können also nichts tun, als mit allen Mitteln sicherzustellen, daß es (a) so schwierig wie möglich ist, an das Personal und damit an das Geld heranzukommen, und (b) daß die Polizei so schnell wie möglich eintrifft.

Bei Michael Winners Bank ist das anders.

Sie ist privat.

Sie muß oder will das gemeine Volk (uns) nicht anlokken.

Sie gibt vor, gar keine Bank zu sein.

Sie gibt sogar vor, gar nicht zu existieren.

Von außen würde man nie erkennen, daß es eine Bank ist. Es gibt keine Plakette und kein Schild, von einem großen Firmenlogo gar nicht zu reden, sondern einfach nur eine schön polierte Hausnummer, No. 6 Crown Court WC2, einen großen, kupfernen Türklopfer in Form eines Löwenkopfes, ganz wie bei jedem beliebigen georgianischen Stadthaus, nicht einmal eine Überwachungskamera gibt es, anders als bei den meisten dieser Häuser.

Es ist allerdings kein beliebiges altes Haus: Es ist eine der geheimen Schatzgruben Londons, an denen die Bürosklaven vorbeigehen und in ihrem Wahn überzeugt sind, daß sie jetzt zur Mittelschicht gehören, nur weil sie die Raten für ihre kleinen Wohnungen in Walthamstow bezahlen können; sie sind loyale Torywähler und haben keinen blassen Schimmer davon, daß, während sie ihre Krabben & Mayonnaise-Vollkornsandwiches mampfen, nur wenige Meter von ihnen entfernt Reichtümer liegen, die durch keine Incentives, keine attraktiven Sonderleistungen, keine Optionsscheine oder Karriereschritte oder Bonus-Geschäfte jemals ihnen gehören werden. Reichtümer, die zwar nicht jenseits der Phantasie der Leser von Illustrierten oder Lotteriespielern liegen, aber ziemlich deutlich jenseits jeder realistischen Erreichbarkeit.

Es ist eine der Stahlkammern von den Menschen, denen die Welt gehört.

Zweifellos gibt es in London Dutzende, denn London ist nun mal der Ort, wo sich die Besitzer dieser Welt gerne herumtreiben, aber man weiß es nicht und wird es auch nie erfahren, wo sie sind, und genau das ist auch Teil ihres großen Plans.

Nur, daß mir das Schicksal jetzt einen einzelnen gezeigt hatte.

Na und?

Da es eine private Bank ist, ist es für den Besitzer sehr einfach, Einbrecher abzuwehren, wenn denn überhaupt jemand herausfindet, wo die Bank ist, denn die Türe braucht nicht geöffnet zu bleiben. Tatsächlich ist es ja sogar so, daß sie sich fast nie öffnet.

Wenn sie sich öffnet, dann ist es, weil Michael Winner oder Siggy Mittelmaier (wie man ihn gewöhnlich nennt) oder ein anderer Freund der Besitzer Janey Herzberg bei Baron Films angerufen (sie ist dort eine Art Mega-Chefsekretärin) und sie gebeten hat, die Bank unter der geheimen Telefonnummer anzurufen, die man in keinem Telefonbuch jemals findet. Wie alle guten Sicherheitsmechanismen, ist auch dieser an Personen gebunden: Die Damen in der Bank (ich komme gleich auf sie zurück) kennen Janey H. von Mittagessen und Parties und vielleicht von Mitternachtsfesten an der Schule, und daher erkennen sie sie auch, wenn sie anruft und ankündigt, daß der soundso (ebenfalls vom Namen, der Familie oder dem Gesicht her bekannt) in soundsoviel Minuten vorbeikommen wird, um soundsoviel hunderttausend Pfund einzuzahlen oder mitzunehmen.

Wenn das passiert – ich habe von drinnen zugesehen und weiß es daher –, wartet ein Sicherheitsdienstmitarbeiter namens Joe innen vor der Tür und starrt durch eine Art Periskop, das durch eine Linse oberhalb der Tür nach außen führt, bis die angekündigte Person erscheint. Was dann passiert, passierte auch am ersten Tag, als Fred und ich vor der Bank ankamen, er ein blasierter, erfahrener Typ und ich der typische grüne Junge voller Staunen und Ehrfurcht:

– Da sind wir, sagte Fred und hielt die Limousine an.

– Ist das eine Bank? fragte ich.

– Nicht die gewöhnliche TSB, nicht wahr? gluckste er mit diesem komplett unverständlichen, orientalischen und einen in den Wahnsinn treibenden Stolz derjenigen, die aber auch gar nichts dadurch gewinnen, daß sie den Machtbereich ihrer abgehobenen Meister beaufsichtigen.

Wir stiegen aus und gingen zur Tür. Anstatt zu läuten, zu klopfen, zu sprechen oder sonstwas zu tun, stand Fred einfach nur bewegungslos und scheinbar grundlos davor. Dann sah ich das kleine, schwarze Auge und dachte sofort, daß das eine Überwachungskamera sein müsse, die uns beobachtet.

– Nein, sagte Fred, – das ist nur Joe. Gibt keine Kameras, Kumpel, ich meine, denk halt mal einen Moment darüber nach. Wofür haste denn eine private Bank, hä? Damit sie privat is, natürlich. Willst ja nicht, daß irgend jemand Aufnahmen von dir macht, oder? Is nich die Natwest hier!

Es gab keinen elektronischen Türöffner, keine Sprechanlage oder irgend so was, sondern einfach nur den leisen Klick der georgianischen Tür mit dem kupfernen Nummernschild, die sich mit einem Mal wie von Geisterhand nach innen öffnete. Wir traten ein (ich konnte nicht umhin, nachzuschauen, ob hinter der Tür irgend jemand stand) und kamen in einen kleinen Raum, der mit indirektem Neonlicht beleuchtet wurde und ganz mit schwarzem Spiegelglas verkleidet war, durch das man mit Sicherheit von der anderen Seite aus hindurchsehen konnte. Die äußere Tür schloß sich geräuschlos hinter uns, und dann hörten wir wieder das leise Klicken des Schlosses. Etwa drei Sekunden lang blieben wir in diesem Zwischenraum, dann verdunkelte sich die Wand zu unserer Linken, nicht etwa die gerade vor uns, und eine weitere Tür wurde geöffnet, diesmal von Hand, und zwar von einem großen Mann in blauem Hemd und schwarzer Hose, der aber keine Schußwaffen oder einen Gummiknüppel oder so trug, sondern nur einen kleinen, eleganten, schwarzen Apparat am Gürtel, an dem eine rote Lampe und ein Knopf blinkten. Ein Funkalarm.

– Hallo Fred, sagte er.

– Hallo Joe, sagte Fred. Er gab sich nicht die Mühe, mich vorzustellen, ich war in diesem Moment nur irgendein Laufbursche, der von solchen höheren Bediensteten gar nicht wahrgenommen wurde, nur irgendein Trottel, der £ 537.000 bei sich trug, die keiner von uns jemals würde anfassen können. Ich fragte mich, warum sie es nicht Fred selbst gegeben hatten, vielleicht war es unter seiner Würde, vielleicht befaßte er sich nur mit Autos und goldenen Feuerzeugen, ich wußte es nicht und weiß es bis heute nicht.

Wir gelangten in einen Flur, nichts Besonderes: Feuerlöscher an der holzgetäfelten Wand, eine Treppe ging links nach oben. Wir mußten nach rechts gehen, nicht einmal durch einen Korridor, sondern nach gerade mal zwei Metern waren wir in der eigentlichen Bank.

Es ist dort fast wie im Traum, nicht wie an einem Ort, an dem ich jemals bei vollem Bewußtsein gewesen bin. Ich war dreimal dort, und jedesmal, wenn ich wieder weggehe, fange ich sofort an, an der Realität dieser Einrichtung zu zweifeln.

Die Bank ist nichts weiter als ein fensterloser Raum von etwa hundert Quadratmetern mit einer normal hohen Decke und einer bescheidenen Stuckrosette in der Mitte, von der ein ausreichend bescheidenener Kristallkronleuchter herunterhängt, soweit Kristallkronleuchter überhaupt bescheiden sein können. Die Wände sind ockerfarben gestrichen, es gibt ein paar Ölgemälde von irgendwelchen Jagdszenen, einfach nur ganz normale viktorianische Genrereproduktionen. Nichts Besonderes, ich habe solches Zeug durch die Zeitarbeit schon in vielen Büros gesehen, allerdings mußte der knapp hundert Quadratmeter große Perser schon allein mehrere tausend Pfund wert sein.

Aber wenn du durch die türlose Tür hineinkommst, die in einer Ecke ist, dann schluckst du und schüttelst den Kopf, denn in diesem Raum stehen einzig und allein drei einfache, georgianische Tische, einer in jeder der verbleibenden Ecken, und dahinter jeweils eine Frau direkt aus den Modeseiten der Vogue, drei makellose Oberschichtsschönheiten, die alle auf einmal aufblicken und (in meinem Fall) durch einen hindurchsehen.

Sie sahen allerdings Fred, und alle drei sagten:

– Ahhh, hallllоо Fred, und er stand glücklich in der Mitte des Raums und sagte:

– Ensückt, meine Damen. Dann dreht er sich zu mir um und sagt Los, gib Lady Caroline das Geld.

Das brachte mich auf die Idee, daß sie mich mitschickten, damit Fred sich gut fühlen konnte, indem er mich netten, jungen, nach Mittelschicht klingenden Mann vor den Augen dieser Frauen wie ein Stück Scheiße herumkommandierte. Ich nahm Fred das allerdings nicht übel.

Lady Caroline (ich weiß nicht, ob sie wirklich so heißt, ich nehme allerdings an, daß Fred es nicht wagen würde, sich über Höhergestellte lustig zu machen, also muß sie wohl so heißen) sieht nicht einmal, daß ich auf sie zugehe. Warum sollte sie auch?

Ich bin unendlich ärmer als sie.

Ich bin älter als sie.

Ich bekomme eine Glatze.

Auf einmal machte Zeitarbeit keinen Spaß mehr. Das hier war die Realität.

Ich habe nie vorher bewußt Kontakt mit Personen der herrschenden Schicht gehabt (man übersieht sie leicht, schließlich gibt es nicht viele davon, und du wirst sie nicht zu Gesicht bekommen, wenn sie dich zuerst sehen) mit Ausnahme einiger abgedrehter, alter Tunten, die allerdings so abgedreht waren, daß sie wieder menschlich waren, und daher zählen sie nicht.

Ich war entsetzt, wie unwissend ich gewesen war.

Natürlich hatte ich Freunde von der Schule und so, die viel reicher waren als ich, da sie als Rechtsanwälte oder Steuerberater oder so arbeiteten, das ist ganz verständlich und durchaus fair, einer von ihnen hat sogar einen goldenen Ferrari mit dem Nummernschild JEZ 95, weil 1995 Jeremy Frankel seine ersten Hunderttausend machte, indem er ein Werbeprogramm für BogleBogartBuggery zusammenstellte oder so, aber das ist in Ordnung, ich habe ja auch nicht so schwer dafür geschuftet wie sie. Wenn ich nochmals die Chance hätte, würde ich es vielleicht genau wie sie machen, aber ich habe diese Chance nicht mehr, und daher kann ich's nicht, und das ist alles O.K. und sauber und gerecht. Aber das hier ist eine andere Angelegenheit. Das hier ist ein ganz anderer Planet, zum Teufel. Ich könnte hier mit meinen billigen Klamotten und mit der mit ihrem Geld gefüllten Tasche herumstehen, ein Klavierkonzert pfeifen, gleichzeitig Verse von Keats aus meinem Arsch furzen und mit meinem Schwanz van Gogh-Imitationen hinhauen, und diese Frauen würden sich kein bißchen darüber wundern, denn schließlich hatte man ihnen gesagt, daß die Arbeiterklasse den ganzen Tag lang genau das tat, warum also nicht? Was wußten sie schon davon, und warum sollten sie auch nur einen einzigen Gedanken daran verschwenden?

Sie sind nicht Menschen wie du und ich, sie sind Außerirdische vom Planeten Gold.

Wie auch immer, Lady Snottina von Gold nimmt dem vor ihr stehenden Unsichtbaren Widerling (mir) ihren Scheck und ihre Tasche voll Geld ab und öffnet die Schublade ihres Schreibtisches, um die halbe Million Eier darin verschwinden zu lassen.

Nie zuvor habe ich in meinem Leben auch nur annähernd soviel Geld gesehen!

Die Schublade dieses georgianischen Schreibtisches ist der ganzen Länge nach bis zum Rand mit senkrecht stehenden Geldscheinen vollgestopft – ich kann nur kurz einen Blick darauf werfen, aber es ist mindestens ein halber Meter 50-Pfund-Scheine, und es gibt mindestens drei Reihen. Der Rest sieht nach Schweizer Franken und DM aus. Das sind große Noten, denn man sieht eine nicht gerade unbedeutende Anzahl von Nullen.

Wenn man jetzt eine Kalaschnikow hätte!

Aber dann schließt sich die Schublade geräuschlos, und Lady Caroline zieht eine Quittung hervor. Das Papier sieht so aus, wie mein akademisches Abschlußzertifikat vergeblich auszusehen versucht hatte: ein Wappen als Wasserzeichen, das Papier jedoch ohne Namen, nur die Telefon- und die Faxnummer. Mit ihrem goldenen Füllfederhalter wirft sie eine hübsche Upper-Class-Unterschrift darauf und schiebt es lieblos in meine Richtung. Ich muß das Blatt selbst vom Tisch nehmen, und sie schaut sofort durch mich hindurch, während sie zu einem der anderen Mädchen, zehn Meter quer durch den Raum, sagt:

– Ich weiß nicht so recht, ich wollte dieses Jahr wirklich jedem hausgemachte Nußcreme schenken, aber ich muß einfach erst welche von diesen wunderbaren französischen, säälbstverschließenden Gläsern mit Gummiverschluß besorgen, weißt du, die man für diese sülzartigen Wildsachen verwendet und so, diese Néscafé-Gläser wären doch irgendwie ein wenig abschäulich, nicht wahr?

Dies ist (offenbar) das Zeichen für Fred, um zu sagen:

– Bis morgen, meine Damen, und dann schauen sie alle auf, als wären sie überrascht, daß wir immer noch hier sind, und sagen:

– Ohhh, auf Wiedersehen, Fred. Und Fred sagt dann:

– Bis morgen, Joe.

– Bis morgen, Fred.

Und dann läßt man uns wieder zurück in die schwarze Luftschleuse, die Tür schließt sich wieder hinter uns, und wir sind für einige Sekunden wieder im Niemandsland, bis wir das sanfte Klicken vor uns vernehmen und die Außentür sich wieder nach innen öffnet, wir drei Schritte nach vorne gehen und die Türe sich wieder hinter uns schließt. Da sind wir wieder, draußen im Tageslicht, unglaublich, in London, in dem, was ich bis eben für die wirkliche Welt gehalten hatte.

Ich drehe mich ungläubig um und sehe mir all diese Menschen an, die in kompletter Unwissenheit hier herumstreunen. Ich habe das Gefühl, daß sie mich eigentlich voller Ehrfurcht anstarren sollten, als wäre ich gerade dem Reich des Goldes entstiegen.

– Netter Job, wenn man ihn kriegt, nicht wahr? sagt Fred.

Er freut sich darüber, daß ich ganz aus der Fassung bin; als würde es alles ihm gehören. Als er die Wagentür öffnet, schaue ich ihn an und frage mich, wie es wohl ist, Fred zu sein.

Glücklich, das ist es.

Nicht wie ich.

Ich verbringe den Mittwochnachmittag mit bösen Tagträumen von Revolutionen, während ich die Briefe frankiere und denke: Der Atem eines Aristokraten ist das Röcheln der Freiheit! Solches Zeug.

Am Donnerstag gingen wir nochmals hin, und alles lief genau identisch ab, nur daß ich Lady Catherine das Geld brachte und einige interessante Dinge herausfand, nämlich:

(a) Sie und ihre Kumpaninnen sind gar nicht so besonders hübsch, und mir fiel nicht ein, warum ich das nicht schon am Tag zuvor bemerkt hatte, (wie du weißt, hat mir Suzy später das Geheimnis verraten mit dem glänzenden Haar und dem arroganten Blick, aber damals war ich noch ein dummer Junge und wußte das nicht), und

(b) daß Lady Catherines Schreibtisch genauso voll war wie der von Lady Caroline, wenn nicht noch voller, und

(c) daß Jamie sie nach Singapur mitnehmen wollte, aber daß er in letzter Zeit etwas laahngweilig geworden war.

– Schick ihn weg, den Singapur-Langweiler! wieherte Lady Caroline.

Wie ich auf das Geld starrte!

Das war, als ich herausfand, daß

(d) Lady Cats Tisch (ebenso wie zweifellos auch die anderen) einen kleinen Knopf neben der rechten Schublade hatte, wo ein kleines rotes Licht blinkte, ganz ungeorgianisch, und daß darüber hinaus

(e) auf der Quittung, die ich bekommen hatte, die Telefonnummer der Bank stand.

Was da plötzlich durch meine Adern lief, kann ich nur als einen Eimer voll Adrenalin beschreiben. Die erste Tür hatte sich geöffnet.

Am Freitag (also gestern) kamen wir nochmals, stapf, stapf, stapf, gähn, gähn, Hallo Joe, Hallo Fred, guten Morgen die Damen, nochmals eine halbe Million in die bodenlosen Schächte und Schubladen, ach, meine Beste, ein weiterer Tag eben im guten, alten London, und alles lief genauso wie sonst, nur daß ich dieses Mal das Geld Miss Buck-Ffrench geben mußte, der dicken Frau mit dem Pferdegesicht und ohne Titel. Und ihr Schreibtisch war ebenso voll mit Geld wie die der anderen beiden, und sie machte sich Gedanken, ob sie wohl einmal einen aus der Arbeiterschicht als Freund ausprobieren sollte:

– Oh, Gott, nein, meine Liebste, sagte Lady Cat. – Tu das nicht, was immer du auch tust, ich hatte mal so einen, und das endete damit, daß er mich in irgendein schreckliches Viertel schleppte, um mir seine alte Mutter vorzustellen. Es war alles ganz schrääcklich, sie fragte mich, ob ich wohl ein Stück probieren wollte.

– Ein Stück?

– Mmmm.

– Ein Stück von was, meine Teuerste?

– Ja, genau das war es ja.

Ich hatte inzwischen angefangen, die Fünfzigpfundnoten in Metern zu berechnen. Das ist gar nicht so schwer, wie man vielleicht glaubt:

Ein Meter von frisch abgepackten, neuen £ 50-Noten ergeben etwas über £ 600.000.

Selbst wenn sie benutzt sind, ergeben 30 Zentimeter von £ 50-Noten etwa £ 70.000.

Einige davon waren frisch abgepackte, neue Scheine.

Ich fühlte, wie mein Mund austrocknete und mein Gesicht sich an den Schläfen zusammenzog, während ich hinschaute.

(Fred erklärte mir später, warum sie soviel Bargeld herumliegen hatten: Ich würde es kaum glauben, sagte er, was in der Filmwelt so ablief. Es gäbe da oft wirkliche Unmengen von Geld, weil dauernd von den Kinos das Bargeld reinfließt, das ist wie bei den Buchmachern und den Fußballclubs. Und diese Firma war noch außergewöhnlicher als die anderen, sagte Fred, er war sich sicher, daß er das eine oder andere Mal Agenten oder Ex-Stasi-Männer oder solche Leute in seinem Auto kutschiert hatte, und diese Menschen haben einfach lieber Bargeld. Nimm mal an, Michael Winner kommt rein und will eine Viertelmillion, einfach so, um damit nach Monte Carlo zu fahren oder so, und eine halbe Stunde später kommen zwei Kumpels von Siggy rein und wollen in Rußland ein Geschäft abschließen, in Rußland is nix mit Karte, nich wahr? Also, das ist eben der ganze Punkt an ner Privatbank, denn wenn sie sich immer lange vorher anmelden müßten und bis Dienstagnachmittag warten, bis sie ihre Million abholen können, dann können sie gleich zur Sparkasse um die Ecke gehen, oder?

– Ah, ja, sagte ich schwach. – Klingt einleuchtend.)

Ich nahm meine Quittung und überprüfte nochmals, ob ich die Telefonnummer richtig auswendig gelernt hatte. Ich dachte, was für ein lächerlicher Idiot bin ich eigentlich, daß ich eine Telefonnummer auswendig lerne, die ich eh nie würde benutzen können. Das hatte ich gerade im Kopf, als Fred mich sanft an die Wand drückte und mir zuzischte:

– Aufgepaßt, da kommt ein Kunde.

Und damit nahm er eine Haltung ein, die der militärischen Rührt-euch-Haltung nicht unähnlich war, mit den Händen auf dem Rücken und dem Gewicht auf beiden Füßen. Dabei schaute er geradeaus auf etwas, das sich ungefähr acht Meter vor ihm und zweieinhalb Meter über dem Boden befand. Er stupste mich an, und ich tat es ihm nach.

Die innere Tür öffnete sich, und ein großer, dicker Mann mit grauem Haar und glänzendem Anzug kam herein. Du weißt, was ich meine: Auf hundert Meter sehen alle Anzüge gleich aus, aber wenn man sie sich von nahem anschaut, sieht man sofort, welche von Marks & Spencers oder Top Man (Lieferanten der Arbeitskleidung für die Sklaven des Geldes) und welche aus diesen kleinen Geschäften sind, die keine Preisschilder im Fenster haben. Das hat etwas damit zu tun, wie die Schultern sitzen. Der hier war einer von den letzteren. Und für den Fall, daß es jemand doch nicht kapieren sollte, marschierte hinter ihm ein großer, aber doch rechteckig gebauter und in einen Anzug gepackter Bodyguard. Graf von Gold schritt an uns vorbei, ohne uns auch nur eines Blickes zu würdigen, gerade daß er sich selbst zunickte, als Fred und Joe gemeinsam sagten:

– Morgen, der Herr.

Der Bodyguard nickte Fred zu, als sie vorbeigingen, und glotzte mich mißtrauisch an, was seinerseits ganz die richtige Einschätzung war, denn ich fragte mich in diesem Moment gerade, ob ich nicht doch wieder der revolutionären, kommunistischen Vereinigung beitreten und die Jahrtausend-Rache vorbereiten sollte.

Als sie vorbei waren, stupste mich Fred wieder an, und wir verschwanden so unauffällig wie möglich, damit unsere Gegenwart den Herrn Grafen von Gold (Fred sagte mir nachher, daß es sich um den Count de Giglio gehandelt hatte) nicht bei seinen Geschäften stört.

Fred flüsterte Joe zu:
- Bis Dienstag, Joe.
- Nicht Montag, Fred?
- Nein, Montag ist Feiertag in New York oder so. Dafür doppelt soviel am Dienstag, so um zwei.
- Ach, richtig. Kannst auf mich zählen.
- Tu ich, Joe. Schönes Wochenende dir.
- Dir auch, Fred.

DIENSTAG UM ZWEI!!!!
DIENSTAG UM ZWEI!!!!
DIENSTAG UM ZWEI!!!!
Und die Zeitarbeitsfirma hatte mir am Donnerstag noch gesagt, daß Baron mich nächste Woche auch noch brauchte!

Sobald ich das wußte, fing ich an, einen Plan zu schmieden. Ich verbrachte fast den ganzen Nachmittag auf dem Klo mit dem Schiß des Jahrhunderts, oder ich gab vor, auf dem Klo zu sein, damit ich in Ruhe nachdenken konnte.

Ich hatte die Nummer.
Ich wußte die Uhrzeit.
Ich würde selbst vor Ort sein.
Mein Hirn krachte vor Anstrengung.

Aber die endgültige Erleuchtung kam mir, als mir einer der hohen Tiere sagte, ich sollte zu Kwik Pix rübergehen, um ein paar Abzüge für einen Freund von Mr. Golem abzuholen.

Auf dem Schild bei Kwik Pix (ist direkt am Soho Market) steht »uneingeschränkte Vertraulichkeit«, aber als ich reinging und ihnen den Coupon für diesen einen Film gab, passierte etwas Eigenartiges: selbst diese hartgesottenen Entwickler mitten in Soho, die wohl über die Jahre im guten alten Entwicklerlicht so einiges gesehen haben müssen, schauten mich an, als wäre ich etwas, das gewöhnlich an einem Abflußreiniger hängenbleibt und nicht in ein Geschäft hereinspaziert kommt. Danach konnte ich natürlich der Versuchung nicht widerstehen, einen Blick auf die Abzüge zu werfen.

Das Schlimmste waren nicht die Milchflaschen, die den Leuten in die Ärsche gesteckt wurden, oder der Esel, den man über jemandes Gesicht abspritzen ließ, sondern die Tatsache, daß das ganz miese und billige Photographien in Polaroidqualität waren, es war fast unmöglich festzustellen, was hier genau abging. Es war nur ein Haufen Fleisch, das im weißen Licht des Blitzes strahlte, unscharf und verwakkelt. Es ließ dich darüber nachdenken, was für ein abgestürzter Typ der Freund von Mr. Golem wohl war, das Zeug war übler Schlamm für einen Multimillionär, selbst die Aufnahmen waren billig, von den Aktionen gar nicht zu reden.

Ich zeigte Fred und den Empfangsmädels die Abzüge.

– Aber er sah so nett aus!

– Ja, wie mein Opa, sagte Fred. – Erinnert ihr euch, das war der Typ mit den langen, weißen Locken und dem langen Bart, der heute morgen frisch aus Tel Aviv reinkam.

– Yep! sagte ich.

Dann brachte ich die Photos nach oben zu Janey Herzberg, dieser Super-Chefsekretärin, die ich schon erwähnt habe, während Fred und die Empfangsmädels unten einen Tee tranken und sich einig waren, daß man es nun einmal nie wirklich ahnen kann.

Janey H. war am Telephon, ich hörte ihre Stimme noch auf dem Korridor, sie klang sogar noch mehr nach Oberschicht, gar nicht zu reden von oberer Mittelschicht, als die Mädels bei der Bank, es klang, als würde sich jemand über diese Art zu sprechen lustig machen, sie sagte gerade:

– Aber natüürlich bin ich noch gewissermaßen sozialistisch eingestellt, es ist nur, daß das Land wiirklich etwas proleetenhaft geworden ist. Ja, gaanz genau. Richtig verwaahrlost. Aber ich glaube natürlich an gleiche Chancen für alle, nur die Aufsteigertypen, die mag ich nicht, Sozialisten sollten wirklich nicht so versnobt sein, findest du nicht, warum also machen sie so ein Aufsehen darüber, wieviel Geeld man hat? Wenn man irgendwie linksliberaal sein will, sollte man ganz deutlich über solchen Dingen stehen. Ja, richtig.

Das Witzige war, daß ihre Stimme mich an etwas erinnerte, an jemanden, den ich kannte, so sehr, daß ich beinahe wieder gegangen wäre, ohne die Bilder abzugeben, damit ich in Ruhe darüber nachdenken und die Magnetbänder meines Gedächtnisses zurückspulen konnte.

Ich ließ die Photos da und saß fünf Minuten später wieder unten. Mit einem geistigen Zahnstocher pickte ich an meinen Synapsen herum und versuchte herauszubekommen, an wen sie mich genau erinnerte, und schlürfte dabei meinen Tee mit Fred und den Empfangsmädels, als Mr. Golems Freund aus Tel Aviv persönlich die Treppe herunterkam.

Er sah genauso nett aus, wie sie gesagt hatten, der Rabbi Weihnachtsmann oder so ähnlich, und jeder starrte peinlich berührt irgendwo ins Leere. Ja, es ist einfach keine gute Idee, den Vorhang vor der Widerlichkeit des Menschen wegzuziehen. Was ich sagen will, ist: O.K., jeder auf seine Art, wenn die Lichter ausgehen, und lassen wir es aber auch dabei.

– Ich wollte nur demjenigen noch ein Trinkgeld geben, der meine Abzüge gebracht hat, sagte er.

Das war natürlich ich.

Scheiße.

Sie wiesen alle halbherzig auf mich und guckten gleich wieder weg, dankbar, daß es nicht sie erwischt hatte. Er kam auf mich zu, gab mir eine Fünfpfundnote, sah mich rot werden und drehte sich dann um und fragte in die Runde:

– Ich nehme an, Sie haben die Bilder alle gesehen?

– Äh, ja, wir nickten alle.

– Und haben sie ihnen gefallen? fragte er mich.

– Ach, äh, irgendwie waren sie ein bißchen unscharf, wissen Sie...

– Ja, ja, da haben Sie recht, sie sind wirklich gar nicht besonders gut herausgekommen. Alles sehr seltsam, denn eigentlich ist meine Kamera sehr gut, und auf dem Film sollten eigentlich Leute sein, die in der Schweiz an einem See zu Abend essen, und auf diesen Bildern (er sah sie nochmals an und runzelte leicht die Stirn). – Vielleicht brauche ich meine Brille, aber sehen Sie irgendwelche Berge?

Als ich mit den richtigen Bildern zurückkam (du hättest die Leute bei Kwik Pix sehen sollen, als ich ihnen sagte, wer es war, dessen Abzüge sie da verwechselt hatten!), mußte ich plötzlich stehenbleiben und mich gegen eine Wand lehnen: Während ich in den letzten zwei Minuten meinem Bewußtsein durch die Ablenkung der Bilder eine Pause von dem Plan gegeben hatte, mußte der Plan sich selbst meinem Es offenbart haben, oder wie auch immer man diese unbekannten Falten in diesem ädrigen grauen Zeug nennt.

Es war alles da. Einfach da.

Suzy, die schwarze Witwe, machte den Upper-Class-Akzent nach!

Das war es, woran mich Janey Herzberg erinnert hatte. Und Suzy konnte Auto fahren!

So war es also gekommen, daß ich Freitag abend Brady und Chicho zusammentrommelte und wir gemeinsam Suzy abholten und ich mit ihr loszog und es mit ihr machte (wie beschrieben) und wir alle am Samstag zusammensaßen, um den Plan zu diskutieren, Suzy und ich dann Leute ausrauben gingen, das Auto von Mr. Supaservice organisierten (dito), und damit bin ich, wenn ich mich recht entsinne, ungefähr da angekommen, wo ich angefangen habe, also könnten wir jetzt eigentlich beginnen.

Äh, tut mir leid, das alles.

Aber immerhin weißt du jetzt, wie und warum das alles passiert ist, und das ist, denke ich, nicht unbedeutend. Und so können wir jetzt gemeinsam weitermachen, schön Hand in Hand und alles in Echtzeit.

Also gut: Der PLAN.

5. Umgebung Umgebung Umgebung

Der eigentliche Grund, warum der PLAN so ist, wie er ist, ist sehr einfach: Ich will an das Geld kommen, ohne dabei Schußwaffen einsetzen zu müssen und Menschen umzubringen.

Eines möchte ich klarstellen: Wenn ich wollte, könnte ich an Schußwaffen herankommen.

Das Leben ist voller Schatten. Wer hat nicht schon einmal einen Joint geraucht oder dem Finanzamt etwas verschwiegen oder eine Kamera in einem versicherten Urlaub günstig durch Diebstahl verloren oder an seinen Reisekosten manipuliert oder was auch immer? Na, komm schon, komm, ehrlich, wer hat nicht irgendwann einmal IRGEND ETWAS getan, das ihn den Job kosten könnte oder die Braut oder den Führerschein oder die Freiheit, wenn SIE jemals davon erfahren würden. Die Schatten kommen nur ein wenig näher, wenn man in einer Hütte von Marmeladenbrötchen lebt: Eines Tages gehst du illegal stempeln, weil es jeder tut, und nach ein paar Monaten denkst du gar nicht mehr darüber nach, es hat aufgehört, ein Vergehen zu sein, und ist Teil deiner Natur geworden. Du kaufst vor einer Kneipe, von der du gehört hast, ein bißchen Stoff, warum auch nicht, jeder vernünftige Mensch gibt zu, daß Kiffen wesentlich weniger gesundheitsgefährdend ist als Saufen, nur daß es halt verboten ist. Nach einiger Zeit, wenn du dich dann in der Szene auskennst, bittet dich jemand, der sich nicht so gut auskennt, ihm etwas mitzubringen, und du nimmst einfach einen guten Teil von dem Piece, denn das ist so üblich und akzeptiert, und plötzlich wachst du eines Tages auf und stellst fest, daß du ein kleiner Dealer geworden bist, ohne daß du je Absichten dazu gehabt hättest. Oder du kaufst eine geklaute Karre, weil sie billiger ist, und jemand fragt dich, wo du so einen guten Preis bekommen hast, und du erzählst ihnen von Mr. Supaservice oder von wem auch immer, und er fragt dich, was sie genau für einen Wagen suchen, falls er zufällig einen angeboten bekommt, und plötzlich bist du Teil eines Autodiebstahls. Ja, und irgendwann kommt dann mal ein Bekannter von dir finanziell in die Klemme und bietet dir sein Scheckbuch und seine Scheckkarte an, und während er vorgibt, sie zu suchen und sie dann als verloren zu melden, löst du die Schecks ein und teilst mit ihm 60 zu 40, und was ist da schon der große Unterschied?

(Ich kannte einen Typen, einer von Augustus Johns unehelichen Enkeln, definitiv mit höherem Mittelschichthintergrund, der hatte ein Haus mit Sozialwohnungen und vermietete Wohnungen in einem weiteren Haus, das ihm gehörte, und er erzählte davon weder dem Sozialamt noch dem Finanzamt noch den Hypothekenleuten. Als ein Mädchen, das in seinem Haus wohnte und dafür Miete bezahlte, eines Tages zum Sozialamt gehen wollte, um Wohngeld zu beantragen, weil ihr Schmuckladen in der Portobello Road nicht genügend abwarf, und sie daher um ein anständiges Mietbuch bat, da war Mr. Augustus John Jr. entsetzt: Aber das ist BETRUG, sagte er. Als ich ihn fragte, was denn der Unterschied sei, war seine Meinung, daß es in Ordnung wäre, dem Finanzamt und dem Sozialamt nichts zu sagen, da es ja SEIN Geld wäre und er nicht vom Staat stehlen würde, wie SIE es tat. Ich bot ihr an, daß Brady ihm die Arme brechen würde, aber sie war zu nett, um anzunehmen, sie lebte einfach weiter von Wasser und Brot und bezahlte ihre Miete. Die gute alte Moral der unteren Mittelschicht: Glück für die obere Mittelschicht.)

Warum, zum Teufel, höre ich dich fragen, warum packe ich nicht einfach eine Knarre in meinen Hosengürtel, wenn ich eine kriegen kann, und marschiere zusammen mit Fred am Dienstag wie immer rein und bedrohe sie einfach alle?

Glaub mir, ich habe keine Angst davor, für fünf oder sechs Jahre ins Gefängnis zu gehen, das wäre wohl das Maximum, was ich bekommen würde, wenn man mich das erste Mal mit einer ungeladenen, echten Schußwaffe erwischt.

Weißt du, ein bewaffneter Banküberfall, das ist der Hochadel des Verbrechens. Ich möchte das richtig anfangen. Ich bin überhaupt kein gezierter Typ, ich habe das Uni-Zeug erst gelernt, nachdem ich achtzehn war, es ist mir nicht in Fleisch und Blut übergegangen, das kann jederzeit spurlos wieder verschwinden, und ich habe oft genug mit tätowierten Männern zusammen gesoffen und weiß daher genau, wie sie sich verhalten. Fred hat mir den besten Tip überhaupt gegeben, den du dir aufschreiben solltest für den Fall, daß du jemals einem der großen, stahlgesicherten Gasthäuser ihrer Majestät einen längeren Besuch abstatten mußt:

Das erste Mal, wenn irgend jemand im Knast versucht, dir etwas anzutun, dich auszurauben oder in den Arsch zu ficken oder einzuschüchtern oder öffentlich zu erniedrigen oder dich zu seinem Sklaven zu machen oder was auch immer (eins davon werden sie versuchen, selbst wenn du für einen sexy bewaffneten Bankraub einsitzt), mußt du Nein sagen. Nicht »Fick dich selber, du Arschloch« oder irgend so was Bescheuertes und Pseudo-cooles, sondern Nein, langsam und selbstsicher, als hättest auch du Tätowierungen. Das bedeutet, daß du sie herausgefordert hast, und sie werden versuchen (weil sie es versuchen müssen), dich zu zwingen zu tun, was auch immer sie von dir verlangen, und zwar physisch und öffentlich zu zwingen, und auf die Art und Weise, wie sich öffentliche Gewalt auf der ganzen Welt zeigt: Sie werden erst einmal ausprobieren, was passiert, wenn einer von ihnen dein Essen verschüttet oder dir ins Gesicht schlägt oder dir in den Magen tritt oder so was. Je billiger sie damit davonkommen, desto größer ihr Sieg, und desto kleiner bist DU. Wenn das passiert – du mußt warten, bis es passiert, du darfst es auf keinen Fall als erster provozieren –, dann mußt du demjenigen in die Fresse hauen, der die physische Einschüchterung durchgeführt hat, und zwar sofort und so hart du kannst. Tritt ihn nicht in die Eier oder so etwas pseudo-cooles, sondern hau ihm einfach in die Fresse und paß auf, daß du deine Markierung hinterläßt, wie oberflächlich auch immer, egal, wie groß und schwer sie sind oder wieviel Freunde ganz offensichtlich hinter ihnen stehen. Sie werden dich jetzt durch sieben Varianten der Hölle hindurchprügeln, keine Frage, sie werden dich auseinandernehmen, und du wirst wochenlang deine Teile zusammensuchen müssen. Du wirst für dein ganzes Leben lang ein guter Kunde deines Zahnarztes werden, aber sie werden dich nicht umbringen oder für immer verkrüppeln, und solange du lebst und noch laufen kannst, ist der Rest nur eine Frage des Grades und daher egal. Du wirst dich erholen. Und wenn du dich erholt hast und wieder ohne allzuviel Schmerzen herumlaufen kannst, dann werden sie wieder kommen und es wieder versuchen, und zwar wieder vor allen Leuten. Jetzt wird es für dich noch schwerer, denn jetzt mußt du das alles nochmal durchmachen, und dieses Mal weißt du genau, wie weh es wirklich tut. Du wirst wieder Nein sagen müssen, wirst sie zurückschlagen müssen und darauf warten, daß sie dich fertigmachen, wenn es auch normalerweise (sagt Fred) nicht halb so schlimm ist wie beim letzten Mal, es sei denn, sie haben einen besonderen Grund, dich zu hassen oder zu verachten. Aber danach werden sie dich mit höchster Wahrscheinlichkeit für immer in Ruhe lassen und jemanden auswählen, mit dem sie es leichter haben. Du wirst den ersten

Respekt und damit den Grundstein für das System der Lebenserhaltung im Knast erworben haben. Brutal, aber einfach.

Und wenn ich mich dann erholt habe und jedermann weiß, daß ich mich nicht unterkriegen lasse, dann werde ich meine Uni-Ausbildung wie einen Computer neu booten können und mit netten Sozialarbeitern reden, die den Guardian lesen (ich lese ihn auch oft: wir werden reichlich gemeinsamen Gesprächsstoff haben!), die sich für mich einsetzen werden. Sie werden mich auffordern, ein Buch zu schreiben, wie ein Uni-Absolvent mit schönem Mittelschichtsakzent wegen bewaffneten Bankraubs im Knast landete. Ich werde es schreiben und allen erzählen, wie sensibel und gleichzeitig hart ich doch bin.

Versteh mich nicht falsch, ich will nicht in den Knast und weiß auch genau, wie ätzend es dort wäre. Aber meine Zukunft ist zur Zeit kein bißchen weniger ätzend. Laß uns mal ganz in Ruhe die Alternativen durchgehen:

i) Du wirst 35 und wohnst immer noch in deiner Hütte, und die Neffen, die dich früher bewundert haben, sind Teenager geworden, die an chronischen Pickeln leiden und der Meinung sind, daß der Onkel ein alter Sack ist, und sich heimlich beklagen, daß sie die Hütte nicht benutzen können, um dort ungestört zu wichsen. Oder aber

ii) du machst einen Versuch, dein Leben zu retten und kriegst entweder (a) eine schöne Wohnung mit Garten oder (b) kommst mit 35 aus dem Knast, mit ein paar Narben und dicken Muskeln vom Bodybuilding, das du gemacht hast, um die Zeit totzuschlagen und um dich verteidigen zu können, und außerdem mit einer Reihe von verrückten Geschichten, einem Buch, das du schreiben könntest, und auf dich warten Hunderte von hübschen Mittelschichtsfrauen, die mit dir schlafen wollen, weil du so ungewöhnlich bist und einen Punkt erreicht hast, den man erreichen muß und vor dem wir alle so verdammt viel Angst haben, dem Punkt ohne ein Zurück.

Offensichtlich hielt mich also nicht die Angst, mit einer ungeladenen Knarre erwischt zu werden, davon ab, eine zu organisieren.

Das Problem ist vielmehr, daß eine ungeladene Knarre für Michael Winners Privatbank einfach ungeeignet ist. Vollkommen ungeeignet. Dafür gibt es zwei Gründe:

(a) die Umgebung, die Umgebung, die Umgebung und
(b) nochmals Fred.

Das Umgebung, Umgebung, Umgebung-Problem besteht darin, daß Michael Winners Privatbank in Crown Court WC2 (wie du wohl schon weißt) ist, was wiederum (wie du vielleicht nicht weißt) eine winzige Seitenstraße ist, an einem Platz mit Verkehrspollern an jedem Ende in der Nähe der Ecke Russell Street und Bow Street.

Diese Poller sind so gerissen und exakt plaziert, daß ein Wagen, selbst wenn Suzy ihn fährt, nur mit ungefähr fünf Meilen pro Stunde über den Platz kriechen kann. Ich weiß nicht, ob damit tatsächlich die Flucht von Bankräubern verhindert werden soll, was immerhin möglich wäre, oder ob nur die Fußgänger davor bewahrt werden sollen, über den Haufen gefahren zu werden, aber da sind sie nun mal. Aus dieser Bank schnell abzuhauen, ist also nicht gerade einfach, und du müßtest schon ziemlich schnell abhauen, denn wenn man in Covent Garden ist, sind freie Straßen oder gar Autobahnen nicht gerade um die Ecke, und wenn man es bis zur Alarmierung der Polizei nicht bis zum Trafalgar Square geschafft hat, ist man so gut wie geschnappt.

Aber was glaubst du, wird Fred wohl tun, während du versuchst, mit ca. fünf Meilen pro Stunde den Platz zu verlassen?

Er wird die Türen von deinem Wagen reißen, da kannst du Gift drauf nehmen.

O. K. Also mußt du Fred mit einer Knarre in Schach halten, selbst Fred ist nicht so hart wie eine Kugel.

Aber denk mal drüber nach: Im Endeffekt mußt du also beweisen, daß die Knarre echt und auch geladen ist, denn wenn Fred was anderes glaubt, was er tun wird, solange du ihm nicht das Gegenteil beweist, wird er höchstwahrscheinlich einen Versuch wagen, und wenn sich dann herausstellt, daß die Knarre entweder nicht echt oder nicht geladen ist, wird er deinen Kopf einfach wie einen Sektkorken vom Rumpf abziehen.

O. K. Nehmen wir also an, du schießt eine Kugel in den Schreibtisch oder so, um zu beweisen, daß deine Knarre echt ist. Na und? Fred wird auf den Moment warten, in dem du ihm den Rücken zudrehst, zum Beispiel, wenn du in den Wagen steigst oder losfährst, und dann wirst du gerade noch mit der Wimper zucken können, bis du einen Feuerlöscher in den Arsch geschoben bekommst, Fred mit dem Kopf voraus durch deine Windschutzscheibe springt oder deine Reifen abkaut oder so was. Selbst Suzy in einem Automatik-Mercedes hätte so gut wie keine Chance, uns bis hinter die Pfosten zu bringen, solange Fred ohne Leine herumläuft.

Also müßten wir ihn einfach abknallen.

Aber zu der Zeit wäre es sowieso schon zu spät, denn es gibt ja noch Joe und die drei Außerirdischen. Was machst du mit denen? Wie willst du sie davon abhalten, daß sie den Alarmknopf drücken? Haben wir wohl vergessen, wie? Alle in Schach halten und dann festbinden? Ja, klar, O. K.: Wieviele Leute hast du nochmal? Alle mit Knarren? Wer bindet Fred fest, und wer bedroht ihn in der Zwischenzeit, und wer hält dann noch die drei Außerirdischen in jeder

Ecke des Raums davon ab, schnell den Knopf zu drücken? Und Joe? Wie? Wieviele, sagtest du, brauchen wir? Und wie kriegen wir so viele in die Bank?

Nein, nein, nein. Ich kann drei von uns reinkriegen, glaube ich, aber nicht auf die Schnelle und nicht auf einmal, und mit dreien ist die Logik ganz einfach:

Wir müßten sie alle abknallen, bevor sie auf die Knöpfe drücken könnten. Einfach mit ner Maschinenpistole im Gürtel rein, und dann die ganze Meute umlegen. Wie Brady es in seiner direkten und unmißverständlichen Art ausdrücken würde: Bummbummbummbummbumm. Roman zu Ende.

Ja, warum zum Teufel eigentlich nicht?

Im Prinzip kann das jeder tun. Du könntest einfach hingehen und den Premierminister abknallen, solange es dir egal ist, was mit dir passiert, daher sind die muslimischen Terroristen auch soviel gefährlicher als die IRA, weil sie sich einfach einen Scheißdreck darum scheren, ob sie dabei auch draufgehen. Wenn es dich wirklich einen Scheißdreck kümmert, kannst du jeden überall ausrauben.

Aber ich kümmere mich mehr als einen Scheißdreck.

Sehr viel mehr.

Ja, ich könnte wahrscheinlich eine Uzi oder eine Carl Gustav oder eine Heckler & Koch oder etwas ähnlich Schnelles und Kleines organisieren, es würde etwas kosten, aber ich könnte wahrscheinlich drankommen, vielleicht sogar bis Dienstag, vielleicht sogar mit einem Schalldämpfer, und könnte wie üblich mit Fred reinmarschieren, die Knarre in einem Holster unter meinem Jackett, wie der Typ in Schuld und Sühne, und sie dann alle wegblasen (Fred natürlich zuerst). Bummbummbummbummbumm. Ich hatte diese Idee natürlich auch, und in dem Moment, als mir klar wurde, daß ich überhaupt nur an die Möglichkeit gedacht hatte, wollte ich beinahe alles fallen lassen und mich in Therapie begeben und anschließend Buchhalter werden.

Ich versuche hier eben mein Leben zu retten, zum Teufel. Ich bin nicht irgendein glucksender, kleiner Reservoir Dog-Knarrenfetischist, ich bin nicht der Auffassung, die Welt bestehe aus Blutschlachten in Zeitlupe. Ich habe nicht vor, in eine Bank zu latschen und etwas zu tun, was mir Nächte voller Angst und Zittern beschert, bis ich dann eines Tages um 3.00 Uhr morgens aufwache und das Band wie wild in meinem Kopf abläuft und ich einfach feststelle, daß heute doch der geeignete Tag wäre, um sich vor den ersten Zug zu werfen.

Nein, nein, wenn ich eine Knarre verwenden würde, müßte sie ungeladen sein, und da wären wir also wieder, das kennen wir alles schon, eine ungeladene Knarre bringt's nicht, wenn jemand wie Fred in der Nähe ist, und daher ist eine Knarre für mich so oder so ziemlich nutzlos.

Also keine Knarren.

Gott sei Dank, denn der andere Haken bei Knarren ist, daß man sie sich bei den Gaunern der Guten Alten Schule besorgen muß, aber die Gauner der Guten Alten Schule sind in Wirklichkeit ziemlich furchtbare, schwachköpfige Menschen. Sie sind zum größten Teil Mißhandler und Mißhandelte und Feiglinge, die von Bungalows in Essex träumen, und die Chancen stehen besser als fünfzig zu fünfzig, daß sie der Polizei stecken, was mit dir los ist, sobald du die Knarre hast, da du nicht zu ihrem bösartigen Volksstamm gehörst, und es würde ihnen aber auch rein gar nichts ausmachen, dich an die Bullen auszuliefern, nur um da ein bißchen gut Wetter zu machen. Oder aber sie denken, du seist ein Spitzel, und was machen diese netten, traditionsbewußten Gauner dann wohl mit dir? Die stecken dich in Müllbeutel, im Ernst.

Alles in allem ist es also ein Glück, daß wir keine Knarren brauchen.

Es ist ein Glück, daß wir den Plan haben.

Der Plan ist sehr einfach, aber sehr gefährlich.

An dem Tag selbst wird er nicht gefährlich sein, da wir keine Waffen haben werden und es zwischen uns keine Verbindungen geben wird. Selbst wenn es schiefgeht, wird keiner von uns eine lange Strafe bekommen (wie bereits beschrieben). Das macht den Plan so elegant. Selbst wenn ich irgend etwas nicht bedacht haben sollte, oder selbst wenn sie uns aus irgendeinem Grund innerhalb der Bank erwischen, werden wir keine Waffen dabei haben, und daher werden sie uns nicht in Verbindung mit dem Rest des Planes bringen können. Sie würden uns gerade mal ungefähr drei Jahre aufbrummen, wegen erstmaligem, unbewaffnetem Raubversuch im Mittelschichtsstil, also ist es (wie ich sagte) nicht das, was mir angst macht.

Das Planen an sich macht mir angst.

Mein einziger Plan, der einzige, den ich zwischen Freitag und heute austüfteln konnte, der bis Dienstag bereits funktioniert und der ohne Knarren auskommt, schließt mit ein, daß ich auf die rote Taste drücken muß. Ich muß mit Leuten verhandeln, die ein komplett anderes Kaliber haben.

Und das macht mir weiche Knie, denn mit diesen Leuten ist nicht gut Kirschen essen. Wenn ich mich wirklich mit ihnen treffen kann (und ich denke, das kann ich) und es schiefläuft (was passieren könnte), dann wäre es gut möglich, daß ich nach einem sehr langsamen und schrecklichen Tod in verschiedenen Gegenden von Hackney Marsh wiedergefunden werde.

Mir ist übel.

Meine Gefühle überwältigen mich. Sie sagen: Verschwinde von hier, verschwinde, so schnell du kannst.

Also muß ich ganz, ganz fest an die Alternative denken, die da heißt, in meiner Hütte alt zu werden. Und es wird nicht nur ein Bild von mir als alter Trottel sein, sondern ein wirkliches Ich, ich selbst werde es sein, mit einer wirklichen Glatze, die ich gegen eine wirkliche Backsteinwand hämmern kann.

Die bloße Logik gibt mir also die Kraft und treibt mich dazu, die Bande am Samstagabend zusammenzutrommeln (Brady hat bereits sein Reservoir Dog-Outfit an, so ein Schwachkopf), nachdem Suzy und ich die Angelegenheit mit Mr. Supaservice geklärt haben (wie beschrieben), und ihnen zu sagen, was sie tun sollen, um unser Leben zu retten.

Ich möchte sie nicht verschrecken, und daher erinnere ich sie zunächst an die erstklassigen Vorzüge des Plans, wie wir in die Bank reinkommen werden und wie wir bis zur letzten Minute alle schuldlos bleiben und so weiter, bevor ich das wirklich üble Thema langsam und vorsichtig angehe. Ich beobachte sie währenddessen:

Sie versuchen alle so auszusehen, als würden sie sich wirklich konzentrieren, aber ich spüre, was ich bereits zuvor gespürt habe und was mich beunruhigt: daß keiner von ihnen wirklich an den Plan glaubt, so wie er glaubt, daß auf Montag Dienstag folgt, keiner glaubt, daß wir das durchziehen werden. Brady kaut Kaugummi (er kaut sonst nie Kaugummi, der Idiot); Chicho kratzt nachdenklich seine Achselhöhlen; Suzy schaut mich vorsichtig an, während sie sich eine Zigarette dreht. Aber dann komme ich zum Punkt, dann beschreibe ich den ganzen Plan.

Und zum ersten Mal im Leben verstehe ich den Ausdruck »die Ohren spitzen«.

Sie tun es.

Sie spitzen wirklich die Ohren.

Sie hören auf zu kauen, zu kratzen und zu drehen.

Brady gefällt es nicht.

Chicho gefällt es nicht.

Suzy gefällt es nicht.

– Mir gefällt es auch nicht, sage ich. – Muß es ja auch nicht. Wir haben zwei Tage, zwei Tage um einen Banküberfall zu planen, das ist gar nichts, wir sind keine große Gang, haben keine vier Autos und ein Riesen-Team im Hintergrund, und wir haben keine Knarren (Brady rutscht mit seinem fetten Arsch auf seinem Stuhl herum, und ich halte meinen Finger so knapp vor sein Gesicht, daß sich sein linkes Auge zerquetschen würde, wenn er versuchen würde, aufzustehen), nochmal für alle: wir haben keine Knarren!

– Und was machen wir dann? fragt Suzy in ihrer rationalen Art.

– Nichts, das nachgewiesen werden könnte, das ist ja gerade das Gute daran. Es wird keine Zusammenhänge geben, wenn irgend etwas schiefläuft. Die Polizei könnte zwar einiges erraten, aber sie werden nichts beweisen können. Keine Fingerabdrücke, keine chemischen Spuren, keine Kleidungsfasern, keine Videoaufnahmen ...

– Erzähl weiter, sagt Suzy.

– Ja, genau, was für eine Kacke besorgen wir uns denn dann?

– Du machst, daß meine Kopf sich in Kreis dreht.

Also erzählte ich ihnen genau, was wir uns von wem besorgen würden.

Und so entfaltete sich vor ihnen die ganze Großartigkeit des Plans, und siehe, sie waren sprachlos.

Und so wurde mit drei Stimmen ohne Gegenstimme (ich stimmte nicht mit, da es mein Vorschlag war) beschlossen, daß ich Sammy anrufen sollte.

6. Das weiße Rauschen

Sammy ist eine Journalistin, die ein wenig abgedreht ist. Sie ist eine alte Freundin von mir, 38 Jahre alt und hat dichtes, präraffaelitisches Haar. Sie zieht sich an wie obere Mittelschicht O.T.E.K. und kommt damit gerade noch davon. Gäbe es meinen Ex-Guru Fergal F. Fitzpatrick nicht, würde sie als verlorene Seele durch London irren und ziellos mit jedem x-beliebigen Mann schlafen. Wenn es wahr ist, daß wir alle auf dieser Erde sind, um immer wieder von neuem ein und dieselbe Lektion zu lernen, während die Ewigkeit zur Drehorgel wird, dann ist Sammys Lektion die folgende: die kurze Bedingungslosigkeit der männlichen Hormone nicht als wahre Standhaftigkeit mißzuverstehen.

Als ich sie kannte und mit ihr schlief, mußte man sie nur einige Stunden lang in einer Kneipe anstarren und alle anderen ignorieren und sich überhaupt so aufführen wie Heathcliff zur Erntezeit, so daß sie das Gefühl hatte, sie sei das Zentrum des Universums (was sie natürlich war, aber eben nur für diese Nacht und nur für eine Sache), und schon war sie bereit, sich auf das nächste Bett oder einen Bettersatz werfen zu lassen.

Sammy ist eine von denen, die durch einen typischen Unfall in der Natur oder der Aufzucht nie über den Zustand der Siebzehnjährigen hinausgekommen ist, sie hört nämlich fast auf zu existieren, sobald sie allein ist. Sie hat keine eigene Geschichte und muß daher Lebensgeschichten von anderen borgen, egal von wem. Das bedeutet natürlich, daß sie auf der langen Skala zwischen S und M ganz klar auf der M-Seite liegt.

Als Hintergrundbild für ihre Lebensgeschichte verwendet Sammy inzwischen die Unterdrückung Irlands, und sie spricht davon, wie das ganze Gebäude des Britischen Imperialismus und sogar des Weltkapitalismus zusammenbrechen würde, wenn Irland Wieder Eine Nation Wäre, und daß die IRA (oder welche Splittergruppe der IRA oder INLA oder was auch immer ihrer Meinung nach gerade das einzig Wahre und Echte ist) in Wirklichkeit eine liberale, sozialistische Bewegung ist, die sich dem Frieden, der Gerechtigkeit und der letztendlich-dann-einmal-eintretenden-Freundlichkeit verschrieben hat. Wenn die IRA oder wer auch immer von der ewigen Seele des gälischen Volkes redet, die im heiligen Blut und in der Erde und der alten Sprache Irlands verwurzelt sei, wie man es manchmal sogar in den Londoner Ausgaben ihrer Zeitungen lesen kann, von den Ausgaben in Belfast oder Boston ganz zu schweigen, dann sagt Sammy, man solle sich keine Gedanken machen, denn Irland sei eine Kleine Nation, und daher sei das in Ordnung An Diesem Punkt Im Kampf, da Authentische Repräsentanten Kleiner Und Bedrohter Nationen eine solche Scheiße durchaus von sich geben dürfen (es sei denn, natürlich, es handle sich um Israel).

Sammy ging einmal mit ihrer Geschichte so weit konform, daß sie sich unter den mutigen Nationalisten von Newry niederließ und über sie schrieb. In ihren Briefen sprach sie von »The Britz« (den Briten) und erzählte ausführlich von Schwesterliebe und rauher Wärme und Solidarität. Sie beteiligte sich an Demonstrationen, die die gewaltsame Beendigung der faschistischen Militärjunta in Ulster forderten, und war entsetzt, als die faschistische Militärjunta sie festnahm und über Nacht da behielt. Sie verklagte sie wegen unrechtmäßiger Festnahme, da sie vergessen hatten, ihr ihre Rechte vorzulesen, und gewann £ 3.000. Das war alles sehr heldenhaft und so, aber leider hatte sie nicht nur ihr Bedürfnis nach rauher Solidarität mit nach Newry gebracht, sondern auch ihre ausgesprochene Vorliebe für

Männer, und so taten sich nach drei Monaten alle Mütter der lokalen IRA-Männer zusammen und sagten ihr, sie solle sich schleunigst mit ihrer englischen Unmoral nach London verziehen, sonst...

Als sie zurückkam, war sie vollkommen am Ende, und ich versuchte, sie möglichst schonend zu fragen (ich hatte mittlerweile das sagenhafte Alter von einundzwanzig Wintern erreicht und war so wissend, wie man eben nur sein kann), daß sie sich überlegen sollte, ob sie sich vielleicht nicht mehr für die harten Männer mit den Tätowierungen interessierte als für die Politik. Denk mal, wieviel einfacher das Leben für sie wäre! Sie könnte ohne Probleme irgendeinen Typen finden, der sie gerne herumschubste und verprügelte, direkt hier im heimeligen Shepards Bush.

Sie knallte mir eine und verließ die Kneipe.

Sie hatte recht.

Ich war dumm.

Sie brauchte nicht die harten Männer, sie brauchte Sinn.

Die Härte war der Preis, den sie zu zahlen bereit war, sie war nicht die Ware selbst.

Ich hätte es wissen müssen, denn sie glaubt nur wegen F. F. Fitzpatrick an die Freiheit Irlands, und es ist meine Schuld, daß ich sie miteinander bekannt gemacht habe, und ich hätte sie nicht miteinander bekannt machen können, wenn ich ihn nicht vorher gekannt hätte, und ich kannte ihn nur, weil ich auch einmal an das Zeug geglaubt habe.

Habe ich.

Ist auch kein Wunder.

Stell dir einfach mal das Spezialmenü vor: Nimm als erstes den wasserdichten Jesuitismus des Leninismus, der dir auf angenehme Weise erlaubt, gleichzeitig demokratisch und elitär zu sein. Pack noch die einzig anständigen Revolutionslieder der englischen Sprache dazu und die Erlaubnis, sich in zweifelhaften, völkischen Gefühlen zu baden, was den weißen Amis, den Engländern, den Deutschen und ähnlichen Leuten wohlweislich verboten worden ist (kein Wunder, daß die Amis und die Deutschen so auf die Iren abfahren). Verrühre das alles mit einem Hauch von Guinness-durchtränkter Subkultur, und tue etwas David-gegen-Goliath-Gefühl und ein wenig Straßenweisheit dazu. Garniert wird das alles mit Seen und ländlichen Idyllen, dann gibt es noch eine Prise revolutionärer Sexualität, und dann servierst du das jedem beliebigen, ungeduldigen Zwanzigjährigen in bestem Channel-4-Akzent. Was für eine Geschichte! Mich überrascht, einzig und allein, daß nicht jeder der Revolutionären Kommunistischen Vereinigung beitritt, wenn er zwanzig ist.

Du weißt, wovon ich spreche: diese Treffen im Red Lion Square oder sonstwo, bei denen sie so tun, als handle es sich um eine große Geheimgesellschaft, und bei denen sie allen Leuten eintrichtern, nach Spitzeln Ausschau zu halten. Dann lassen sie für die Partei die Sammelbüchse herumgehen, und der Typ auf der Bühne zeigt in die hintere Ecke der Halle, wo gerade ein Kader einen Zwanziger in die Büchse gesteckt hat, und er ruft:

– Und noch viel mehr von diesen Scheinchen, Kameraden, wir wollen noch viel mehr Scheine sehen, wie Billy Graham, ja?

Nun, ich dachte damals ebenfalls, das sei alles nur Show, es sei die Zwanzig-Pfund-Note der Partei, die diese Person zuvor bekommen hatte, um sie öffentlich in die Büchse zu stecken. Das war, bevor ich kapierte, daß die Leute wirklich 10% ihres Geldes (na ja – sagen wir 7%, da die meisten doch ein wenig betrügen) an die Partei geben.

Was für ein gutes Geschäft.

Für deine lächerlichen 7% bekommst du von der Partei 100% zurück: Sie gibt dir ein ganzes, brandneues Leben.

In einem Moment warst du noch ein entwurzelter Haufen auf dem Arsch der Welt, der nicht wußte, wer er war oder warum er auf der Welt war, und in der nächsten Minute - Bäng! - sagt dir die Partei nicht nur, was du in jeder beliebigen Situation denken sollst (hilfreich), sie sorgt sogar dafür, daß du morgens früh aufstehst (sehr hilfreich), um Zeitungen zu verkaufen, und (am hilfreichsten) sie besorgt dir eine regelmäßige Verabredung in der Kneipe, bei der du dich einfach hinsetzen kannst und mit dem Kopf nicken kannst, und du weißt genau, wer was sagen wird, als wäre es ein Haufen Fußballfans, nur daß du dich eben auch noch für konspirativ halten kannst. Wenn du wirklich drin bist, dann erlaubt man dir, daß du im Raum bleibst, wenn ein Kamerad aus Derry durch die Hintertür erscheint. Du solltest die Kameraden aus der Mittelschicht sehen, wie sie mit stolzgeschwellter Brust auf diesen Tag warten, denn sie wissen, daß sie dann 1.000.000 Kilopunkte auf dem Geigerzähler des Sexappeals gewinnen: Während die knallharten Typen dableiben dürfen, müssen die armen gewöhnlichen Kameraden voller Sehnsucht nach draußen trippeln - man kann deutlich hören, wie der Gummizug in den Unterhosen reißt, und zwar geschlechterübergreifend.

Ich fand es großartig.

Fergal F. Fitzp. war mein Hauptmentor in der Revolutionären Kommunistischen Vereinigung (die im Zuteilen von Mentoren äußerst erfolgreich ist), er war dreißig und ich zwanzig, für ein oder zwei Monate betete ich ihn mit all meiner unfokussierten Teenysexualität an. Ich wollte er sein. Nicht etwa nur gehen und sprechen wie er und gekleidet sein wie er, sondern tatsächlich er SEIN. Ich war für ihn in einer Art und Weise offen, die meilenweit über jede physische Penetration hinausging. Ich beobachtete ihn und hörte ihm zu und machte ihn nach, als wäre ich ein in Method-Acting ausgebildeter Schauspieler auf Amylnitrit.

F. F. F. ist nicht der Typ, der Anbetung ablehnen würde. Er ist vielmehr der Typ, der von seiner Mutter sehr geliebt worden sein muß oder was auch immer, jedenfalls ist er sich ganz sicher, daß er der Nabel des Universums ist. Wenn ihm also jemand zuhörte und mit dem Kopf nickte und ganz genauso sprach wie er selbst, wie ich es tat, dann fand Fx3 daran nichts Sonderbares. Es überraschte ihn nicht, wenn jemand sich zu ihm wie ein Spiegel verhielt, denn ein Klon von Fergal Fintan Fitzpatrick zu sein, war für ihn einfach nur die einzig richtige Art zu existieren: je mehr du Fergal F. Fitzpatrick glichst, desto normaler fand er es. Durch die Kombination aus meiner jugendlichen Gier auf der Suche nach DEM WEG und seiner eingebauten Gewißheit, DEN WEG zu kennen, funkte es zwischen uns wie zwischen zwei Hochspannungsleitungen.

Ich bewunderte ihn bedingungslos, und er akzeptierte meine Bewunderung von ganzem Herzen: Nach sehr kurzer Zeit wurde ich auserwählt, dem inneren Kern der R. C. A. beizutreten. So schnell wie ich war schon seit Ewigkeiten keiner mehr zum Kameraden aus Derry vorgedrungen.

(Leider war es kein guter Abend für die R. C. A., da der Kamerad aus Derry, der an diesem Tag kam, bereits beim Mittagessen mit einem netten Mädchen aus der oberen Mittelschicht gebumst hatte und auch bereits halb betrunken war und die respektvollen Kameraden in Kenntnis setzte, daß die IPLO oder wer auch immer nicht wollte, daß ein großer Haufen Kommunisten die braven Katholiken verängstigen und ihnen peinlich werden würde. Also sollten sie ihre Scheiß-Unterstützung heimlich durchführen, verstanden?)

Aber egal, Hauptsache, ich war drin und hatte Den Kameraden Aus Derry leibhaftig zu Gesicht bekommen, was meinen Status bestätigte und der Grund war, warum

Sammy auf mich abfuhr, als sie zu ihrem ersten Meeting kam, nachdem sie die S.W.P. zugunsten der R.C.A. verlassen hatte.

Fergal F.F. war irgendwo anders, und so vertrat ich ihn an diesem Donnerstagabend beim Kneipenmeeting. Ich konnte bereits so gut Fergal sein, daß nicht einmal ich selbst ihn so recht vermißte. Die Leute sprachen zu mir, als wäre ich er, sie besorgten mir sogar dasselbe Getränk, das er sonst trank. Sammy saß da und schaute zu, ihr präraffaelitisches Haar fiel mir ins Auge, und mein Auge verhakte sich in ihrem, und bald nahmen ihre sauber eingestellten Radarflügel Signale der Gewißheit von mir auf und merkten nicht, daß diese nur geliehen waren. Sie sah, wie andere an MEINEN Lippen hingen und mit ihren Augen MEINEN Worten folgten, also folgte sie mir nach Hause.

Nach drei Tagen hatte Sammys Bedürfnis nach Gewißheit meine eigenen Überzeugungen ausgelöscht. Während sie die Parolen der Partei auswendig lernte, schienen sie gleichzeitig aus mir herausgespült zu werden. Ihre Gier nach DER GESCHICHTE war so offensichtlich, sie war in ihrem Verlangen so unverhüllt, daß ich mich nach kurzer Zeit fragte, ob ich auch so war. Ich sah, wie sich ihre Augen mit dieser neuen Wahrheit füllten und wie ihre Pupillen größer wurden, und sah mein Spiegelbild darin, das Fergals Schwachsinn mit Fergals Stimme auskotzte, wie in einem Traum. Jetzt war ich derjenige, der angebetet und kopiert wurde, und ich fand es zunächst langweilig und dann peinlich. Plötzlich sah ich wie von einem Hubschrauber aus Bilder von mir selbst als Mr. Totalversager, und ich bekam die galoppierende Zweifelsseuche, und nach drei Tagen mit Sammy fand ich heraus, daß ich es einfach schon physisch nie wieder schaffen würde, mit einem Stapel Zeitungen herumzustehen und zu schreien:

RevoLUTionary Communist

RevoLUTionary Communist
Ver-TEIdigt diearbeiter
SELBST-bestimmungfürdasirischeVolk,

gar nicht zu reden davon, daß ich jemals 7% meines hart verdienten Geldes an Leute geben würde, die keiner je gewählt hatte.

Im Ernst, wenn es in deinem Kopf soviel Schnee auf der Mattscheibe gibt, dann kannst du genausogut den Krishnas oder den Jungen Tories beitreten.

Aber bevor ich den Kampf aufgab, stellte ich Sammy Fergal vor. Als ich mit den ersten Getränken der ersten Runde des ersten Zusammentreffens der beiden von der Bar zurückkam, war es bereits offensichtlich, daß die beiden aufeinander angesprungen waren, sie hatten sich mit ihren unsichtbaren Barthaaren ineinander verhakt, sie wußten, daß er der einzig Wahre war, sein großes spirituelles S paßte zu ihrem großen spirituellem M.

Im Gegensatz zu den meisten Iren, mit denen Sammy zuvor zusammengewesen war, hatte Fergal keine Narben oder Tätowierungen. Im Gegenteil, er hatte ein langes, trauriges Gesicht, wie ein gefolterter Priester, nur daß er ziemlich oft grinste, und er hatte kurzes, seitlich gescheiteltes schwarzes Haar. Er war gewissermaßen in der Zeit des Punk-Sommers und des Hungerstreiks und diesem Zeug hängengeblieben und war Bassist in einer ziemlich miesen O.T.E.K.-Grunge-Band, die sich Partyline nannte. Aber er hatte seine Überzeugung. Und wenn er jemandem zuhörte, dann tat er dies zunächst sehr gut. Er hörte auf zu grinsen und senkte seine Stirn gerade nur ein kleines bißchen und ließ sein Kinn ein wenig fallen und hob seine Augenbrauen und ließ seine Augen weit hervorstehen, als würde er sein ganzes Gesicht für dich öffnen. Er saß einfach da und nickte aufmunternd, Ja, Ja, Ja, und dann plötzlich, wenn du noch mittendrin warst, nahm er das, was du gerade sagtest, auf und redete einfach selbst weiter.

Er hatte eine ganz eigene Art zu reden. Während er sprach, schwang er seine Arme und seine großen, weißen Hände in weiten Bögen, er hatte immer ein Glas Lager in einer Hand (er haßte Guinness), aber irgendwie schwappte es nie über. Wenn er anfing, in Fahrt zu kommen, war es zunächst wie in diesen alten Filmen, wenn jemand versucht, einen Doppeldecker mit der Hand zu starten, seine Hände zuckten und hielten inne und zuckten wieder, bis er den Rhythmus fand und in Schwung kam und losflog, dann machten seine Arme diese großen, weichen Bögen und Kreise und Achter, und das Glas mit dem Lager machte seine Runden über die Köpfe der anderen hinweg, und du mußtest dich jedesmal ducken, wenn Fergal F. Fitzpatrick gewissermaßen auf Hochtouren sprach, und doch verschüttete er nie auch nur einen Tropfen, und seine Rede hörte sich ungefähr so an:

– Ja, genau, nein, einen Moment, da hast du recht, ich meine, nein, ja, das wissen wir alle, das ist wahr, sicher, auf eine gewisse Weise, aber es ist doch klar, daß eine revolutionäre Strategie, die die Möglichkeit individueller Aktion ausschließt, sich selbst widerspricht, da ja gerade der Zweck der Revolution, die eigentlich revolutionäre Natur der Revolution selbst die Möglichkeit zur Verwirklichung der Individualität in sich birgt, kapiert? Der Kampf kann nur insofern individuell sein, als individuelle Reaktionen sich in einer Massenreaktion vereinigen, das ist natürlich wahr. Aber wir müssen unterscheiden, nicht wahr, mit Sicherheit müssen wir das, zwischen individueller Aktivität, wie sie sich durch die Bourgeoisie definiert, und jene andere Individualität, die wahre Individualität sozialistischer Aktion, laß uns sie für den Moment eine Meta-Individualität nennen, denn wie Trotzki sagt, haben wir keine Vorstellung, ja, wir können im Moment nicht die Spur einer Vorstellung davon haben, also können wir auch keinen Begriff dafür haben, wie diese wahre Individualität sich formieren wird, wie sie funktionieren wird unter den Bedingungen des revolutionären Kampfes in seiner Massenphase. Kapiert?

Also wirklich, zum Teufel nochmal, kein Mensch redet so. Es gibt nicht einmal viele Leute, die so schreiben. Aber Fergal Fitzpatrick konnte das, er konnte frei improvisiert ganz genau so sprechen, konnte seine einhundert Prozent wasserdichte, dreimal destillierte Wichse auf Befehl abliefern, die so rein, so sauber schmeckte, daß sie mehr als Wichse sein mußte. Und alles, was es letztendlich heißen sollte, war: Wenn du DIE ANTWORT haben willst, dann bleib hier.

Und das war alles, was sie hören wollten.

Sammy vor allen anderen.

Sie fraß es einfach komplett, sie liebte es, sie hörte zu, ohne die Worte zu hören, es war für sie wie eine große Arie, sie saß neben Fergal und nickte von Zeit zu Zeit und spielte mit einem Finger in ihrem roten Haar und murmelte Mmmmmmmm, um ihn zu ermutigen, es war, als wäre sie zur Hälfte total scharf darauf, ihn jetzt und hier auf der Stelle durchzuficken, und als wäre sie zur anderen Hälfte eine Mutter, die auf ihren Sohn stolz war, der etwas tat, was sie nicht genau verstand. Sie folgte aus den Augenwinkeln den geheimen Bahnen, die seine Hände zogen, und lauschte den brechenden Wellen seiner Stimme, mehr nicht, als folgte sie einer langen, verschlungenen Melodie, deren Tonfolge des reinen Glaubens an sich selbst sie gerne behalten hätte, aber aus Erfahrung wußte sie, daß sie sich nicht daran würde erinnern können, sobald der Sänger zu singen aufgehört hätte, und daher war es besser, wenn sie den Sänger einfach bei sich behielt.

Und das beweist (a), daß es tatsächlich für jeden Topf einen Deckel gibt, wenn du ehrlich bist und einsiehst, wer du bist, und aufhörst, nach Leuten zu suchen, von denen du annimmst, daß die Person, die du gerne wärst, sie mögen würde, anstatt die Leute zu suchen, die DU wirklich magst, und das bedeutet (b), daß ich, obwohl ich seit über fünf Jahren nicht mehr an ihren Meetings teilgenommen habe, immer noch jederzeit mit ihnen Kontakt aufnehmen kann, denn Fergal und Sammy sind inzwischen das glücklichste, stabilste und passendste Paar in der radikal linken Provo-Groupie-Szene, und das alles haben sie meinen Kuppleraktivitäten zu verdanken.

Ich treffe diese Leute immer noch hie und da. Am seltsamsten war es einmal, als ich den Abend bei Fergal und Sammy im Suff beschließen wollte und dort der Witwe eines IRA-Mannes vorgestellt wurde, der gerade von den Fallschirmjägern erschossen worden war. Die ersten Worte, die sie an mich richtete, bestanden aus der Erklärung: Nur Ein Brite Läuft So Herum, und die nächsten kamen erst sehr viel später, als wir die letzten beiden waren, die noch rauchten und soffen, und ihre Worte lauteten diesmal: Ob ich wohl glaubte, daß sie freiwillig einen britischen Bastard in ihr Bett ließe?

Ich stehe nicht so auf Rollenspiele beim Sex, da das meistens bedeutet, daß man sich in die Zone der Obsessionen begibt, und alle Leute mit Obsessionen sind voller Banalität und Langeweile. Sie sind so lächerlich ernsthaft, wenn es um ihre jämmerlichen Fetische geht, und sagen zum Beispiel: »Ja, nun, in die Erwachsenen-Baby-Kleidungswechsel-Windel-Szene bin ich das erste Mal 1984 rein, oder war es 1985?« Aber das hier war ganz klar kein Spiel: Die Worte kamen direkt aus ihrem Bauch, ungeplant und solide, aufgrund dessen, was mit ihr passiert war, es war die authentische Stimme der plötzlichen Abgefucktheit und daher interessant. Dennoch folgte ich ihr in das Zimmer mit etwas ungenauen Vorstellungen, was von einem britischen Bastard wohl genau erwartet wurde. Also überließ ich es ihr, und es stellte sich heraus, daß er (Ich) dem braven, katholischen Mädchen den widerlichen Horror eines durch Cunnilingus hervorgerufenen Orgasmus antun sollte, nachdem (wie sie mit ihren Katzenaugen sagte) sie durch ihn gezwungen werden sollte, dasselbe bei ihm zu tun, aber er (ich meine, ich) war plötzlich durch die Vorstellung verschreckt, daß sie vielleicht nicht ganz den Unterschied zwischen (ihrer) Realität und (meinem) Rollenspiel auf die Reihe kriegen könnte. Was, wenn sie plötzlich Dudelsäcke in ihrem erst kürzlich verwitweten Hirn spielen hörte, während sie gerade meinen Schwanz zwischen den Zähnen hatte? Potentiell unschön. Also gab ich vor, unter alkoholbedingten Ständerproblemen zu leiden, und nach ein paar scharfen Worten über die jämmerliche Schwäche des angelsächsischen Mannes weinte sie ausgiebig und schlief dann ein, während sie sich immer noch fest an mich klammerte. Ich mußte mich ewig lang wachhalten und mir sagen, wie heldenhaft ich doch sei, bis ich sicher war, daß ich mich in Ruhe umdrehen und einschlafen konnte, ohne sie aufzuwekken. Ich verschwand am nächsten Tag ziemlich schnell, ich wußte, daß dadurch, daß ich mit mir selbst umgehen mußte, nicht genügend von mir übrigblieb, um mit dieser Sache umzugehen. Und als ich dann wirklich wach und nüchtern war und realisierte, mit wem ich da geschlafen hatte, starb ich beinahe vor Dünnschiß.

Das alles nur nebenbei, das wichtigste ist, daß ich aufgrund all dieser Sachen selbst jetzt noch zu einer stinknormalen Telefonzelle in einer stinknormalen Londoner Straße gehen und Sammy und Fergal an einem Samstagabend um Mitternacht anrufen und damit rechnen konnte, daß auf diese Weise ein Treffen mit der IRA zu arrangieren sei.

Da.

Jetzt ist es raus.

Die Leute, die ich für den Plan brauchte, waren von der IRA.

Oder von irgendeiner Splittergruppe des extremen Flügels der IRA, oder der INLA oder IPLO oder Republikanischen SF oder zu wem auch immer Fergal zur Zeit Kontakt hat. Wir nennen sie einfach die IRA, da ich es wirklich nicht genauer weiß. Und es ist mir auch egal.

Es ist mir egal, ob ich die IRA kontaktiere?

Natürlich nicht, zum Teufel.

Es macht mir entsetzliche Angst. Warum denkst du, habe ich solange gebraucht, um damit herauszurücken?

Schon allein der Gedanke daran sorgt dafür, daß sich in mir alles krümmt und sich mir der Arsch zusammenzieht, als hätte ich die Ruhr. Denkst du, ich bin bescheuert oder was?

Es macht mich fertig. Ich kann nicht mehr schlucken. Die Haut um meine Augen zieht sich krampfartig zusammen, meine Vorhaut und meine Eier verkrumpeln, meine Zunge bleibt mir am Gaumen kleben, und meine Zähne klappern, und ein großer Eisklumpen bildet sich in meinem Magen, und auf dem Weg zur Telefonzelle verlerne ich ungeachtet der 27 Jahre Übung das Gehen, und ich muß mich an Bushaltestellen und Mauern aufrichten. Ich muß einfach stehenbleiben und meine Hände an die Schläfen legen und mit mir selbst reden, um zu verhindern, daß ich kotzen muß.

Was kann ich noch sagen? Das ist das Übelste, was ich je getan habe. Das ist der Abschied.

Ja, und warum gehe ich dann immer noch in Richtung Telefonzelle? Warum drehe ich mich nicht einfach um und gehe nach Hause? Es wäre so eine Erleichterung.

Ganz einfach: Wenn ich die Augen schließe, sehe ich meine mögliche Zukunft vor mir.

Ich sehe einen Mann mit Glatze in einem Wohnklo, der auf mich wartet. Ich rieche Farbe und ungewaschene Socken und sehe die Ecken von bereits durch viele Hände gegangenen Pornoheften unter dem Bett hervorlugen. Ich höre, wie die schlaffen orangenen Vorhänge aufgezogen werden, und ich fühle, wie er mich von seinem fettigen Ohrensessel aus ansieht, an dem Tag, an dem ich die Hütte verlassen muß, und es wird für immer ein einsamer Sonntag sein. Ich war dort, als ich zwanzig war, und ich werde nicht dorthin zurückkehren, wenn ich dreißig bin, mag es gut oder böse enden.

Mir ist übel, und ich habe Angst, und ich fühle mich glatzköpfiger denn je, und ich möchte mich nur zu einem engen Knäuel aufrollen und mich in den Schlaf weinen, Mammimammimammimammia, wie zum Teufel ist es so weit gekommen, das war so nicht vorgesehen, das ist nicht natürlich, das ist eine Verarschung erster Klasse, ich bin für den Himmel der Mittelschicht erzogen und ausgebildet worden, nicht für dies hier, das ist das Leben eines anderen, gebt mir mein eigenes zurück.

Vater, der du bist im Himmel der Mittelschicht:

Ich möchte nur eine Woche lang schlafen und in sauberer Bettwäsche aufwachen in einer schönen Wohnung mit hohen Fenstern und Garten und möchte feststellen, daß all mein Blut ausgetauscht wurde und meine Leber durch die eines sechzehnjährigen Abstinenzlers ersetzt worden ist und daß mein Haar nachwächst und daß meine Klamotten gewaschen und gebügelt sind und daß es Montag ist und ich DEN JOB habe und eine voll gedeckte Mastercard mit meinem eigenen, wirklichen Namen in der Tasche, und am Abend will ich eine Verabredung mit diesem netten Mädchen aus der Mittelschicht haben, und alles, alles ist in Ordnung, in Ordnung?

Ich will nur sein wie alle anderen!
Ich will nur der sein, als der ich gedacht war!
Ich will eine zweite Chance!

Aber es hört natürlich niemand zu. Das ist das Problem, wenn man erwachsen ist. Also richte ich mich schließlich wieder auf, löse meine Stirn von der Mauer, gegen die ich mich gelehnt hatte, und hole zwei, drei, vier Mal tief Luft und erinnere mich daran, daß ich genau darum hier bin, daß ich zurückzuschlagen versuche, daß ich versuche, mein Leben zu retten.

Also stehe ich wieder da und biege die Schultern nach hinten, schniefe und räuspere mich und knurre und spucke aus und ziehe nochmals diese harte, kalte, metallische Luft durch die Nase ein: In meiner virtuellen Welt hebe ich die Uzi und knalle den heimlichen Guardian-Leser in mir ab, Bummbummbummbumm, ich lösche ihn aus, den kleinen Wichser, der immer noch auf bestimmte Auslöser reagiert wie IRA FOLTERTE HELDEN DER ARMEE, auch wenn wir uns alle für so viel klüger halten als die Daily Mail-Leser.

Wenn du dein Leben retten willst, mußt du als erstes dein Abonnement des Guardian kündigen.

Ich sehe mir die Telefonzelle an, die meine Türe zur anderen Welt sein wird, auf die ich schon lange unbewußt zusteuere, und in meinem Hirn habe ich eine Vision, wie kleine Schnipsel des Guardian über einem See wehen. Irgend jemand rennt in mich hinein, als er aus einer Kneipe kommt, so ein Skinheadtyp (ich vergesse immer wieder, daß ich einen ganz ähnlichen Haarschnitt habe), er prallt einfach gegen mich und schaut mich an, als wäre er auf eine Schlägerei gefaßt und sei froh, abhauen zu können. Ich bin überrascht, da das keinesfalls ein normaler Vorgang ist, und schaue in einem Schaufenster mein Spiegelbild an, und ich sehe diesen Mann, der mich anstarrt, ein Mann, der definitiv

T. E. A. aussieht, jenseits von gut und böse, als käme er gerade aus einem Windkanal: ich.

Jetzt denke ich ganz geradlinig und klar:

Es ist mir vollkommen schnuppe, daß die IRA die Fallschirmjäger in die Luft jagt, ich habe mit mehreren Fallschirmjägern gesoffen, und sie alle hatten diese streng antrainierten, nervösen, psychotischen Kontrollphantasien, ich meine, zum Teufel nochmal, die Fallschirmjäger wurden erfunden, um aus Flugzeugen heraus auf SS-Männer zu springen und dabei draufzugehen. Den Idioten, der zu verantworten hat, daß man sie auf halbbewaffnete Demonstranten und auf Joyriders losläßt, sollte man vierteilen.

Andererseits würde es mich auch nicht stören, wenn in einer schönen Nacht einmal alle IRA-Männer erschossen würden, denn das Beseitigen von Fallschirmjägern ist ja nicht das Hauptgeschäft der IRA, sondern sie beschäftigen sich im Alltag damit, heldenhafte Bombenanschläge auf Kneipen und Frittenbuden auszuführen, pensionierte Polizisten von ihren Traktoren zu schießen und mit Drohungen Geld zu erpressen.

Versteh mich: Ich bin kein Fallschirmjäger-Groupie, aber ich bin auch kein Provo-Groupie. Ich würde das, was ich brauche, von den Verbrechern der Guten Alten Schule kaufen, wenn ich ihnen trauen könnte (was ich nicht kann) und wenn sie es liefern könnten (was sie nicht können). Weißt du, wir brauchen etwas Größeres als eine Handfeuerwaffe, etwas Größeres als eine Uzi, eine AK 47 oder selbst ein schweres Maschinengewehr für DEN PLAN: der Name des Spiels heißt Abschreckung, wir brauchen etwas, das so groß und einschüchternd ist, so total machohaft, daß wir in eine Bank latschen und nehmen können, was wir wollen, und wieder rausgehen können, ohne daß dabei ein einziger Mensch umgebracht werden muß. Ich würde uns so was von den Fallschirmjägern besorgen, wenn ich könnte, aber die Fallschirmjäger haben es nicht so mit dem freien Markt der Gewalt (müssen sie auch nicht, da sie ja wahnsinnige staatliche Unterstützung bekommen), und daher gibt es nur eine Gruppe in London, die die Ware liefern kann, und das ist die IRA.

Die IRA hat als mein Lieferant eine Monopolstellung. Und durch die Zufälligkeiten der Geschichte habe ich tatsächlich einmal eines der kleinsten und unwichtigsten Branchengeheimnisse der IRA kennengelernt, und so ist die Chance eigenartigerweise größer, daß die IRA mit mir verhandeln wird, als daß es die Verbrecher der alten Schule tun würden.

Wenn dir jemals irgend jemand erzählen will, daß es keinen Übergang zwischen der knallharten politischen Linken zu Den Jungs gibt, dann kannst du ihm von mir ausrichten, daß er solchen Schwachsinn für sich behalten soll. Sammy mußte einmal ihren Urlaub in Irland abbrechen, eigentlich hätte sie in dem Wohnwagen ihrer Bekannten schlafen wollen, doch diese Bekannte wurde von der SAS in Gibraltar erschossen. So was kommt vor. In der knallharten Linken treffen die Rebellionstheorien der Postgraduierten auf die Waffen der harten Männer. Die Postgraduierten stellen die Theorien zur Verfügung und die harten Männer die Waffen. Die Postgraduierten sind begeistert, daß ihre Theorien jetzt endlich durch Waffen unterstützt werden, und die harten Männer sind begeistert, daß ihre Waffen jetzt endlich durch Theorien unterstützt werden, und Pling! – Voilà: Baader-Meinhof, Rote Brigaden, IRA oder was auch immer. Genauso gibt es natürlich auch einen Übergang von den superharten rechten Tories zu den wirklichen Faschisten: Ich habe selbst mitgehört, wie reiche Junge Tories sich über ihre Dienstgrade in der Ehrengarde der National Front unterhielten.

Das war es also.

Zeit des Übergangs.

Tschüß, Himmel der Mittelschicht; Mach's gut, *Guardian*.

Ich ging in das Telefonhäuschen und schaute das Telefon an, als wäre es ein kleines, aber gefährliches Tier, das jederzeit in mein Gesicht springen könnte, und ich sah nochmal nach draußen auf den ganz normal vorbeirollenden Verkehr, und ich dachte:

Es passiert einfach, so wie es passiert, daß manche Leute auf Parkbänken enden oder nachts Plastikflugzeuge basteln, und es passiert schneller, als du denkst. Es passiert in Hörweite von Radio 4 und einen Steinwurf entfernt von der Stelle, wo Menschen ihre Autos polieren. Du bist einfach mit den falschen Leuten zusammen, und eines Tages wachst du auf und stellst fest, daß du gerade deine letzte Chance vertan hast und daß du geradewegs auf das Wohnklo zusteuerst und die orangenen Vorhänge, oder du erinnerst dich, daß die Frau neben dir die Witwe eines Revolverhelden ist, oder du erlaubst jemandem, den du nicht kennst, die Nacht bei dir zu verbringen oder was auch immer, und schon ist es passiert. Die Tür zur anderen Seite ist näher, als du denkst, du gelangst nicht auf die andere Seite wegen irgendwelcher Gründe, aus denen du etwas tust, die GRÜNDE für deine Handlungen sind egal, alles was zählt, ist WAS du tust und mit wem, und du kannst durch die Tür hindurchspazieren, bevor du überhaupt weißt, daß sie existiert.

Und hier war ich also.

Verzweifelt und mit verzweifelten Freunden, die darauf warteten, daß ich es tat, und ich zögerte noch?

Ich hatte so tierisch Angst, daß ich hätte kotzen können. Ich schlug mit der Faust gegen das Metall der Telefonzelle, um zu spüren, daß ich existierte, um mich zu erinnern, daß das alles existierte.

Wir geben also der IRA Kohle, damit sie mit dem Geld eine Bombe bauen kann, die vielleicht unschuldige Menschen umbringen wird? Na und? Würde ich statt dessen von den Verbrechern Knarren kaufen, dann erschießen die möglicherweise bei ihrer nächsten Aktion eine Oma. Wir zahlen ja auch Steuern, damit die Fallschirmjäger flüssig bleiben. Und währenddessen tummeln sich in den bolivianischen Erzminen und in den taiwanesischen Textilfirmen lauter zwölfjährige Kinder, die sich unter bewaffneter Bewachung totschuften, damit die Renten gesichert bleiben und wir alle beruhigt sein können, daß wir im Alter genug Geld haben, um Möbel für die Veranda und Golfanzüge kaufen zu können.

Nenn es einfach Statistik-Müdigkeit oder die beruhigende Entfernung zwischen dem Cockpit von Enola Gay und Hiroshima, ich weiß es nicht, ich kann nur ganz offen sagen: Es war einfach alles zu weit weg, um mich ernsthaft zu berühren.

Weißt du jetzt, was ich gemeint habe mit Achselhöhlen und so?

Hast du gedacht, ich mache Witze oder lüge? Hast du gedacht, das alles sei nur eine abgefahrene Komödie? Hast du gedacht, ich hätte nicht wirklich so einen gotterbärmlichen Schiß vor meiner Zukunft als Glatzkopf in einem Wohnklo?

Hab ich aber, oh, das kann ich dir schwören.

Und das war auch das Bild, das ich mir vor Augen hielt, als ich die Hand ausstreckte, den Hörer nahm und die Münzen einwarf. Dann drückte ich ganz schnell und ohne nachzudenken die Tasten: Meine grauen Zellen kannten die Nummer schon in- und auswendig.

Es ist ein sehr eigenartiges Gefühl, wenn etwas, das du etwa zehnmal am Tag tust, dein Schicksal besiegelt, wie das Drücken von kleinen Tasten bei einem Telefonanruf. Alles wirkt dadurch ziemlich unwahrscheinlich, es scheint einfach unmöglich, daß etwas so Normales so unheimlich sein kann. Ich nehme an, daß Leute wohl aus diesem Grund ganz alltägliche Dinge tun, wenn sie das Raumschiff Erde plötzlich verlassen wollen: Der verzweifelnde Pendler startet wie jeden Morgen seinen Wagen (nur daß er die Garage verschlossen läßt), die Karrierefrau, die eines Tages aufwacht und feststellt, daß sie bereits vierzig ist, nimmt wie jeden Abend ihre Schlaftabletten (nur daß sie dieses Mal zwanzig Stück nimmt), der bankrotte Junggesellenbauer läuft auf sein Feld, er tritt in seine eigenen Fußstapfen vom Vortag und hebt wie jeden Tag seine Schrotflinte (nur daß er sie gegen sich selbst richtet). Auf diese Weise bleibt der Moment, der dir Lebewohl sagt, das Drehen des Schlüssels, das Wasser, das die Tabletten runterspült, das Umklammern des Griffs, so absolut normal. Es gibt keinen Bruch in der oberflächlichen Ordnung, denn das ist es, was uns angst macht, nicht unser Ende, sondern das Ende der Welt, wie wir sie kennen: Es ist einfacher, sich aufzugeben, als sich wirklich zu ändern.

Also gab ich mir einen Ruck und drückte die Tasten.

Und was passierte?

Ein verdammter Anrufbeantworter sprang an; das passierte.

Es hatte keinen Sinn, eine Nachricht zu hinterlassen (»Hi Fergal, du, ich müßte dringend mit der IRA reden. Rufst du mich zurück?«), und ich wollte gerade mit einem tiefen, schamvollen und heimlichen Gefühl der Erleichterung und Dankbarkeit den Hörer auflegen (ich habe es ja immerhin PROBIERT, nicht wahr?), als ich mitkriegte, was der Apparat eigentlich sagte. Er sagte:

– Hi, Kamerad Anrufer! Hier spricht Fergal F. Fitzpatrick, und ich bin möglicherweise durchaus zu Hause, denn das Haus ist ziemlich groß und mein Arbeitszimmer ist ganz,

ganz oben, und daher habe ich versucht, diese Ansage ziemlich genau so lang zu halten, daß ich Zeit genug habe, die Treppen herunterzurennen und dich gerade noch zu erwischen, gerade, gerade, gerade noch. Aber wenn ich es bis jetzt noch nicht geschafft haaaaaaaaabe...

– Hi! sagte Fergal F. Fitzpatrick.

– Hi! sagte ich.

– Hey, The Man! Wie läuft's?

– Ging schon mal schlechter. Jesus Christus, du klingst eigenartig. Wie geht's Sammy?

– Bestens. Rufst du von ner Zelle aus an?

– Bin ich doof? Kann ich reden?

– Hab ich etwa kein Basiswissen in Telekommunikationstechnik? Daher die seltsamen Soundeffekte.

– Ich habe dir ein geschäftliches Angebot zu machen.

– Ah ja. (Pause) Mir?

– Einigen Leuten, die du kennst.

– Aha. Hm, hm, hm. Lange nicht gesehen und jetzt plötzlich diese Masche. Hör zu, äh, nein, ja, weißt du, laß uns das klarstellen, du kommst also so plötzlich aus dem Nichts zu mir, und du hast dieses große Angebot, und du nimmst an, daß bestimmte Leute, die ich kenne, und ich nehme mal an, du meinst damit die, von denen ich glaube, daß du sie meinst, daran interessiert sein könnten? Ja?

– Ja.

– Hör zu, weißt du, ich meine, wir kennen uns ja, ich, äh, versteh das nicht als, äh, Beleidigung, aber, hey, es kommt vor, daß manche Personen in den stillen Winkeln ihrer Phantasie die Bedeutung dessen überschätzen, was sie sich in den Kopf gesetzt haben, es könnte gut sein, daß – wenn die Idee als Fahne gehißt wird – ihr dann keiner salutiert.

– Würden sie hundert Mille salutieren, wenn für sie überhaupt kein Risiko dabei ist? Ich dachte mir, daß ihnen eine solche Summe ganz gelegen kommen müßte, mit all der Aufspalterei und Neugruppierung, die so im Gange ist.

– So, so. Wir haben immer noch den Finger am Puls des Geschehens, wie ich sehe.

– Ich lese Zeitung und höre so die Geschichten.

– Hmmm. Sagen wir eine viertel Million, und ich könnte mir die Möglichkeit eines generellen Interesses vorstellen, abhängig natürlich davon, was du willst.

– Hundertfünfzig.

– Du machst mir Spaß. Versteh mich nicht falsch, aber das kommt von deiner guten Wenigkeit etwas überraschend. Ich gebe zu, daß ich gedacht habe, du wärst inzwischen Buchhalter geworden oder so was.

– Ich wohne immer noch in meiner Hütte, Fergal, und die Zeit läuft weg. Ich habe nur eine Chance.

– Herr im Himmel, o Mysterium der Mysterien! Du weißt schon, daß du ein wunderbares Bummbummspielzeug anderswo für wesentlich weniger kriegen kannst? Sogar ein automatisches.

– Weiß ich.

– Dacht ich mir. Was willst du also?

Also sagte ich es ihm.

– Leck mich am Arsch, das kann ich dir nicht besorgen. So nah bin ich nicht am Kern, ich meine, selbst wenn ich es hätte, wäre ich nicht autorisiert, verstehst du, was ich sagen will? Wir sprechen hier von Entscheidungen der allerhöchsten Sicherheitsstufe.

– Fergal, das weiß ich. Deswegen muß ich mich ja mit deinen Bekannten treffen.

– Einhundertfünfzig Mille?

– Mein Angebot in bar.

– Es müßte eventuell modifiziert werden.

– Darüber können wir reden.

– O.K., O.K., O.K.: Ich schlage vor, daß wir uns da treffen, wo wir letztes Mal waren. Erinnerst du dich?

– Yep.

– Du bist in Ordnung, Mann. Montag?

– Wenn sie sofort liefern können, sonst ist es zu spät.

– Das wird immer interessanter. Montag um acht?

– O.K.

– Eine Sache noch, mein Guter. Wie soll ich das ausdrükken? Ich werde Nummern anrufen, die ich selten anrufe, und mit Leuten sprechen, die ich nicht ohne guten Grund belästige. Es wäre also gut, wenn das alles kein Scherz wäre. Als Freund sage ich dir: Sei dort, oder nimm dich in acht! Tschau!

Ich schwitzte, als ich den Hörer auflegte.

Es war alles plötzlich sehr real geworden.

Die Geschichte begann, mich einzuholen.

Mir wurde schwindelig.

Ich schaute auf all die Busse, Autos und Taxis, die vorbeifuhren, als sei nichts geschehen. Ich hatte den Eindruck, daß mich alle wie verrückt anstarrten, als würden sie damit rechnen, daß ich mich vor ihren Augen in nichts auflösen würde oder irgendwas anderes Verrücktes, aber natürlich guckten sie gar nicht. Nichts Sichtbares hatte sich geändert, ich war durch die Tür hindurchgegangen und war immer noch ich selbst, und die Welt war immer noch dieselbe alte Welt.

Also ging ich zurück zu Suzy und erzählte Chicho, Brady und Suzy, daß es offenbar tatsächlich laufen könnte, und sie wurden alle ganz still, bis Suzy sagte:

– Wunderbar. Wunderbar. Und was passiert jetzt?

– Äh, sagte ich.

– Ja? sagte Suzy.

– O. K. Äh, richtig, morgen muß ich mich mit Dai treffen, um Jimmys Testament zu besprechen, und du wirst wohl an dieser Geschichte arbeiten, nehme ich an, sie muß am Dienstag fertig sein, falls wir es versauen, sie ist deine Deckung.

– Ich habe eine Bekannte, die Anzeigen für *News Of The Screws* verkauft. Ich werde mich mit ihr in Verbindung setzen, als wäre es ein echtes Vorhaben.

– Phantastisch. Hinterlaß viele Nachrichten auf Anrufbeantwortern und so, Sachen, die du später bei Bedarf als Beweis verwenden kannst.

– Und was mach ich? fragt Brady.

Er war ganz untypisch ruhig.

– Nun, du mußt das mit den Doggies organisieren. Mach ein Treffen für Dienstag aus. Triffst du dich nicht immer sonntags mit den Doggies?

– Sonntags sind wir in Hampstead Heath.

– Also tu das.

– Und ich? fragt Chicho.

– Was machst du sonntags?

– Ich esse mit Pilar und der Familie von ihrem Ehemann, und dann ich schlafe, sagt Chicho.

– O. K., du ißt also und schläfst. Und leihst dir diesen Anzug von Pilis Macker aus, den er bei der Hochzeit getragen hat, du weißt schon, diesen furchtbaren, glänzenden Armani.

– Oh, is leicht für mich. So schöner Sonntag. So schöner Plan.

– Und wir treffen uns wieder Montagmorgen, acht Uhr bei Brady, es sei denn, ihr hört etwas anderes.

Es gab eine lange Pause, als warteten wir darauf, daß ein Amboß vom Himmel fallen würde oder so. Suzy blies Rauchringe und starrte auf etwas, das ganz in den hinteren Bereichen ihres Kopfes lag.

– Leck mich am Arsch! sagte Brady plötzlich, als hätte er länger die Luft angehalten, als er eigentlich wollte:

– Ich brauche einen Drink!

– Gönn dir einen, sagte Suzy, – gönn dir sechs. Verhalt dich normal.

– Kein Problem, sagte Brady. Nur dieses eine Mal war Brady zu erschüttert, um zu streiten, so schlimm war es. Chicho stand auch auf, um zu gehen.

– Geht nicht in dieselbe Kneipe, sagte Suzy. – Merkt euch: keine Verbindungen.

Wir gaben uns die Hände, und die beiden verschwanden. Übrig waren nur Suzy und ich. Ich zündete mir eine Kippe an, ich konnte Suzy kaum ansehen, zwang mich aber dazu:

– Ich will hierbleiben. Scheiße, ich weiß, daß wir gesagt haben, keine Verbindungen ...

– Hey, was ist schon dabei? Solange du morgen gleich in der Früh gehst? Jeder, der dich reinkommen sehen hat, hat dich sowieso bereits gesehen. Das ist eh vorbei.

– Ja, du hast recht. Ich verliere die Übersicht. Ich meine, verdammt, Suzy, ich habe Schiß.

– Hab ich nicht. Es ist ein guter Plan. Er könnte funktionieren. Und wenn es nicht hinhaut, sind wir immer noch nicht ganz im Arsch.

– Ich habe trotzdem Schiß.

– Hör mal, bist du allein oder was?

Das war alles, was sie sagte.

Das war es, wodurch ich wußte, daß hier mitten in London am Ende des zwanzigsten und möglicherweise übelsten Jahrhunderts unglaublicherweise eine war, die über große Dinge groß redete und die trockensten Witze riß und Auto fuhr wie eine Speed-Königin und fickte wie verrückt und die das alles mit mir persönlich tat und, als wäre das alles nicht genug, wenn ich denn Schiß hatte, wie jetzt, Schiß wegen des Plans und wegen des Treffens mit der verdammten IRA, Gott steh mir bei, und zum ersten Mal Schiß vor nichts, nichts, das ich hätte benennen können, außer daß es hieß, in meine Hütte zurückzukehren, ich hatte Schiß vor Nichts, als würde Nichts auf mich warten, Nichts würde mich fertigmachen, NICHTS hatte plötzlich einen Schatten bekommen und Klauen und schlechten Atem, dann, ja, dann konnte sie einfach daherkommen und die Welt für diese eine Nacht in den Schlaf wiegen, sie mußte einfach nur die paar Worte sagen, und dadurch, daß sie sie sagte und da war, dadurch schaltete sie es aus, das weiße Rauschen.

7. Suzy auf dem Planeten Erde

Ich träumte, ich hätte einen großen alten Teddybären, der ganz mit weißem Faden umwickelt war, und aus irgendeinem Grund haßte ich ihn, hatte ich Angst vor ihm, es war Voodoo oder so. Zu jemandem, der bei mir war – ich weiß nicht, wer –, sagte ich, ich müsse ihn loswerden, und die Person sagte: das hast du doch schon versucht, erinnerst du dich? Aber er kam wieder. Ich war vollkommen verstört, und dann sah ich nach oben und sah mich selbst als den Milkybar-Jungen, der auf einem großen Segelschiff vorbeifuhr, mit gelben, fremdgeformten Riesensegeln, und dann war ich selbst plötzlich auf dem Schiff, nur daß es jetzt unglaublich groß und eigentlich nur ein gigantischer Rahmen war, das Stahlskelett eines Schiffes, aber es segelte immer noch, ich konnte alle Masten und Segel Meilen über mir sehen, ich klammerte mich selbst an den untersten und hintersten Teil des Rahmens, neben dem Ruder, während das Schiff sich durch einen Sturm kämpfte, und das Gefühl der unendlichen Weite überall um mich herum erdrückte mich beinahe, während ich mich festklammerte und schrie.

Ich wachte auf und lag neben Suzy.

Nun ja, irgend jemand wachte auf jeden Fall auf, und es dauerte eine Sekunde oder so für diesen Jemand, um festzustellen, daß er eigentlich ich war, und es dauerte nochmals ein oder zwei Sekunden, bis ich feststellte, daß ich nicht in meiner Hütte, sondern in Suzys Wohnung war.

Ich liebe es, in fremden Wohnungen mit diesem Gefühl aufzuwachen, von einem völlig unbekannten Leben umgeben zu sein. Ich sog es tief ein.

Die Sonne schien durch die weißen Vorhänge, sie bewegten sich ein wenig in der Luft, denn wir hatten gestern festgestellt, daß wir beide gerne bei offenem Fenster schliefen, noch eine wichtige Sache. Ich schaute sie an. Es war das erste Mal, daß ich sie ansah, während sie schlief und ich richtig wach war. Es war eigenartig; wir denken, reagieren und agieren mit anderen Menschen soviel, daß es fast irritierend ist, wenn man jemanden, den man ein wenig zu kennen glaubt, schlafen sieht, versunken in seiner eigenen, privaten Welt, die nichts mit dir zu tun hat und von der du keine Ahnung hast.

Andererseits ist es oft besser, nicht zu sehr darüber nachzudenken, was in dieser anderen Welt los ist, denn wenn du über irgendwas zu intensiv nachdenkst, dann kann es schnell passieren, daß du, bevor du es merkst, über dich nachdenkst, anstatt über die Sache, über die du eigentlich nachdenken solltest: Wenn du zu tief in die Kameralinse schaust, siehst du nur noch dein eigenes Auge, wie es dich anschaut. Das ist wohl der Haupttrick bei Suzys Fetischistenfalle, die mir gerade ins Auge fiel, während ich so dalag.

In ihrer Wohnung steht eine gewöhnliche Lampe mit einem Schirm, der in Wirklichkeit ein Ballett-Tutu auf einem Drahtrahmen ist, der zu dem ursprünglichen Lampenschirm gehörte. Das war (wie sie erklärte) eine Falle für Tänzerinnenfetischisten.

Anscheinend muß jede Frau, die irgendwas mit Tanz zu tun hat, und sei es auch eine gar nicht als Tänzerin ausgebildete Choreographin, die gelegentlich eine Mischung aus Tanz- und Schauspielrollen übernimmt, um der Kompanie Geld zu sparen, selbst wenn sie Jahre lang nicht mehr getanzt hat, auf der Hut vor Tänzerinnenfetischisten sein. Das sind Männer, die von dem Gedanken erregt werden, wie phantastisch es ist, MIT EINER TÄNZERIN ZU BUMSEN, und nicht davon, wie toll es ist, mit jemandem wie dir persönlich zu bumsen, was natürlich auch bedeuten würde, mit dir als Tänzerin, aber nur neben all den anderen Dingen, die eben auch zu deiner Person gehören – zu einer Person, die ein Taxi nehmen würde, um *The Bill* nicht zu verpassen, und die ihre Teebeutel immer genau zwanzigmal eintunkt, oder was auch immer für kleine Banalitäten oder Normalitäten oder heimliche Ticks du in deinem Leben hast. Der Tänzerinnenfetischist fährt in Wirklichkeit nur darauf ab, sich selbst zuzusehen, wie er selbst diese wahnsinnig aufregende Sache tut; wie alle Fetischisten fährt er in Wirklichkeit nur auf sich selbst ab. Die Fetischistenfalle funktioniert also so:

Jeden Mann, der in ihre Wohnung kommt, fordert Suzy auf, das Licht einzuschalten, und schaut dann durch einen geschickt plazierten viktorianischen Spiegel zu, ob du dabei wahnsinnig aufgeregt oder wahnsinnig gehemmt bist, denn um die Lampe anzuschalten, mußt du die Hand direkt unter dieses Tutu stecken, und wenn dich das anmacht oder dich wahnsinnig irritiert, dann bist du durchgefallen, und es ist verdammt unwahrscheinlich, daß Suzy und du jemals im Bett landen.

Mit Erleichterung darf ich feststellen, daß ich nicht einmal merkte, was es war, bis sie es mir sagte, ich dachte einfach nur: Hmmm, ist aber ein bizarrer Lampenschirm, und so bestand ich den Test mit einer 1+.

Ich war gerade damit beschäftigt, mich hämisch darüber zu freuen, als mir einfiel, daß ich mich an diesem Morgen mit der IRA treffen mußte, und ich spürte sofort ganz deutlich die Kacke in meinen Innereien dampfen und fühlte, wie der ätzende Schweiß in Strömen floß, und so versuchte ich mir einzureden, daß das alles ja gar nichts Besonderes wäre.

Die IRA zu treffen ist nichts Besonderes?

Aber das haben wir ja alles schon abgehandelt. Es war einfach der einzige Weg.

Das beruhigte mich ein wenig. Ich brach nicht zu großartig neuen Ufern auf, sondern traf nur die Vorbereitungen in einem Spiel, das schon längst begonnen hatte. Ich ließ den Blick durch den Raum schweifen und holte tief Luft, zwei, drei, vier, und konzentrierte mich darauf, die Dinge so zu sehen, wie sie waren: Kümmere dich um die Details, und das Gesamtbild wird sich von selbst ergeben.

Was ich sah, als ich mich so umschaute, waren Suzys Kleider. Sie hängt sie alle auf Bügeln an der Wand auf, und zwar nicht nur Jeans und Mäntel und T-Shirts und Schlüpfer und solches Zeug, sondern auch Partyzeug und Kostüme und andere Sachen aus ihrer Zeit als Tänzerin, in allen möglichen Materialien und Farben, ganz dunkler, angenehm anzufühlender Samt, knisterndes Metall, fließende Seide in matten Farben, gestärkte Baumwolle, quietschendes, glänzendes Plastik und natürlich eine Menge griffiges, schwarzes Leder, das dem Raum den Duft einer feinen Sattlerei verleiht. Ihre Kleider bedecken die Wände des ganzen Zimmers, die Säume der am niedrigsten hängenden Kleider berühren den Boden, und die höchsten Kleiderbügel hängen an Nägeln direkt unter der Decke, zwar nicht alle auf einer Linie, aber irgendwie sieht es gut aus.

Suzy sagte mir, sie hätte das gemacht, um Platz zu sparen, damit sie keinen Kleiderschrank brauche und weil die Kleider auf diese Weise nicht verknittern oder feucht werden, und das stimmte wohl auch, wenn ich auch dachte, daß es sie darüber hinaus vielleicht an ihre Zeit als Tänzerin erinnern sollte, die wohl jetzt vorbei war. Ihre Kompanie krebste nämlich drei Jahre lang nur rum und versuchte, in Glasgow etwas Geld zusammenzukratzen. Jedesmal, wenn sie eine Aufführung machten, sprach der *Scotsman* oder sogar der *Guardian* von einem faszinierenden Abend, und jeder fand es phantastisch, aber nichts passierte. Jedesmal, über drei Jahre hinweg, lasen sie die Besprechungen und begossen den Erfolg und wachten am nächsten Tag in der leisen Erwartung auf, daß jetzt endlich das Telefon klingeln und die finanzielle Unterstützung angekündigt würde.

Sie verstanden nicht, daß der Himmel der Mittelschicht nicht mehr existierte. Und welcher PLC, der noch alle Tassen im Schrank hatte, hätte irgendwelches radikal-feministisch revolutionäres Zeug unterstützt? Es gibt durchaus jede Menge von Businessmännern, die gerne zuschauen, wie sich athletische Mädels in Haufen herumrollen oder leichtbekleidet herumspringen, oft auch in Lederjacken (was wohl Suzys Idee war), und ich bin sicher, daß sie die offensichtlich politische Message einfach hätten ignorieren und statt dessen die Aufmerksamkeit allein auf die Beine hätten richten können, aber das zeigt nur, daß PLCs nicht naiv sind, wenn es darum geht, wen sie so unterstützen.

Wie auch immer, vor etwa zwei Jahren schrieb das schottische Kulturministerium einen netten Brief, in dem stand, daß das Department of Dance (Suzys Gruppe) sehr gut sei, daß es aber bei den eingeschränkten Mitteln, die zur Verfügung stünden, notwendiger sei, eine gälisch sprechende, zeitgenössische Tanztruppe zu unterstützen. Ob sie nicht drüber nachdenken wollten. Das tat Suzy dann auch. Sie entschied sich, nach London zu gehen, und lernte den Fleischwolf kennen und Drogen und so, aber darüber weißt du inzwischen genausoviel, wie ich damals wußte.

Ich lag da und dachte über all dies nach, und ich merkte, daß sie für mich jeden Moment realer wurder, sich aber auch gleichzeitig jede Sekunde weiter entfernte. Der Fokus wurde schärfer, aber das Objektiv zoomte zurück, je genauer ich sie kannte, desto deutlicher wurde mir klar, daß ich sie überhaupt nicht kannte: Ich hatte das Lexikon bei dem Eintrag Suzy aufgeschlagen, nur um einige Details zu klären, nur für den Plan, und nun stellte ich fest, daß der Eintrag über x Seiten ging und Fußnoten und Verweise hatte zu Dingen, von denen ich nie gehört hatte, es ging immer weiter, geriet außer Sicht, ins Unendliche.

Ich schaute mir alle ihre Kleider an, die sich auf den Bügeln leicht im Wind bewegten, und es schien, als würde jedes einzelne eine andere Möglichkeit ihres Lebens symbolisieren, es war die ganze Besetzung der Show mit Namen SUZY AUF DEM PLANETEN ERDE, die da hing und nur darauf wartete, zum Leben erweckt zu werden, wenn sie aufstand und losging. Alles Kapitel über sie, die ich nicht kannte oder auf die ich höchstens im Vorbeigehen einen kurzen Blick hatte werfen können und mit denen ich vielleicht auch niemals etwas zu tun bekommen würde, Suzy, in die sie sich in jedem Moment verwandeln und verschwinden konnte.

Dann zog sie die Nase hoch und rückte ein wenig herüber und schlang die Arme um meine Brust, ohne aufzuwachen, und ich schaute sie nochmals an und bemerkte zum ersten Mal, wie lang ihre Wimpern waren und wie schlaftrunken sie aussah, und als ich mich jetzt noch einmal in dem Zimmmer umsah und all diese Kleider anschaute, fühlte ich, daß sie alle darauf warteten, daß ich etwas über sie herausfände, eine nette, lange Geschichte, die ich Stück für Stück kennenlernen würde.

Ich war ein großer Luftsack, den sie hin und her wehen lassen konnte, allein durch ein Winken in ihren Träumen.

Als nächstes erinnere ich mich, wie ich nochmals aufwachte, ich schließe also mal messerscharf, daß ich wohl nochmals eingeschlafen bin. Als ich wieder an die Oberfläche kam, schien es mir, als hörte ich das Echo einer männlichen Stimme, die Auf Wiedersehen, Prinzessin sagte, und ich bekam halb mit, wie sich der Anrufbeantworter abschaltete.

Suzy war bereits aufgestanden und saß an ihrem Tisch mit ihrem Museumsstück von Computer, einem Amstrad PC, ihre Hände lagen im Schoß, und sie starrte auf den Bildschirm.

– Hi, sagte ich.

– Hi, sagte sie. – Das ist eine verfluchte Scheiße, mir fällt nicht einmal ein Titel ein.

– Na ja, das macht doch nichts, oder? sagte ich. – Es ist nur ein Alibi, und es kann uns ganz egal sein, wenn es nur ein Haufen Scheiße ist.

– Ah, ja. Hab ich vergessen.

Ich schaute ihr eine Weile zu, während sie auf den Schirm starrte, und dann blickte ich auf den Anrufbeantworter, an dem das MESSAGE-Lämpchen blinkte, ich hatte also nicht geträumt.

– Sieht aus, als wäre da eine Nachricht für dich, sagte ich.

– Ach, egal, sagte sie, ohne sich umzudrehen. – Ist nur son Typ.

– Ah so, sagte ich und fragte mich, wer dieser Typ wohl sei.

Dann sah ich ihr zu, wie sie anfing zu schreiben. Klipp, klapp gingen ihre Finger, und ich fühlte mich irgendwie überflüssig. Und das brachte mich darauf: Wir waren nicht verheiratet oder so, ich befand mich noch im Stadium des Zahnbürste-Ausleihens, zum Teufel. Wozu sollte ich hier noch länger herumhängen?

Achtung: Vermittel den Eindruck, als hättest du ein Leben. So zu wirken ist schon die halbe Miete.

– Ich muß gehen. Ich muß ein paar Dinge erledigen.

– Wie traditionsbewußt von dir, sagte sie und lächelte.

– Nun.

– Nun?

– Ich weiß nicht.

– Läßt du mich wissen, wie es mit Dai gelaufen ist?

– Kann ich dich anrufen?
– Von einer Telefonzelle.
– Ja, natürlich.
– O.K.

Ich fühlte mich ein bißchen wie eine Amöbe, als ich ging, als würde ich einen Teil von mir zurücklassen. Ich hatte dieses Gefühl lange nicht gehabt, es war schrecklich, aber auch wunderbar.

Und so ging ich los, um mich wieder um mein eigenes Leben zu kümmern.

Es kam mir jetzt ziemlich wertlos vor.

Nur daß ich eben den Plan hatte, Gott sei Dank.

Schön, einen Plan zu haben.

Der Plan bedeutete, daß ich Dinge zu erledigen hatte; und als nächstes mußte ich mich mit Dai Substantial treffen und mit ihm über Jimmys Testament reden.

8. Eine dicke walisische Tucke mit Tätowierungen

Dai Substantial ist mein Berater in Gefühlsangelegenheiten. Er kann durch mich hindurchsehen, als wäre ich eine Qualle, und mir sagen, was in mir vorgeht, und deshalb wollte ich mit ihm sowohl über Jimmys Testament (Der PLAN) als auch über Suzy (mein LEBEN) reden.

Es kommt natürlich niemand mit dem Namen Dai Substantial auf die Welt. Dai wurde als David J. Evans geboren, aber sein Reisepaß, sein Führerschein und seine Scheckkarten, also alle Dinge, die beweisen, daß jemand existiert, sind auf den Namen Dai Substantial ausgestellt. Du solltest jetzt nicht denken, daß er so ein armer Wichser ist, der seinen Namen geändert hat, damit er interessanter klingt, so wie einer, den ich kannte, sich von Albert Scraggs in Joey 8 hat umbenennen lassen. Ja, 8. Ich verleihe Herrn Joey 8 den Nobelpreis für Versagertum. Wer auf dieser Welt ist in seinem tiefsten Innern so unendlich langweilig, daß er hingehen und den Namen auf seinem Scheckbuch interessant aussehen lassen muß? Das ist eine gute Grundregel fürs Leben: je abgefahrener die Frisur, die Kleidung, die politische Einstellung oder was auch immer, desto langweiliger ist die betreffende Person wahrscheinlich, sobald du dich an sie gewöhnt hast.

Dai hat seinen Namen nicht mit Absicht geändert: Er ist jetzt 38 Jahre alt und gehört damit zur letzten Generation, die noch in die walisischen Bergbauminen aufgenommen wurde, und so fing er als Ingenieurslehrling unter Tage bei Merthyr Mawr an. An seinem ersten Tag wurde er von jedem verarscht, weil er der Neue war, und all diese alten, blau verschmierten Minenarbeiter fragten ihn, wie er genannt werden wolle, da er unmöglich bei Dai Evans bleiben könne, denn es gebe bereits drei Dai Evans auf der Schicht, die alle neue Namen bekommen hätten, jeder nach seiner hervorstechendsten Eigenschaft. Also wollte jeder am ersten Tag von Dai wissen: Da er sowieso einen neuen Namen bekommen müsse, was für einen wolle er denn? Und der junge David J. Evans war voller Eifer und gab daher hastig und (wie sich herausstellen sollte) dummerweise als Antwort, daß es ihm scheißegal sei, wie man ihn nannte, solange es etwas Substantielles wäre. Und das war es dann (natürlich) auch.

Diese Grubenhelden, sagte Dai, nannten jeden ein Muttersöhnchen, der öffentlich mit einem Mädchen gesehen wurde oder der seinen Kopf nicht sofort in jeden Arsch steckte, der irgendwo herumwackelte. Als Dai herausfand, daß er selbst tatsächlich schwul war, schien es ihm ratsam, die Gruben zu verlassen und sich nach einer etwas liberaleren, wenn auch weitaus toryhafteren Gegend umzuschauen. Aber zu der Zeit war er bereits viel zu lange Dai Substantial genannt worden, als daß es nicht sein eigentlicher Name geworden wäre.

Ich war 19 und er 29, als wir uns kennenlernten, und wir waren beide gerade erst von Orten entwischt, die das Ende des Weges bedeutet hätten, wenn es denn noch einen Weg gegeben hätte. Wir waren beide jetzt darauf aus, uns die Sehens- und Hörenswürdigkeiten der großen, bösen Metropole reinzuziehen, wir jagten wie zwei Labradore im Frühling durch Fitzrovia, das West End und Holborn. Dai hielt einen Fremdenführer in der Hand und rezitierte mit der Stimme eines walisischen Priesters Beschreibungen der historischen Großartigkeiten Londons, und in drei Monaten legten wir die ehernen Fundamente unserer Freundschaft, indem wir das Leben gemeinsam in Dais patentiertem Dreitagesrhythmus verbrachten, der folgendermaßen aussieht:

TAG EINS: Verbleibe bis ungefähr 14:00 Uhr im Koma, suhle dich bis 15:00 Uhr in Schmerz und Reue, und überführe dein Ich ab etwa 16:00 Uhr in den metaphysischen Zustand des Katers, wo der Schmerz schon verschwunden ist, die Realität aber noch nicht zu wirken begonnen hat. Erlebe gegen 19:00 Uhr das Wunder wiederhergestellter Gesundheit. Ziehe dich um etwa 22:00 Uhr mit einem klassischen Roman und, soweit es die Jahreszeit erfordert, einer Wärmflasche ins Bett zurück.

TAG ZWEI: Erwache frisch für einen Tag der Disziplin und Ehrbarkeit. Stopf dich den ganzen Tag mit biologisch angebauten Tomaten und solchem Zeug voll. Erledige eine Menge Arbeit (was auch immer es ist), da du dich so gesund und wie neugeboren fühlst. Abends siehst du dir auf Video einen französischen Film an, gehst dann ins Theater oder was auch immer, trinkst Mineralwasser und diskutierst selbiges mit deinen Freunden. Wenn man dir Satans Buttermilch anbietet, lehnst du ab und sagst: Ich beachte keine Gesetze außer meinen eigenen. Gehe um etwa 24:00 Uhr zu Bett.

TAG DREI: Du stehst etwas zu früh auf und arbeitest manisch den ganzen Vormittag. Wenn gegen 15:00 Uhr der Nachmittagsblues einsetzt und das Leben wieder als ein leerer und sinnloser Haufen Scheiße erscheint, als Cocktail mit gleichen Teilen Banalität und Schmerz, dann erinnere das Selbst, daß es (also du) innerhalb von acht Stunden sowieso von der (also deiner) Rolle sein wird. Das gibt Mut und Überzeugung für einige weitere Stunden Arbeit vor den Abendnachrichten. Die verbleibenden paar dahinsiechenden Stunden kannst du dann damit verbringen, zu essen, die Haare zu waschen, dich zu rasieren und ein paar sexy Klamotten auszuwählen für die VERRÜCKTHEIT DER DRITTEN NACHT.

TAG VIER: Siehe Tag eins.

Irgendwann entschied ich dann, daß ich saufen wollte, wenn mir danach war und nicht wenn es mir irgendein verrückter Zeitplan vorschrieb. Und Dai antwortete:

– Jeder auf seine Art, mein Bester. Wenn ich immer dann trinken würde, wenn mir danach ist, dann tät ich nichts anderes mehr. Aber andererseits suche ich auch nicht nach weltlicher Erlösung, wie du es immer noch tust. Das ist der Unterschied zwischen uns.

Von da an soffen wir seltener zusammen, wir trafen uns nur, wenn sein Drei-Tages-Zyklus und mein Bedürfnis, mit ihm saufen zu gehen, zufällig zusammenfielen.

Aber bevor das passierte, stellte mich Dai noch den Freunden von Mrs. King vor.

Noch ein kostenloser Rat für Erfolg im Leben: Wenn du jemals feststellen solltest, daß du einen Job in der Oper in Covent Garden oder Glyndebourne (es funktioniert nicht im Kolosseum, das von den Freunden als nicht-konform angesehen wird) oder der Bastille, der Met, Sydney oder sogar Toronto haben möchtest, dann mußt du bei der Bewerbung stets erwähnen, daß du ein FREUND VON MRS. KING bist.

Auf diese Art gibst du zu erkennen, daß du
(a) schwul und
(b) ein gesellschaftlicher Insider
bist, was in der Welt der Oper eine ziemlich gute Kombination darstellt.

Die Freunde von Mrs. King sind ein Volksstamm wie jeder andere männliche Stamm, nur reicher und ständig unterwegs. Sie sitzen in Bars und Clubs herum, und du kannst einfach hingehen, dich dazusetzen, und du weißt exakt, worüber du wie mit ihnen sprechen kannst und was nicht angesprochen werden darf.

Jedermann braucht einen Stamm.

Wenn du keinen Stamm hast, bist du nichts, niemand wird zu deinen Festen und deiner Beerdigung kommen, und du wirst dein Leben in einem geistigen Wohnklo verbringen.

(Ich hatte mal dieses Wohnklo in Acton, mit orangenen Vorhängen natürlich und diesem alten Ohrensessel. Der Ohrensessel hatte in Kopfhöhe eine Art grauer, fettiger Vertiefung, die genau auf meinen Hinterkopf zu passen schien, als wäre sie dafür maßangefertigt worden. Gespenstisch. Wenn ich abends allein war und mich fragte, was ich mit meinem Leben anfangen sollte, hatte ich immer wieder die Vorstellung, daß gleich jemand hereinkommen und sagen würde:

– Nun, wie du siehst, haben wir alles für dich hergerichtet, sogar einen maßangefertigten Stuhl, willkommen also in deinem Leben.

Als das passierte, fragte ich meine große Schwester, ob ich in ihrem Garten eine Hütte bauen dürfte. Ich versuchte, es als eine lustige Idee erscheinen zu lassen, in Wahrheit war ich aber ziemlich verzweifelt. Ich dachte, daß ich, wenn ich nochmals in diesem Ohrensessel sitzen würde, einfach in diesen Fettfleck hineingesogen würde, wie in einem billigen Horrorfilm: Wenn Du Am Leben Bleiben Willst, Dann Hüte Dich Vor DEM WOHNKLOSTUHL.)

Es macht großen Spaß, die Geheimnisse und die Verständigungscodes eines Volksstammes kennenzulernen. Wer weiß, vielleicht gibt es irgendwo einen passenden Stamm für uns, und wir werden ihn nicht finden, wenn wir nicht nach ihm suchen, also müssen wir immer weiter wandern und uns immer weiter neu erfinden, indem wir da und dort Teile hinzufügen, als wären wir so eine Art Mensch zum Selbstbauen:

Nimm FERGALS GRINSEN (Teil Nr. 362) und klebe es auf DAIS SICHT DER WELT (Teil Nr. 157) und befestige das Resultat auf dem Komplex SINN FÜR HUMOR (Teile 127-144).
Deine Persönlichkeit ist jetzt fertig und kann bemalt werden.

Bei den meisten Stämmen sind die eigentlichen Geheimnisse allerdings nicht gerade umwerfend, wenn du sie entdeckst, aber die Freunde von Mrs. King wußten Geheimnisse über Leute, von denen du sogar gehört hattest. Ich erfuhr, welcher Schauspieler aus welcher Familienserie welche Vorlieben hatte und warum man in Hollywood Hamster immer nur Richards Gear nannte und wen Simon Rattle letzte Woche verfolgt hatte und wie sie alle auf Peter Lilley und Michael Portillo scharf waren (die Freunde von Mrs. King wählen alle die Tories), solche Dinge eben. Ich bekam das alles mit, während grünes Laserlicht in Wellen von weißen Trikots und gedopten Muskelpaketen reflektiert wurde und die Drag Queens hofhielten. Es gefiel mir ebensogut, wie wenn Barrington-Charrington mir erklärte, wie man die geheimen Todesanzeigen von SAS-Männern in den Zeitungen der Tories entzifferte.

Ich tauchte gerne ein in diesen Klatsch von den Oberen Zehntausend, es gab mir das Gefühl, als hätte eine nette Stewardeß auf mysteriöse Weise entschieden, mir ein besseres Ticket für die großen, breiten Sitze in den vorderen Reihen der Welt zu geben.

Aber irgendwann kam natürlich das Thema meiner Fickbarkeit auf.

Du kannst die Vorzüge des Stammes nicht erhalten, ohne daß du dich irgendwann für eine volle Mitgliedschaft bewirbst, du kannst nicht erwarten, die Sicherheit zu bekommen, ohne die Freiheit aufgeben zu müssen, kein Stamm der Welt würde einen solchen Vertrag mit dir abschließen.

Wie alle Männer und Frauen, die über Schauspieler, Sänger, Tänzer, etc. beiderlei Geschlechts Macht haben, waren auch die Freunde von Mrs. King unter all dem tuntenhaften Tänzeln und Trippeln an ziemlich abgebrüht-harte Verhandlungen gewöhnt, wenn es ums Ficken ging. Man kann es ihnen nicht verübeln: Was ist letzten Endes der Unterschied zwischen Schauspielern und Huren?

Schauspieler küssen.

Eines Abends saß ich jedenfalls an einem Tisch vor Halfway to Heaven, war leicht stoned, bewunderte Trafalgar Square mit einem (inzwischen) besitzanspruchерhebenden Auge und süffelte an meinem Bier, als Jeremy aus dem Corps de Ballet mir mit fast mathematischer Deutlichkeit erklärte, daß ein Vollzeitjob als temporärer Assistent des Stagemanagers für mich – regelmäßigen Sex mit ihm bedeutete. Ich fühlte mich geschmeichelt, da das gewöhnliche Einstiegsniveau für junge Burschen eine Teilzeitbeschäftigung an der Abendkasse während des Sommerlochs war, aber dies schien mir dennoch der geeignete Augenblick, um klarzustellen, daß ich keineswegs nur auf ein gutes Angebot gewartet hätte, sondern daß ich einfach nicht schwul war. Woraufhin Jeremy antwortete: Wirklich? Woher ich das wüßte? Er war nicht im geringsten abgeschreckt (wie denn auch, war doch meine Erklärung die gerissenste Verhandlungsstrategie, bedeutete sie doch, daß ich eine Jungfrau war, um die sich jeder reißen mußte), und ich antwortete ihm, daß ich es vor zwei Tagen ausprobiert hätte und es daher wüßte.

Nun, ich hatte gedacht, es wäre mal an der Zeit.

Das Wichtige im Leben ist, den Unterschied herauszufinden zwischen dem, was du willst, und dem, von dem du glaubst, daß du es wollen solltest, insbesondere Schwulsein, denn das ist eines der modischsten Dinge unserer Zeit – in zwanzig Jahren werden dich die Leute fragen: Wie? Du warst frei und um die zwanzig in den Neunzigern, und DU WARST NIE AUCH NUR TESTWEISE MAL SCHWUL?!, genau als wärst du in den Siebzigern zwanzig Jahre alt gewesen (als »Aids« noch im Kontext von »marital aids«, also Verhütungsmitteln, gebraucht wurde, und Freiheit bedeutete, daß Mädchen der Auffassung waren, daß sie mit jedermann schlafen sollten, der auch nur freundlich war) und hättest die Sexwelle verpaßt. Nun: Die einzige Art und Weise, um zuverlässig herauszufinden, ob du auf etwas abfährst, ist, es sich reinzuziehen und zu gucken, was passiert.

Ich trug das demjenigen meiner Freunde vor, den ich am ehesten gutaussehend und sexy fand (ich war mir da nicht ganz sicher, das war ein neues Gebiet für mich), und er war auch der Auffassung, daß es vernünftig wäre, es mal auszuprobieren, in Anbetracht der Tatsache, daß die Zeiten einfach so waren und es ja nicht notwendigerweise eine Vorbereitung fürs Leben sein mußte, und so taten wir es einfach.

Die Aufregung war das Aufregende daran, du verstehst schon, es war, wie mit sechzehn, als man zwischen die Laken und in die Arme einer anderen Person schlüpfte, ohne eine klare Vorstellung davon, was wohl mit dem Körper und der Seele geschehen würde.

Nicht viel, leider.

Die vielen Haare überall störten mich nicht, wie ich sagte, mag ich behaarte Achselhöhlen und so. Das kratzige Gesicht war etwas bizarr, aber kein Problem. Das erste Problem waren die Knochen, es gibt in einem Mann einfach zu viele. Aber das richtig große Problem war, daß da, wo der Bauch der anderen Person eigentlich abflachen und in eine wunderschöne Möse übergehen sollte, daß da nur ein langweiliger, alter Schwanz zu finden war, genau wie dein eigener. Also wirklich umwerfend. Da ziehe ich sofort und jeden Tag eine in Blätterteig gebratene Wurst vor.

Und wenn es dich nicht anmacht, das Ding zu lutschen (den Schwanz, nicht die Wurst), dann mach einfach ein Kreuz in das enstprechende Kästchen und nimm den nächsten Bus zurück ins Land der Heterosexualität, denn Schwanzverehrung ist die Hauptsache beim Schwulsein. Ja, es gibt natürlich auch noch die Öffnung im Hintern und so, wie in dem Sandkastenliedchen:

Sie steckte mir den Finger in den Arsch.

Ich spritze voll das Glas.

Oder das Lied, das Chicho aus dem guten, alten Saragossa mitgebracht hat (Flamenco-Gitarren als Begleitung), »Las putas te tocan al culo«, was heißt, daß Huren ihre Finger in den Hintern der Kunden stecken, um den Umsatz zu fördern, aber das hat alles nichts mit Schwulsein zu tun, sondern nur mit einem zusätzlichen Y-Chromosom: Ärsche sind Standard, wo auch immer es keine Frauen gibt oder die Männer zu betrunken sind oder zu breit oder abgefahren, um auf andere Weise abzuspritzen.

Frag jeden x-beliebigen Arzt.

Ich bin mal mit zwei Ärzten einen trinken gegangen, zwei Profis im Reich des menschlichen Abgedrehtseins, und erzählte ihnen von meinem Cousin, der eines unvorhergesehenen Sonntags ins Büro fuhr, um den Senior Partner mit seinem Ehrgeiz und seiner Aufopferung zu beeindrucken, und der dann Mr. Senior Partner auf seinem Stuhl kauernd, also dem Hydraulik-Stuhl meines Cousins, antraf, wie er gerade die Beine in Richtung Kopf spreizte und das Staubsaugerrohr der Putzfrau im Arsch stecken und den Sauger auf Blasrichtung gestellt hatte. Ein schwieriger Moment, sowohl gesellschaftlich als auch beruflich.

Hey, sagten die Jungen Ärzte, Überrasche uns, Erzähl uns was Neues und nicht alte Kamellen: Denn es hat sich herausgestellt, daß Mr. Durchschnitt immer, wenn er plötzlich das Blut in seinen Ohren pulsieren hört und er sich hektisch nach etwas umschaut, das er sich in den Arsch stecken kann, oft mit dem Staubsauger vorliebnimmt. Vielleicht wegen der schwanzähnlichen Form und der gleichzeitigen Erinnerungen an die Mutter? Was auch immer dahintersteckt, der durchschnittliche Krankenhausarzt gähnt nur, wenn der nächste Staubsauger-in-den-Arsch-gesteckt-Fall hereingerollt kommt. Einer von den beiden hatte einmal einen Typen, der eine Rübe im Hintern stecken hatte, sie mußten sie an Ort und Stelle erst mit dem Skalpell zerschneiden, um sie herauszubekommen. Als der Typ wieder hinausgerollt wurde, konnte Junger Arzt Nr. 1 nicht mehr an sich halten und rief ihm nach:

– Nächstes Mal lassen Sie bitte das Grünzeug dran, zum Teufel, damit wir das Ding rausziehen können!

Junger Arzt Nr. 2 konterte mit einem Fall, wo ein Typ eine Beethoven-Büste im Arsch stecken hatte.

– Hmm. Lebensgroß? fragte Arzt Nr. 1 mit distanziertem, außerdienstlichem Interesse, während er an seinem sechsprozentigen, alten Hefegebräu nippte.

– Nein, etwa ein Drittel der Lebensgröße würde ich sagen. Sah allerdings ziemlich kantig aus um den Kragen herum.

Die Ärzte 1–2 waren sich einig, daß es das Abgefahrenste in der Geschichte des Gesundheitswesens war, als dieser siebzehnjährige Spund hereingelatscht kam, Baseballmütze verkehrt herum, halb stolz auf seine erste Erfahrung mit Tripper, und herausspuckte, daß er eine Samenprobe abgeben müsse, und sich wohl vorstellte, daß er jetzt mit einem Stapel Tittenheften in einer stillen Toilette in ein Glas spritzen durfte. Dann kam allerdings Schwester Alisdair MacLeman, eine hundertzehn Kilo schwere Ex-Ölarbeiterin aus Aberdeen, zog sich die guten, alten Latexhandschuhe an und knurrte mit kaledonischen Rachegefühlen:

– Knie ans Kinn, Junge, und denke an England.

Da erzählte ich meine eigene Prostata-Geschichte: Ich habe einmal so ein Glasfaseroptikteil von der Größe eines Kugelschreibers in den Schwanz gesteckt bekommen, da mein Doktor es verschissen hatte und glaubte, ich hätte Prostatakrebs (netter Arzt). Ich wachte aus der Betäubung auf und verließ das Krankenhaus, da ich mit einer 1+ bestanden hatte, fluchte über den Beruf des Arztes, aber lobte Gott. Mir war versichert worden, daß ich beim Pissen nur leichte Beschwerden haben würde. Ich ging ein paar Bier trinken, um zu feiern, und das Ergebnis war, daß zwanzig Minuten später irgendein bedauernswerter Typ das Unglück hatte, neben mir zu stehen und den bis dahin bei weitem unangenehmsten Moment seines Lebens durchzumachen, als nämlich der glücklich summende Mann neben ihm plötzlich einen Strahl hellen, roten Bluts in das weiße Porzellan pißte und sich in einen schreienden Verrückten in Todesqualen verwandelte. In der Kneipe hörten sie die Schreie, drehten sich um und sahen (a) Herrn Unglücklich direkt aus der Kneipe herausrennen, wobei er eine sehr gute Imitation der verschmelzenden Gesichtsmasken der Horrorfilme vorführte, und (b) mich aus der Toilette herauskriechen, kreidebleich und schluchzend.

Aber was die Prostata angeht, willst du mir also erzählen, daß du abspritzt, wenn man auf deine Prostata drückt? Wenn du über Wochen hinweg in einer Stellung festgebunden wärst, in der du nicht wichsen kannst, würdest du auch wie auf Autopilot von selbst abspritzen. Frag jeden beliebigen Mönch. Das ist einfach Biologie.

Und die ganzen schwulen Typen haben immer, da sie ja eben Typen sind, ihre grünen Lichter an und treiben es, daß es nur so kracht, Befriedigung garantiert, Jesus Christus, die Welt wäre weitaus glücklicher, wenn alle Männer im Alter zwischen 16 und was auch immer, wenn die Hormone herumhüpfen und murmeln WASKANNICHFICKENWAS-KANNICHFICKEN?, gesagt bekämen, daß sie die Mädels in Ruhe lassen sollen. Sollen sie sich doch den Vorbildern, den Hackordnungen, der Muskelverehrung, dem Uniformen-Fetischismus, dem gegenseitigen Ergründen der olfaktorischen Intensität der Füße und Furze und der Diskussion über die Menge des am vorigen Abend Gesoffenen widmen und dabei eine Menge harter, schneller, wen-kümmerts-schon Nebenbei-Fickereien unter der Gürtellinie treiben und all das Testosteron-beeinflußte Zeug. Es ist kein Wunder, daß so viele heterosexuelle Männer auf die Jungs-von-der-anderen-Seite total neidisch sind: Während sie sich in einer total abgedrehten Phantasiewelt herumschlagen müssen, wo Jungs nicht weinen und wo Mädchen, die zu einem ja sagen, gleichzeitig jedem ja sagen, können sie es kaum übersehen, daß die schwulen Typen wesentlich mehr Spaß haben, und zwar im Hier-und-Jetzt.

Ich selbst habe wohl zu spät angefangen, ich fand es einfach ziemlich langweilig, einen Körper zu spüren, der genauso war wie meiner, keine Phantasie dabei, keine fremdartigen, distanzierten und halb erratenen Gefühle. Ist zwar nicht unangenehm, weder als Reiter noch als Pferd, vorausgesetzt, man verwendet genügend Hi-Tech-Gleitmittel, aber heh, was is mit der Metaphysik und so?

Weißt du, ich war einmal mit Dai in einem Club, und er sagte, er würde in die Dunkelkammer verschwinden, und ich fragte ihn, was da so abging, und er schenkte mir seinen Nero-der-Bergmann-Blick und sagte:

– Alles.

Das klang ziemlich wild und aufregend. Aber es ging nicht wirklich ALLES ab, es ging einfach das ab, was zwischen Fremden abgehen kann, die alle nur einen Schwanz, einen Mund und ein Arschloch pro Mann haben und sich in Ekstase im Dunkeln herumtreiben, und das ist doch alles ziemlich eingeschränkt, so sehr sie sich auch verzweifelt mischen und neu kombinieren. Jeder hier würde mit einem Orgasmus nach Hause gehen (da es alles Männer waren), und jeder würde genau das getan haben, was er bereits zu Hause geplant hatte, was alles zusammen etwa genauso wild und aufregend klingt wie ein Abend mit einem anständigen, liberalen Pärchen in Sidcup.

Derjenige aber, der nicht abgedreht ist, werfe den ersten Stein.

Dai nimmt an, daß heterosexuelle Männer eigentlich ihre eigene Mutter haben wollen, und zwar dreißig Jahre jünger und in Strapsen.

Das ist mir bisher bei mir selbst noch nicht aufgefallen, aber dann wäre es ja auch nicht mehr unterbewußt. Allerdings hat meine Mutter keinen schottischen Akzent, und sie trägt auch kein schwarzes Leder wie Suzy.

Auf meine Großmutter trifft das aber zu (der schottische Akzent).

Wer weiß, wer weiß?

Es sieht alles wie freier Wille aus, solange du nicht angekommen bist, aber dann drehst du dich um, schaust zurück und denkst: Ja, natürlich!

Jedem das Seine, sage ich.

Also beschloß ich, daß ich zwar sexuell überaktiv, aber nicht schwul war, und blieb einfach mit Dai befreundet, meinem geschlechtslosen Bruder in der großen Brüderschaft der leicht abgedrehten Menschen, die (i) Scheiße als Scheiße erkennen, aber (ii) nicht weiter planen können als bis zur nächsten Party.

Und wenn dir nach Party ist (und wem ist nicht danach?), dann ist Dai Substantial die erste Adresse.

Dai ist nicht etwa deswegen so populär, weil er den Körper eines Bergarbeiters hat oder die Stimme von Dylan Thomas oder die Leber eines Eisbären, sondern weil er ein Meister im Aufrechterhalten von Träumen ist. In seinem Leben ist die Pose zur Realität geworden, WYSIWYG – what-you-see-is-what-you-get –, und was du da siehst und kriegst, ist (nach Dais Worten) eine dicke walisische Tucke mit Tätowierungen.

Diese Tätowierungen haben eine gewisse Berühmtheit erlangt, sie sind ein Tribut an das System der staatlichen Schulen, dem die Welt laut Dai J. P. R. Williams verdankt und das immerhin auch einigen Jungs und Mädels der Arbeiterklasse erlaubte, zumindest eine halbwegs akzeptable Imitation einer richtigen Ausbildung der oberen Mittelschicht zu bekommen: Was hat es für einen Sinn (fragt Dai), Schulen zu haben, die so tun, als hätte es eine Revolution gegeben, wenn es gar keine gegeben hat? Man muß entweder beides haben oder gar nichts, sagt er. Sei's drum, die Tätowierungen lesen sich so:

BILLIG GEBOREN UND GEBLIEBEN (linke Schulter),
ARS NATURAM ORNAT (rechter Arschbacken)
und ARS LONGA VITA BREVIS (linker Arschbacken),

und wenn du sie jemals zu sehen bekommst, so wird das in seiner einzigartigen Wohnung in Camden Town passieren, die in erster Linie als Kiffer-Höhle und Kokain-Reich entworfen zu sein scheint. Sie ist mit großen, fetten Sofas und Kissen vollgestopft, und überall liegen Modezeitschriften herum, und irgendwo steht eine lebensgroße Maria Callas aus Pappe, die ich mal in einer halben Stunde von einem

EMI-Laden in der Oxford Street erbettelt habe, um sie Dai zum Geburtstag zu schenken, als ich gerade vollkommen bankrott war. An der Wand steht der Sprungfederrahmen einer alten Matratze, in dessen Federn Gläser und Flaschen stecken, Fensterrahmen hängen einfach so an der Wand, ein großes Gurtwerk mit den Engelsflügeln aus HIMMEL ÜBER BERLIN hängt von der Decke, und in der Mitte des Raumes steht ein Altar aus einer Parsifal-Aufführung in Bayreuth, den er von einem total verknallten Deutschen geschenkt bekommen hat, komplett mit einem juwelenverzierten Gral mit Deckel, in dem Dai sein Kokain und sein Haschisch aufbewahrt und neben dem eine riesige, in Kupfer gebundene walisische Bibel liegt.

In der Wohnung wimmelt es außerdem von Malven und Rittersporn.

Dai wurde in der Kindheit beigebracht, Wagner, Malve und Rittersporn zu lieben, denn seine Mutter ist Deutsche, sie hat seinen Vater 1945 kennengelernt, als Dai Evans Senior eines Morgens aufwachte und feststellte, daß die Wachen des Kriegsgefangenenlagers vor der herannahenden Roten Armee geflohen waren und er daher in Richtung Westen loszog, um irgendwelche Briten oder Amerikaner zu finden. Nur daß er statt dessen Dais künftige Mutter, Gretchen, weinend in einem Graben sitzend fand, ihre ganze Familie lag tot um sie herum, sie waren durch eine SS-Mine auf der Straße umgekommen, und so entschieden die beiden, zusammen weiterzuziehen, beide neunzehn Jahre alt und verloren. Und so zogen sie ohne Verpflegung im Mai 1945 durch halb Deutschland und ernährten sich von Büschen und anderen Gewächsen am Straßenrand, die in diesem Jahr von ordentlichen Deutschen verschont geblieben waren und voller Malve und Rittersporn waren. Und als sie sich dann endlich in Cwmdoom in Wales niederließen, um dort zu leben und Dai Junior und seine Geschwister zur

Welt zu bringen, ließen sie in ihrem Garten ausschließlich Malve und Rittersporn wachsen.

Ich weiß nicht, ob das wirklich wahr ist, da kann man sich bei Dai nie sicher sein, aber wen kümmert das schon?

Dai nimmt an, daß er sich aufgrund dieser Familiengeschichte nichts aus Essen macht, dafür aber eine Vorliebe für Blumen hat. Was auch immer der Grund sein mag, es trifft durchaus zu, daß ihn noch nie jemand dabei beobachtet hat, daß er etwas Essenähnlicheres als eine Flasche Milch geöffnet hätte, vom Kochen ganz abgesehen, er lebt wirklich in Cafés und Kneipen und Clubs, in seiner Wohnung zieht er sich nur um, schläft, hält hof und fickt. Als er die Wohnung bekam, beschloß er denn auch, sie zu einer küchenfreien Zone zu machen. Also rissen wir all die leicht-zu-reinigenden-Oberflächen und den Einbauherd und all das Zeug heraus und beförderten es über einen Seilzug ins Jenseits und brachen die Wand durch, um den Raum als Erweiterung für sein unglaublich großes Badezimmer zu nutzen, in dem eine Wanne auf Krallenfüßen steht und ein Whirlpool in den Boden eingelassen ist. Darüber hinaus gibt es noch eine beeindruckend kraftvolle Dusche, die auf einem Chromständer in der Mitte des Raumes angebracht ist. Der ganze Boden senkt sich sanft von den Ecken auf ein zentrales Abflußloch in der Mitte hin ab. Dai sagt, er hat das von den Skandinaviern abgeguckt, und so kannst du das Badezimmer als eine Riesendusche benutzen, wenn dir danach ist, und oft tun die Leute das auch.

Das Wohnzimmer ist andererseits stets eine Schutthalde, wie bereits beschrieben, nur eben sehr malvig.

Ansonsten gibt es nur noch ein angeblich sehr gut ausgestattetes Schlafzimmer, das ich aus offensichtlichen Gründen nie zu Gesicht bekommen habe, und daher wäre alles, was ich darüber sagen würde, reine Spekulation, und daher werde ich nichts darüber sagen und das Spekulieren dir überlassen.

Die ganze Ausstattung ist komplett von den Freunden von Mrs. King bezahlt worden, die alle sehr reich sind und den Gedanken ans Altwerden hassen, wer tut das nicht, und die sich (natürlich) keine Sorgen um Schulgelder oder Ehefrauen machen müssen und die zumeist sowieso HIV-positiv sind, da sie sich sehr gut amüsiert haben, als sie in den Siebzigern und Achtzigern noch junge Opernmäuschen waren. Daher haben sie also weit weniger Grund als der Rest der Menschheit, die Zukunft zu planen, und noch weniger Grund, sich über die Zukunft Gedanken zu machen. Obwohl sie dafür bezahlen, gehört die Wohnung doch Dai selbst, niemand hat sonst einen Schlüssel oder kann hereinkommen, ohne daß er es will. Es ist alles auf seinen Namen eingetragen, er nimmt nur Geschenke, sagt er, keine Bezahlung, und ein Geschenk ist ein Geschenk.

Dai geht nie irgendwohin, außer einmal im Monat nach Milton Keynes, um, wie er sagt, sich daran zu erinnern, wie die Hölle eigentlich aussieht. Er sagt, daß ein Schwuler, dem London langweilig wird, sich eine Ehefrau suchen sollte.

Dai hofft, daß seine Wohnung als Geburtsort der Post-AIDS-Kunst in die Schwulengeschichte eingehen wird. Er glaubt, daß AIDS in fünf oder zehn Jahren, wenn es denn immer noch keine Heilung gibt, eine ähnliche Wirkung haben wird wie TB vor etwa hundert Jahren: Künstler mit AIDS werden massenweise dichten und komponieren, aber es wird alles nichts mit AIDS zu tun haben. Chopin und Keats und Kafka wußten alle, daß sie sehr schmerzhaft an TB krepieren würden, aber sie schrieben nicht über TB, sondern über das Leben. Wie damals werden eine Menge Leute wissen, daß sie mit großer Wahrscheinlichkeit in fünf oder zehn Jahren sterben werden, aber ohne durch

Schmerz oder Verkrüppelung behindert zu werden, das erst kurz vor Schluß. Möglicherweise wird es einen wunderbaren Konzentrationseffekt auf das Denken der Menschen ausüben, sagt Dai. Er hofft, daß er noch erlebt, wie der erste große Roman oder das erste große Oratorium geschrieben wird, das ganz von AIDS angetrieben ist, aber AIDS kein einziges Mal erwähnt.

Er darf so reden, da er vor zwei Jahren HIV-positiv getestet wurde. Ich war einer der ersten, denen er es erzählte, ich rief ihn gerade aus einer Telefonzelle in Hammersmith in der Nähe der Polizeistation an, aus irgendeinem anderen Grund, ich kann mich nicht erinnern, und letzten Endes blieb ich eine Stunde und zehn Minuten in der Zelle und redete mit ihm. Es war furchtbar, daß er so weit weg war, aber ich glaube, es war ihm so lieber, da ihn sowieso jeder umarmte. Es war für ihn eine Abwechslung, daß er über eine Stunde mit einer Stimme reden konnte, ohne die andere Person ansehen zu müssen und sich von ihr umarmen zu lassen, damit sie sich besser fühlen könne, also ließ ich es zu, daß er mich so leiden ließ, denn schließlich war er es, der es nötig hatte, sich besser zu fühlen, und nicht ich.

Als ich ungefähr ein Jahr später ein negatives HIV-Testergebnis bekam, brachte er mir eine Flasche Krug-Sekt.

(Ich mußte den Test machen, da ich Jahre zuvor mit einem Mädchen geschlafen hatte, die so ein halber Junkie war und damals schwor, daß sie nie mit jemandem das Besteck geteilt habe, sie sagte, sie fixe genau wie ich immer nur mit nagelneuen Nadeln, und ich fühlte mich geschmeichelt und glaubte ihr. Vor einem Jahr trank ich aber mal zufällig ein Bier mit ihr und einigen anderen Leuten, und irgend jemand sagte plötzlich: He, wir haben gehört, der Fixer-Phil ist gerade an AIDS gestorben, und da wurde sie weiß wie ein Bettlaken, ich habe nie vorher gesehen, wie jemand wirklich weiß wird, ich habe immer nur davon gelesen, ich dachte, es sei einfach nur eine literarische Floskel, aber es ist mehr als das, und sie wurde es wirklich: ganz weiß und knochenlos wurde sie. Wie sich herausstellte, war sie auch HIV-negativ, aber ich machte natürlich Schluß mit ihr, nachdem ich herausfand, daß sie gelogen hatte. Die Warterei auf das Ergebnis war grauenhaft. Den schlimmsten Fehler machte ich, als ich nach Irland fuhr, um dort eine Woche lang zu saufen und zu vergessen, weil Irland einfach der beste Ort ist, um eine Woche lang zu saufen, aber als ich in Dublin landete, war das erste, was ich sah, der Parkplatz, und fast die Hälfte der Autos hatten Nummernschilder mit 567 HIV oder so was, was drüben eigentlich ziemlich häufig ist. Gespenstisch.)

Aus dem Grund kann ich es mir erlauben, so mit Dai über AIDS zu reden und darüber, wie AIDS die Welt verändern wird.

Aus dem Grund werde ich es mir auch erlauben können, darüber zu reden, was ich von seinem Freund Jimmy will, der inzwischen ziemlich rasch an AIDS stirbt. Jimmy soll eine wichtige Funktion in meinem Plan übernehmen.

Nun gut, ich wartete also bis etwa 12:30, da Dai niemals früher aufsteht, und ich aß ein übles Frühstück mit krebserregendem Spiegelei und Speck und stopfte mein Gehirn mit dem Schrott der Sonntagszeitungen voll und spazierte schließlich zu seiner Wohnung in Camden Town und läutete die ganz gewöhnliche Türglocke, und dann preßte ich mein Ohr an die Sprechanlage, um trotz des ganzen Straßenlärms etwas hören zu können.

Aber der Türöffner summte sofort, und ich drückte die Tür auf und hörte erst dann die Stimme aus der Anlage kommen, eine Stimme, die zwar tief, aber doch sehr tuntenhaft war und klang, als käme sie aus den unergründeten Tiefen der Verzweiflung:

– Oh, Gott sei Dank, endlich kommt doch noch jemand, ich dachte schon, ich würde an sensueller Unterversorgung krepieren! Komm herein, komm herein, wer auch immer du bist, und bring die Welt mit dir herein!

Also gehe ich hinein, ohne auch nur zu sagen, wer ich bin, was mir etwas verrückt vorkommt, ich meine, wozu hat man eine Sprechanlage, wenn man dann doch jeden x-beliebigen reinläßt? Na ja, ich gelange also zu seiner Tür, die eigentlich durchaus sehr respektabel aussieht, wenn man von einem Schwarzweißposter absieht, auf dem steht:

FICKEN GEGEN AIDS

Dai macht mir auf. Er hat silberfarbene Latexhosen an und sonst nichts, sein fetter, behaarter Bauch hängt herunter, aber seine behaarte Brust und seine dicken Arme sehen sehr durchtrainiert aus:

– Gott sei Dank, endlich ein Hetero, sagt Dai und küßt mich paradoxerweise. – Ich kann einfach keine Kunst mehr sehen.

– Kunst?

– Na ja, geht einem leichter über die Lippen als neurotische Kokainköniginnen, die dauernd in meiner ganzen Wohnung, also letztlich bei mir ihre Zusammenbrüche haben, was natürlich hauptsächlich an meinen unvergleichlichen erotischen Fähigkeiten liegt, ich nehme an, das alles gehört zum banalen Hin-und-Her des Lebens, der Mensch kann nicht nur vom Wichsen leben, aber ich tue es so lange, bis mich irgendein Typ mit schlaffem Schwanz und eiserner Selbstbeherrschung besuchen kommt, das gehört irgendwie zusammen, findest du nicht, jemand Nettes und Unterdrücktes zur Abwechslung, ich sage dir, ich kann dieses kalifornische Gefühle-Auskotzen keinen Moment mehr ertragen, wenn du also zum Auskotzen gekommen bist, laß es bleiben, Erlösung steht heute nicht auf der Karte, für Mrs. Verzweiflung sind wir heute nicht zu sprechen. Ich bin so froh, daß du gekommen bist, Liebling, ich bin schon beinahe vor Langeweile gestorben.

– Ist heute Tag drei?

– Nein, erst Tag zwei, und ich habe es WIRKLICH geschafft, gestern die Finger vom Alkohol zu lassen, doch das Kokain hat mich erwischt, als ich gerade nicht hinschaute, aber ES IST SONNTAG! Oh, ich stehe allein einfach keine Sonntage durch, ich hänge mich noch auf, weil ich die Tapete plötzlich nicht ertragen könnte. Und schau, die Hälfte von meinen Malven ist im Eimer, das Zeug ist einfach ZU SEHR biologisch abbaubar, aber wer ist das schon nicht?

Wie bei vielen Menschen ist das, was Dai so unterhaltsam macht, auch gleichzeitig das, was ihn manchmal vollkommen unausstehlich macht. Eigentlich war ich ja wegen Jimmys Testament hier, aber Dai fährt so sehr auf das Pingpong der Konversation ab und auf den Widerstand gegen das, was er die brutale Gravitation der Realität nennt, daß er fast nicht zu greifen ist, wenn du mal wirklich etwas Wichtiges brauchst oder einen ernsthaften Ratschlag bekommen willst, insbesondere, wenn du selbst die Tendenz hast, einfach herumzusitzen und zu gähnen und ihm weiter Bälle zuzuspielen, ihm die richtigen Stichworte zu liefern, wie:

– Was ist denn am Sonntag so schlimm?

– Hast du eine Zigarette, Kumpel? Mmmmmm, gibhergibhergibher, der natürliche Weg zu einer gesunden Verdauung. Ich weiß es nicht, ich glaube nur, wenn ich jemals eine Abkürzung zu der großen Hütte im Himmel nehmen werde, wird das letzte Bild aus meinem Leben eine Uhr sein, die drei Uhr nachmittags anzeigt, mit einem Kalender,

der dir sagt, daß heute der Tag des HERRN ist. Oh, Gott, ich fürchte, du bekommst eine Glatze! Ja, tatsächlich!

– Danke.

– Ah, das ist wirklich traurig, auf eine langweilige Art warst du eigentlich immer ganz hübsch. Eine Glatze steht dir nicht.

– Das habe ich mir auch nicht ausgesucht.

– Wenn du etwas zuläßt, guter Freund, dann suchst du es dir mit jeder einzelnen Faser aus. Aber andererseits nehme ich an, daß es dir mit der Zeit genauso geht wie mit einem kostenlosen Modellschnitt bei Vidal Sassoon: du bekommst einfach den Schnitt, den sie dir zuteilen. Immerhin hatte ich noch nie ein gutes Aussehen zu verlieren, Gott sei gedankt, ich war schon immer nur eine dicke Tucke, diesen Look kann man ziemlich leicht aufrechterhalten. Aber ich WAR der Erbe von zweitausend Jahren Unterdrückung und Verdammung. Zumindest hatten wir etwas, gegen das wir kämpfen konnten. Heutzutage glaubt jeder an Lebensversicherungen und an Konsum. Es gibt nur eine Heilung: Wir müssen uns immer gegenseitig daran erinnern, daß wir alle sterben werden.

– Sterben?

– Sterben.

– Die ganze Zeit?

– Jeden Tag, den ganzen Tag lang. Ich warte sehnsüchtig auf den Tag, da wir alle mit einem Lächeln auf den Lippen bei jeder gesellschaftlichen Begegnung sagen werden »Und vergiß nicht: du wirst sterben!«. Laß es uns ausprobieren. Los!

– Wie?

– Du bist der Kunde in einem Hamburger-Laden, ja?

– Ich?

– Ich sehe alles so klar vor mir wie schon seit Ewigkeiten nicht mehr.

– O.K. Ein hungriger Kunde also.

– Und ich bin der eifrige Burgermeister. Du brauchst nur meine Pickelnarben und mein fettiges Haar anzusehen. Los geht's!

– Äh, gut. Hi.

– Hi, Sir. Werden Sie bereits bedient?

– Nein, noch nicht.

– Dann schießen Sie mal los.

– Nun, ich glaube, ich hätte ganz gerne einen Hamburger.

– Da sind Sie hier genau richtig, mein Herr.

– Mit etwas Käse.

– Ein sehr origineller Wunsch, mein Herr. Und sehen Sie: Hier ist er, frisch für Sie persönlich gebraten.

– Auf offener Flamme, wie ich hoffe?

– Genau vor fünf Tagen, mein Herr.

– Nun, äh, danke. Hier ist etwas virtuelles Geld.

– Danke, Meister. Hier ist Ihr virtuelles Wechselgeld.

– Danke. Wiedersehen.

– Einen schönen Tag wünsche ich noch – und vergessen Sie nicht: Sie werden sterben!

– Oh, ja, richtig, und Sie auch!

– Wiedersehen, mein Herr. Nun, was denkst du? Ich meine, stell es dir nur einmal vor! »Fröhliche Weihnachten, Schatz – und vergiß nicht, daß du sterben wirst!«

– Ziemlich deprimierend.

– Ganz im Gegenteil, du ranziger, wichsender Schwachkopf, es würde die Menschen davon abhalten, einfach nur banal und langweilig zu sein und zu glauben, daß am Schluß doch alles gut wird, wenn du nur die Raten brav bezahlst, denn es wird nicht alles gut am Schluß, das ist die einzige Chance, die du hast, und ich kann sie nicht mehr ausstehen, auf den Tod nicht mehr ausstehen, diese Typen, die mit glänzenden Augen durch die Welt laufen und zu glauben scheinen, daß sie jederzeit eine zweite Chance bekommen werden, ihr Leben richtig zu leben. »Das wär's für heute Abend, die nächsten Inlandsnachrichten um 21 Uhr, also bis dann, und vergessen Sie nicht: Sie werden alle sterben!« Klingt viel besser. Mein Gott, im Mittelalter haben sie anscheinend an nichts anderes als ans Sterben gedacht, und doch haben sie noch Kathedralen entworfen, die hundert Jahre brauchten, um gebaut zu werden! Ich sehe mit Freude dem Tag entgegen, wenn eine Schulklasse in Tintern Abbey andächtig dem heiligen Moment beiwohnen wird, wenn irgendein armer Typ eine Giftspritze verpaßt bekommt, weil er entschieden hat, daß er in diesem Moment an diesem Ort sterben will, im Anblick der Kathedrale und umgeben von seinen Freunden, und nicht in irgendeinem Altersheim achtzehn Monate später, während im Radio der entsetzliche Peter Frampton gespielt wird. Und all die Kinder werden mit ernster Miene und großen Augen ihren Lehrer anschauen, und der wird mit viel Gefühl zu ihnen sagen: »Hier wollte er sterben. Eines Tages werdet ihr auch sterben, liebe Kinder, und ihr werdet euch dazu auch diesen Ort aussuchen können, wenn ihr wollt. So, und jetzt gehen wir uns alle ein leckeres Eis kaufen und genießen den Sonnenschein, wie er durch das Laub der Bäume fällt.« Und zum Teufel mit dem Konsum! Ach, das hat mich doch ziemlich erschöpft, mein Junge, aber es hat mich ein bißchen aufgemuntert. Gut, wenn man einen Typen mit einem netten Hintern hat, mit dem man über die Tragik der Existenz sprechen kann, nicht wahr? Ja, aber jetzt rück raus, du bist bestimmt nicht hergekommen, um über Sonntage zu reden, na, mach schon, gibs mir, erzähl dem armen Dai von deinen Leiden, ich fühle mich inzwischen so gerade eben wieder stark genug dafür.

– Ich bin total im Arsch, sagte ich.

– Oh, gut. Auf, auf, auf, wir sitzen hier alle ganz gemütlich, erzähl uns was Aufregendes.

Also erzählte ich ihm von Suzy, was wohl ziemlich lange dauerte.

Jedenfalls verbrauchten wir eine ganze Reihe von Zigaretten.

– Nun, sagte er, als ich fertig war, – ich muß sagen, es gefällt mir, was du da über ihren Bauch erzählst. Ist er wirklich so flach?

– Ja, sagte ich wehmütig.

– Wie der Bauch eines Jungen?

– Nein, sagte ich mit Bestimmtheit.

– War nur ne Frage. Na ja, alles in allem wird es mal Zeit, daß du dich zur Ruhe setzt, weißt du?

– Ja, wirklich?

– Wir müssen alle die Party irgendwann verlassen, mein Süßer, niemand will es, aber wer will andererseits schon der älteste Junggeselle der Stadt sein? Scrag End als O.T.E.K., Businessgehacktes als O.T.E.K.. Wenn du dich rechtzeitig verabschiedest, werden die Leute dir freundlich zum Abschied winken und nachher erzählen, wie nett du doch warst, und sie werden es sogar meinen. Es ist eine schmale Gratwanderung, nicht wahr? Du kannst nicht einfach mit der erstbesten Person nach Hause abhauen, die deinen G-Punkt findet, denn was wäre dann mit all den anderen Typen, die dir vielleicht gefallen hätten? Auf der anderen Seite, wenn du zu lange suchst, dann gewöhnst du dich ans Suchen anstatt ans Zusammensein mit den Menschen. Man sagt immer, man soll es aus dem Körper herausschwemmen, aber ich frage mich, ob das überhaupt geht. Was, wenn du es statt dessen hineinschwemmst? Ich selbst habe erst vor kurzem über die Vor- und Nachteile nachgedacht, die damit verbunden wären, wenn ich mit einem süßen landhausbesitzenden Homo zusammenziehen würde, bevor der Sekt schal wird und der graue Morgen kommt.

Meine Empfehlung ist: Tu es, Süßer, aber das sage ich immer, nicht wahr, und schau, wohin es mich geführt hat, ich werde nur benutzt und mißhandelt von irgendwelchen neurotischen Irren wie dir, ich habe keine Milch mehr, um einem leidenden Freund die lebensrettende NCOT - Nice Cup Of Tea - anzubieten, und habe, wie ich sehe, auch keine Zigaretten. Oh, meine Güte, war es wohl aus solcherlei Gründen, daß Sokrates den Schierlingsbecher leerte?

– Tut mir leid, ich hab alle geraucht. Ich geh neue holen und Milch.

– Zigaretten und Milch und wilde, wilde Frauen.

Es war verrückt, ich war schon an der Tür, bevor mir der PLAN einfiel und warum ich eigentlich gekommen war. Das war (wie ich bereits sagte) das Problem, wenn man sich mit Dai unterhielt. Ich hielt inne, lehnte mich an die Wand und sah ihn an.

– Da gibt es noch was anderes, sagte ich.

– Wie, noch etwas anderes als die Liebe? Na, also komm!

– Es ist ernst, Dai.

– Alles ist ernst, mein Lieber, in der Branche nennt man es das Leben. Um so tugendhafter ist es doch, es auf die leichte Schulter zu nehmen, oder?

– Es hat mit Jimmy zu tun, Dai.

Dai sah mich an, und sein Blick flackerte nicht eine Sekunde, er wurde nur noch tiefer:

– Ja? Nun, und? Im Ernst, ich habe dich nie als jemanden eingeschätzt, der tiefschürfendes Gerede mit Tiefgang verwechselt, also enttäusche mich bitte nicht. Was hast du mit unserem armen Jimmy zu tun?

– Betreibt er mit seinem Testament immer noch Geldwäsche?

– Das tut er immer noch, sagte Dai.

Ich werde es erklären.

Jimmy ist Dais zeitweiser Langzeitlebenspartner gewesen und hat nun AIDS im Endstadium und kein Geld. Das ist keine angenehme Kombination. Es gibt inzwischen zu viele Menschen mit AIDS, und es ist schwierig, jemanden zu finden, der Jimmys Rechnungen bezahlt, damit er in einem schönen Privatkrankenhaus ein Bett mit Ausblick und Büchern und Blumen und aufregendem Essen und so weiter bekommt. Der einzige Mensch, der für ihn zahlen würde, wenn er könnte, ist Dai, aber Jimmy würde von Dai kein Geld annehmen, selbst wenn er es hätte, denn Jimmy hat sein kurzes Leben lang von Leuten gelebt, denen er des Geldes wegen vormachte, daß er sie mochte, und er hat entsetzliche Angst davor, daß er auch Dai als Geldmaschine ansehen könnte und so seine einzige Liebe in dem Moment verlieren würde, wo sie das letzte ist, was er noch hat, und das einzige, was er braucht.

Also entwarf Dai diesen Plan, der Jimmy ermöglicht, von der Tatsache zu leben, daß er im Sterben liegt.

In den letzten drei Monaten wurde Jimmy zu dem ersten präposthumen Geldwäscher der Welt.

Das funktioniert folgendermaßen:

Du gehst zu Dai und erzählst ihm wie jeder, der irgendwelche Gelder waschen lassen möchte, daß du Geld in der und der Höhe und für dies oder jenes bekommst oder auszahlen sollst, aber du willst nicht, daß jemals jemand herausfinden kann, wer dich bezahlt hat oder umgekehrt oder wann oder daß überhaupt und so weiter. Als erstes fragt Dai dich, ob es dir etwas ausmacht, zwischen sechs und zwölf Monaten auf das Waschen des Geldes zu warten, was normalerweise nie der Fall ist, da Geldwäsche einfach Zeit braucht, und dann gehst du hin und gibst Jimmy das Geld, und er nimmt dich (oder wen auch immer du wünschst) in sein Testament für die Summe auf, die du ihm gegeben hast, minus zehn Prozent für seine Dienste als Sterbender. Das Testament ist vollkommen legal, und niemand wird es in Frage stellen, das Finanzamt wird keinen Grund haben, es sich genauer anzusehen. Und selbst wenn das passierte und die Polizei jemals von dem Testament erfahren würde, selbst wenn sie versuchten, zwischen dir und wem auch immer über Jimmy eine Verbindung herzustellen, würden sie es damit nicht leicht haben, da Jimmy (der bereits jetzt jenseits aller Drohungen ist) in Kürze vollkommen im Jenseits sein wird. Die Verbindung wird durch den Tod durchschnitten, der Klinge, die alle Verbindungen durchtrennt.

Deine Investition ist auch deswegen vollkommen sicher, da alles über Dai abgewickelt wird und Jimmy nie mit dem Bewußtsein in den Tod gehen würde, daß er Dai gelinkt hat, was könnte er auch davon haben, sein Leben in Lüge und Schuld zu beenden? Natürlich passiert es immer wieder, daß Menschen im Endstadium von AIDS Psychosen bekommen, aber Jimmy und Dai wissen das, und sie wissen auch, daß Dai sich einfach weigern wird, Jimmys Testament zu ändern, wenn dieser verrückt wird, und zwar mit der Begründung, daß Jimmy verrückt geworden ist. Du kannst das Testament einsehen, wenn du willst, Dai bewahrt es für Jimmy auf, und es wird jede Woche neu beglaubigt für den Fall, daß sich irgend jemand Sorgen macht. Du kannst das Vermächtnis jederzeit genau überprüfen, das für dich oder wen auch immer gemacht wurde. Jimmys Tarif ist im Vergleich zu anderen Formen der Geldwäsche (wie man mir gesagt hat) sehr günstig, selbst wenn man die Unkosten fürs Sterben in Betracht zieht.

Auf Jimmys Wunsch gibt Dai den größten Teil des Geldes, abgesehen von den unglaublich hohen Krankenhauskosten, für Blumen für sein Krankenzimmer aus. Dai hat Jimmy auf Blumen verrückt gemacht, ich war einmal mit

Dai um fünf Uhr morgens und halb vollgekokst und mit einem vom Tanzen noch schwebenden Körper auf dem Blumenmarkt und kaufte mit ihm ein Auto voll Malven und Rittersporne für Jimmy. Dai nahm sich Stunden Zeit, um sie auszusuchen, ich saß einfach nur da und summte so vor mich hin und sah zu, wie Dai Blumen aussuchte, während sich die Nacht in den Tag verwandelte. Es war vielleicht der glücklichste Moment eines Menschen, dessen Zeuge ich je wurde.

– O. K., sagte Dai, als ich ihm erklärte, was Jimmy für den PLAN tun sollte, obwohl ich ihm nicht sagte, warum. – In deinem Fall werde ich Jimmy veranlassen, eine Ausnahme zu machen und das Geld für dich eintragen lassen, bevor du es mir gibst. Schreib den Namen der Frau auf, Süßer. Gut, überlaß es mir. Ich werde dir morgen eine Kopie des Testaments vorbeibringen. Wirst du zu Hause sein?

– Ich arbeite.

– Wie äußerst unklug von dir. Willst du morgen für einen Tag-drei-Drink vorbeikommen?

– Ich kann nicht. Ich muß mich mit jemandem treffen.

– Wie angsteinflößend das bei dir klingt.

– Ist es auch.

– Meine Güte, was ist der Sinn und Zweck, verliebt zu sein, wenn es dich nicht anmacht?

– Ich bin nicht verliebt, es ist nur…

– Ja, o du durchsichtiger Lügenlümmel?

– Es geht nicht um Suzy. Ich treffe jemanden anderes.

– Du kleiner Genießer!

– Es ist ein Mann.

– Ach, ich wußte es schon immer!

– Zum Teufel noch mal! Schau, hier geht etwas ab, von dem ich dir im Moment nicht erzählen kann, ich werde es später tun, das verspreche ich. Ich versuche auf eine Art, äh …mein Leben zu retten.

– Immer noch? Dummer Junge. Das Leben ist nicht dazu da, daß man es rettet, sondern es will genossen werden. Man soll es in vollen Zügen genießen, bevor der große Finanzbeamte mit der Sense kommt, um es zurückzuverlangen. Genießen mußt du es, mein Süßer. Na, nun geh schon, ich muß mich in mein Bett zurückziehen, ich spüre, wie sich ein Anfall ankündigt, ich bin nicht länger zum menschlichen Verkehr geeignet. Lebewohl. Schließ die Tür, wenn du rausgehst, Schatz.

Das hätten wir also. Ich verabschiedete mich und wollte gerade gehen. Als ich an der Tür war, fragte ich ihn, was der Zweck einer Sprechanlage wäre, wenn man jeden beliebigen Typen heraufläßt.

– Na ja, man weiß ja nie, es könnte ja irgend jemand sein, jemand Furchtbares möglicherweise.

Er schaute mich von seiner Schlafzimmertür aus an und grinste höhnisch:

– Ach, komm schon, es könnte doch wohl kaum jemand furchtbarer sein als ich, nicht wahr, mein Süßer? Lebewohl.

Ich sah ihm nach, wie er sich ins Schlafzimmer schleppte. Ich stand für eine Weile in seinem Wohnzimmer und stellte fest, daß ich mich umsah, als wäre ich zum ersten Mal hier. Aber Dai hat diese Wirkung auf alle Menschen: Wenn er geht, wird die ganze Welt plötzlich weniger dreidimensional.

Wenn er stirbt, wird es sein, als hätte jemand ein Stück aus mir herausgebissen.

Ich schloß die Tür und ging hinunter und wieder hinaus in die Welt. Dai sagt immer, daß das Schlimmste an der Liebe und an den besten Freunden ist, daß der eine zusehen muß, wie der andere begraben wird.

Ich möchte, daß die Welt glücklich ist.

Ich möchte nicht, daß irgend jemand stirbt.

Wenn Gott eben nur den *Guardian* lesen würde.

Zucker, Sonne und der Himmel der Mittelschicht.

Ich stellte fest, daß ich, während ich das dachte, zur nächsten Telefonzelle gelaufen war, und ich wußte nicht genau, warum. Ich kreiste um sie herum und schaute sie an, und irgendwann setzte ich mich in ein kleines Café, von dem aus ich sie durch das Fenster beobachten konnte, als sei sie die einzige ihrer Art in London und könnte sich sofort in Luft auflösen, wenn ich aufhörte, sie anzustarren.

Da wurde mir klar, daß ich kurz davor war, Suzy anzurufen.

9. Ein Lagerfeuer in der Ferne

In meinem Kopf tickte es bei weitem viel zu schnell.

Ich dachte:

Jesus Christus, das ist verrückt, das ist so abgefahren, es wird richtig ernst, du wirst sie abschrecken, bleib cool, Mr. Hirnschmerz, zum Teufel, es ist erst ein paar Stunden her, daß ich sie das letzte Mal gesehen habe, sie ist wahrscheinlich noch im Bett, also wirklich, was würde ich denken, wenn jemand so zu mir wäre, wenn jemand so verzweifelt wäre?

Schnell, schnell, schnell wegrennen?

Hör mal zu, wenn sie mich so sehr mag, und wenn ich sie so sehr mag, dann gibt es keinen Grund, so zu hetzen, oder? Und wenn's nicht so ist, dann ist es sowieso egal. Ziemlich logisch. Sie wird ja nicht aufhören, mich zu mögen, nur weil sie mich für ein paar Stunden nicht gesehen hat. Wenn ich sie jetzt anrufe, dann zeigt das, daß ich ziemlich viel über sie nachgedacht habe und so, ziemlich heavy.

Niemand mag so was, du mußt dir schon gut überlegen, was du tust, bevor du dich gehen läßt, das ist eben der Punkt, man kann nicht mehr einfach irgendwas SEIN oder so, das haben wir endgültig verloren, vielleicht hatten wir es auch nie, genau darum geht es im Garten Eden, zum Teufel, wir wissen, wer wir sind, und wir denken darüber nach, was wir tun, und wir können nicht anders, selbst wenn wir wollten, und auf diesem Weg kommt man nur zu den Drogen, und daher machen wir besser einfach weiter. Wir müssen einfach mehr und mehr und mehr nachdenken, bis wir es hinkriegen, wie mit der Globalen Erwärmung zum Beispiel: Man kann die Maschine nicht stoppen, sondern muß mit ihr arbeiten und sie verbessern, ein Haufen Hippies kann nicht wiedergutmachen, was ein Haufen Wissenschaftler verbockt hat; das kann nur ein Haufen anderer Wissenschaftler.

Ja, Herrgott im Himmel, all diese Scheiße von wegen Alte Weisheiten und so, du weißt schon, die Ewigen Rhythmen des Lebens und die Erdenmutter Gaia. Merken die New Age-Typen am Glastonbury Tor nicht, daß die Alten Weisheiten in Wahrheit ein großer Haufen Scheiße waren? Zum Teufel nochmal, die glaubten doch wirklich, wenn sie irgend jemand die Eier abschnitten und das Blut über die Felder verspritzten, daß dann die Sonne wiederkommen würde. Sehr klug. Nichts Mystisches daran, einfach nur falsch, einfach nur Hühnerkacke. Wir können nicht zurück, sonst enden wir bei Fackelzügen und solchem Zeug, bevor wir es richtig merken.

Und dasselbe gilt für den Sex und die Liebe, man kann einfach nicht mehr nach dem Instinkt handeln, wir haben keinen Instinkt, wir haben den Instinkt verloren, als wir anfingen, der Homo Sapiens zu werden, das ist es, was Menschsein BEDEUTET, nämlich nicht instinktiv zu handeln. Für den Weg von den Bäumen herunter gibt es keine Rückfahrkarte, wir müssen immer weniger instinktiv werden und weitermachen mit dem, was uns auszeichnet, nämlich Nachdenken, Abwägen, Ausarbeiten, Vorausplanen, das ist es, worin wir gut sind, und das ist es auch, was wir tun müssen, das ist es, was ich jetzt tun muß, mich einfach hinsetzen und es durchdenken, genau wie den PLAN.

Und man muß es allein tun. Manchmal müssen wir allein sein, es ist gut für dich, ab und zu allein zu sein. Wenn jeder Mensch einmal im Jahr eine Woche allein verbringen müßte, auf einer Insel oder so, vielleicht wären wir alle dann bessere Menschen. Die Indianer schickten ihre Leute für vierzig Nächte oder so in den Wald, man mußte beweisen, daß man alleine leben konnte, bevor man als Erwachsener in den Stamm aufgenommen wurde, allein sein zu können ist ein Teil davon, ein vollständiger Mensch zu sein.

Oder etwa nicht?

Wie kann jemand frei sein, der es nicht aushält, allein zu sein, und ist es nicht Freiheit, die wir wollen, ist es nicht das, weswegen manche Menschen sich vor Panzer stellen und sich die Brust entblößen? Freiheit bedeutet immer, daß du auf dich allein gestellt bist, auf die eine oder andere Art, ja, du hast recht, Einsamkeit ist der Preis dafür, aber er lohnt sich.

O. K. Das wäre also geklärt. Gut. Ich werde jetzt einfach nach Hause fahren und mich in meine Hütte setzen und versuchen, alles durchzudenken, allein, so, wie es sein soll.

Nur daß ich nicht mehr weiß, was ich denke, weil ich nicht weiß, was sie denkt, und ich einfach nicht mehr ich selbst bin!

Aber ich muß es durchdenken, bevor ich herausfinden kann, was sie denkt. Du mußt es erst geordnet haben, du mußt jemandem etwas anzubieten haben, wenn du zu ihm kommst, du mußt gewissermaßen mit vollen Händen kommen, nicht etwa mit leeren Händen, mit leeren Händen und... und bedürftig! Brrr! Bedürftig!

Was für ein Wort.

Bedürftig.

Nein, nein, nein!

Ich bin nicht bedürftig!

Ich werde nicht bedürftig sein!

Ich habe mein eigenes Leben. Ich habe meine Hütte in Shepards Bush, und London ist voller Leute, die ich kenne, mein Leben funktioniert hervorragend, es hat noch lange TÜV, auch wenn die Kilometerzahl weit über dem Jahresdurchschnittswert liegt, es ist nicht bedürftig!

Während ich das alles dachte, saß ich da und rührte meinen Tee um und starrte auf die Telefonzelle, und dann nahm ich mein kleines Adreßbuch heraus und begann, die Seiten durchzublättern und über all die Leute nachzudenken, die ich jetzt und hier anrufen könnte, anstatt Suzy anzurufen, wenn ich wirklich jemand anrufen wollte; das war meine Sicherungsdatei, mein Stamm, eine Liste all der Leute, mit denen ich in den letzten fünf oder sechs Jahren gesoffen, geredet oder gefickt hatte. Ich könnte jeden anrufen, all diese Dutzende von Leuten, und jeder einzelne würde, wenn er da wäre und nichts vorhätte, mit mir heute nacht einen trinken gehen, wenn ich wollte, wenn zum Beispiel Suzy heute mit mir Schluß machen würde und ich jemanden bräuchte, mit dem ich mich besaufen könnte, oder sie würden es arrangieren, daß sie mich so bald wie möglich treffen würden, sollten sie gerade beschäftigt sein. Wenn ich eine Nachricht auf den Anrufbeantwortern hinterlassen würde: Hi, erinnerst du dich, ich ruf nur an, um zu hören, wie es dir geht, ruf mich mal zurück – würden sie mich alle innerhalb von zwei oder drei Tagen zurückrufen. Einige von ihnen würden wohl sogar mit mir ins Bett gehen, wenn sich herausstellen sollte, daß es das war, was ich wirklich wollte.

Das alles sagte ich mir, damit es mir besser ging und ich weniger verstört und sauer darüber war, daß ich Suzy anrufen wollte, kaum daß ich sie ein paar Stunden nicht gesehen hatte, und wo ich sie doch morgen sowieso sehen würde.

Nur funktionierte es nicht.

Je mehr ich über all meine Freunde nachdachte, desto deprimierter wurde ich. Es ist furchtbar, wenn du diese lange Liste von Leuten hast, die du anrufen könntest, es aber nicht tust, nicht weil du sie nicht treffen WOLLTEST, also, wenn irgendeiner von ihnen jetzt hereinspaziert käme, würdest du dich freuen und würdest gleich anfangen, mit ihm zu quasseln, du würdest ihn den Leuten vorstellen, die mit dir gekommen sind, wenn welche mit dir gekommen sind, und du würdest dasitzen und Tee trinken und rauchen und die Neuigkeiten besprechen und eine Sauferei organisieren oder einen Kinoabend planen oder was auch immer, aber du würdest und wirst sie nicht anrufen, nicht, weil du sie nicht treffen WILLST, sondern weil es einfach keinen Sinn hat, sich mit ihnen zu treffen, sie sind mit einem Mal Teil einer alten Geschichte geworden, und wenn du sie jetzt anrufen und dich mit ihnen treffen würdest, so würde das deine Erinnerungen an sie als das entlarven, was sie sind: nur Erinnerungen, alte Bilder, von denen dich eine durchsichtige Wand trennt, die Jetzt heißt, und wenn du versuchst, zu nahe zu kommen, dann wirst du nichts zu sagen haben, was der Rede wert wäre, und alles, was du zurücklassen würdest, wären deine fettigen Fingerabdrücke auf dem Glas.

Aber was für einen Sinn haben Freunde, die du sowieso nie anrufst? Wenn du dich nicht an die Telefonnummer von jemandem erinnern kannst oder wenigstens an die von einem anderen, der sie kennt, dann bedeutet das, daß das Netz zu dünn geworden ist, der Fallschirm zu lange verstaut war und die Motten sich seiner angenommen haben, die Geschichte ist ausgetrocknet.

Und so verließ ich das Café, nahm mein Feuerzeug, zündete mein Adreßbuch an und schaute zu, wie es verbrannte.

Mach's gut, Ich.

Und schon war ich in der Telefonzelle und wählte ihre Nummer.

Eine kurze Ansage, nur: Es ist im Moment niemand zu Hause, hinterlassen Sie also eine Nachricht, wenn Sie möchten.

Nach dem Piepston sagte ich nur: Hi Suzy, ich bin's, und erwartete, daß sie abnahm, wußte ich doch, daß sie gleich neben dem Telefon arbeitete. In dem Moment, wo sie merkte, daß es mein nettes Ich war und nicht irgendein langweiliger Typ, würde sie rangehen.

Aber sie ging nicht ran. Also hinterließ ich eine lange Nachricht, die nichts besagte, weil mir einfach nichts einfiel. Ich war entsetzt.

Ich hatte angerufen, und sie hatte sich einfach geweigert abzunehmen.

Sie arbeitete fieberhaft an ihrem prähistorischen Computer und wollte einfach nicht reden. Mit mir. Ich hatte es total verbockt. Unsere Gleichheit war für immer zum Teufel. Die Waagschale neigte sich bedenklich.

Es sei denn, sie war unterwegs.

Das war möglich. Die Nachricht würde sie trotzdem bekommen und wissen, daß ich angerufen habe, was uncool war, aber wenigstens hätte sie mir dann keinen Korb gegeben, damit konnte ich leben.

Aber wie konnte ich herausfinden, ob es so war?

Wie kann irgend jemand jemals irgend etwas herausfinden, man muß einfach Vermutungen anstellen.

Gut, also stelle ich eine Vermutung an. Ich vermute, daß Suzy unterwegs ist.

O. K. Suzy ist also unterwegs.

O. K. Also wohin?

Mit einem Typen?

Mit demselben Typen, der auf ihrem Anrufbeantworter damals eine Nachricht hinterlassen hatte?

Wer zum Teufel war dieser Typ?

Ich hängte den Hörer ein und legte die Hände an die Schläfen. Das war einfach verrückt, ich produzierte virtuelle

Suzys in meinem Kopf, aber es gab nur eine wirkliche Suzy, und sie lebte nicht in meinem Kopf, sondern da draußen, auf der Erde. Also versuchte ich, mir die richtige Suzy vorzustellen, wie sie etwas tat, ohne daß ich dabei war. Ich versuchte mir vorzustellen, daß sie ganz unschuldig einfach nur spazierengegangen war, um über die Geschichte, die sie als Alibi benutzen sollte, nachzudenken, darüber wie sie als Journalistin versucht hatte, in Michael Winners Privatbank reinzukommen. Ich versuchte mir vorzustellen, wie sie einen Baum anschaute.

Es gelang mir.

Nur machte es alles nur noch schlimmer.

Nun ja, schön, ich hatte mich daran erinnert, daß sie eine reale Person war, O. K., ich konnte mich ja um den Nobelpreis für Neue Menschen bewerben, immerhin konnte ich den Unterschied zwischen der Welt in meinem Kopf und der wirklichen Welt begreifen, aber das lief nur auf folgendes hinaus: Ich wußte jetzt, daß Suzy wirklich real war und WIRKLICHER- UND REALERWEISE OHNE MICH war und tatsächlich atmete und aß und nachdachte und solches Zeug, alles OHNE MICH. Und es war real, daß sie das Telefon nicht abnahm oder eben woanders war. Vielleicht mit einem Typen, vielleicht realerweise.

Wer zum Teufel war dieser Typ?

Ohne Suzy zu sein fühlte sich plötzlich so an, wie allein zu sein.

Ich stolperte zur Camden Town U-Bahn und wartete auf den Zug, aber während ich so auf dem Bahnsteig stand, war ich plötzlich Jahre und Meilen weit entfernt. Ich war achtzehn, und eines Nachts kam ich auf dem Rückweg querfeldein von einer Kneipe aus einem Wald, es war so dunkel, wie es nur auf dem Land dunkel wird, ich war mit zwei

Freunden zusammen (wo sind die jetzt eigentlich?), und wir hatten uns in den letzten Stunden komplett verlaufen und fingen an, einen Kater zu bekommen, und uns war kalt, und wir haßten uns gegenseitig dafür, daß wir uns verlaufen hatten, und plötzlich, als wir so vorwärts stapften und aus dem dichten, sommerlichen Wald herauskamen, sahen wir in der Ferne ein Lagerfeuer brennen, und zwar genau dort, wo wir alle kampierten, auf einem Berg mitten in einer Schloßruine, es mußten immer noch etwa zwei Meilen sein bis dahin, aber selbst auf die Entfernung konnten wir die Schatten unserer Freunde vor den Flammen sehen, in der Mitte des dunklen Himmels. Wir rannten die ganzen zwei Meilen und lachten dabei und rissen Witze, denn wir kamen nach Hause.

Für die verdammten Indianer war es einfach.

Die Indianer konnten für ihre vierzig Nächte in den Wald gehen und dabei sicher sein, so sicher, wie auf Montag Dienstag folgt, daß der Stamm immer noch da sein würde, wenn sie zurückkämen. Sie würden alle noch am Ufer des Flusses ihre Zelte aufgeschlagen haben, dort direkt neben den uralten Grabstätten, wo jeder, wie er wußte, einmal hinkommen würde, und sie würden dich begrüßen und sich deine Geschichten anhören und was für Geheimnisse du da draußen erfahren hattest. Genauso wissen auch die paramilitärischen Gefangenen in Ulster, daß, wenn sie ihre Zeit abgesessen haben, der Stamm auf sie warten wird und die Lagerfeuer immer noch an derselben Stelle für sie brennen werden.

Wir haben so etwas nicht, wir müssen unseren eigenen Stamm erfinden, wir haben die Freiheit dazu, das ist gut, Freiheit ist etwas Wunderbares, es ist das, was alle wollen, sobald wir die Wahl haben. Sobald die Großen Führer sterben, wählen wir die Freiheit, aber frei zu sein bedeutet auch, kein Sicherheitsnetz zu haben:

Wenn wir jetzt in den Wald gehen, kann es uns passieren, daß wir zurückkommen und alle anderen weitergezogen sind und die Spuren bereits ausgetrocknet sind. Es könnte sein, daß wir dann einfach ganz allein am Ufer des großen Flusses sitzen und unsere wunderbaren Neuigkeiten nur uns selbst erzählen können, und wir in der kalten Asche wühlen, wo einst die Lagerfeuer brannten, und daß wir die verirrten Geister weinen hören.

Es kommt vor.

Es kommt jeden Tag vor und führt zur Parkbank. Es führt dazu, daß Menschen sich so verloren fühlen, daß sie alles tun würden, um Teil eines Stammes zu werden, sie setzen sich einen Schuß mit Nadeln, von denen sie wissen, daß sie voller verseuchten Blutes sind, nur damit man ihnen erlaubt, irgendwo mit Leuten, die sie kennen und hassen, um ein Lagerfeuer zu sitzen. Sie glauben, daß ein paar tausend alte, verirrte Juden, die die SS irgendwie übersehen hat, in Wirklichkeit Länder mit dreißig Millionen Einwohnern regieren, sie schreien Gott-liebt-dich-so-wie-du-bist oder Eng-a-land Eng-a-land oder Allah Akhbar oder Sozialistischrevolutionäregruppe, oder sie greifen irgendeine beliebige, beschissene Geschichte auf, die man ihnen vor die Füße wirft, solange sie einigermaßen zusammenhängend ist, damit sie irgendwo in der kalten, unsteten Welt um ein Lagerfeuer sitzen, die Stammeslosungen flüstern und sagen dürfen: Wir, Wir, Wir.

Eine unangenehme Tatsache beim U-Bahnfahren:

Eine Krankenschwester aus der Psychiatrie hat mir einmal erzählt, daß 10% aller Verrückten in London ihren Wahnsinn das erste Mal zeigen, indem sie irgendwelche beliebige Menschen vor die U-Bahn stoßen. Zu viele Menschen auf zu engem Raum, niemand, der sie in ihrem WIR einschließt, nehme ich an, sie verwandeln sich alle in DIE, also was macht man dann? Ganz einfach: vor die U-Bahn stoßen, DIE Schweine!

Als der Luftzug von der herannahenden U-Bahn über den Bahnsteig weht, schaue ich mich um: Wer ist heute der Irre?

Die Türen schlossen sich hinter mir, und ich saß acht Leuten gegenüber, alles DIE, acht Leute, die mir nicht in die Augen gucken wollen und die sich einen Scheißdreck um mich kümmerten, warum sollten sie auch, ich gehörte nicht zu ihrem Stamm, ich war für sie auch nur einer von DENEN.

Wir sind keine Indianer. Die Welt ist größer, aber auch dünner für uns, wir können zwar weiter sehen, aber auf der anderen Seite können wir auch einfach durch sie hindurchfallen. Ein hartes Leben, wenn man seinen eigenen Stamm gründen muß und zwischen Freiheit und Sicherheit schwebt und sich fragt, ob man gehen oder bleiben soll. Should I stay or should I go?

Und dann kam ich nach Hause und lief meine eigene Straße entlang, als würde ich zu meiner eigenen Hinrichtung gehen, ich mußte mir auf die Lippen beißen, um nicht zu stöhnen.

Jesus Christus, reiß dich zusammen! Ein paar Stunden alleine in meiner Hütte. In meiner schönen Hütte mit meinem eigenen Leben.

Es funktionierte nicht.

L.V.S. (Leben vor Suzy), meine ich.

Meine Welt krachte an allen Ecken und Enden, und ich sah in das Fenster meiner Hütte, es kam Licht durch die Spalten, und das Licht erinnerte mich plötzlich daran, wie dunkel meine Hütte wirklich war und wieviel Staub durch mein Leben wirbelte. Meine Hütte kam mir vor wie irgendein beschissener Song von Leonard Cohen, zum Teufel. Ich fühlte mich glatzköpfiger als je zuvor.

Ich fragte mich, wer zum Teufel dieser Typ war, der Suzy an diesem Morgen angerufen hatte. Und wo war sie jetzt?

Ich schaute aus dem Fenster: Der Mann in seinem Wohnklo auf der anderen Seite bemalte heute ein großes Modell eines deutschen Bomberflugzeugs, er war fast fertig, der Mr. Glatzkopf, er hielt es ins Licht, um mit einem winzigen Pinsel noch ein paar Farbstriche anzubringen, die außer ihm nie jemand jemals sehen würde. Er hatte die Zunge zwischen die Zähne geklemmt, er konzentrierte sich vollkommen auf diese Arbeit, die niemandem einen Scheißdreck bedeutete, als wäre er ein Nukleartechniker, der an den verrotteten Auslösern ukrainischer Atomraketen arbeitete.

Ich fragte mich, was er wohl täte, wenn ihm das Modell herunterfiele. Wahrscheinlich die Vorhänge zuziehen.

Mir war übel.

Ich hatte das Gefühl, daß ich die Montageanweisung für mein Leben verloren hatte. ICH war nur noch eine Sammlung von Kleinteilen, die nicht mehr zusammenpaßten. Ich ging um die Hütte herum zu meiner Tür und hatte dabei das Gefühl, daß meine Schritte einen entsetzlichen Rhythmus trommelten:

Hier sind die guten Nachrichten: Montag wird phantastisch.

Hier sind die schlechten Nachrichten: Der Sonntag wird nie enden.

Ich sagte mir zum letzten Mal, daß ich aufhören sollte, ein bedauernswerter Idiot zu sein, und daß ich mich beruhigen solle. Ich holte zwei- oder dreimal tief Luft.

Ich klopfte mir auf die Stelle, wo ich irgendwann mal einen Bierbauch haben werde, um mich zu vergewissern, daß ich noch keinen hatte, und faßte mir an die Stelle, wo mein Haaransatz war, um sicherzugehen, daß ich noch einen besaß.

Ich fühlte, wie ich wie ein aus Rauch geblasener Ring auseinanderbrach.

Dann fiel mir ein Zettel auf, der von meiner großen Schwester an die Tür geklebt worden war:
FRAU TEL.: OB DU HEUT NACHT VORBEI. SAGTE DU WÜßTEST SCHON.

Ich dachte zum letzten Mal, daß das alles wirklich nicht besonders cool war und ich mindestens ein oder zwei Stunden warten sollte, man muß ja, zum Teufel nochmal, etwas in Reserve behalten.

Aber zu der Zeit, da ich das dachte, befand ich mich schon auf der Goldhawk Road, kämpfte gegen den Verkehr an und schrie den vorbeifahrenden Taxis nach.

10. Auster-Montag

Montags beginnt die Welt von neuem, die lang herbeigesehnten Freuden und die irritierenden leeren Zwischenräume des Wochenendes sind vorbei, die Freunde, Freundinnen und Wochenend-Verlobten, all diese preisgünstigen Liebhaber sind zu ihrem Leben zurückgekehrt, nachdem sie ihre Aufgabe erfüllt haben, nämlich für Freitagnacht, Samstagnacht und Sonntagnachmittag da zu sein. Jetzt braucht man sie nicht mehr, denn die Maschine ist wieder gestartet, und die Fließbänder laufen wieder. Los geht's, auf geht's, die Geschichte geht schon wieder weiter, und hey!, bevor wir es richtig merken, ist es schon wieder Freitagabend.

Wenn es nur so wäre.

Das war es, was ich dachte, das war es, was ich nicht zu denken versuchte, als ich Brady, Chicho und Suzy anschaute.

Wir hatten uns heimlich in Bradys entsetzlichem Apartment getroffen und schlürften Kaffee und knabberten Kekse, während ich die Details des Vortages des Plans durchging, PLAN minus eins; und ich versuchte, nicht darüber nachzudenken, warum ich das überhaupt tat, wenn doch der kommende Freitag einfach nur so sein würde wie immer, aber diesen Freitag würde ich wahrscheinlich im Gefängnis verbringen oder Schlimmeres.

Ich war einmal mit einem Mädchen verlobt, das sagte, mein Blick würde flackern, wenn ich log.

Flackern?

Als ich mit ihr Schluß machte, schaute ich einige Male in den Spiegel, um herauszufinden, ob sie recht hatte, ob mein Blick wirklich flackerte, aber das ist ziemlich schwierig: Wie lügt man sich selbst an? Wie groß ist der Graben zwischen der Wahrheit in deinem Kopf und der Lüge im Spiegel? Wie dem auch sei, ich hörte danach einfach auf zu lügen, da ich es offensichtlich nicht besonders gut konnte: Die Welt ist eine harte Nuß, und man muß einfach seine Stärken ausspielen. Aber es ist ein Unterschied, ob man Leute nicht anlügt oder ob man sie wie einen Beichtvater behandelt, und so beschloß ich, meine Zweifel und Unsicherheiten nicht allen anderen Menschen aufzudrängen.

Ich hatte sie natürlich Suzy bereits aufgedrängt, nicht indem ich ihr davon erzählt hätte, sondern einfach, indem ich an die Unwägbarkeiten dachte und zuließ, daß sie meine Stimme und so durchdrangen. Suzy weiß inzwischen alles über meine Zweifel, und sie hat sie letzte Nacht, während wir fickten, sehr erfolgreich weggefegt, indem sie hyper-angetan war, damit ich mich gut fühlen konnte. Ich mußte das nicht erst herausfinden, es war kein Geheimnis, sie sagte (das passierte, während sie ihren Hintern etwas anhob, damit ich von hinten besser eindringen konnte, sie sagte es daher halb ins Kissen):

– Ich will, daß du dich gut fühlst. Fühlt sich das gut an?

– Das fühlt sich phantastisch an. Ich fühle mich wunderbar, und du siehst phantastisch aus.

(Und das tat sie auch mit ihren Händen neben ihrem Gesicht und einer Gesichtshälfte auf oder vielmehr in dem Kissen. Ich faßte zwischen ihren flachen Bauch und das harte Bett und folgte der Kurve bis zu ihrer Klitoris und knabberte an ihren Ohren, und ich sah jetzt nur noch ihre Haare vor meinen Augen, und alles fühlte sich wunderbar an, insbesondere ich selbst, also fühlte ich mich wohl. Kaum daß wir so gut ineinandergefügt waren, fing sie an, durch ihre Nase zu summen und sich zu winden, also fühlte sie sich offenbar auch wohl. Bald fing sie an, sich aufzustemmen und meinen Arsch mit ihren Fingernägeln zu packen, und ich biß sie in den Nacken und knurrte tief in meinem

Hals, ich konnte fühlen, wie mein Becken gegen die Knochen ihres Hintern stieß, und ich spürte, wie die Spitze meines Schwanzes bei jedem Stoß etwas ganz tief in ihr berührte, eine Art kleinen Muskel oder so, aber das war alles, was ich spüren konnte, der Rest war einfach nur warmes Öl, und dann kam sie und ich natürlich auch, und das war alles schon sehr in Ordnung.)

Also schlief ich den Schlaf des Triumphs, nicht den der Neurose, und ich wachte nur halb auf, weil sie meine Eier leckte, oder vielmehr: Jemand leckte die Eier eines anderen, ich schlief noch zu drei Vierteln, war noch in diesem seltsamen, urwaldartigen Zustand, wo dein Hirn immer noch unsicher ist, ob es wirklich zu einem höheren Primaten gehört, mit Gliedmaßen und Haut und Knochen in komplizierter, architektonischer Harmonie, oder ob es sich umgedreht hat und in die Ursuppe zurückgeschlüpft ist, während es pennte, und jetzt das Hirn einer Amöbe ist, Chef einer formlosen Ansammlung von Nervenenden und Rhythmen, wie wenn dein Körper in deinen Träumen absolut unmögliche Positionen einnimmt. Ich hatte keine Ahnung, mit wem ich da bumste, oder vielmehr: Ich wußte, daß es Suzy war, wie man in einem Traum zum Beispiel weiß, daß man im Bahnhof St. Pancras ist, nur daß es in keinster Weise dem wirklichen St. Pancras Bahnhof gleicht. Diese formlose Person, die mit mir schlief, hieß Suzy, und ich brüllte auch Suzy, aber ich wußte nicht, wer das war, es war Suzy, bevor sie Suzy hieß, es war sie und es war gleichzeitig niemand, und ich war ich, aber auch gleichzeitig niemand. Es waren nicht unsere Ichs, die fickten, keine Dinge mit Namen und Geschichten und Plänen, sondern einfach nur unsere Körper und die seltsamen, flackernden, in Tiefseeblau leuchtenden Chimären unseres Inneren, der Vorspann unseres Lebens.

Nun, gut, REM-Ficken ist jedenfalls super, es ist einfach nur Jippiiijeah, hier sind wir, wer bin ich, wer ist das eigentlich, ich bin hier, du bist hier, ich wollen Suzy, hier geht's ab mit uns, und dann hängst du einfach da drin und läßt dich von deinen Breitformatträumen als Ganzes verschlucken.

Wie ein Sofort-Urlaub.

Und dann klingelt natürlich der Wecker, denn das Bett ist kein isolierter Bereich, und obwohl dieses REM-Ficken mich irre gut drauf gebracht hat und ich Suzys Haus verlassen habe (ich habe es vor ihr verlassen, nur für den Fall, daß es irgendwelche Nachbarn mit Gestapo-Ambitionen gibt), und obwohl ich in der U-Bahn saß und dachte Ho-ho, wenn die Leute nur wüßten, was wir morgen tun werden und solches Zeug, so hatte mich doch der ganze Lärm und der Gestank und die Scheiße in den Straßen wieder eingeholt, bis ich bei Bradys schrecklichem Apartment in Acton ankam. Der ganze Plan schwebte wie ein Raubvogel gefährlich über mir und zählte die Stunden und schlug mit den Flügeln, und so gelang es mir nicht, Chicho und Brady gegenüber Überzeugung und Selbstsicherheit auszustrahlen, als sie darauf warteten, daß ich ihnen DIE GESCHICHTE erzählen würde. Ich hatte alles vergessen; erst als Suzy ankam, konnte ich sagen, was ich sagen wollte, und das war:

– O.K., Leute, was muß wer heute erledigen?

Chicho antwortet zuerst:

– Muß diese schöne Armani-Sachen holen von meiner Schwester ihrem Mann. Is leicht für mich heute.

– O.K.

Dann frage ich Brady. Ich versuche die Tatsache zu ignorieren, daß er wie ein zusammengefallener Abfallsack in einem Reservoir-Dog-Anzug aussieht und er das Zimmer mit seiner Verzweiflung und Niedergeschlagenheit ausfüllt. Er antwortet:

– Ich sorge dafür, daß ein Haufen Leute mich in meinen Doggie-Klamotten zu sehen bekommen.

- O. K.

- Nein, das is nich O. K.

(Pause)

- Was meinst du damit, es ist nicht O. K.?

- Heute kann keiner.

- Wir brauchen sie nicht heute, wir brauchen sie morgen. Heute kannst du einfach alleine rumfahren und dich sehen lassen, damit dein Alibi hinhaut und damit du, wenn alles schiefgeht, behaupten kannst, daß du nur ein armer Irrer bist.

- Is leicht für dich, sagt Chicho.

- Fick dich selber, sagt Brady.

- Hee, jetzt komm. Du fährst einfach nur ein bißchen rum.

- Das ist ja gerade der verdammte Punkt. Ich kann nicht.

- Du kannst nicht?

- O. K. Ich will nicht. Es ist nicht dasselbe. Es ist O. K., wenn du zu sechst bist, das ist in Ordnung, aber du kannst es nicht einfach alleine machen. Du fühlst dich ... total bescheuert!

Verfluchte Hühnerkacke!

So sehr ich auch Bradys Schamgefühl schätze, so sehr ich auch der Auffassung bin (wie ich bereits sagte), daß es das einzig Gute an diesem Volltrottel ist, so wenig ist das jetzt nicht, eindeutig NICHT der richtige Zeitpunkt, ein für allemal festzustellen, daß sein Hobby ähnlich erbärmlich ist wie Züge zählen. Nicht heute, bitte, lieber Gott, nicht heute.

- Aber du siehst super aus, sagt Suzy.

- Is leicht für dich, stimmt Chicho zu.

- Es ist vollkommen scheißegal, wie gut ich aussehe, wenn ich allein bin. Ihr versteht das nicht. Ich könnte Harvey

Fuck Keitel sein, und ich würde immer noch wie ein beschissener Wichser aussehen, wenn ich in der U-Bahn in diesen verwichsten Klamotten herumfahren würde, solange ich, verdammte Scheiße nochmal, ALLEINE DA RUMGURKE!

Es ist ihm todernst, ich kann ihn verstehen, er macht nicht einfach nur Theater, ich hätte daran denken sollen. Er kann es ohne seinen Stamm nicht tun, das verstehe ich. Aber ich kann nicht mitkommen, Chicho kann nicht mitkommen, Suzy kann nicht mitkommen...

– Ich komme mit, sagt Suzy.

– Wirklich? sagt Brady.

– Das kannst du nicht! brülle ich. – Du mußt um zehn vor eins in der Wardour Street sein, um Janey Herzberg zu treffen.

– Dann werde ich zehn vor eins dort sein, sagt Suzy.

– Nein, nein, nein, schreie ich. – Man darf euch heute nicht zusammen sehen.

– Er hat recht, sagt Brady düster.

– Is leicht für Suzy, sagt Chicho.

– Bist du verrückt? brülle ich.

– Nein, ich nich verruckt, du verruckt: is leicht für sie. Wenn Leute sehen Mädchen in Doggy-Kleid mit Sonnenbrille und Sachen, du ihr geben die Bart in Gesicht und Moustacho, is nicht Suzy, Leute sehen, is Mädchen in Männer-Kleid.

– Du könntest Mr. Pink sein! schreit Brady. – Er hat lange Haare.

– Ja, die Mann mit lange Haare. Si, is leicht für Suzy.

– Oh Gott! sage ich.

– O. K., sagt Suzy zu Brady, du gehst jetzt runter zu dem Afro-Shop, wo man sich die Haare verlängern lassen kann, und holst mir einen Bart und Schnäuzer, hast du Geld?

– Nein, leider nicht, sagt Brady.

Sie gibt ihm einen Fünfer, und er geht los, einfach so.

- Chicho, geh und hol mir ein bißchen schwarzes Haarspray aus der Drogerie in der Goldhawk Road.

Sie bietet ihm ebenfalls einen Fünfer an, aber er schiebt ihn in Zeitlupentempo langsam zur Seite.

- Is leicht für mich, sagt er und geht ebenfalls.

Damit bleiben nur noch Suzy und ich übrig und unser erster Streit, seit wir zusammen sind:

- Nun, sag ich.

- Wo ist das Problem?

- Nichts. Es ist nur...

- Ich weiß, ich weiß. Es ist dein Plan. Tut mir leid. Aber es wird nichts kaputtmachen, und Brady braucht es.

- Du hättest dich eigentlich um das Auto kümmern sollen.

- Das kann ich heute nachmittag machen. Wir nehmen, was er uns gibt, da kann ich eh nichts dran ändern. Brauche ich etwa Übung im Fahren?

- Nein.

- Also sei nicht beleidigt.

- Bin ich nicht.

Dann gab es eine Pause. Keine schöne Pause. Die Pause besagte:

Unser erster Streit. Was oft bedeutet:

Der Anfang des letzten Streits.

Ich konnte sehen, daß Suzy das gleiche dachte, aber dann wurde ihr Blick ganz ruhig, und sie sagte:

- Es ist nichts, was man nicht wieder in Ordnung bringen könnte.

Und sie lächelte, etwas ernst, aber nett, als sei es zwar ernst, aber wen schere das schon? Was ist nicht ernst? Und so nahm ich das Lächeln an, und das war das Ende unseres ersten Streits, denn ich sagte:

– Du hast recht, tut mir leid, was ich sehr selten sage und was mich einige Anstrengung kostete. Und Suzy sagte:

– Ach, und außerdem finde ich dieses Reservoir Dog Outfit ganz sexy.

– Kommst du an eins ran?

– Ich habe einen schwarzen Herrenanzug. Warte erst einmal, bis du mich darin siehst. Ich wette, dieses Mal WIRST du in deinen Jeans abspritzen.

– Was meinst du damit: WIRST du dieses Mal?

– Na, du warst ziemlich nah dran am ersten Abend.

– Ich hätte nicht gedacht, daß du das gemerkt hast.

– Ich wollte dich dazu bringen. Meine Macht austesten. Du mußt ganz schön gelitten haben.

– Es war furchtbar. Enge Jeans sind kein Zuckerschlekken, und ich fing an, ihre Knöpfe aufzumachen.

Knöpf, knöpf, knöpf.

Doch sie unterbricht mich.

– Dafür haben wir keine Zeit, also mach mich gar nicht erst an, ich habe keine Lust, den ganzen Tag mit der Hand zwischen den Beinen herumzulaufen.

Und sie fängt statt dessen an, meine Knöpfe mit ihren Zähnen aufzumachen, denn inzwischen kniet sie vor mir. Kaum daß sie zwei geöffnet hat, leckt sie meinen Schwanz und saugt ihn heraus. Sie hakt ihre Finger in meine Gürtelschnallen und sagt zu meinem Schwanz:

– Wenn er einen Muskel bewegt, außer dir, dann werde ich dich wie eine Bratwurst abbeißen, verstanden?

– O.K., sage ich und schließe meine Augen und sehe dem Vergnügen entgegen. Nach wenigen Sekunden werden meine Knie bereits weich, doch Suzy hört auf, und so mache ich die Augen auf und sehe, wie sie mich anschaut, was sehr hübsch aussieht, ihre Augen werden dabei ganz mandelförmig, ich nehme an, das bedeutet gleichzeitig, daß meine Augen ganz dünn und schlitzartig und widerlich aussehen müssen, aber so ist das eben, und sie sagt:

– Ich habe wohl doch südländisches Blut in mir.

– Warum? (Ich schluckte.)

– Weil ich plötzlich diese wohlige Aufwallung von Hormonen in mir fühle, bei dem Gedanken, das Mädchen des Anführers zu sein. (Sie nahm mich wieder in den Mund, und dann unterbrach sie wieder.) Das bist übrigens du.

– Oh, ja, sagte ich, und das war das letzte, was ich noch sagte, bis ich laut AAAAH SUZYSUZYSUZY schrie und vergaß, daß sie gesagt hatte, ich solle mich nicht bewegen, und ich ihr Haar packte und anfing, ihren Mund zu ficken, bis ich kam, und dann fiel ich auf den Boden, und sie räusperte sich und küßte mich, ihr Mund voll mit meinem Samen, und dann schob sie ihn in ihrem Mund hin und her und schluckte ihn:

– Wie eine rohe Auster, sagte sie.

– Suzy, sagte ich...

– Arbeit, sagte sie.

– Ja, sagte ich, ja... Suzy, im Ernst, wer ist dieser Typ, der dich anruft und so?

– Nur so ein Typ. Ein Typ, der etwas mit mir zu tun hat, aber nichts mit mir und dir. O.K.?

– O.K.

– Hey. Versuch, dich heute normal zu verhalten.

– Was meinst du damit, soll ich mitten auf der Wardour Street SUZYSUZYSUZY brüllen? (Ich war inzwischen dabei, meine Jeans zuzuknöpfen.)

– Ja, das klingt gut, das gefällt mir. Das nenne ich normal. Geh jetzt, oder du kommst zu spät. Ich werde um zehn vor eins draußen sein, aber ich will dich nicht dort sehen.

Also küßte ich sie und ging.

Ich ging zur Central Line, dabei rempelte ich aus Versehen einige Leute an und wurde mehrmals beinahe überfahren.

Dann saß ich in der U-Bahn und merkte nach einiger Zeit, daß ich nicht einmal etwas getrunken hatte und immer noch meinen Samengeschmack im Mund hatte.

So schmecken also rohe Austern. Das wollte ich schon immer wissen.

11. Ein wunderschönes, maßstabgetreues Modell des Lebens

Fred saß auf dem Tisch der Empfangsdamen und drehte Däumchen.

(Mir war nie vorher aufgefallen, daß das nur eine Beschreibung dessen ist, was Leute wirklich tun, er drehte wirklich seine Daumen umeinander. Ich frage mich manchmal, wer so etwas wie »Däumchen drehen« als erster sagt und es dann in die Nationalsprache aufnehmen läßt? Wahrscheinlich so Typen wie Dai.)

Nun, jetzt war es also Montag, 10:00 Uhr im Foyer von Baron Films, und Fred saß auf dem Tisch der Empfangsdamen und drehte Däumchen, starrte absolut entspannt vor sich hin, seine Augen ganz ohne Fokus, und ich saß auf einem Chrom-und-Kord-Stuhl und las Freds *Daily Mirror*.

(Brady hat mal in einer Schuhfabrik in Coventry gearbeitet, wo sie eine sehr moderne, flexible Belegschaft hatten, wie sich der Manager ausdrückte, und als Brady dort seine erste Mittagspause dort verbrachte, packte jedermann seine Sandwiches und seine Zeitung aus, so ungefähr dreihundert Leute, und jeder einzelne von diesen dreihundert flexiblen Arbeitern hatte die Sun dabei, bis auf Brady, der den *Daily Mirror* mithatte. In dem Moment, als er ihn hervorholte, ging ein lautes Stöhnen durch die Reihen, und eine Stimme sagte:

– He, Kumpel, du bist doch nicht etwa … POLITISCH, oder?)

Ich konzentrierte mich darauf, mich normal zu verhalten.

Das ist tatsächlich ziemlich schwierig, probier es selbst aus, sobald du darüber nachdenkst, ist es schon nicht mehr normal. Normal bedeutet, daß du nicht darüber nachdenken mußt, die Norm einfach. Je mehr du darüber nachdenkst, wie normal du dich verhältst, desto weniger normal bist du. Und du kannst dem auch nicht entkommen, indem du dir einfach sagst O.K., ich werde einfach NICHT darüber nachdenken, ob ich mich normal verhalte, denn bewußt an etwas nicht zu denken ist dasselbe, als würde man daran denken, also bist du immer noch nicht normal: normal sein heißt, daß zwischen dem Denken und dem Ausführen einer Handlung kein Unterschied ist.

Als ich die Zeitung las, fragte ich mich:

Lese ich immer Freds Zeitung?

Sitze ich immer hier?

Bin ich immer so ruhig?

Sitze ich immer hier und denke darüber nach, wie normal ich mich verhalte?

Alles ziemlich anstrengend.

Aber dann rutschte Fred von dem Empfangstisch herunter und setzte sich neben mich, was eine Erleichterung war. Er runzelte die Stirn, und dann fand ich heraus, worüber er die letzte halbe Stunde nachgedacht hatte, und ich war ziemlich überrascht, daß er über mich nachgedacht hatte.

– Du willst nicht einer von den hohen Tieren werden, oder? fragte er, nur um sicherzugehen.

– Nein, niemals, sagte ich.

– Selbst wenn du könntest, meine ich.

– Nein.

– Warum machst du das hier dann? Du hast Abitur und so.

– Ja, stimmt schon, sagte ich und wurde rot wegen meiner Lüge.

(Als ich mich vorstellte, mußte ich der Zeitarbeitsagentur sagen, ich hätte keinen Universitätsabschluß. Ich hatte es zuvor schon bei drei anderen Agenturen versucht, und die hatten alle gesagt, ich sei für alles überqualifiziert. Als ich also zur vierten Agentur kam, stellte ich mich als arbeitslosen Schauspieler mit schlechtem Abitur vor, und sofort haben sie mir mehrere Jobs angeboten.

Es war etwas gespenstisch, daß alles, was ich damals getan habe, jetzt perfekt zu passen schien, um mich nach dem Bankraub für die Polizei unsichtbar zu machen, bis ich mir sagte, ich solle nicht verrückt spielen und Ursache und Wirkung verwechseln: Nach dem Buchstaben des Gesetzes war ich bereits seit dem Tag ein Krimineller, da ich für meine Jobs einen falschen Namen benutzte, alles andere folgte einfach nur daraus. Ich würde Michael Winners Privatbank nur deshalb ausrauben, weil ich wußte, daß ich unsichtbar war, und nicht umgekehrt.

Viele Leute verwechseln auf diese Weise Ursache und Wirkung: Einer meiner Freunde aus der Unizeit erzählte mir immer, daß es für mich O. K. war, in einer Hütte zu wohnen und zu saufen und herumzuficken und so weiter, er habe auch seinen Spaß gehabt! Aber jetzt könne er das nicht mehr, weil er sich jetzt auf seine Ausbildung als Buchhalter konzentrieren müsse. In Wahrheit war es genau umgekehrt: Weil er nicht mehr in Hütten leben konnte, mußte er Buchhalter werden.)

Fred erinnerte mich also daran, daß ich Abitur gemacht hätte, was ihn beeindruckte. Ein Universitätsabschluß hätte ihn nicht beeindruckt, Abitur war cool, kluge Typen aus Elephant & Castle schafften ab und zu das Abitur und kriegten daher Bürojobs anstatt Jobs, bei denen man das Gehör verlor, krebserregende Stoffe einatmete oder Finger oder andere Teile abgehackt bekam, was, vom *Guardian* unbemerkt, noch immer in vielen Bereichen der richtigen Arbeiterklasse der Fall ist. Abitur war gut.

– Warum zum Teufel machst du also die Arbeit hier? Bei mir ist das etwas anderes, ich war nie gut in der Schule, ich war immer nur gut mit denen hier (er wedelte mit seinen Pranken), ich bin ganz praktisch in dunklen Kellern, das ist alles, aber warum suchst du dir nicht eine anständige Arbeit?

– Ich schaue mich um, Fred, aber es ist nicht so einfach.

– Schwachsinn. Erzähl mir nicht son Mist. Ich habe dich nicht für einen Jammerlappen gehalten, du weißt genausogut wie ich, daß du schon morgen eine gute Stellung kriegen könntest, wenn du's wirklich versuchen würdest. Wir sind hier in London zum Teufel, und nicht in Jarrow oder so was. Nimm's mir nicht übel, aber so langsam glaube ich, du bist ein fauler Sack, Kumpel, das ist die Wahrheit.

Allmählich wurde es gefährlich. Wenn Fred beschloß, daß er mich nicht mochte, dann könnte er auch beschließen, morgen jemand anderes mit in die Bank zu nehmen. Ich war mir nicht sicher, ob er entschied, wer mitging, aber es war möglich. Selbst wenn er mich mitnahm, würde es schwieriger werden, wenn er mich nicht mochte, da der ganze Plan davon abhing, daß er mir vertraute.

– Ich sag dir was, Fred, sagte ich. – Du hast recht, und ich habe auch schon Pläne. Ehrlich. Wenn's nach mir geht, ist das hier das letzte Mal, daß ich für die Zeitarbeit jobbe. Ab morgen werden sich die Dinge ändern. Versprochen. Wirst schon sehen. Du wirst der erste sein, der es mitkriegt.

– Das gefällt mir schon besser! Ehrlich, wenn ich auch nur halb so viel Grips hätte wie du, dann würden Reggie und Ronnie für mich arbeiten, und nicht umgekehrt!

Bei dem Gedanken schüttelte er sich vor Lachen und stapfte rüber zum Empfangsmädel:

– Was hältst du davon, Liz, ich der große Boß, hä? Wie ich im Bois de Boulogne spazierengehe, mit einem Ausdruck der Unabhängigkeit...

– Hör dir das an. Wie geht's dem neuen Enkel, Fred?

Sie beugte sich vor und stützte das Kinn in die Hand, ihr Blick glitt über sein ganzes Gesicht, sie dachte mit Sicherheit, daß er ein guter Großvater sein mußte. Oder sogar ein guter Vater.

– Ein Prachtkerl.

– Ich hätte gerne Kinder.

– Is gar nich so einfach, Liz, du solltest mal sehen, was sie schon allein für die vier machen muß, von dem fünften jetzt gar nicht zu reden. Kriminell. Na ja, jetzt wo ihr Alter sitzt, er taugte nie wirklich was, ich habe diesen Simon Leefe aus mehr Scheiße rausgehauen als Houdini, Liz, aber er hat nie gelernt, mit guten Leuten zusammenzuarbeiten, bei richtig großen Jobs mitzumachen. Er ist nur so ein kleiner Fisch, er und sein Kumpel wollten mal diese großen Kupferspulen von einer großen Fleischfirma abstauben, hinter Smithfield, er dachte wohl, sie müßten Tausende wert sein, du hättest ihn hören sollen, Tausende, Fred, sagte er, als wären's Millionen, jämmerlich so was, und er und sein Kumpel, Skanky nannten sie ihn, sie schalteten den Strom zu dieser Fabrik ab und gingen rein, und gerade als Skanky sich auf den Spulen nach was ausstreckte, ich weiß nicht, nach was, da kam natürlich plötzlich der Strom zurück. Gott weiß, wieviel Tausende von Volt oder Ampère oder was weiß ich da drauf waren, für all die Maschinen, die sie dort hatten, und, na ja, Skanky, dieser Typ, der wurde einfach verbrutzelt, wie Chips, lebendig gebraten. Ein Jammer. Am nächsten Morgen fand die Firmenwache den Simon von meiner Jean, meinen Schwiegersohn, wie er immer noch dasitzt und blubbert, zu verängstigt, um auch nur einen Finger zu rühren, und Skanky lag blutend da wie ein Kebab an einem üblen Tag. Tut mir leid für Jean, armes Mädchen.

Das erinnert mich an den Plan, ich werde nervös, und mir fällt ein, daß die ersten Anzeichen des Wahnsinns darin bestehen, daß man in allem mehr als nur zufällige Verbindungen sieht. Es ist schwierig, die Gedanken an den Plan zu unterdrücken, die in meinem Kopf herumschwirren und mich zusammenschrecken lassen, und ich bin daher ziemlich erleichtert, als das Empfangsmädel den Niedrigsten der Niedrigen bei Baron Films (mich) beauftragt, Sandwiches zu holen.

– Und denk darüber nach, was ich dir über Jobs gesagt habe und so, sagt Fred.

– Mach ich, sage ich ganz ehrlich und verschwinde in Richtung Soho.

Auf der Straße sehe ich einen Typen, der gerade in einen Pornoladen verschwinden will, er geht vor dieser Tür auf und ab, die keine richtige Tür ist, sondern nur aus rot-weißen Plastikstreifen besteht, die sich im Wind bewegen, eine dieser Nicht-Türen, die extra entworfen wurden, damit arme Fetischisten einfach so durch sie hindurch verschwinden können, ohne zugeben zu müssen, daß sie sich bewußt ENTSCHIEDEN haben, hineinzugehen, durch die Türe zu ihrer privaten Hüttenwelt zu gehen. Vielleicht würde schon eine richtige Türe ausreichen, um einige von ihnen innehalten und darüber nachdenken zu lassen, was zum Teufel sie da eigentlich tun.

Ich merke, wie der Typ mich mit jeder einzelnen Faser seines Körpers vorbeigehen spürt. Vielleicht ist er ein Kinderpsychologe, der heimlich einen Stapel Kinderpornos in seiner Hütte hat, oder einer dieser Typen, die ihr Leben ruinieren, weil sie zu sehr auf das Züchtigen von Bösen Jungs oder was auch immer abfahren.

Pornos sind größtenteils genau wie diese erbärmlichen Anzeigen im *Sunday Mirror* für PHANTASTISCHE SPRITZGUSS-MODELLE von Ferraris oder Bentleys: Ein wunderschönes, maßstabgetreues Modell des Lebens. Es gibt sie, damit die Leute, die gerne einen Ferrari hätten, sich aber nie einen leisten können, und die gerne Candy Shandy ficken würden, aber nicht können, die ERSTAUNLICHEN DETAILS eines Ferrari oder von Candy Shandys Titten oder was auch immer bewundern dürfen und sich für fünf Minuten nicht wie ein Eimer voll Scheiße in einem Wohnklo fühlen müssen. Einfach ein weiteres Sicherheitsventil, um die Räder am Laufen zu halten und Mr. Bedauernswert davon abzuhalten, daß er nach Rache und Revolution schreit, weil man ihn dazu gebracht hat, daß es ihn nach Dingen verlangt, die er nie wird haben können.

Soweit, so traurig.

Aber was ist mit diesen dunklen, kleinen Pfaden und Codes, was auch immer sie sein mögen, die von dem obersten Regal bei W.H.Smith zu geheimen Unterschlüpfen in Essex führen, wo Männer Videos von Kindern drehen, wie sie gequält werden?

Wann wird Bedauernswertes zu Bösem?

Das ist für die netten Liberalen ein massives Problem, denn alle Porno-Barone sind natürlich selbst durch und durch Super-Liberale, die denken, daß alles erlaubt sein müsse. Wann entscheiden die netten Liberalen, daß der nette Liberalismus aufhören muß, nett zu sein? Genau dasselbe Problem wie mit der BNP, den britischen Nationalisten.

Kein Problem für Suzy.

Suzy ist keine nette Liberale.

Nett, aber nicht liberal.

Suzy geht davon aus, daß man, wenn sie ein paar harte Mädels mit der richtigen Einstellung zusammentrommeln würde, die Pornobarone in den Bankrott treiben könnte, nämlich indem sie drohen, die Pornofetischisten zu outen.

Weißt du, sagt sie, du nimmst einfach zehn Mädchen mit Videokameras und gut gebauten Freunden, und sie laufen einfach eine Woche lang Tag für Tag durch Soho und filmen. Kein Gesetz verbietet, Soho zu filmen, man könnte sogar einfach NUR SO TUN, ALS würde man filmen, die Kunden würden sofort weit wegrennen. Allein der Anblick der Kamera würde schon für das Erscheinen sorgen von (Fanfare):

Die Herren Angst und Zittern
Anwälte des HERRN

Es wäre natürlich anders als beim Outing von Schwulen, denn dieses Outing würde die Betroffenen UNglücklich machen, unglücklich über sich selbst:

Hier die schlechte Nachricht: Dein Leben ist wirklich nur ein Haufen Müll.

Hier die gute Nachricht: Jetzt weiß du es wenigstens.

Kannst du dir etwa »Fetishist Pride Weeks« vorstellen? Nein, natürlich nicht. Aber wer hat jemals gesagt, daß es gut wäre, immer mit sich selbst glücklich zu sein? Höchstens ein Kalifornier.

Ich kannte mal so einen stillen Buchhalter, der mit sich selbst unglücklich war, er regte sich darüber auf, daß er vor allem Angst hatte, er wollte unbedingt entscheidungsfreudiger, mutiger, dominierender und zupackender sein und all dieses Zeug, was die Erfolgsgurus immer predigen, und weil er immer schon Höhenangst gehabt hatte, entschloß er sich, mit Fallschirmspringen anzufangen, um sich mit seiner größten Angst zu konfrontieren. Es war wirklich sehr mutig von ihm, er verbrachte schlaflose Wochen, nahm ab, und dreimal brach er beim Training in Tränen aus, er mußte andauernd kotzen, und es hat ihn beinahe umgebracht, bevor er endlich zum ersten Mal mit dem Flugzeug in die Luft ging, aber letzten Endes sprang er dann doch, er überwand seine Zaghaftigkeit, ließ den Griff los und sprang ins bedingungslose Nichts. Er tat es. Jetzt ist er ein stiller Buchhalter, der einmal einen Fallschirmsprung gemacht hat und viel zu oft darüber redet.

Aber mit dir selbst nicht zufrieden zu sein ist immer ein Anfang.

Es ist ein Zeichen von konstruktiver Scham.

Wie Bradys Scham wegen seines Doggy-Fetischismus?

Er fährt jetzt mit Suzy in der U-Bahn herum, sie als Mr. Pink verkleidet.

Der Plan brodelt.

Der Tee zieht.

Solche Gedanken schwirrten durch meinen überhitzen Kopf, während ich in dem Café saß und versuchte, normal auszusehen, und auf die Sandwiches für die Empfangsmädels wartete.

Ich war mit sechs Sandwiches beladen und kam auf dem Weg zurück gerade am Soho Market vorbei, als ich einen Bekannten traf, der in Richtung Dim Sum unterwegs war und ein bildhübsches Mädchen bei sich hatte, mit wasserstoffblondem Haar und einem Mantel und Hut aus künstlichem Leopardenfell. Er ist etwa einsfünfundachtzig groß und sie nur etwa einsfünfzig, und sie mußte beinahe ihren Arm heben, um mit ihm Händchen halten zu können, während sie da so entlangschlenderten. Er stellte uns einander vor, und als erstes sagte sie mit deutschem Akzent:

– Ich weiß, was du denkst! Wenn du jemanden liebst, ist das egal, ja?

Ich mag so was. Ich treffe gerne Leute einfach so auf der Straße, es ist schön, in dieser großen, hektischen Welt noch eine kleine Welt zu haben. Ich sagte, ich würde nächste Woche mal anrufen, damit man sich für einen Drink verabreden könne, und dann gingen sie zu einem Imbißstand, und ich ging zurück zur Wardour Street und dachte, ja, schöner Tag, schöne Gegend, schöne, neue Geschichte, hier bin ich, mittendrin, und heute abend werde ich Suzy sehen, mmm, wo würdest du sonst sein wollen? Wer sonst? Ist alles ungefähr so, wie es sein soll? Ja, mein Gott, so laß ich mir das Leben gefallen.

Was also stimmt daran nicht, zum Teufel, daß du Banken ausrauben mußt und mit der Scheiß-IRA Spielchen treibst?!

Was zum Teufel wäre so schlimm daran gewesen, einfach weiterzumachen, welchen Sinn hat es, unzufrieden zu sein, will sagen, Jesus Christus, wir haben nur diese einzige Chance, wir sollten sie besser genießen, man kann ins Grab kein Geld mitnehmen, und wenn der große Buchhalter im Himmel uns hochholt und die Endabrechnung macht, stehen wir alle bei plus minus null, keiner kommt besser weg, egal, wieviele Banken er ausraubt. Was will ich eigentlich, laufe ich nur Bildern des Glücks hinterher, wie so ein Pornofreak, fummel ich vielleicht nur an einem wunderschönen, maßstabgetreuen Modell des Lebens herum, während das richtige Leben auf Rollerskates an mir vorbeirauscht?

Ich war nicht guter Dinge.

Ich mußte mitten auf der Straße innehalten und mich an ein Schaufenster lehnen, es erwischte mich wie damals, als ich auf die Ergebnisse meines HIV-Tests wartete, hin und wieder hatte ich es einfach vergessen, nicht verdrängt, sondern einfach einige Sekunden lang vollkommen vergessen, aber dann kam es zurück, Bumm!, wie wenn man im Nebel gegen einen Metallpfosten rennt, stehenbleibt und sich die Stirn reibt, sich tastend umsieht und sich fragt, was dieses dicke Metallding wohl hier mitten im Park verloren hat, und dann verliert sich der Nebel ein bißchen, der Wind treibt ihn für einen Moment auseinander, und man merkt, daß man direkt neben einem der Pfosten des Eiffelturms oder so was steht, man weiß, daß dieses kolossale Ding über einem im Nebel in die Höhe schießt, und man spürt, wie man den Boden unter den Füßen verliert.

Ratet mal, was ich dann tat.

Das ist wirklich sehr bedenklich.

Ich rannte, ich rede hier nicht von einem beschissenen Joggen, also ich rannte den ganzen Weg zurück zur Shaftesbury Avenue und bis zur U-Bahnstation Picadilly Circus, stolperte die Treppen runter, drängte mich mit einer dicken Frau mit einem dicken Koffer durch die Absperrungen und lief runter zur Picadilly Line. Dort stand ich einfach und wartete darauf, daß Suzy und Brady mit der U-Bahn durchfahren würden oder vielleicht in die Bakerloo Line umstiegen oder so, nun ja, es HÄTTE ja sein können.

Jedesmal, wenn ich irgend etwas wie einen schwarzen Anzug sah, sprang ich auf und wollte hinrennen und Suzy packen und ihr sagen: Hör zu, vergessen wir das Ganze, ich will es nicht tun, vergiß den Plan, es war nur eine verrückte Idee, bitte, laß uns jetzt ins Bett gehen und bis Mittwoch drin bleiben, hey, Suzy, wir könnten uns ein bißchen Stoff besorgen und...

Das schockierte mich.

Stoff?

Was zum Teufel dachte ich da eigentlich?

Ich starrte auf die U-Bahnkarte und zwang mich auszurechnen, wie man am schnellsten von, äh, zum Beispiel Earl Court nach Euston kam, um so wieder einen klaren Kopf zu kriegen, und dann stieg ich zurück zur Erdoberfläche und versuchte, nicht daran zu denken, daß Suzy irgendwo in London als Mr. Pink verkleidet mit der U-Bahn fuhr und ich sie nicht sehen, dafür aber jeder andere sie anglotzen konnte. Und während die anderen sie anstarrten, was sicherlich viele jetzt gerade irgendwo taten, würden sie sich alle wünschen, daß sie sie an Stelle von Brady ficken könnten.

Sagte ich ficken?

Sagte ich Brady?

Brady fickt Suzy?

Stimmt, sie würden alle denken, daß sie mit Brady ins Bett ging, natürlich würden sie das denken, denn wenn du eine Frau bist, ziehst du dich NICHT wie Mr. Pink an und fährst den ganzen Morgen mit Mr. Wichsgesicht herum oder wofür Brady sich auch immer halten mag, wenn du nicht auch mit ihm ins Bett gehst, oder?

So würden es die Männer und Frauen auf der Straße sehen.

Es wäre nur die natürliche Schlußfolgerung.

Und Suzy war ziemlich scharf darauf gewesen, ihn zu begleiten.

Ziemlich scharf?

Es war ihre gottverdammte Idee!

Dieses Mal diente mir ein Laternenpfahl als Stütze, da meine Beine sämtliche Kraft verloren hatten. Nur mal angenommen, sie unterhielten sich auch über Heroin, genau wie wir es getan hatten? Nein, das wäre in Ordnung, Brady ist nie auf Drogen abgefahren, er hatte einmal etwas gesnieft und dann behauptet, er hätte davon Grippe bekommen, der Idiot, also würden sie in der Richtung nichts gemeinsam haben. Autos? Nein, Brady versteht von Autos noch weniger als ich, was bedeutet, er versteht gar nichts davon, und außerdem ist er der schlechteste Fahrer der Welt. Brady könnte Geld damit verdienen, wenn er mit einem Schild herumfahren würde, auf dem steht: SCHÜTZE DICH VOR MIR UND NIMM DEN ZUG, er fährt wie ein alter Bauer vom Arsch der Welt, er sitzt dick und fett mit gespreizten Beinen hinterm Steuer und hat eine Hand stets auf der

Schaltung und ständig eine Zigarette zwischen seinem Zeige- und seinem Mittelfinger.

Der fette Arsch.

Er hat einen großen Schwanz.

Nein, wirklich, er hat ein Gerät wie ein Zugpferd, und ich habe es bisher nur im Ruhezustand gesehen, Gott allein weiß, was es in ausgefahrenem Zustand mißt. Brady mußte mit einigen nicht so groß gebauten Mädels Schluß machen, weil er nicht richtig reinkam, wie er mir sagte. Ich glaube es ihm. Größe mag unwichtig sein, aber Brady ist ein Spezialfall, ich habe selbst mal umgekehrt Probleme gehabt, mit dem Verschwinden meiner kleinen Karotte in einem großen schwarzen Loch, als ich mit einem Stallmädchen von 182 cm zu tun hatte, und daher weiß ich, daß Leute manchmal einfach nicht zusammenpassen.

Suzy und ich passen wunderbar zusammen.

Aber was ist, wenn Suzy herausfindet, was Brady für einen Riesenschwanz hat?

Jesus Christus, das ist lächerlich, sie ist nur nett zu Brady, um der Gang zu nutzen.

Yeah.

Yeah UND weil sie mir, MIR, zeigen will, wie sie in Männerklamotten aussieht, weil sie will, daß ICH in meiner Hose abspritze.

Wie ein kleiner Junge?

Klein!

Es machte sie an, sich zu verkleiden, doch wen macht das nicht an? Geschlechtertausch.

Machte sie so was auch mit diesem TYPEN, wer auch immer er ist?

Aber sie ist nicht mit dem Typen zusammen, du Idiot.

Nein, sie ist mit dem verdammten Brady zusammen.

Was, wenn sie jetzt scharf wird, wo sie mit Brady zusammen ist, es ist ein heißer Tag, was, wenn sie einen trinken gehen und es damit endet, daß sie Zigaretten austauschen, was, wenn er sie fragt, ob sie mal kurz nach draußen gehen will? Würde sie auch so schnell ihren flachen Bauch gegen seinen Schwanz pressen? Würde sie sehen wollen, was mit seinem Riesenschwanz passiert, wenn sie das tut?

Lächerlich. Sie weiß noch nicht einmal, daß er so einen großen Schwanz hat, wie könnte sie das also wollen?

Aber was ist, wenn es einfach passiert? Sagen wir, Suzy will ihn einfach abknutschen und ihr Ding mit ihrem Bauch machen, weil es ihr einfach Spaß macht, und dann stellt sie plötzlich fest, wie groß sein Schwanz ist, wenn er anfängt, sich aufzustellen.

Würde er sich aufstellen?

Natürlich würde er, es ist ein Schwanz, und jeder Schwanz würde steif werden, wenn sich Suzys Bauch daran reiben würde.

Langsam, langsam, ich mußte sie immerhin fragen, erinnerst du dich, sie machte nicht den ersten Schritt, sondern ich.

Wird Brady das tun?

Fährt Brady auf sie ab?

Natürlich tut er das, der Arsch. Er hat das alles in die Wege geleitet, er wollte, daß sie heute morgen mitgeht, deswegen hat er das ganze Theater gemacht, er war nur eifersüchtig auf mich, er will sie nur bumsen, weil sie mit mir bumst, das ist der Grund, Jesus Christus, ich schwöre bei Gott, daß ich diesem verfluchten Arschloch die Eier abreißen und in sein verdammtes Maul stecken werde...

Ich versuchte, die Vision zu verscheuchen, wie Suzy vor Brady niederkniet und seinen riesigen Schwanz in den Mund nimmt.

Ich wußte nicht, daß man tatsächlich mit den Zähnen knirschen kann, aber man kann es.

Ich tat es jedenfalls.

(Ian Paisley: Und an diesem Tag wird es sehr viel Gejammer und Zähneknirschen geben.

Älterer Mann: Entschuldigen Sie, Mr. Paisley, aber ich habe keine Zähne.

Ian Paisley: Zähne werden zur Verfügung gestellt!)

Das wäre es also, Suzy ist bestimmt jetzt in diesem Moment mit Brady im Bett.

Die, die davon leben, daß sie herumficken...

An dieser Stelle wäre ich beinahe von einem schrecklich alten Fiesta überfahren worden (ein passender Tod?), und ich wachte auf und stellte fest, daß ich (a) direkt vor Baron Films stand und (b) daß ich gerade verrückt wurde. Also beschloß ich, meinen Kopf in einen Eimer kaltes Wasser zu stecken, bevor er explodierte.

Ich kam gerade von den Herrentoiletten zurück und fühlte mich bereits besser, als mir klar wurde, daß das als ziemlich eigenartiges Verhalten interpretiert werden konnte. Als ich nach oben kam, sagte Fred allerdings:

– Wieder den Kopf in kaltes Wasser gesteckt? Ich hab noch nie so einen Typen wie dich gesehen, was Überhitzung angeht.

Also stellte sich heraus, daß ich mich nur normal verhielt.

Das beunruhigte mich.

War ich immer so seltsam?

Daß ich mich seltsam verhielt, war vielleicht meine Art normal zu sein.

Fred kam mir wieder zur Hilfe, denn er brachte den *Standard* und zwang mich, mit ihm die Stellenanzeigen durchzugehen und zu gucken, was ich alles tun könnte, wenn ich nur aufhörte, herumzuloosen und statt dessen meine Talente nutzte. Während er sie vorlas, sah ich ihm zu, wie er mit seinem dicken Finger Zeile für Zeile entlangfuhr, und ich dachte

(a), daß ich ihn wirklich mochte und wünschte, er wäre mein Onkel oder so, und

(b) daß ich mir sicher war, daß wir morgen mit ihm fertig werden würden.

Lustig: Während ich Fred ansah und mir überlegte, wie man es am besten anstellte, wurde es alles unwichtiger, als strahlte Fred dieses Gefühl aus, daß man immer irgendwie zu Rande kommt, auch wenn man wie er sein ganzes Leben mit einem Bein im Gefängnis gestanden hat. Er hatte sicher nie eine Hypothek bekommen oder in die Rentenkasse eingezahlt, er hat wahrscheinlich sogar nie ein anständig erworbenes Auto besessen, und doch stand er hier und hatte seinen Job und seine Freunde und seine Stories und sogar schon fünf Enkelkinder, und bei seiner Beerdigung würden mehr Leute auftauchen als bei den Typen, die in Milton Keynes in Bungalows wohnten, und das anschließende Totenmahl wäre viel aufregender.

Also ist es gar nicht so wichtig, was mit dir passiert, ob du in Pentonville oder im Himmel der Mittelschicht landest, solange du weiterkommst und die wesentlichen Dinge erledigst, zum Beispiel, daß du die richtigen Leute gut behandelst und irgendwann Enkel bekommst und Armeen von Freunden hast und Respekt genießt und bei jedermann für gute Laune sorgst und den Leuten ein paar gute Geschichten lieferst, die sie später über dich erzählen können.

Da ist es wieder, das gute, alte Lagerfeuer.

In dem Moment beschloß ich, daß ich mit Suzy fünf oder sechs Kinder haben wollte und für den Rest meines Lebens an einem Ort wohnen wollte und nie von Job zu Job wandern wollte, und es war mir egal, wo es war, solange es wert war, Zuhause genannt zu werden.

Und trotzdem erkannte ich sie kaum, als ich sie das nächste Mal sah.

Um zehn vor eins konnte ich der Versuchung nicht widerstehen, unter dem Vorwand kurz frische Luft zu schnappen, nach draußen zu gehen, um herauszufinden, ob Suzy wirklich da war, und sie war da, pünktlich auf die Minute, Brust raus, Kopf hoch und in diesem businessmäßigen, weich fallenden, braunen Tweedkostüm, das bis zu ihren Knöcheln reichte, und dazu noch eine Perücke mit glattem, dunkelblondem Haar und eine Aktentasche in der Hand. Miss Upper-Middle-Class, wie sie dieses und jedes Jahr in der Stadt zu finden ist.

Sie sah direkt durch mich hindurch, als sie vorbeiging, was natürlich vollkommen richtig war, es war dumm von mir gewesen, überhaupt rauszugehen, aber es verschaffte mir doch eine Gänsehaut, es erinnerte daran, daß wir letzten Endes ganz allein sind auf dieser Welt.

(Die Deutschen reden gerne über diese Dinge. Die Spanier sehen es als offensichtlich an und halten es daher für Unsinn, noch darüber zu reden. Du darfst dir jetzt aussuchen, was du tiefsinniger findest.)

Zehn Minuten nach eins kam Janey Herzberg klappernd die Treppe herunter und zischte an uns vorbei.

Ich ging nicht nochmal nach draußen.

Ich traute mich kaum aufzuschauen, als Janey um halb drei vom Mittagessen zurückkam, nicht daß es ihr aufgefallen wäre, sie schwebte durch die Empfangshalle hindurch, als wäre sie ein leerer Raum. Das war typisch für sie und damit ermutigend, denn es bedeutete, daß ihr nichts Ungewöhnliches passiert war, wie zum Beispiel, daß sie von irgend jemand plötzlich auf der Straße angesprochen worden wäre, und diejenige so getan hätte, als sei sie eine Freundin einer Freundin, und Janey ihr nicht geglaubt hätte. Das wäre passiert, wenn Suzy es versaut hätte.

Für den Rest des Nachmittags saß ich nur herum, wand mich und rauchte Zigaretten und wünschte mir, daß es mehr zu tun gäbe. Ich versuchte, nicht an die IRA und an all die anderen Dinge zu denken, die mit dem Plan schiefgehen konnten, und ich ermunterte Fred, von seinen Enkelkindern zu erzählen.

Um fünf Uhr hatte ich all den Mist über Brady und Suzy vergessen, ich konnte mir nicht einmal mehr vorstellen, warum ich jemals so etwas gedacht hatte. Ich war ganz versessen darauf, herauszufinden, was mit Suzy und Janey Herzberg abgegangen war, aber ich wollte sie auch einfach nur sehen, als hätte ich die Batterie für meinen Herzschrittmacher bei ihr liegenlassen und als würde ich einfach umfallen und zusammenschrumpfen, wenn ich ihn nicht bald zurückbekäme.

Es war natürlich alles in Ordnung, Suzy bumste nicht mit Brady, ich wußte es in dem Moment, als ich sie sah.

Ich wußte es natürlich sowieso, doch nur wie wenn man zwar weiß, daß man nicht im Lotto gewonnen hat, aber trotzdem die Zahlen vergleicht, doch als ich sah, wußte ich es mit Sicherheit, frag mich nicht, warum, es war genauso, wie damals, als ich sie gefragt hatte, ob sie an die frische Luft wollte, Körpersprache, Schwingungen, Blickkontakt, was weiß ich, aber ich wußte es eben.

Sie war als Mr. Pink verkleidet, aber sie hatte ihr Hemd nach oben geknotet, um mit ihrem Bauch angeben zu können (ja, natürlich, ich hätte es wissen müssen, daß sie das tun würde). Sie sah so phantastisch aus, daß ich erschrak. Aber ich erholte mich schnell, denn ich sah, daß sie ganz in Gedanken war.

Dann sah ich, daß es allen so ging.

– Wie war es?

– Welcher Teil?

– Nun, Janey natürlich.

– Oh, wunderbar. Du hättest nicht rauskommen sollen, ich wäre beinahe krepiert, zum Teufel, aber auch egal. Hast du jemals von Auf-das-Teezimmer-Warten gehört?

– Nein.

– Muß wohl Insider-Sprache der Höhere-Töchter-Schulen sein.Wir stießen fast zusammen, und ich sagte Oh, halloh Janeyh, und sie machte die Ich-versuch-gar-nicht-überrascht-auszusehen-Nummer, und ich sagte einfach: Die Party von Ambrose? Und sie machte: Oh, Ohh, jaa, und ich sagte: Nun, es sieht ein bißchen so aus, als würde Cat ihm sagen, er kann die Angelrute wieder einfahren, und Janey lachte ganz durchtrieben und sagte: Mag wohl sein, aber ich nehme an, das ist einfach Auf-das-Teezimmer-Warten für uns, meine Liebe. Und dann ging sie.

– Hast du genug, um was daraus zu machen?

– Durchaus genug, mein Lieber, für was hältst du mich?

– Jesus Christus, das klang genau wie Janey.

– Noch nicht ganz. Ich muß nur noch ihr Gesicht hinkriegen, der Akzent kommt da her, es liegt alles an der Form des Mundes und der Nase. Ich werde es hinkriegen, jetzt wo ich sie gesehen habe. Ich muß morgen Auf-das-Teezimmer-Warten sagen, das gefällt mir.

– Was ist also das Problem? Das klingt phantastisch.

– Die Doggies sind das Problem.

– Was ist passiert?

– Nichts. Man hat uns überall gesehen.

– Is leicht für sie, sagte Chicho verdrießlich.

– Bist du so herumgefahren, mit hochgeknotetem Hemd?

– Wie? Um mein einziges besonderes Kennzeichen zu

zeigen? Ich hab mein Hemd drin- und den Bart drangelassen, wie ein braves Mädchen.

– Gott sei Dank. Äh, was ist denn dann los?

– Is nich leicht für Brady, sagt Chicho.

Wir schauen alle Brady an, und jetzt fällt mir auch auf, daß er ungewöhnlich still ist und wieder einmal eine Imitation eines menschlichen Seepferdes abgibt. Ich versuche, dagegen anzukämpfen:

– Oh. Ja, Scheiße, ich weiß, du hast verdammt nochmal die schwerste Aufgabe im Team, in gewisser Weise, denn das IRA-Zeug ist ja nicht wirklich...

– Scheiß drauf, sagt Brady, – das ist ja kein Drama. Das ist einfach.

– Die IRA is leicht für ihn, sagt Chicho.

– Ja, was für eine Sch... äh, was zum Teufel isses dann? frage ich, ich schreie beinahe.

– Es sind die Doggies, stöhnt Brady.

– Oh, Scheiße, du hast doch gesagt, die wären morgen definitiv bereit!

– Is nich so leicht für Brady, wiederholte Chicho und schwang besänftigend seine Hände.

– Was is schon leicht für ihn, Himmel-Arsch!?

Ich schaue mir Brady an. Er rutscht hin und her und stöhnt, und seine langen Beine und Arme verdrehen sich wie Spaghetti vom Planeten X, und dann bringt er es endlich zwischen geschlossenen Zähnen heraus:

– Ich bin nicht der Scheiß-Führer von dem Pack, verstanden? Ich weiß nicht, ob ich die Scheiß-Doggies dazu bringen kann, daß sie tun, was du willst, klar?! Ich hab es nicht, weißt du, dieses verdammte Charisma, Scheiße nochmal. Warum zum Teufel sollten die tun, was ich Wichser ihnen sage?

– Aber du mußt doch nur dafür sorgen, daß sie anständig saufen.

– Aber was, wenn sie in drei Teufelsnamen nicht saufen wollen?!

– Nun, äh.

Aber das war's.

Nun, was?

Was zum Teufel macht Charisma aus?

Und wenn es einer nicht hat, wie bringst du es ihm bei?

Was sorgt dafür, daß die Party den Bach runtergeht, wenn ein bestimmter Typ sie verläßt?

– Das ist eine berechtigte Frage, sagt Suzy.

– Ja, ja, das weiß ich. Schau, wir müssen versuchen, einen Charisma-Workshop zu machen. Paß auf, steh mal auf.

Brady bewegt sich nicht:

– Komm schon, steh auf, sage ich.

– Warum? fragt Brady.

– Nun, weil ich es sage.

– Und dann? sagt Brady.

– Und dann? Äh, dann, äh, ...

– Siehst du, sagt Brady.

– Is nich leicht, sagt Chicho.

– Scheiße. Äh, Suzy, probier du mal.

– Also als erstes mußt du aufhören »Äh« zu sagen, sagte sie.

– Hab ich nicht gesagt.

– Hast du.

– Hab ich wirklich?

– Yep.

– Oh, aha.

– Es ist deine Aufgabe, sagte sie. – Das ist dein Plan. Neulich warst du richtig gut.

– Ja, aber das war was anderes, das war nicht ich, das war der Plan, ich habe erklärt, wie man den Plan ausführt, ich habe nicht gesagt, tu dieses oder jenes, nur weil ich es sage, sondern es paßte alles, es war alles logisch. Zeig du's ihm.

– Was? fragte sie nach.

– Himmel! Zeig ihm, wie du Leute dazu bringst, daß sie tun, was du willst.

– Ich hab keinen blassen Schimmer, o.k.?

– Is nich leicht.

– Danke, daß du uns darüber aufklärst, Chicho. Tschuldigung. Oh, Scheiße!

Scheiße, Scheiße, Scheiße, Scheiße, Scheiße, Scheiße, Scheiße.

Ich sah Brady an. Er saß zusammengerollt in dem Sessel, wie ein großer Haufen Scheiße in einem schwarzen Anzug. Es gab nur eine Sache zu tun.

Dai Substantial anrufen.

Also tat ich das.

– Hallo, hier ist das Battersea Hundeheim, sagte Dai. Seine Stimme flötete durch den ganzen Raum, und alle bis auf Brady versammelten sich um das Telefon. Brady glotzte nur von seinem Krankenstuhl rüber.

– Dai, ich bin's.

– Das sagst du, mein Lieber. Aber wie kannst du dir da sicher sein? Also, ich denke, HIER bin ich, wer von uns hat also recht?

– Hör zu, das hier ist wichtig.

– Oh, wie langweilig.

– Ich brauche dich, damit du Brady Charisma beibringst.

– Oh. Nun, das klingt gar nicht langweilig, würde ich sagen. Ich dachte, du würdest mir wieder Geschichten von Frauen mit flachen Bäuchen erzählen.

– Was? sagte Suzy.

– Still, ich höre Engelszungen, sagte Dai.

– Habt ihr über mich geredet? fragte Suzy.

– Äh, wir, äh, ja.

– Ah. Gut, sagte sie.

– Das macht Spaß, sagte Dai.

– Is nett, sagte Chicho.

– Oh, ich vernehme jetzt das Rauschen des Mittelmeers. Ist das Pilis Bruder?

– Ist mich, ja mich, Chicho, schreit Chicho.

– Oh, Gott, sage ich.

– Kein Streß jetzt, mein Lieber, Streß stört das Immunsystem auf ganz schreckliche Weise. Ich muß es wissen. Also, erzähl Dai alles.

– Ja, gut, du weißt, daß Brady ein Doggie ist?

– Oh, ja, du hast mir von ihm erzählt. (Seine Stimme sank zu einem rauschenden Flüstern herab:) – Ist das der mit dem ungeheuren Schwanz?

– Ja, sagte ich und konnte nicht umhin, Brady anzuschauen, der mir einen mißtrauischen Blick zurückschickte.

– Nun?

– Er soll morgen, äh, zu diesem Reservoir-Dog-Treffen gehen, ja irgendwo, weißt du, und er möchte, sozusagen, das Herz und die Seele der Gruppe sein. Aber er weiß nicht, wie.

– Fick dich selbst, murmelt Brady, und er sagt noch etwas in der Richtung, daß er von einem fetten Homo sowieso keinen Rat annehmen würde.

– Halt die Fresse, du verdammter, fetter...

– Nun, ich bin ja durchaus einer, sagt Dai, – und er wird schon noch auf mich hören. Hmm. Weißt du, du bist ein ganz hoffnungsloser Lügner, Schatz, und du wirst eines Tages dafür bezahlen müssen, daß du mich hintergehen wolltest, aber ich nehme für heute einfach mal an, daß du einen guten Grund dafür hast, und lasse es dir durchgehen. Das hier ist höchst interessant. Der Mann ist ein Doggie auf der Suche nach Charisma, sagst du. Nun, das ist einfach.

– Wirklich? japse ich.

– Aber natürlich, Liebling. Charisma existiert nicht. Es ist einfach eine große Lüge, weißt du, es wurde von einflußreichen Menschen erfunden, damit wir dummen, kleinen Menschen glauben, daß es einen Grund gibt, warum wir tun, was sie sagen. Zeig mir einen Menschen, der Charisma hat, und ich zeige dir einen Menschen, der mit Status und Macht geboren wurde und weiß, daß er immer darauf zurückgreifen kann, oder jemanden, der sich in die Gesellschaft von Menschen eingeschmuggelt hat, die Status und Macht haben. Es hängt natürlich davon ab, wie hoch man auf der Leiter der Gesellschaft und der Evolution steht; bei den fortgeschrittenen Eingeborenen meines Heimatortes Cwmdoom bedeutet Charisma zum Beispiel, daß man viele Tätowierungen und eine abgesägte Schrotflinte hat, während es in meiner gegenwärtigen Position darum geht, wie nah der Abonnementssitz an der königlichen Loge ist und wer neben einem sitzt, aber es reduziert sich immer auf dieselbe Formel: Macht und Status. Nimm mich, Schatz (nicht daß du das tätest, aber da haben wir's), meine Anzahl an weißen Blutkörperchen mag bedenklich sein, aber mein Charisma-Level bei den Strichjungen in Covent-Garden ist jenseits der Bemessungsgrenze, sie kleben förmlich an meinen Lippen, jetzt, wo sie daran gewöhnt sind, mich in Gesellschaft der reichen und berühmten Drag Queens zu sehen. Ich muß mich andauernd daran erinnern, daß das nicht immer der Fall war, damit ich nicht anfange zu glauben, ich sei Gott. Oder nimm Hitler: Hitler kriegte seinen Sold von der deutschen Armee, als er sich einen Namen machte, und jeder wußte, daß er einflußreiche Freunde hatte. Das ist sehr hilfreich, um Gehör zu finden, mein Schatz.

– Dai, bitte, was hat Hitler damit zu tun?

– Vielleicht nicht viel, aber was ist mit Meister Tarantino?

– Was? Quentin Tarantino?

– Wie? japst Brady und nimmt ganz plötzlich wieder menschliche Gestalt an.

– Was ist mit ihm? fragte ich.

– Gib mir das Scheiß-Telefon! schreit Brady, und er geht einfach durch Suzy und Chicho und mich und durch Stühle und Tische hindurch und greift sich den Hörer.

– Hier ist das Sorgentelefon der fetten Homos, flötet Dais Stimme.

– Tschuldigung, sagt Brady ins Telefon und wird rot. (Die Scham wieder, diese ihn rettende Eigenschaft!)

Dann hörte Brady zu.

Er verdrehte die Augen.

Seine Augen tanzten Tango.

Er wurde rot und sagte:

– Ja, äh, Yeah, yeah, yeah, yeah!

Und er legte den Hörer auf und drehte sich zu uns um und war vollkommen verändert:

– Ich muß nach Camden. Dai hat die Krawatte, die Tim Roth in Reservoir Dogs getragen hat! Er wird sie mir für morgen leihen. Sie hat noch das Bühnenblut drauf! Jesus Christus und Gott im Himmel!! Hey, und wißt ihr was?

– Was?

– Er sagt, er kann allein an meiner Stimme erkennen, daß ich einen riesigen Schwanz habe! He, he! Bin in zwei Stunden wieder da.

Und damit rannte er raus.

Wir gingen auch nach draußen und sahen zu, wie er in Richtung der U-Bahnstation Goldhawk Road verschwand und dabei Mülltonnen umstieß, als wären sie leere Getränkedosen.

– Glaubst du, das stimmt? fragte mich Suzy.

– Is wahr, sagte Chicho zu Suzy und zeigte ihr mit den Händen, wie groß.

– Ich meine die Krawatte, sagte Suzy.

– Weiß nur Gott, sagte ich. – Aber er möchte daran glauben, und Dai wird dafür sorgen, daß er es tut. O.K. Verdammt, wo waren wir stehengeblieben?

Mein Kopf fühlte sich an, als wäre er einfach voller Watte. Ich wollte mich am liebsten irgendwo hinsetzen und für eine Weile nur vor mich hinstieren.

– Chichos Kleidung? sagte Suzy.

– Ach, stimmt, sagte ich.

– So ein schönes Anzug! sagte Chicho selbstgefällig.

– Armani, is sehr schön. All die Polizei denken, Oh, so reiche spanische Mann. Is gut für anblubbern. Is leicht für mich.

– Gut, sagte ich, hey, kommt, wir gehen einen trinken.

– Auto, sagte Suzy.

– Hä? Ach Gott, ja. Was ist passiert?

– Is leicht für uns, sagte Chicho.

– Komm! sagte Suzy, und die beiden packten mich, nahmen mich in die Mitte und marschierten in Richtung Goldhawk Road. Ich fühlte mich, als hätte ich kein Skelett, es war nicht einfach nur Erschöpfung, es war mehr als das: Es war die plötzliche Erleichterung darüber, daß jemand mich einfach irgendwo hinführte, der wußte, wohin wir gingen und was dort los war, und ich daher nur einfach mitgehen mußte. Es war, als würde man mit einer Gruppe von Leuten in ein Auto steigen, die du nur ein bißchen kennst und die losfahren, ohne daß du genau weißt wohin, irgendwo in einen Club, aber es ist ein schöner Abend, und du hast Geld in der Tasche, und die Musik ist gut, mit einem Baß, der die Plastikteile des Autos zittern läßt, und wie du so die Lichter und die Häuser vorbeiziehen siehst, ist es wie ein Film mit einem Soundtrack, und du bist der Hauptdarsteller in dem Spielfilm heute abend, MEIN GROSSES LEBEN, und dann reicht dir vielleicht jemand einen Joint, und du lehnst dich einfach zurück und denkst, mmm, yeah, genießen, genießen, genießen.

Irgendwann (es waren nur ungefähr hundert Meter, aber es fühlte sich so gut und so weit an) dachte ich, daß ich besser wieder die Führung übernehmen sollte:

- Was geht hier ab, hey, habt ihr das Auto schon selbst besorgt oder was?

- Sehen wir so bescheuert aus? sagte Suzy.

- So schönes Plan, sagte Chicho. - Wir machen es nicht kaputt.

- Fahren wir zu Supaservice?

- Ja.

- Habt ihr euch schon mit ihm getroffen?

- Is leicht für uns.

- Habt ihr bereits alles abgemacht?

- Ein Gewicht, das von deinen Schultern genommen ist, sagte Suzy.

- Is leicht für dich jetzt, sagte Chicho und klopfte mir auf den Rücken.

- Hallo Geschäftskollegen aus dem Bezirk W12, sagte Mr. Supaservice und sprang wie üblich hinter einem Auto hervor. - Ich gratuliere Ihnen, Mr. Milchgesicht, zu der Qualität Ihrer Geschäftspartner. Das sind Leute, mit denen ich was anfangen kann. Kommt mit Supaservice und schaut euch an, was das schreckliche Wochenende euch so gebracht hat.

Und er öffnete mit einem Schwung sein extrabreites Garagentor.

Und da war er.

Eine richtige 1A-Zuhälterkarre.

Ein weißer Mercedes mit Heckflossen.

Zwei Stunden später wurde ich mit meinem Gesicht in den billigen Kunststoff eines Autositzes gedrückt, der noch von seinem vorherigen Gast warm war, und wurde irgendwohin gefahren, ich hatte keine Ahnung wohin, außer daß es für mich möglicherweise das Ende der Straße bedeuten konnte.

12. Die Wunderwirkung von Prozac

Ich versuchte zu vermeiden, die Krumen einzuatmen, die in dem warmen Plastik des Autositzes klebten. Ich konnte spüren, wo genau vor noch zwei Minuten der warme Arsch von dem Wichser gewesen war, der mich jetzt festhielt. Die Stoßdämpfer waren ziemlich im Eimer, und ich konnte über die Reifen jede kleine Unebenheit der Straße hören.

Daß so etwas passieren würde, hatte ich in dem Moment vermutet, als ich in *The Queen's Head and Artichoke* reinlatschte, da in der Nähe der Great Portland Street, und Fergal F. Fitzpatrick mich angrinste:

- Hi! Da bist du ja!

Es war natürlich unwahrscheinlich, daß alles so nett und freundlich bleiben würde, und ich wußte, daß ich recht gehabt hatte, als er sofort aufstand und sagte:

- Bist du fit? Will sagen, keine Eile, weißt du, wenn du willst, kannst du gerne erst ein Glas trinken, aber wenn du soweit bist, dann laß uns gehen.

- Warum warten? sagte ich freundlich und entspannt, und er antwortete:

- Stimmt, warum auch, antwortete er, aber sein Gesicht blieb nett und einladend, samt Glotzaugen und Grinsen, als es schon nicht mehr echt war, und ich wußte, daß es in Kürze wesentlich heftiger werden würde, er war sogar ein bißchen nervös, was mich sehr nervös hätte machen sollen, da Fergal sonst nie nervös war.

Ich ging wo hin, wo er nicht mehr die Oberhand hatte. Nun, was hatte ich erwartet? Ich bekam genau das, was ich wollte.

Wir stiegen hinten in einen großen Ford ein, der außerhalb des Lichtscheins der Straßenlampen geparkt war, und ich wurde sofort von sehr kräftigen Händen gepackt und mit dem Gesicht in etwas gedrückt, was (wie ich bereits sagte) eindeutig zuvor der Sitzplatz des anderen Typen gewesen war. Der Typ sagte mit einem Akzent, der nicht eindeutiger irisch war als erwartet:

– Versuchst du auch nur einmal nachzusehen, wo wir hinfahren, oder sehe ich auch nur einmal, daß du nur darüber nachdenkst, wo wir hinfahren, schmeißen wir dich aus dem Auto, klar?

– O. K., murmelte ich und spuckte einen Krümel Scheiße aus und dachte, daß es wohl kaum der Mühe wert war zu fragen, ob sie anhalten würden, bevor sie mich rauswarfen.

Ich war nun sehr froh, daß ich von Bob zwei Prozac Tabletten geschnorrt hatte, bevor ich in die Kneipe gegangen war, um Fergal zu treffen. Ich habe noch nie unter Panikanfällen gelitten, aber das hier schien keine gute Gelegenheit, um sie das erste Mal zu erleben.

Trotzdem gefiel mir das alles nicht. Mein Nacken war schon ganz steif, und ich hatte Schwierigkeiten zu atmen. Ich dachte die ganze Zeit, ich würde meine Zunge verschlucken oder nicht imstande sein zu schlucken oder was auch immer.

Es gefiel mir noch weniger, als ich mithörte, wie Fergal ein paar schwache Versuche startete, Konversation mit dem Typen zu treiben, der am Steuer saß. Er sprach vom Verkehr, zum Teufel, und dieser Typ antwortete ihm mit dem, was er verdiente, nämlich:

– Mmmm.

Der gute Fergal Fickschwanz Fitzpatrick hatte hier also nicht etwa die Oberhand, er war auch nicht einmal nahe dran, er bewegte sich einfach auf fremdem Gelände. Das gab mir zu denken, und was ich dachte, war:

Ich muß verrückt sein.

Ich will hier raus.

Ich werde ganz brav sein, ehrlich.

Suzy!!

Und dann fiel mir etwas ein, das mir idiotischerweise nicht vorher eingefallen war: daß sie, sobald sie da ankamen, wo wir hinfuhren, mit mir machen konnten, was sie wollten, daß ich ihnen dann ganz ausgeliefert sein würde. Ich hatte bereits geplant und darüber nachgedacht, was ich in unseren Verhandlungen sagen würde, aber hier ging es nicht mehr um Verhandlungen, hier ging es ums Überleben.

Ich wollte zurück zu meiner Hütte und still bis morgen abwarten und dann Suzy sagen, daß alles vorbei war, und mit ihr davonrennen und Buchhalter werden, das war alles.

Mein Blut pochte in meinen Ohren.

Soweit also das glorreiche Prozac.

Ich konnte sehen und hören und fühlen, daß wir lange auf einer vierspurigen Straße gefahren waren und jetzt nur noch dahinschlichen, es gab Verkehr und auch Leute in der Nähe, Lichter in anderen Farben wurden von dem Seitenfenster reflektiert, und wir waren wieder in einer stark bevölkerten Gegend, ich konnte sogar hören, wie Leute sich anschrien und lachten.

Ich fühlte mich wie ein Sünder in der Hölle, gerade mal nur durch eine unzugängliche Türe vom Himmel getrennt.

Dann entschied ich, daß das meine letzte Chance war. Wenn sie mich fertig machen würden, dann hätte ich hier eine bessere Chance als da, wo sie mich hinbringen wollten, also versuchte ich herauszufinden, wie meine Situation genau war, damit ich wußte, ob ich es jetzt gleich riskieren mußte oder nicht.

– Das ist Schwachsinn! schrie ich. – Ich komme mit einem gottverdammten Angebot zu euch und werde wie ein Stück Scheiße behandelt!

Mein Wutausbruch endete (oder vielmehr: endete vorzeitig) damit, daß mein Mund noch fester in das Plastik gedrückt wurde. Aber jetzt sprach der unbekannte Typ auf dem Fahrersitz, er hatte diesen sanften, irischen Akzent der Iren vom Land:

– Wenn ich du wäre, würde ich keinen Mucks machen. Weißt du, mein Kollege da hinten denkt nämlich, du bist ein faules Ei, ein Spitzel, verstehst du?

Ich glaubte ihm, das kam nicht überraschend, ich hatte gewußt, daß das ein Problem sein würde, aber ich antwortete:

– Du meinst damit, er kann sogar denken? Wahnsinn!

Also gut, der Zweck dieser Aktion war, daß meine Worte dafür sorgen würden, daß der Typ hinten mich mit Sicherheit schlagen wollte, und wenn er es tat, dann bedeutete das entweder, daß er tun konnte, was er wollte, was für mich Scheiße wäre, oder daß der Typ vorne ihm sagte, er solle mich schlagen, was für mich mit ziemlicher Sicherheit totale Kacke bedeuten würde.

Wir bewegten uns immer noch langsam durch den Verkehr, ich sah die orangenen Lichter eines Zebrastreifens, die von dem blauen Kunststoff an der Tür reflektiert wurden. Ich hatte mich entschieden, daß ich, wenn ich geschlagen werden sollte, warten würde, bis wir wieder schneller werden würden, aber nicht zu lange, und dann wollte ich plötzlich aufspringen und den Fahrer von hinten packen, damit wir irgendwo gegen fuhren oder zumindest die Aufmerksamkeit auf uns ziehen würden. Ich nahm an, daß diese Leute Aufmerksamkeit nicht besonders schätzten, ich dachte, daß, wenn wir ein anderes Auto rammen oder eine Vollbremsung machen würden oder es mir gelänge, ein Fenster kaputtzuschlagen, sie mich eher gehen lassen würden, als daß sie riskierten, wie die Leute sahen, daß in dem Auto ein Kampf abging. Es ist schwierig, auf engem Raum jemanden zu packen zu kriegen, und ich nahm an, daß ich eine realistische Chance hatte, wenn es mir gelingen würde, sie zu überraschen.

Aber ich wurde nicht geschlagen.

Der Typ vorne lachte sogar, was bedeutete, daß er der Boß war und daß er nicht zulassen würde, daß der Typ hinten mich schlug. Ich holte tief Luft und entschied mich, nichts zu tun, außer mich darauf zu konzentrieren, möglichst überzeugend und cool zu sein, wenn wir erst einmal dort anlangten, wo wir hinfuhren.

Der Wagen fing bald an zu rumpeln und wie verrückt zu hopsen, ich hörte etwa ein halbes dutzend Mal, wie der Auspuff aufsetzte, als wir so dahinhoppelten, die Federn quietschten und die Sitze krachten, der Motorenlärm wurde von irgendwas zurückgeworfen, aber nicht auf dieselbe Weise, wie als wir an Betonmauern vorbeigefahren waren. Dann hielten wir an, und der Fahrer zog langsam und sorgfältig und endgültig die Handbremse, so als hätte er gerade seine Fahrprüfung beendet und wäre sich ziemlich sicher, daß er bestanden hatte, und mir war klar, daß wir genau da waren, wo er uns haben wollte.

Es gab draußen jetzt kein Licht mehr, das Glimmen der Armaturen schaffte es gerade noch bis zu mir. Dann wurde der Motor abgeschaltet, und es war alles sehr dunkel und sehr still. Ich fragte mich, ob sie mich einfach erledigen würden, ohne mir überhaupt eine Chance zu geben, etwas zu sagen, und zum letzten Mal in dieser Nacht sagte ich mir, Nein, warum sollten sie das tun, schau, das ist genau, was du wolltest, du hast das geplant, du bist der Fahrer, auch wenn deine Fresse mit warmem Plastik vollgestopft ist, eigentlich sitzt du am Steuer, wo auch immer wir jetzt sind.

Wie sich herausstellte, waren wir im Wald.

Überraschung, Überraschung.

Nach zehntausend Jahren wurden solche Dinge, Geheimnisse und Verschwörungen und Morde und so weiter immer noch da vollzogen, wo es immer schon passiert war, nachts im Wald. Nun ja, warum etwas ändern, das funktioniert?

Ich nahm an, daß sie auch Spaten zum Buddeln dabei hatten.

Ich fing an zu beten, daß Prozac auch als Stopfmittel wirkte.

Fergal und der Boß stiegen aus, während der andere Typ hinten mich immer noch nach unten drückte, und dann wurde ich halb aus dem Auto rausgelassen, halb rausgestoßen. Die Fahrertür war offen, in dem grünen Dunkel leuchtete das gelbe Lämpchen über den Vordersitzen meterweit. Meine Augen hatten sich bereits an das Dunkel gewöhnt, da ich über eine halbe Stunde in dunkelblaues Plastik gestarrt hatte, und ich sah mir die beiden an, während ich meine Kleidung und mein Rückgrat wieder in Ordnung brachte. Eine große, weiße Eule flog in unglaublicher Lautlosigkeit über uns hinweg, und wir zuckten alle zusammen. Ich hörte, wie die andere Hintertür mit einem billigen Klicken zuschlug, und die trockenen Piniennadeln knisterten, als der Typ um den Kofferraum des Autos herumstapfte und stehenblieb. Der Wagen quietschte leise, ich nahm an, daß der Typ seinen warmen Arsch gegen eine Heckseite lehnte, aber ich drehte mich nicht um, es hätte nichts gebracht.

– Gib mir eine Zigarette, Fergal, sagte ich. Der Klang meiner Stimme verlor sich unmittelbar in den Bäumen.

Wieder die gesellschaftliche Macht von Zigaretten.

Ich konnte Fergal anweisen, mir eine zu geben, es war eine so geringe Anweisung, daß er kaum hätte nein sagen können, aber trotzdem war ich es, der ihm eine Anweisung gab, es schaffte klare Verhältnisse. Wenn er nein gesagt hätte, wären sie noch viel klarer geworden, nur mit umgekehrtem Vorzeichen, aber ich merkte, daß er mich ängstlich beobachtete, als würde ich auf irgendeine seltsame Weise auch sein Schicksal entscheiden, nein, nicht sein Schicksal, aber seinen Status, ich war sein Prachtexemplar bei dem Wettbewerb der Hundezüchter, aber einer, der möglicherweise vor dem Richter zusammenbrechen und es für ihn vermasseln könnte, und daher gab er mir, ohne zu zögern, eine Zigarette und zündete sie für mich an, und jetzt war ich der Boß von uns beiden. Ich zeigte ihnen, daß ich rauchen konnte, ohne zu zittern.

Ich blickte den Boß an.

Er blickte zurück, er hatte es nicht eilig. Er erinnerte mich an jemanden, er war ungefähr fünfzig, trug eine Kunststoffbrille mit nur sehr dünnen Gläsern, war sauber rasiert und hatte ein kleines Gesicht, das ein wenig zu fett war, und kurzes, aber dichtes, sandfarbenes Haar. Seine Arme hatte er über einem dicken Pullover verschränkt, einem handgestrickten, wie man sie in Donegal oder in Geschäften wie *The House of Frazer* findet. Er trug eine Cordhose und billige Schuhe von Clarks. Ein bißchen sah er wie ein Schuldirektor aus, wie Alan Bennett oder so.

Nur daß die Augen hinter diesen fast überflüssigen Gläsern sehr klar und ruhig waren, fast lächelten, aber mit dem distanzierten Licht der Gewißheit, und mir war klar: Nichts konnte diesen Mann berühren, das war einer, der gerne über Menschen richtete, ein Mann mit einem Gewissen aus Teflon, das war ein Mann, der genau wußte, wo sein Stamm auf ihn wartete, und der sich seines Platzes am Lagerfeuer vollkommen gewiß war. Solange es ein paar hitzige, rebellische Studenten in Dublin gab, ein paar verlorene Iren der zweiten Generation in London, ein paar Typen, die sich nicht vorstellen konnten, ihre Gewehre niederzulegen und Buchhalter zu werden, und den einen oder anderen irisch-amerikanischen Politiker, der es nicht unterlassen konnte, die Karte auszuspielen, die da hieß Fick-die-Briten, solange würde dieser Mann irgendwo ein Bett haben und ein Publikum und ein Vaterland. Kein Abkommen, keine sauber verabredeten Vereinbarungen werden ihm je genügen, seine Hütte ist vollgestopft mit nicht verhandelbaren Auffassungen, in ihr hängt eine grelle Glühbirne absoluter Forderungen. Wenn er sich jemals von jemandem trennt, mit dem er jetzt zusammen ist, so wird es zum Nachteil des anderen sein, nicht zu seinem, denn er weiß ohne jeden Zweifel, daß er allein die Flamme der Wahrheit hütet. Er beurteilt alles, was er tut, in diesem reinen, unirdischen Magnesiumlicht und sonst nichts, und wenn er mir nicht glaubt und ich hier nie mehr wegkomme, wird er keine Minute Schlaf wegen der Erinnerungen an diese Nacht, diesen Wald, das Blut, die Spaten und die feuchte Erde verlieren.

Und jetzt sprach Alan Bennett:

- Was hat dich dazu gebracht, das erste Mal mit unserer Bewegung zu sympathisieren?

Fergal lächelte aufmunternd.

- Die Musik, sagte ich. - Aber jetzt bin ich kein Sympathisant mehr.

Fergal wurde bleich.

- Ich verstehe, sagte Alan Bennett.

- Der Warmarsch hier denkt also, ich bin ein Spitzel.

- Gütiger Himmel, hustete Fergal.

Jetzt drehte ich mich um. Der Warmarsch war in Wirklichkeit viel kleiner, als ich geglaubt hatte, während er mich noch in den Rücksitz drückte, aber er sah durchaus gefährlich aus, er hatte eines dieser platten, bleichen, fast grünweißen Hochhausgesichter, fettiges, schwarzes Haar über dem Kragen, billige, formlose Jeans und einen bedruckten Polyesterkragen über seinem T-Shirt. Er hatte helle, blaue Augen, die mich haßerfüllt anstarrten. Ich war mir sicher, daß er unter seinem Hemd tätowiert war, und klassifizierte ihn gleich als Messerstecher, er hatte so was Schnelles, Schnittiges an sich.

– Nun, sagte Alan Bennett, du mußt zugeben, daß die Idee, unsere Dienste zu erkaufen, etwas ungewöhnlich, ja, man könnte durchaus sagen, beleidigend für uns ist.

– Einhunderttausend wären eine komische Beleidigung.

– Einhundertfünfzig, dachte ich.

– Richtig.

Wir handelten bereits. Das gefiel mir.

Alan Bennett sprach wieder und beobachtete mich dabei:

– Mmm. Das ist schon eine Menge, eine Menge Sammelbüchsen, eine ganze Reihe von riskanten, kleinen Banken-Jobs. Und du kommst über gute Verbindungen. Fergal vertraut dir. Er sagt, du wußtest schon vor Jahren genug, um uns Schwierigkeiten zu machen, aber Michael hier (er deutete auf den Messerstecher, der ganz offensichtlich nicht Michael hieß, denn ich drehte mich um, und es war ganz klar, daß er zunächst nicht wußte, von wem die Rede war) hat angemerkt, daß es ja auch so etwas gibt wie Langzeitdeckung. Also, du verstehst unser Problem. Und natürlich auch deins. Aber ich denke, das wird sich alles klären, wenn du uns dein Angebot erläuterst und ich dann eine Entscheidung treffen kann. Also?

Darauf hatte ich gewartet.

Es war eigenartig, seit Alan Bennett mein Anfangsgebot korrigiert hatte, war ich plötzlich ziemlich selbstbewußt. Es war mein Plan, ich hatte ihn ausgedacht, und ich war mir seiner sicher. Ich war überzeugt, daß die Rationalität jetzt den Sieg davontragen würde, Rationalität und Verhandeln waren ein und dasselbe, der Ursprung von Rationalität ist Verhandeln, und so wartete ich nur darauf, ihnen mein Angebot erläutern zu können und dabei ihre Gesichter zu beobachten. Ich nahm einen langen Zug und sagte ihnen, was ich von ihnen wollte, und schaute sie dabei genau an.

Es war all das arschgewärmte Plastik wert.

– Das ist alles? fragte Alan Bennett unwillkürlich.
– Das ist alles, sagte ich.
Jetzt gab es eine angenehme Pause.
– Warum?
– Ich glaube nicht, daß ihr das wissen müßt.
– Hey, komm schon, alter Junge! sagte Fergal. – Das ist alles verdammt seltsam, und er versuchte, es so darzustellen, als sei es nur ein Witz, daß ich so hart war.
– Ihr müßt sonst gar nichts über mich wissen, ich will auch nichts weiter über euch wissen. Alles, was ich von euch will, ist das, was ich gesagt habe, und wenn die Sache klappt, bekommt ihr hundertfünfzigtausend, und du kannst sie nach Dublin weiterleiten und der gefragteste Mann in der IRA-Kommandozentrale sein oder es für deine eigenen Aktionen behalten, das weiß ich nicht und will ich auch nicht wissen. Wenn es schiefgeht, kriegst du nichts, und ihr habt nichts riskiert. Ich biete euch eine einseitige Wette an.
Alan Bennett dachte nach. Die anderen warteten ab.
– Es paßt zu gut, sagte der Messerstecher.
– Nicht zu gut, sondern nur sehr gut, sagte ich. Ich war mir jetzt sicher, daß der Messerstecher nichts ohne das Nikken von A. B. tun konnte, und A. B. war hinter seiner dünnen Brille ernsthaft mit Nachdenken beschäftigt. Er sah mir fest in die Augen und sagte:
– Die Idee hat ihre Vorzüge, das muß ich zugeben. Du scheinst dein Geschäft zu verstehen. Mal überlegen, wenn wir dich in der Zukunft... um einen kleinen Gefallen bitten würden, vielleicht ein wenig persönliche Unterstützung als Teilzahlung?
Einfache Frage. Ich wußte, wenn ich jetzt auch nur so aussah, als wollte ich ja sagen, würde er sich sicher sein, daß ich eingeschleust werden sollte und daß alles nur ein geschickt vorbereiteter Trick war, und Mickey Messer

würde ES LEBE DIE IRA in meine Leber gravieren, bevor ich noch Zeit hätte, »abgemacht« zu sagen. Also schüttelte ich sehr deutlich den Kopf und blickte ihm fest in die Augen:

– Ich will nur das, was ich gesagt habe, und ich biete euch nur gebrauchte Schweizer Franken und DM an, nicht mich und nichts anderes.

– Ah, ja. Und doch kennst du Fergal, und ich glaube, du kanntest auch die Witwe von Sean Doherty, und zwar sogar sehr intim. Du warst in der Vergangenheit an unserer Sache interessiert, oder jedenfalls hast du den Eindruck gemacht. Erlaube mir, daß ich ein bißchen verwirrt bin, ja? Gehe ich recht in der Annahme, daß, obwohl dies hier, wie du sagst, nur ein geschäftliches Angebot ist, du grundsätzlich noch auf unserer Seite bist?

Das ist ganz klar die entscheidende Frage des Abends. Ich weiß es, weil Fergal meinen Mund anstarrt, als könne jederzeit etwas Überraschendes oder Schreckliches rauskommen, er traut sich nicht, mir in die Augen zu sehen, so wichtig ist die Antwort. Aber sie mußten so etwas fragen, und ich wußte, was ich antworten würde; ich sah Alan Bennett ins Gesicht, und er wußte, daß ich etwas vorbereitet hatte, also gab ich nicht vor, es gerade erfunden zu haben, sondern ich sagte es langsam und deutlich:

– Ich würde meine Position als wohlwollende Neutralität bezeichnen.

Alan Bennett schaute mich an, und dann prustete er los.

Das Prusten stieg hinauf zu seiner Nase und warf seinen Kopf zurück und verwandelte sich in ein Lachen. Ein richtiges, lautes Lachen in der Nacht, in diesem Wald. Er löste seine verschränkten Arme, rieb sich mit Zeige- und Mittelfinger die Nase und sah mich über seine Brillengläser hinweg an. Es war immer noch nicht genug, er stemmte die Hände in die Seiten, schüttelte den Kopf; er schlug sich sogar auf die Schenkel, er mußte wegschauen, ich merkte, daß er daran dachte, wie oft er diese Geschichte noch seinen Freunden in der militärischen Abteilung der IRA erzählen würde oder so.

Der einzige Haken war, daß ich nicht wußte, wie diese Geschichte enden würde.

Er verschränkte seine Arme wieder, senkte für eine Minute sein Kinn auf seine Brust und starrte ins Leere. Dann richtete er den Blick wieder auf mich, stützte sein Kinn in die Hand und sagte:

– Wohlwollende Neutralität ist gut, das gefällt mir, wohlwollende Neutralität. Es hat einen schönen historischen Beiklang. Von wem hast du das?

– Von mir, sagte ich.

– Sehr gut. Also dann ist es wirklich nur Geschäft. In gewisser Hinsicht ist das ganz gut, obwohl wir nicht in erster Linie eine wirtschaftliche Organisation sind. Man kann diese Aktion natürlich als wirtschaftliche Kampfhandlung rechtfertigen, und jede Kampfhandlung ist letztendlich sowohl politisch als auch wirtschaftlich. Verbrechen ist Verbrechen ist Verbrechen, alles ist politisch. Hmm, das ist alles sehr, sehr interessant.

Er sieht mich immer noch an. Das tut auch Fergal, aber sein Blick ist leer, alle seine Sinne sind jetzt bei seinen Ohren, er wartet darauf, was Alan Bennett sagen wird. Ich höre, wie der Messerstecher sein Gewicht auf dem Wagen verschiebt. Das ist im wahrsten Sinne des Wortes der entscheidende Moment.

– Gib dem Mann eine Zigarette, während ich nachdenke, Fergal.

Fergal tut es.

Ich mag den Ton dieser Mir-eine-Zigarette-geben-Sache nicht, sie hat einen unguten historischen Beiklang. Spaten und Löcher und so.

Plötzlich rieche ich mich selbst, nicht den angenehmen, pfeffrigen Geruch, den man beim Sex ausströmt, sondern einen kalten, sauren Geruch, wie der Mief einer U-Bahn, die gerade noch mit Büroarbeitern vollgepackt war, die in der Rush-Hour nach Hause fuhren und deren Mischgewebe ein ungünstiges Mischverhältnis aufwiesen. Der Geruch von Streß, der der Geruch der Angst ist. Aber es gibt schlichtweg überhaupt nichts, was ich dagegen tun kann, und so nehme ich die Zigarette und lasse mir von Fergal Feuer geben.

Nach dem ersten Zug fühle ich mich so wie nur einmal zuvor in meinem Leben, als ich irgendwo in den walisischen Bergen allein unterwegs war und mir den Knöchel gebrochen hatte. Ich fühlte mich gut, weil ich gerade einen Specht beobachtet hatte, ich war noch nie in meinem Leben so nahe an einem Specht drangewesen, und dann hatte ich zugesehen, wie die Sonne langsam unterging, und ich rannte den Berg hinunter und fühlte mich großartig, einfach nur, weil ich existierte, und dann versuchte ich, über eine Hecke am Rande eines Waldes zu springen, wo die Felder wieder anfingen, und ich landete in dem Graben auf der anderen Seite und hörte, wie mein Knöchel auseinanderplatzte wie eine Gewehrsalve. Ich spürte für einige Sekunden einen so intensiven Schmerz, daß es mir einfach den Atem nahm, ich konnte nicht Luft holen, geschweige denn schreien, ich lag einfach nur da und schaute zum Himmel auf. Ich war eigentlich ganz ruhig und dachte, nun gut, du kannst mit einem gebrochenen Knöchel nicht gehen, aber du mußt gehen, denn sonst mußt du hier bleiben und wirst erfrieren oder patschnaß werden und eine Lungenentzündung bekommen, und die Schmerzen werden auch bald viel schlimmer werden, wenn der Schock vorbei ist, und so fing ich an zu gehen. Das Lustige war, daß es nicht weh tat. Also, es tat natürlich höllisch weh, bei jedem Schritt, den ich tat, schrie ich auf, aber es tat nicht auf eine menschliche Weise weh, es war mehr animalisch, da mich niemand hörte und mir niemand helfen konnte, es war einfach nur ich und der Schmerz und das Weitergehen, aber der Schmerz zählte einfach nicht, mein Gehirn war abgeschottet. Vielleicht war es nur der Schock, aber ich erinnere mich sehr klar, vielleicht ist es auch so, daß das, was wir Schmerz nennen, mit anderen Menschen zusammenhängt und mit Ungerechtigkeit, und daß wir irgendwo ganz tief in unserem Innern glauben, wenn wir nur laut genug schreien, Mammmi, in der Nacht, Mammimammimammimammi! in unseren Wohnklos, daß dann irgend jemand kommen muß, ja muß. Es waren etwa eineinhalb Meilen bis zum nächsten Haus, glaube ich, und ich mußte über Sträuche klettern und alles mögliche, und als ich endlich dort war, ließ mich diese alte Frau rein, und ich sagte:

– Äh, ich glaube, ich habe mir den Knöchel gebrochen, und dann fiel ich um.

Der Arzt, der mich wieder zusammenflickte, erzählte mir eine Geschichte von einem Kollegen, der mitten im Urwald in Kenia sich selbst den Blinddarm herausgenommen hatte, da er wußte, daß er sonst krepiert wäre. Als sein Diener mit dem Landrover zurückkam und Hilfe mitbrachte, fraßen die Geier bereits den Blinddarm, und dieser Arzt lag da, mit dem letzten Fadenzug noch in der Hand, er mußte in der Sekunde ohnmächtig geworden sein, als er ihn durchgezogen hatte.

Wenn du nichts anderes tun kannst, dann tust du es einfach.

Oder du läßt zu, daß man es mit dir tut.

Du kennst doch bestimmt diese unerträglichen Dokumentarfilme über Menschen, die in einer Reihe stehen, um erschossen zu werden, in Polen, Rußland, Vietnam oder wo auch immer? Und du denkst dann immer, Jesus Christus, warum schreien die nicht einfach und rennen weg oder zerkratzen die Gesichter von diesen Schweinen oder so? Warum stehen sie einfach nur da, neben den Leichen, sind sie so blind, daß sie noch Hoffnung haben, oder was? Aber nicht Hoffnung lähmt sie und nicht einmal Hoffnungslosigkeit, es ist Sinnlosigkeit. Wenn du keinen Sinn darin siehst, kannst du dich nicht bewegen, du bleibst in deinem Wohnklo sitzen und legst den Kopf in die Vertiefung in deinem Sessel, oder du sitzt an deinem Schreibtisch und schaust mit leerem Blick auf deine Papiere, bis sie dich abholen, oder du nimmst Drogen, damit du vergißt, warum du sie genommen hast, oder du wartest einfach, bis du an der Reihe bist, zum Rand des Grabens vorzulaufen. Der Grund ist nicht, daß es so viele Wachen gibt, es ist nicht etwa so, daß du noch Hoffnung hast, was ja bedeuten würde, daß du immer noch etwas zu verlieren hättest, es ist nur so, daß du es nicht verstehst, daß es alles unmöglich ist, daß die Welt aufgehört hat zu funktionieren. Du kennst die ganze Geschichte nicht, und es fällt dir keine andere ein, die du statt dessen einfügen könntest.

Ich versuchte mich dazu zu bringen, auf die Gewichtsverlagerungen des Messerstechers zu achten, um möglichst genau herauszufinden, wie weit er entfernt war und wie weit ich mich umdrehen mußte, um ihn genau in den Solar Plexus zu treffen, und wie meine Chancen mit Fergal und Alan Bennett standen, wenn ich ihn erst einmal kaltgemacht hatte. Ich würde aufspringen und ihnen die Lippen direkt aus dem Gesicht reißen und ihnen die Zähne einzeln rausschlagen. Aber statt dessen rauchte ich meine Zigarette und fragte mich, ob sie warten würden, bis ich sie zu Ende geraucht hatte, und ich dachte über all die bösen Dinge nach, die ich guten Menschen wie Pili in meinem Leben angetan hatte, und ich entschied, daß das vielleicht sogar sowieso das Beste war, was passieren konnte, ein Messer in einem dunklen Wald.

Die Vergangenheit ist nur ein Spiegel der Gegenwart: Wenn du in der Scheiße sitzt, sieht deine Vergangenheit wie ein geradliniger Weg in die Toilette aus.

Ich ziehe gerade zum vierten Mal, als Alan Bennett sagt:

- Nun, du hast ziemlich gute Nerven.

- Die Wunderwirkung von Prozac, sage ich.

Und er lacht wieder, und ich weiß plötzlich, daß ich gerettet bin.

- Eine viertel Million, sagt er.

- Einhundertfünfundsiebzig, oder es ist Zeitverschwendung.

- Zweihundert. Du kriegst es nicht ohne uns hin.

- Gebongt.

- Gut, sagt er. - Wann brauchst du es also? sagt er.

- Heute nacht, sage ich. - Am besten jetzt gleich. (Meine Stimme hört sich an wie eine hohle Roboterstimme irgendwo aus dem Innern meines Halses.) - So wäre die Möglichkeit ausgeschlossen, daß wir es verbocken, und wir müßten uns nicht mehr vor der Geldübergabe treffen. Fergal weiß, wo ich wohne.

- Was ist, wenn er die Abmachung nicht einhält? fragt der Messerstecher.

- Fergal weiß, wo ich wohne, wiederhole ich. - Er weiß, wo meine Schwester mit meinen Neffen lebt. Und ich weiß, wer ihr seid, und bin nicht so bescheuert.

- Richtig, sagt Alan Bennett, und Fergal verteilt die Zigaretten jetzt an alle.

Rate mal, was dann passierte.

Sie lieferten nicht nur an Ort und Stelle, sie nahmen mich sogar mit zurück in die Stadt.

Wir fahren durch eine mit Ladas überschwemmte Gegend, irgendwo im Nordosten von London.

Achzumteufel, mir ist vollkommen egal, wo wir sind, wen interessiert das, ich fahre zurück, und ich habe es bekommen, und sie haben mich nicht umgebracht. Ich sitze wieder hinten mit dem Messerstecher, die Stimmung ist so eisig, daß sie nicht einmal mit Zigaretten angeheizt werden kann, bis Fergal irgendeine furchtbare Mischung aus gälisch-elektronischem Folk-Rock anmacht, um uns davor zu bewahren, daß wir uns unterhalten müssen:

– Oh Gott, sagt der Messerstecher, komm schon Fergal, das ist zu brutal, was ist das für eine Scheiße?

– Runrig oder irgend so ein Dreck, sage ich.

– Yeah, sagt er.

Er dreht sich um, und sein Blick verändert sich erst, nachdem er sich umgedreht hat, für einen Moment hatte er in der Hitze des Gesprächs vergessen, wer ich war.

– Nun, äh, tut mir leid, Scheiße, was wollt ihr denn hören, Kumpels? sagt Fergal. – Ihr könnt alles haben außer »A Woman's Heart«, das tue ich mir nicht an.

– Beethoven, sagt Alan Bennett, – die Eroica, eine revolutionäre Sinfonie, Jungs, aus einer revolutionären Zeit!

– Gott steh uns bei, sagt der Messerstecher leise.

Aber Gott war offensichtlich gerade für den Messerstecher nicht zu sprechen, und so hörten wir auf dem ganzen Weg zurück in die Stadt die Eroica, Fergal und ich und diese beiden IRA-Männer, die mich vor einer halben Stunde beinahe um die Ecke gebracht hätten, zum Teufel, und während also Beethoven aus den Fenstern dröhnte, versuchte ich, nicht zu kichern, da ich dauernd an diesen Typen denken mußte, der sich die Beethoven-Statue in den Arsch geschoben hatte, und dann ließen sie mich in der Nähe der Archway Station raus, ich setzte mich auf dem Gehweg hin und lachte in mich hinein, und dann mußte ich kotzen.

Vielleicht war es das Prozac.

Zwei, um sich gut zu fühlen, sechs für ein Koma, acht, um Lebewohl zu sagen: das Leben ist eine kostbare, kleine Sache, eine strahlende Libelle, die ständig zwischen unerträglicher Klarheit und tranceartigen Todessehnsüchten schwebt.

Ich wollte mir einen genehmigen, aber die Kneipe war voller Iren, und in der Musikbox lief gerade irgendein Rebellensong, das war mir alles zu unheimlich, und ich ging einfach wieder, gerade als der Barkeeper meine Bestellung aufnehmen wollte, er mußte gedacht haben, daß ich ganz schön im Arsch war, und vielleicht stimmte das ja auch. Ich wurde von dem eigenartigen Gefühl verfolgt, daß jetzt alles außer meiner Kontrolle war, daß jemand den Autopiloten eingeschaltet hatte, vielleicht ich, was machte das schon aus, es lief jetzt alles wie von selbst.

Als nächstes fand ich mich in einem Taxi wieder, das aus irgendeinem Grund – ich war mir sicher, daß ich dem Fahrer Shepards Bush genannt hatte – nach Kentish Town fuhr und mich vor Suzys Apartment absetzte, also klingelte ich einfach, nur um mal nachzusehen.

Ich war noch nie vorher dort gewesen, ohne eingeladen worden zu sein. Ich dachte fast, dieser Typ sei möglicherweise da, andererseits überlegte ich, was sie wohl von mir denken mußte, selbst wenn niemand anderes da war, also, äh, schließlich hätte ich nicht bei ihr vorbeigehen sollen, sondern ich sollte sie von einer Telefonzelle aus anrufen und sie wissen lassen, daß alles nach Plan lief, und dann nach Hause gehen und mich normal verhalten, wie immer, wie jeden Tag.

Hinter dem Glas der Tür erschien ein Schatten, und jemand öffnete die Tür, aber es war nicht der Typ, es war Suzy.

In dem Moment, als ich ihr Gesicht sah, war es mir komplett egal, was sie davon hielt, daß ich hier war, solange sie überhaupt über mich nachdachte.

– Ich hab es getan. Sie haben mich nicht umgebracht, sie sind dabei. Wir sind dabei.

– Gott, bist du bleich. Komm rein.

Sie stand in der Mitte des Zimmers, und dann lächelte sie und streckte langsam beide Arme seitlich aus, wie eine Vogelscheuche. Ich fühlte mich wie auf Rollerskates, ich wurde einfach hineingezogen, und ich umklammerte sie, verbarg meinen Kopf in ihrem Haar und merkte, wie hektisch ich atmete, als wäre ich gerade eine Meile weit gerannt, und ich spürte, wie mein Herz gegen ihre Brust pochte, und dann packte sie meinen Kopf und sagte:

– Laß dich ansehen, und legte einen Finger auf meine Lippen, um mich davon abzuhalten, irgend etwas zu sagen, und schaute mich an. Ich merkte, wie ihre Augen zwischen meinen beiden hin und her wanderten, ich konnte nur dastehen und zulassen, daß sie so tief schaute, wie sie wollte, meine Türen waren alle offen, ich fühlte, wie ihre Scanner bis zur Rückwand meines Kopfes durchdrangen, und dann schaute sie wieder auf die Oberfläche meiner Augen und schloß ihre und küßte mich, und so schloß ich meine auch.

Soviel also zum Thema Freiheit.

Mr. J.J. O'Connor,
Auktionator
Main St.
Castelbar
Co. Mayo
Irland

Sehr geehrter Mr. O'Connor,

Man hat mich wissen lassen, daß Sie gelegentlich mit der Übereignung von Gaststätten in der Stadt Castlebar betraut sind. Ich würde gerne jede solche Gelegenheit wahrnehmen. Senden Sie mir daher bitte Details über jegliches Angebot in dieser Richtung. Ich bin nur an einer Kneipe interessiert, die eine gute Stammkundschaft hat (keine Zigeuner), und werde (so Gott will) in Kürze in der Lage sein, in bar zu bezahlen, wenn sowohl der Gegenstand als auch der Preis akzeptabel sind. Wie ich höre, spielen Sie gelegentlich Golf mit meinem Cousin aus Achill, Sergeant Hugh Gallagher von der örtlichen Polizei.

Mit freundlichen Grüßen,
M.Brady

P.S. Westport wäre auch in Ordnung.

Snr. Jesus Maria FERRERUELA
56 c/S. Juan de la Cruz
30 Dcha
ZARAGOZA

Lieber Suso,

daß du nicht die Holzofenrestaurant verkaufst, bevor du mit drei Tagen von mir wieder hörst! Morgen ich werde in eine sehr große Verhandlung sein. Is sehr wichtig für mich! Viele kleine Küßchen für alle Familie und Freunde,
CHICHO

13. Das Spiel Verlaß-die-Erde

Es war jetzt immer noch Montagabend, aber schon spät, und Suzy und ich unterhielten uns und rauchten. Ich lag da mit meiner Wange auf ihren Haaren und zog mit meinem Finger Kreise in die weiße Samenflüssigkeit auf ihrem Schenkel. Ab und zu schaute ich nach oben, genau zwischen ihre Brüste bis zu ihren Nasenlöchern, aber die meiste Zeit guckte ich auf meinen Finger auf ihrem Bauch. Ich spürte den Schweiß in ihren Haaren an meinem Kopf, ihr Bein lag warm und sanft an meinem Rücken, und ihr Blut pulsierte weiter durch ihren flachen Bauch unter meinem Ohr.

Brady und Chicho waren fort, und alles war arrangiert, und der Plan war mir fast vollständig aus der Hand genommen.

Brady hatte etwas von Dai mitgebracht, das laut Dai Tim Roths blutverschmierte Krawatte sein sollte, und ich habe noch nie jemanden gesehen, der so glücklich war, Brady glich einem Pilger mit einem Stück von Petrus' Vorhaut oder so; jetzt hatten alle Dinge plötzlich einen Sinn für ihn, er hielt ein Stück der großen Geschichte direkt hier in seiner Hand, er strahlte einfach vor Überzeugung. Er hatte auch ein signiertes Photo von Nicholas Cage, das er aus irgendeinem unerfindlichen Grund für einen absoluten Beweis der Echtheit von Tim Roths Krawatte hielt.

Echt oder nicht echt, der Effekt war da, und insofern war sie so oder so echt, denn wenn etwas Wirkung zeigt im Leben, wie Bradys neues Selbstbewußtsein, dann ist es doch sicherlich real und ebenso echt wie ein nicht-abprallender Ziegelstein.

Chicho und ich brauchten ungefähr zwanzig Minuten, um Brady wieder auf die Erde zurückzuholen und ihn dazu zu bringen, daß er sich hinsetzte (Suzy war im anderen Zimmer und überprüfte den Ausdruck ihrer Story), und um sicherzustellen, daß er wußte, wann er seine Doggies in den Pizza-Express schleusen mußte.

Dann kam Suzy und las uns die Story vor, die sie zu unserer Deckung verfaßt hatte. Wenn irgendwas schiefging, konnte sie also so tun, als hätte sie sich als Journalistin versucht, und Chicho sei nur ein Freund, der ihr dabei half, und ich sei bloß der Insider-Kontakt, den sie aufgetan hatte. Die Story hieß:

MICHAEL WINNERS PRIVATBANK

Aber das kennst du ja eh schon alles.

Und dann zogen Chicho und Brady los, und nur Suzy und ich waren noch übrig, was durchaus seine Ordnung hatte.

Damit hatte ich angefangen, an der Stelle, wo ich meine Wange auf ihre Möse legte.

Ich dachte, wir hätten uns vielleicht gerade geliebt, und das Wort hallte durch meinen Kopf wie in einem leeren Hangar. Aber hatten wir das wirklich? Wir hatten doch sicherlich gerade gefickt?

Wie hätten wir uns lieben können, wo ich sie heute abend einfach gebraucht hatte. Ich brauchte Suzy und daß sie mich in ihren Armen hielt und mir sagte, daß sie ja da war und daß ich mich in die Erschöpfung ficken und die ganze Nacht in ihren Armen schlafen konnte, und das alles kann nicht Liebe sein, das ist Begierde und Bedürftigkeit und hat mit Liebe nicht mehr zu tun als zum Beispiel mit gemeinsamem Spaß. Wenn du etwas brauchst, dann ist es ETWAS, das du brauchst, du machst eine Person zu einem

Objekt deiner Begierde, zu einem Objekt, und du selbst bist unfrei, denn wenn du etwas brauchst, dann bist du abhängig davon, aber nur eine unabhängige Person kann lieben. Freie Menschen lieben sich, unfreie Menschen tun sich zusammen, egal, ob sie sich dessen bewußt sind oder nicht. Denn Liebe ist eine reine Wahl, ein Moment, der frei ist von allen Abmachungen und Versprechungen. Du kannst nur lieben, wenn du so frei bist, daß du jetzt aufstehen und von dieser Person weggehen könntest und dabei dennoch hoffen dürftest, mit ihr auf immer zusammen zu sein, und wenn ich jetzt von Suzy weggehen müßte, würde ich mich auf dem Boden zusammenrollen und heulen, wie kann ich also davon reden, gerade geliebt zu haben?

Eines Tages wirst du dich vielleicht an einem ruhigen, frostigen Tag an einem spiegelglatten See in den Bergen wiederfinden, mit einer blendenden, weißen Sonne, und die Welt wird so still sein, daß du die Gasventile eines Ballons würdest hören können, der meilenweit entfernt im tiefblauen Himmel hängt, und du wirst denken: Vielleicht kannst du keine Liebe bekommen, vielleicht kannst du sie nur begehren, vielleicht ist Liebe einfach nur eine Ansammlung von Linien dieser Begierde, die sich in der blauen Unendlichkeit treffen.

Und dann machte Suzy die Augen auf und schaute runter, so daß ich an ihrer Nase vorbei Blickkontakt mit ihr aufnehmen kann, und es gelingt mir, erneut Kontakt mit der Erde in Orgasmus-plus-fünf-Minuten aufzunehmen, und ich stelle fest, daß ich alleine über die Liebe und dieses Zeug nachgedacht habe, als wäre es etwas, das nur in der Schwebe hängt, unverbunden und abstrakt, was immer nur Schwachsinn ist, also rutsche ich hinauf und küsse sie, zünde eine Zigarette an, nehme Stift und Papier und beschließe, daß ich mich nicht um die Natur der Liebe kümmern muß, sondern daß ich mehr über Suzy erfahren will.

Also nehme ich Stift und Papier und spiele mit ihr das Spiel Verlaß-die-Erde.

Verlaß-die-Erde (es ist allerdings nicht wirklich ein Spiel, es funktioniert nicht, wenn man es nicht ernst nimmt) geht folgendermaßen:

Die Erde wird in Kürze zerstört werden, die Wissenschaftler wissen es schon seit hundert Jahren, die Politiker haben (überraschenderweise) zugehört, und die Menschen (eine noch größere Überraschung) haben ihre Fernseher abgeschaltet und die Einkaufsstraßen verlassen und möchten sich damit auf philosophische Weise mit dem Thema auseinandersetzen. Die menschliche Spezies hat ein Raumschiff gebaut, das eine einzige Person für immer in den Weltraum schicken kann. Es darf nur eine Person sein, denn wenn du nicht alle retten kannst, wie entscheidest du, wen du rettest? Die einzige faire Verfahrensweise ist, eine einzige Person durch eine weltweite Lotterie zu bestimmen. In der Zwischenzeit haben die Wissenschaftler diese wunderbare Maschine geschaffen, mit der es möglich ist, die Essenz von etwas zu extrahieren und in digitalen Computerspeichern aufzubewahren, in Bläschen mit magnetischer Spannung, damit du, wenn du einsam wirst, dich dort einklinken kannst und sie für dich verfügbar sind, und wenn du jemals einen bewohnbaren Planeten erreichst, kannst du diese Essenzen wiederbeleben, und sie werden von neuem erblühen.

Du hast (natürlich) die Lotterie gewonnen, du wirst die Erde ganz allein und für immer verlassen, und jetzt mußt du dich für acht Dinge entscheiden, die du mitnehmen willst.

– O.K., sagte Suzy, das ganze Universum.

– In Ordnung, sagte ich.

– Oh. Das darf ich? Ich dachte, ich wäre nur hinterlistig.

– Nein. Alles ist erlaubt.

– Aber jetzt ist nichts mehr übrig.
– Du mußt nur acht Dinge aufzählen.
– Das ist doof.
– Am Anfang ist es immer doof. Aber es wird besser.
– O. K. Machen wir weiter.

Und das waren schließlich die acht Dinge, deren Essenz Suzy mit auf ihr Raumschiff nehmen würde:

ALLES
DIE WELT
ALLES WAS ICH MAG
MEINE FREUNDE

– Bin ich da dabei? fragte ich.
– Natürlich, sagte sie.
– Na dann, sagte ich. – Mach weiter:

MEINE FAMILIE
DAS ÖKOSYSTEM
SCHOTTLAND
WALE

Wie ich bereits sagte, am Anfang wirkt es immer etwas doof.

So. Du bist kurz davor abzureisen, als das Raumschiff unglücklicherweise während der Testläufe zerstört wird. Zusammen mit der Essenz von all dem, was du schon hast abspeichern lassen. Aber die umsichtigen Wissenschaftler haben eine Sicherungskopie angelegt, die allerdings nur halb so groß ist. Du kannst jetzt nur noch vier Essenzen mitnehmen. Also mußt du jetzt nach vier Dingen suchen, die die anderen acht in Paaren für dich zusammenfassen. Siehst du, jetzt mußt du anfangen, nachzudenken. Oder vielleicht nachzufühlen.

Ich werde dir nicht sagen, was Suzy als nächstes ausgewählt hat, ich habe dir die ersten acht Dinge verraten, weil es immer ungefähr dieselben sind, egal, wer es spielt, es ist alles ziemlich offensichtlich, und deswegen erscheint es am Anfang auch so doof. Aber was passiert, wenn du anfängst, darüber nachzudenken, was für dich persönlich die Essenz von etwas ausdrückt, zum Beispiel von ALLEM oder DER WELT? Ich will es dir nicht verderben, falls du es selbst ausprobieren möchtest, und daher werde ich dir nur eines von den Dingen nennen, die Suzy ausgewählt hatte. Es war EIN NETTER CLUB.

Und du hast wohl schon erraten, was passiert, wenn du dich endlich entschieden hast (die vier dauern natürlich viel länger als die acht, und je klüger du dich anstellen willst, je mehr du versucht hast, alles mögliche in die acht reinzupacken, desto mehr ist jetzt weg, das begreift man dann sehr schnell, und desto länger dauern die vier). Ja. Das gleiche noch einmal. Der NETTE CLUB und alles andere, was du ausgesucht hast, ist weg. Jetzt mußt du es auf zwei Essenzen reduzieren, die die vier ausdrücken sollen. Eine von den beiden, die Suzy ausgewählt hat, war: AUS EINEM FENSTER AUF DAS MEER BLICKEN.

Und wieder passiert das gleiche. Jetzt ist nur noch ein winziges Raumschiff übriggeblieben, und du kannst gerade mal eine einzige Essenz mitnehmen, nicht mehr als ein halbes Dutzend Wörter, und die müssen die Essenz der zwei Dinge sein, die du das letzte Mal genannt hast. Das ist sie, die endgültige Destillierung aller deiner Begierden, Hoffnungen, Gefühle und Erinnerungen, die dir in der leeren Ewigkeit der Zukunft beistehen sollen. Die meisten Leute müssen an dieser Stelle einen Joint rauchen oder so etwas, es braucht viel, viel Zeit, und du kannst zuschauen, wie sie in sich gehen und ganz still werden, ich nehme an, das ist der ganze Zweck des Spiels.

Es ist natürlich alles Schwachsinn, auf eine Art. Man versucht herauszufinden, was mit einem los ist, wenn man allein ist, und wir sind nicht allein oder sollten es wenigstens nicht sein. Wir wurden nicht geschaffen, um allein zu sein, das große Geheimnis der westlichen Welt, das von den ganzen Phantasien über das Vorankommen überdeckt wird, besteht darin, daß Einsamkeit die Hölle bedeutet. Also ist alles, was du mit dir trägst, wenn du einsam bist, Teil der Hölle.

Andererseits ist es keineswegs Schwachsinn, denn ein Mensch mag zwar ohne andere Menschen gar nichts sein, aber eine Person ist auch wiederum gar nichts, wenn sie nicht in sich diesen heimlichen Ort trägt, eine starke Festung mit einem tiefen Graben drumherum, die jeder Belagerung widerstehen kann, wenn es denn sein muß. Du kannst die Tore nicht für jedermann offen halten, denn was für Zeremonien stünden dir dann noch zur Verfügung, wenn die Person, auf die du immer gewartet hast, angeritten kommt?

– Du meinst, was ist das letzte, woran ich denken werde, wenn ich sterbe, nicht wahr? fragte Suzy und schaute mich an. – Oder wenn du mich verläßt oder ich dich verlasse oder so?

– Kann wohl sein, sagte ich.

– Warum willst du das wissen?

– Weil ich dich kennenlernen will.

– Hast du das schon gespielt?

– Oh ja.

– Und was kam bei dir raus?

– Beim ersten Mal kam ich am Schluß auf EIN BRENNENDES LAGERFEUER IN DER FERNE und beim zweiten Mal EINE IN DER SONNE AUFTAUENDE LIBELLE.

– Und wie kam das?

Also erzählte ich ihr, wie ich einmal in den Pyrenäen war, ich weiß nicht wo, vielleicht in der Nähe von Jaca, eine

Gruppe von Pilis Freunden hatte mich mitgenommen, ich kümmere mich nie besonders darum, wo auf der Landkarte wir uns gerade befinden, wenn ich so etwas mache, und wir wanderten alle durch die furchtbar trockenen, zerklüfteten Felsen und kamen zu einem Dorf, einem ganzen Dorf mit einer schönen, kleinen Barockkirche und so weiter, etwa zwanzig Häuser, vollkommen ausgestorben, die Dächer stürzten schon ein, aber es lagen immer noch Messer auf den Tischen, und an den Wänden hingen Drucke und so weiter. Dann trafen wir auf die einzige lebende Person, eine uralte Frau, die uns erzählte, daß alle nach Saragossa, Pamplona und Barcelona gegangen waren. Die letzten zwei waren vor zwei Jahren gegangen, und sie wünschte sich, sie wäre tot. Wir zelteten dort, es war eine extrem kalte Nacht, und am nächsten Tag stand ich als erster auf, ich kletterte auf einen der Felsen über dem Dorf und fand eine Burgruine, eigentlich nur eine verfallene Mauer an einem Steilhang. Oben auf der Mauer saßen richtige spanische Geier, und im Schatten der Burg fand ich diese Libelle, ein großes, grünes, glänzendes Exemplar, das aussah wie ein Flugzeugmodell aus Titan. Sie war über Nacht eingefroren, und ich nahm sie und legte sie in die Sonne und sah über zwei Stunden lang zu, wie das Eis schmolz und sie langsam wieder zum Leben erwachte und davonflog.

Dann sagte ich zu Suzy, daß ich jetzt wirklich wissen wollte, wer dieser Typ war. Ich sagte es, bevor die letzten Worte meiner Geschichte verklungen waren, bevor Suzy aufgehört hatte zuzuhören.

– O.K., sagte sie, als hätte sie darauf gewartet. – Es ist alles sehr einfach, so einfach, wie von einer Brücke zu springen. Einfach, aber ernst. Nun: Ich war schwanger, und er wollte, daß ich es abtreiben lassen sollte, ich war nicht sicher, aber er war es, das war die Geschichte unserer Beziehung, ich war mir nie über irgend etwas sicher und er sich immer über alles. Also stimmte ich einfach zu, nur weil ich unsicher war und er nicht, ich dachte einfach, jemand, der sich bei etwas so Wichtigem so sicher ist, muß einfach recht haben, und so wurde ich es los, ziemlich spät, meine Brüste waren bereits größer geworden, sie waren wunderhübsch, ich wünschte, du hättest sie gesehen, aber danach fielen sie zusammen und sind nie wirklich wieder richtig geworden, sag jetzt nichts beschissen Doofes, ich weiß, daß es stimmt, selbst wenn es niemand bemerkt, ich merke es, und jetzt weißt auch du darüber Bescheid. Ja, und dann stellte sich heraus, daß er nicht recht gehabt, sondern einfach nur Angst gehabt hatte. Und da habe ich ihn verlassen, denn als ich erst einmal erkannte, daß er unrecht hatte und ängstlich war, hatte es vermutlich für mich keinen Sinn mehr, mit jemandem zusammen zu sein, der wie er soviel älter war, denn was ist der Sinn davon, älter zu werden, wenn man nicht auch irgendwie besser wird? Und jetzt wünscht er sich, daß ich es behalten hätte und bei ihm geblieben wäre, aber er weiß, daß ich nie zu ihm zurückkommen werde, also meldet er sich nur immer wieder, um zu sehen, ob ich irgendwie Hilfe brauche. Er ist jetzt fünfundvierzig und wird wohl nicht mehr lange zu leben haben, bei den ganzen Drogen, die er sich andauernd reinzieht. Er glaubt, daß er mein Leben beinahe ruiniert hat. Ich kenne viele Leute, die so was von sich und anderen Menschen denken, normalerweise ist es nur Blödsinn, und sie fühlen sich einfach nur gut dabei, sich wegen dem, was sie getan haben, schlecht zu fühlen, damit sie sich eher wie der Nabel der Welt vorkommen können. Aber weißt du, ich glaube, er hat sogar recht. Ich glaube, er hat mich wirklich beinahe vollkommen ruiniert, und daher denke ich viel über ihn nach, und das werde ich wohl immer tun, nicht wie früher, das ist endgültig vorbei, aber wenn ich jemals Hilfe brauche und glaube, daß er mir helfen kann, dann werde ich ihn anrufen und es ihm sagen, denn er ist mir etwas schuldig, das ist er wirklich. Willst du immer noch, daß ich das Spiel zu Ende spiele?

– Ja, sagte ich.

– Ich weiß nicht, sagte Suzy. – Mein Ergebnis klingt irgendwie zu modern, es ist wie in einem billigen Film oder so. Vermutlich liegt es daran, daß viele Menschen ähnlich denken. Das macht nichts, eine Idee ist nicht weniger wert, weil viele Leute sie haben, sondern mehr.

– Was ist es? fragte ich.

– Nun, sagte sie. – Wir essen Scheiße, atmen Scheiße und lesen Scheiße, schauen uns Scheiße an und wählen Scheiße und fühlen uns Scheiße, und wir haben keine Ahnung, warum. Fast die ganze Zeit denken wir sogar Scheiße, das einzige, was wir im Austausch für all diese Scheiße zurückbekommen, ist eine Mobilität, die es nie zuvor gegeben hat. Wir können überall hin und gelangen schneller dorthin als je zuvor, selbst wenn wir nicht wissen wohin, so können wir wenigstens noch mehr Scheiße sehen, wenigstens kennen wir mehr und bewegen uns mehr. Ich finde, das ist doch eigentlich eine gute Sache, oder? Also können wir ebenso gut auf D schalten und auf das Pedal drücken.

Und sie zuckte mit den Schultern, und ich sah ihr zu, wie sie die letzte Sache aufschrieb, und während ich ihr zusah, dachte ich an sie und Brady und Chicho und was zum Teufel uns dazu gebracht hatte, diese große Arschfickerei anzufangen, und was zum Teufel morgen mit ihnen und ihr und mir passieren würde, und ob wir wohl danach zusammenbleiben würden, ob wir zusammen in den Himmel der Mittelschicht einlaufen würden, und was ich tun würde, wenn nicht, und dann legte sie den Stift weg und schaute mich an und zuckte mit den Schultern, und ich las:

MIT WIND IN MEINEM HAAR AUTO FAHREN.

14. Mit einem 22er Dumdumgeschoß direkt zwischen die Augen

An einem Dienstag um ein Uhr mittags bereitet sich in einem eigenartig eingerichteten Apartment in Kentish Town (an den Wänden hängen lauter Kleider, und als Lampenschirm einer Stehlampe dient ein Ballett-Tutu) eine junge Frau auf einen Anruf vor.

Sie trägt ein sehr enges, rotes Seidenkleid, das ihren bemerkenswert flachen Bauch betont, und eine voluminöse blonde Perücke und Make-up, das sie für jeden Mann wie jede beliebige Frau mit einer voluminösen, blonden Perücke und Make-up aussehen läßt, was wiederum (wie sie annimmt) der Grund ist, warum so viele Männer Gefallen an Frauen mit voluminösen, blonden Perücken und Make-up finden.

Ihre Augen sind geschlossen, ihr Mund ist schottisch gespitzt und die Stirn vor Konzentration gerunzelt, denn sie will vergessen, was sie trägt, wie sie dasitzt und für einen Moment sogar, wer sie überhaupt ist, damit eine andere Person die Kontrolle über sie erlangen kann und ihre Stimme sich von ihrem Selbst löst. Jetzt hat sie es geschafft, was auch immer es ist: die Stirn glättet sich, ihre Augen, wenn sie auch geschlossen bleiben, sind entspannt und ruhig, sie haben ihren Fokus irgendwo weit hinter diesen Augenlidern gefunden. Sie wählt, und als es soweit ist, spricht sie, ohne zu zögern:

– Hallo Liebes, hier ist Janey. Schrähcklich, wenn du es wirklich wissen willst. Na ja, schau, mein Liebes: Erin-nerst du dich an Count de Gilio, der vor ein paar Tagen bei euch war? Ja. Ach, ich fand, er war gaanz süß. Nun, sein Neffe möchte bei euch vorbeischauen, und da habe ich ihm gesagt, er soll einfach kommen, ist das O. K., meine Liebe?

Na ja, mehr oder weniger jetzt gleich. Ich weiß, meine Teure, aber ich konnte einfach nicht nein sagen. Oh, er ist schrecklich. Entsäätzlich und fett und so proootzig.

(An dieser Stelle öffnete die junge Frau ihre Augen und warf einen Blick auf einen Mann in dem Zimmer, ein großer, junger, spanischer Gentleman in einem Ton-in-Ton abgestimmten Anzug. Sie lächelte über seine mißmutige Miene, aber dachte nicht einmal einen Moment daran, zu lachen oder auch nur zu blinzeln, sie war zu tief in ihre Aufgabe versunken, sie gab nicht mehr nur vor, Janey Herzberg zu sein, sie WAR Janey Herzberg.)

– Und Gott allein weiß, wo er dieses schrähckliche Flittchen aufgelesen hat, mit der er rumläuft. Warte nur, bis du sie siehst, meine Liebe. Unbeschraiblich schrähcklich. Vollkommen geschmacklos. Und der Wagen! Nein, ich werde es dir nicht verraten: Auf-das-Teezimmer-Warten, meine Liebe! Ungefähr um zwei? Wunderbar. Zum Dinner am Mittwoch? Oh, weißt du, das muß ich auf den Herd stellen und sehen, ob es gar wird, meine Teure, ich rufe dich am Nachmittag nochmal an, ja? Tschüüß!

Jetzt gibt es eine Pause in dem Zimmer, während die Frau neben dem Telefon sitzt. Sie dauert, bis der Spanier seine Finger vor ihren offenen Augen schnippen läßt. Dann kommt sie wieder zu Bewußtsein.

– Oh, Suzy is zurück! Is nich sehr leicht für dich.

– Nein, eher etwas angsteinjagend.

Er sieht sie an und setzt sich neben sie. Er zündet eine Zigarette an und gibt sie ihr. Während sie daran zieht, fischt er etwas aus seiner Tasche und legt es ihr in die Hand: eine billige, blaurote Blechfigur, ein Skelett vom Tag der Toten, ein rotes Skelett, das einen blauen Schädel in der Hand hielt.

– Is für Spiegel in Mercedes, wie die pelzige Würfel zum

Hängen. Is für uns zu sagen: Hallo Suzy, is sehr wichtig und is nich sehr wichtig.

– Danke, Chicho, sagt sie, und dann schaut sie auf zu ihm und fragt:

– Chicho, hast du Angst davor, ins Gefängnis zu kommen?

– Is Gefängnis für mich hier in diese London mit die Regen und die Kälte und kein Geld. Oder ich gehe zu meine Restaurant in Saragossa oder in Gefängnis. Is gleich für mich.

– Gut. O. K., dann sage ich dir etwas.

Und das tat sie.

*

Um halb zwei vegetiert Covent Garden in träger Habgier unter einem niedrigen, grauen, nach Regen aussehenden Himmel vor sich hin und wünscht sich eine hundertprozentig mittel- bis südeuropäische Sonne, um die kollektive Zirbeldrüse zu wärmen und die nördliche Zurückhaltung zu verscheuchen und so ein bißchen hartes Geld zu überzeugen, geschwind von der einen in die andere Hand zu hüpfen.

Der Sicherheitsbeamte am Bühneneingang des Royal Opera House in der Floral Street (er ist von Securicor angemietet, heißt George und wohnt in Wansdyke) lehnt sich aus der Tür heraus, um noch einmal einen Blick auf diesen wunderschönen, weißen Mercedes mit Heckflossen zu werfen, der dort seit fünf Minuten in zweiter Reihe parkt. Er hat so viele Jahre lang diese unnötig subventionierten Opernbesucher vor sich hinein- und hinausstolzieren sehen, daß sein Neid völlig hoffnungslos geworden ist, es ist schon fast kein Neid mehr, sondern ihn ergreift eher so etwas wie Wehmut, als er den Wagen sieht und die Insassen beobachtet, ein modisch gekleideter Südländer und seine Tusse, eine große Blondine in rotem Leder, die ihren durchtrainierten Bauch zur Schau stellt, was für ein guter Fick sie sein muß, ja, wenn man die Kohle hätte und den weißen Mercedes – Kumpel, da wirst du nie ranreichen, in der Richtung werden die maßstabsgetreuen Modellautos auf den letzten Seiten des Sunday Mirror und die traurigen Bilder auf den obersten Regalen der Zeitschriftenläden das höchste der Gefühle für dich bleiben.

Hoffentlich kriegt er von ihr den Tripper, während sie es mit ihm treibt. Oh, es hellt auf, der Regen hat aufgehört. Und hier kommen wieder diese Typen. Diese bescheuerten Reservoir-Doggies, was für ein Wichserpack, haben den ganzen Tag nichts Besseres zu tun, als wie schwule Säcke gekleidet herumzustreunen, müssen wohl von *Nag's Head* kommen, sehen halb besoffen aus, schwachköpfige Bande von Kunststudenten von St. Martin's oder so. Obwohl der eine da gar nicht wie ein Student aussieht, der Große, der Anführer, er sieht eher wie ein Maurer aus oder so. Auf ne Art is es vielleicht ganz witzig, wenn ich länger drüber nachdenke, die Anzüge sind jedenfalls ganz gut, und die Plastiksonnenbrillen sehen heutzutage auch ganz gut aus, von weit weg jedenfalls. Ah, er mag den Mercedes auch, wie? Kann ich dir nicht verübeln, Kumpel, mir gefällt er auch nicht schlecht.

– Netter Schlitten, nich wahr? sagt George.

Der große Mann dreht sich einfach nur mit seiner blicklosen Sonnenbrille zu ihm um, ebenso wie die anderen.

Glotzt mich nich so an, ihr schwulen Wichser, ich wollte ja nur ein bißchen reden. Ich bring euch noch mal um. Verdammtes Studentenpack. Pardon? Nein, Sir, darf ich einen Blick auf Ihr Ticket werfen, Sir? Oh, ja, der Eingang vorne, in der Bow Street, Sir, aber ich bin mir nicht sicher, ob man Sie jetzt noch einlassen wird, Sir, ist eine Generalprobe heute, Sir. Ihnen auch, Sir. Arschloch.

Und George wirft einen Blick auf seinen Bildschirm, um zu sehen, was auf der Bühne abgeht.

*

Im Royal Opera House sagte Brünhild eben zu Siegfried, dem Lieblingsopernhelden aller Buchhalter, daß er losziehen und ein paar Heldentaten vollbringen solle, um seine Liebe zu beweisen, und nicht zu Hause herumhängen und mit ihr Partnerschaftsaktivitäten treiben, worauf er antwortet, daß das exakt hinhaue, er sei ganz ihrer Meinung, daß es der richtige Beweis seines unsterblichen Einsatzes für die Beziehung sei, wenn er jetzt den Rhein hinunterrase, um nach Abenteuern zu suchen. Echt tiefgehendes Zeug und für Siegfried ziemlich praktisch. Das daraus resultierende Duett endet mit dem eigenartigen und historisch sich als unglücklich erweisenden »Heil, Heil, HEIL!!!«, das von einem riesigen Orchester mit einer hypertrophen Blechbläserabteilung (viktorianisches Äquivalent für den Xtra-Bass Woofer) unterstützt wird und einen solch beeindruckenden – und so unüberhörbar orgiastischen – Höhepunkt erreicht, daß das Publikum aufrecht sitzend zurückbleibt und sich blinzelnd, die Hände weiß auf den Knien, verstohlene Blicke zuwirft.

*

Fünf Minuten vor zwei biegt ein großer, schwarzer Wagen von der Russell Street ein, und der stattliche Fahrer mit Skinhead-Rasur unterbricht angesichts der zwar wohlbekannten, aber doch immer wieder unangenehm engen Allee seinen Vortrag, in dem er seinem Beifahrer einzubleuen versucht, daß dieser sich in Gottes Namen einen besseren Job suchen sollte, wo er doch so qualifiziert sei und so, und schaltet in den zweiten Gang, so daß er sich und den Wagen etwas gelassener zwischen der Hauswand und der gußeisernen Straßenlampe in Richtung Crown Court WC2 steuern kann.

Die Limousine gleitet zwischen einer weiteren Häuserwand und Straßenlampe hindurch, wo St. Margaret's Court an den Crown Court stößt, und kommt dann in majestätischer Langsamkeit direkt vor Fielding's Hotel zum Stehen, neben den Spalieren und Kletterpflanzen, die dieses unpassend schlichte Gebäude verzieren.

*

Der Anführer der in schwarzen Anzügen gekleideten Gang, die in wohl einstudierter Stille um einen großen Tisch in dem superprotzigen Pizza-Express in der Bow Street sitzen und saufen, eine große und schlaksige Figur mit extrem großen Händen und einer blutverschmierten, schwarzen Krawatte, sieht durch seine Sonnenbrille hindurch, wie die Limousine ankommt. Er grunzt irgendeine Entschuldigung, nimmt sich ein Stück Pizza, steht vom Tisch auf, stößt dabei mehrere Biergläser und Salzstreuer um, dreht sich nochmals kurz um und wirft eine Zwanzig-Pfund-Note auf den Tisch und sagt den anderen, sie sollen sich eine doppelte Runde Bier bestellen, und geht dann los. Er hinterläßt eine deutliche Lücke in der Unterhaltung, die Leere, die bedeutet, daß der Anführer verschwunden ist und alle nicht mehr so recht wissen, warum sie eigentlich da sind, und in großen Schritten geht er über die Bow Street, springt über einen Poller und balanciert ungelenk auf dem Sockel der geschmacklosen, bronzenen Tänzerinnenstatue am oberen Ende des Crown Court und hält nur kurz inne, um das Pizzastück in ihr Gesicht zu drücken und so sein Alibi weiter zu stärken, und schreitet dann auf die fünf Telefonhäuschen zu, die direkt hinter den Pollern stehen, die zu drei Vierteln den Zugang zum Crown Court blockieren. Nur drei der Telefone sind besetzt, und so wählt er eines der freien Münztelefone.

Er kann nicht umhin, einen Blick auf die Limousine zu riskieren, und es kommt zu einem kurzen Blickkontakt mit dem jüngeren der beiden Männer, die jetzt aus dem Wagen steigen. Mit neu gewonnenem Selbstvertrauen zieht er sich seine Handschuhe an und konzentriert sich darauf, diese fremdartige Stimme zu imitieren, wie Suzy es ihm beigebracht hat: Er zieht die Nase kraus, senkt das Kinn und konzentriert sich ganz auf den Bereich seiner Vorderzähne. Dann ruft er eine öffentlich nicht bekannte Telefonnummer der Paddington Green Police Station an und sagt, sie sollen Chief Inspector Attercliff mitteilen, daß sich in dem blauen Sierra Estate, der an der Ecke zwischen Bow Street und Martlet Court geparkt ist, eine 500 Pfund schwere Bombe befindet, also gegenüber der gußeisernen und verglasten Arkade von Covent Garden, und daß sie in 45 Minuten hochgehen werde, um der Regierung von Großbritannien zu zeigen, daß sich kein Echter Irischer Patriot mit weniger als allen zweiunddreißig irischen Counties zufrieden geben wird, und zum Teufel mit irgendwelchen Waffenstillständen.

Gleich darauf ruft er eine Nummer eines großen Büros an, wo ein Freund von ihm bis vor kurzem gearbeitet hat, um mit der Rezeptionistin ein kurzes Gespräch im Stile eines charmanten irischen Idioten zu führen, sie zum Lachen zu bringen, ihr den Tag zu verschönern und dafür zu sorgen, daß sie sich an seinen Anruf erinnert.

Es gibt keinen Chief Inspector Attercliff in der Polizeistation Paddington Green.

Es gibt überhaupt nirgendwo einen Chief Inspector Attercliff. Der Name bildet zusammen mit der Telefonnummer einen Code, der der Polizei klarmacht, daß es sich hier um eine ernstzunehmende Bombendrohung handelt und nicht um einen abgedrehten Witzbold. Es ist tatsächlich der zweitneueste Code, den eine Splittergruppe einer Splittergruppe der alten offiziellen IRA benutzt hat, und er wurde erst vor kurzem durch einen neuen ersetzt; es ist aber bekannt, daß er einmal aktuell war, und er ist immer noch heiß genug, um das Blut zum Kochen zu bringen. Der Zeitraum von fünfundvierzig Minuten sollte gewährleisten, daß die Polizei sich zwar beeilen, nicht aber in Panik geraten würde. Der blaue Sierra war einfach nur ein unschuldiger Wagen, der vom Schicksal dazu auserkoren war, zu diesem Zeitpunkt an dieser Stelle zu parken.

Der übergroße Anrufer tritt jetzt aus der Telefonzelle und denkt schmunzelnd an das witzige Zitat aus dem erfolgreichen Film »Reservoir Dogs«, mit dem er seine verkleideten Kumpane begrüßen wird. Während er den Crown Court überquert, kann er erneut nicht an sich halten und riskiert einen weiteren Blick in die Richtung der geparkten Limousine, und er kann erkennen, wie die beiden Männer jetzt vor dem Eingang der Bank stehen. Ein weiterer Blick zur Linken versichert ihm, daß der weiße Mercedes mit Heckflossen bereits die Floral Street verläßt und jetzt in die Bow Street einbiegt. Er fragt sich wieder, ob der Mercedes wirklich durch die Lücke zwischen dem letzten Poller und der hinteren Ecke des Crown Court hindurchpassen wird.

*

In der Zwischenzeit sind die Insassen der Limousine damit beschäftigt, mit einem prallen Geldsack durch die erste von zwei elektronisch gesicherten Türen zu gehen, die den Zugang zu der Privatbank bilden, die durch nichts weiter als das Nummernschild »No. 6 Crown Court« gekennzeichnet ist.

Drinnen in der Bank tauscht der größere, ältere und wesentlich gefährlicher wirkende der beiden Männer nette Belanglosigkeiten mit dem Sicherheitsbeamten aus, während der jüngere Mann den Leinensack mit dem Geld absetzt, heimlich einmal tief Luft holt und sich bei einer Person, die er mit Lady Caroline anspricht, in freundlicher und intimer Weise nach ihrem Befinden erkundigt. Die Dame ist eine der drei Produkte teurer Privatschulen, deren sattelgeprüfte Hintern hinter drei großen, geschmackvollen Schreibtischen thronen, die in georgianischem Stil gezimmert sind und große Summen vulgären und alarmgesicherten Bargeldes beinhalten.

Lady Caroline reagiert auf seine Frage, als hätte sie gerade eine unerwartete, unerwünschte und größtenteils unverständliche E-Mail vom Planeten Dreck erhalten.

Aber die gründliche Privat-Schulung in Umgangsformen war nicht vergebens, und so improvisiert sie trotz ihrer Verwirrung rasch eine neutrale Antwort. Ihre Verwirrung verdoppelt sich jedoch sogleich, als der junge Mann sie fragt, ob sie wohl mal Lust auf einen Drink hätte.

– Einen Drink? Sie erblaßt. Schon in ihrer Jugend war sie für wenig anderes vorbereitet worden als auf ihre Rolle als perfekte Gastgeberin (ihre Arbeit hier in dieser Privatbank verdient kaum den Namen und taugt mehr als Vorwand, um die Art von Männern kennenzulernen, die sie eventuell heiraten wollte), und so ist sie jetzt vollends orientierungslos: Man hat sie stets vor solchen Männern bewahrt, die rundheraus zurückgewiesen werden müssen, solchen Männern begegnet man einfach nicht. Aber andererseits kann man ganz eindeutig auch nicht ja sagen …

Aber Lady Carolines Kolleginnen kommen ihr zu Hilfe, indem sie ihm schlichtweg und ohne ein Wort zu verschwenden befehlen, ihnen umgehend das Geld zu bringen. Er gehorcht widerwillig, hat aber sein Ziel erreicht, nämlich einige kostbare Sekunden zu verschwenden. Er packt den Geldsack, um ihn dann versehentlich auf dem Boden auszuleeren (heute sind's hauptsächlich Schweizer Franken).

– Oh, Scheiße, sagt er.

– Also wirklich! sagen die Mädchen.

– Tolpatsch, sagt Fred und bückt sich nicht, um beim Auflesen des Geldes zu helfen.

Der junge Mann zeigt wirklich Zeichen von mentalem Streß, und das ist kein Wunder: Er kann nicht wissen, ob alles so funktioniert, wie er es geplant hat, er war den ganzen Morgen bei der Arbeit, er konnte Suzy nicht anrufen, und es wäre also denkbar, daß sie nie bis zur Bank durchkam oder in eine Schlägerei geraten war oder was auch immer, der weiße Mercedes jedenfalls müßte gerade in diesem Moment ankommen...

– Das muß er sein, sagte Joe von seinem Periskop aus.

– Janey sagte, es wäre ein entsetzlich geschmackloser Wagen, ruft Lady Caroline. – Ist er geschmacklos, Joe?

– O nein, gnädige Frau, ein wunderbarer, weißer Mercedes Cabrio.

– Oh, wie schön!

Joe blickt weiter durch sein Periskop, während die Mädels, um ihre Neugier zu zähmen, all das zusammennehmen müssen, was sie für ihre gute Erziehung halten. Sie starren gebannt auf Joe, der jetzt für sie das Auge ist. Fred schaut auch hin, allerdings ohne richtiges Interesse. Wenn irgend jemand noch Augen für den jungen Mann hätte, würden sie sehen, daß er vor Aufregung zittert, aber niemand sieht ihn an.

– Joe, hat er diese Surfboard-Dinger hinten drauf?

– Ja, gnädige Frau. Die komplette Ausstattung, würde ich sagen.

– Wie schrähcklich! Und ist dieses aufdringlich gekleidete Mädchen dabei, Joe?

– Ein richtiges Flittchen, gnädige Frau. Oh, er fährt wieder weg. Ach nein, er setzt nur ein wenig zurück, um die Ecke.

(Was zum Teufel tut sie da?! denkt der junge Mann. – Wird Brady sie immer noch sehen können? Sie sollte direkt vor der Bank parken, in direkter Sichtweite, das war der einzige Grund, warum man den weißen Mercedes eingeplant hatte, verdammt! Direkt davor! Jesus Christus!)

– Die muß ich mir einfach anschauen, ruft Lady Caroline.
– Laß sie rein, Joe, komm schon, mach!
– Wer ist das, gnädige Frau? fragt Fred.
– Der Neffe von dem italienischen Grafen. Janey sagte, daß er kommen würde.
– Ah so, sagt Fred.
– O.K., denkt der junge Mann.

Und dann öffnet sich die Tür, und Chicho und Suzy treten herein.
– Guten Morgen, Sir, sagen Joe und Fred.
– Oh, so schöne Bank! sagt Chicho.
– Sieht nicht sehr nach einer Bank aus, kichert Suzy.
– Uii! flüstern die begeisterten Mädels.

Der junge Mann, der noch immer den Sack voll Geld festhält, nimmt eine pseudomilitärische Haltung an und steht einfach da, als wolle er von niemandem bemerkt werden, was offensichtlich das Richtige für ihn ist, denn niemand bemerkt ihn.

*

Im selben Moment wird George, der Sicherheitsbeamte des Royal Opera House, von seinem Kollegen in der Sicherheitszentrale angefunkt, die sich direkt hinter den großen, hölzernen Toren des Bühneneingangs in der Bow Street befindet.

Das Royal Opera House hat in den letzten zehn Jahren fünf Bombenalarme mitgemacht, und so ist der Ablauf wohlbekannt. Die Hauptsache ist wie immer die Entscheidung, ob man das Haus sofort verschließen oder aber evakuieren soll. Das hängt von der Plazierung und der Größe der Bombe ab: Wenn Gefahr besteht, daß die Bombe die Gebäudesubstanz gefährden kann, muß das Publikum natürlich in Sicherheit gebracht werden. Aber wenn es sich nur um eine kleinere Bombe in der Nähe handelt, sind sie innerhalb des Gebäudes sicherer. George fragt nach, was dieses Mal der Fall sei, und die Antwort läßt ihm wenig Zweifel:

– Fünfhundert verdammte Pfund in knapp zwanzig Metern Entfernung? Da kann das ganze Gebäude zusammenfallen, zum Teufel! Bring sie alle raus, George, aber schicke sie um Gottes willen nicht in die Bow Street, sondern in die Floral Street und dann nach Osten. Mach die Fluchttüren auf, reiß alles auf! Die Polizei sagt, wir haben vierzig Minuten, also setz deinen Arsch in Bewegung.

*

Im Innern geht die Beleuchtung im Zuschauerraum an, während die Alarmsirenen die fetten Girlanden von Wagners Orchestration durchschneiden und alles zu einem quietschenden und kreischenden Ende bringen.

*

Gleichzeitig mit dem Alarm im Innern gehen auch die ersten Sirenen draußen im Freien an.

*

Im Pizza Express verdrehen die Reservoir-Dogs die Hälse, um besser zu sehen und zu hören.

– Eßt weiter! knurrt der Fetteste von ihnen: – Dogs sind cool.

– Yeah, sagen die andern glücklich und kauen an ihrem Tisch im hinteren Eck des Restaurants weiter an ihrem käseüberzogenen Teig, während die Leute an den anderen Tischen aufstehen und (reiner Selbstmord, wenn sie auch nur eine Ahnung hätten) zu den großen Glasfenstern gehen, um zuzuschauen, wie die staatlichen Kräfte sich mobilisieren, um ihnen das Leben zu retten.

Der Anführer der Doggies kann nur die vordere Hälfte des weißen Mercedes sehen, der im schmalen Abschnitt des Crown Court direkt neben Fielding's Hotel geparkt ist. Er knurrt vor sich hin, Suzy hätte doch verdammt nochmal darauf achten sollen, daß der Mercedes vom Pizza-Express aus deutlich zu sehen ist, man kann ihn aber nur gerade eben noch sehen, was zum Teufel hat sich die blöde Kuh dabei gedacht, ihn so fast außer Sichtweite zu parken? Wie auch immer – er steht da, und Brady kann sehen, daß er da steht, und das ist so in Ordnung. Ganz guter Belag auf der Pizza.

*

In Haus Nummer 6 Crown Court, der Bank, ist der junge Mann, der das Gefühl hat, daß Chichos und Suzys Spiel am Rande der Glaubwürdigkeit balanciert, ganz Ohr für das Ertönen von Sirenen, und daher ist er auch der erste, der sie hört. Er läßt seinen Geldsack fallen und fordert alle auf, genau hinzuhören. Das tun sie auch.

– Was? sagt Joe, der Sicherheitsbeamte.

– Hör genau hin, sagt der junge Mann. Aber jetzt kann sie jeder hören, jetzt kommen sie aus allen Ecken.

– Leck mich am Arsch! sagt der große Glatzkopf. – Was geht hier ab?

– Mach auf, Joe, laß uns nachschauen, was los ist, und der Sicherheitsbeamte tut es, ohne nachzudenken, denn es ist das Naheliegende, jeder will wissen, was hier los ist, selbst die Mädels verlassen ihre Schreibtische, fast ohne eine Spur ihrer teuren Unerschütterlichkeit. Der junge Mann rennt nach draußen.

– Was ist los, Giiiovaahnni? fragt die Blonde mit dem vollen Haar.

– Is nix, cara mia, antwortet er mit einer ausholenden, langsamen Handbewegung.

*

Im Innern des Royal Opera House verheddern sich die Musiker auf dem Weg zum Bühnenausgang, während das Publikum in Schlangen vor den Ausgängen steht und nervös mit den Füßen scharrt. Nur mit Mühe gelingt es ihnen, die alten Instinkte der Panik und Flucht zu unterdrücken. Vor dem Gebäude kommen weiße Kastenwagen mit Vollbremsung zum Stehen und spucken Heerscharen von Polizisten aus, die schnell ihre Helme befestigen und sich dann nach Anweisungen umsehen, in zitternde Funksprechgeräte brüllen und hin- und herrennen, um Gruppen von gebannt starrenden ausländischen Touristen zurückzudrängen.

Im Crown Court schnappt sich der langsam eine Glatze entwickelnde junge Mann von der Privatbank einen Sergeanten, als dieser aus dem Gebäude von Hughes-Pritchard (Buchhaltung) mit der Hausnummer 3 rauskommt und gerade zu Fielding's Hotel rübergehen will, um alle anzuweisen, entweder innerhalb der nächsten zehn Minuten das Gebäude zu evakuieren oder aber unter allen Umständen drinzubleiben.

Überall hört man schrille Feuerglocken und Alarmsirenen, und Leute in Anzügen rennen durch die Gegend, die Akten und Laptops unter den Arm geklemmt haben. Im Erdgeschoß von Hughes-Pritchard sieht man einen Mann mit Halbglatze und in roten Hosenträgern, wie er verzweifelt versucht, seine Festplatte auf Disketten zu sichern, und wie er sich dabei die Haare rauft und seinen Computer anbrüllt, er solle sich gefälligst beeilen, zum Teufel, dieses wertlose Stück Scheiße. Im Crown Court fragt unser junger Mann, was denn eigentlich los sei. Man sagt ihm, daß es sich um eine Bombe handele und daß er gefälligst sofort die Straße frei machen soll. Er brüllt zurück, daß er zwei adelige Damen in dem Geschäftsraum da drüben habe, entfernte Verwandte der Königsfamilie, zum Teufel, und einen italienischen Grafen oder so was.

Der Sergeant hält inne und denkt lange genug nach, um den Zipfel einer Chance auf Ruhmesgeschichten in den Boulevardblättern zu wittern, und sagt dem jungen Mann, er solle zwei Sekunden warten, und rast dann durch die Tür von Fielding's Hotel, sagt der Empfangsdame, daß sie in acht Minuten alle evakuieren soll, verstanden?, oder aber dafür sorgen soll, daß alle im Haus bleiben und sich von den Fenstern fernhalten. Danach läßt er zu, daß man ihn zur Türe von Haus Nummer 6 schleift, wo zwei Sicherheitsbeamte dem Geschehen zusehen.

*

Die Floral Street füllt sich mittlerweile mit Opernbesuchern, die aus den Türen herausströmen (Verkäufer mit Incentive-Abos und der Pelzadel der Hampstead-Deutschen), während die Sänger und Musiker sich gegenseitig helfen, aus den Fluchtausgängen in Kopfhöhe herauszuklettern, die sich gegenüber der kleinen Gasse befinden, wo die Gäste im *Jardin des Amis du Vin* den Burgunder und die Entrées deutlich schneller zurücklassen, als sie sie ausgewählt haben. Eine Gruppe von fernöstlichen Fotografie-Fetischisten wird mit ein wenig übertriebenem Eifer in Richtung Long Acre gescheucht.

*

In der Bank hat währenddessen der Sergeant die Situation dargelegt. Mit einer respektvollen Bestimmtheit, die er aus den Filmen über das Edwardianische England übernommen hat, fordert er dazu auf, daß das Gebäude innerhalb (er wirft einen prüfenden Blick auf seine Uhr) der nächsten fünf Minuten verlassen werde oder aber man unter allen Umständen im Gebäude verbleiben möge und sich auf den Boden lege und unter den Tischen oder anderen stabilen Einrichtungsgegenständen Schutz suche. Und man solle sich von den Fenstern fernhalten, bis man anderweitige Anweisungen erhalte.

– Laßtmichhierraaaaauuss! schreit hysterisch der Blondschopf. – Giiiovaahnni, Bringmichhierraaaaauuss!

– Also wirklich! sagt Lady Catherine, aber die Mädels sind selbst nicht besonders scharf darauf, hier herumzuliegen und auf eine Explosion zu warten. Ihre Selbstbeherrschung ist mitnichten mit der viktorianischen Originaltugend zu vergleichen, sie ist nur eine blasse und degenerierte moderne Version davon, die darauf trainiert ist, mit gesellschaftlichen Fehltritten zurechtzukommen und nicht mit tödlicher Gefahr.

– Hört zu, sagt der junge Mann mit fester und lauter Stimme, und alle drehen sich überrascht zu ihm um. – Die Limousine steht draußen, wir sollten die Damen hier wegbringen, sie wären in zwei Minuten in Sicherheit.

– Er hat recht, sagt Fred einfach nur.

– Mein Onkel ist ein Staatsminister, sagt Lady Caroline.

– Yeah, sagt Joe, der überhaupt nicht glücklich aussieht. – Ich könnte sie einfach mit dem Auto wegbringen. Ich meine, ich oder Fred.

– Es ist Freds Wagen, sagt der junge Mann, in der Hoffnung, damit Plan A zum Einsatz zu bringen.

– Mir ist egal, wer den Wagen fährt, sagt der Sergeant. – Wenn er läuft, dann ab damit. Nun?

– Einen Moment, sagt Fred und greift zum nächsten Telefon.

Alle sehen ihm zu und warten in jeweils unterschiedlicher Weise auf ihr Schicksal.

– Hallo Chef, haben Sie von der Bombe hier um die Ecke gehört? Yeah, die Polizei will, daß wir hierbleiben oder aber sofort von hier verschwinden, wie wär's, wenn wir die Damen mit der Limousine in Sicherheit bringen, und Joe bleibt hier und schließt den Laden ab? – Yeah, O. K., ich bleibe hier, und Joe fährt. Yeah, die Gegend wimmelt nur so von ihnen.

Fred legt den Hörer auf die Gabel.

– Nun, gut.

– Äh, du sagtest, ich fahre, Fred? fragt Joe.

– Ja, nur zu, sagt Fred, – der Boß will, daß ich hierbleibe, nimm's mir nicht übel, Joe, jemand muß hierbleiben, und jetzt bin's halt ich.

– Nehm ich dir nicht übel, sagt Joe schnell.

Der junge Mann wechselt zu Plan B (Codename: Fred). Er hatte von vorneherein gedacht, daß es darauf hinauslaufen würde. Fred ist genau der Typ dazu.

Dankbar nimmt Joe die Schlüssel von Fred entgegen. Der Sergeant preßt sein Funkgerät ans Ohr und sagt durch, daß eine VIP Limousine mit einer Tochter eines Staatsministers in zwei Minuten die Gefahrenzone durch die Bow Street verlassen werde. Die Genehmigung kommt praktisch sofort. Er dreht sich zu den Mädels um und verneigt sich beinahe:

– O. K., äh, gnädige Frauen. Biegen Sie rechts in die Bow Street ein und dann den Long Acre entlang, äh, meine Kollegen werden Ihnen den Weg weisen.

– Un was is mit uns? sagt der dicke Südländer in dem schicken Anzug.

– Ja, was ist mit uns, Mensch?! schreit die blonde Tusse. – Wir haben unseren Schlitten auch da draußen, den weißen Mercedes da um die Ecke, was ist mit uns?

– Oh Gott, sagt der Sergeant: – O. K., O. K., fahren Sie einfach. Alle. Auf!, und er nimmt wieder sein Funkgerät zur Hand: – Viktor drei-vier. Korrigiere die letzte Nachricht: Es kommen zwei Wagen durch, eine schwarze VIP Limousine und, äh (er macht einen Schritt vor die Tür und schaut nach links), ein weißer Mercedes mit Heckflossen. Richtig. Alles klar und Ende. Also raus mit Ihnen!

Der Spanier und das blonde Flittchen rennen dankbar raus.

Der Sergeant geleitet hilfsbereit die Mädels aus dem Gebäude und streckt den Arm aus, als wolle er ihnen ermutigend auf den Rücken klopfen, aber er traut sich nicht, sie zu berühren. Joe führt sie zur Limousine und wirft dabei nervöse Blicke auf den Crown Court, als könne man noch Deckung suchen, wenn man eine explodierende Bombe nur früh genug wahrnahm.

– Du auch, sagt Fred. Aber der junge Mann ist hartnäkkig:

– Ich laß das hier nicht zurück, Fred, ich hab verdammt noch mal dafür unterschrieben! Ich, nicht du! Ich laß nicht 153.876 gottverdammte Pfund in bar hier rumliegen, wenn ich dafür unterschrieben habe. Stell dir vor, ich bin verantwortlich, wenn irgendwas passiert! Die lassen mich das für den Rest meines Lebens abzahlen!

– Was soll dem Geld hier schon passieren? lacht Fred.

– Ist mir egal. Fred: Ich habe dafür unterschrieben. Ich bleib hier, bis ich eine anständige Quittung dafür bekommen habe, mein Lieber. Abgesehen davon (er blinzelt ihm zu), wenn ich zurückgehe, finden die noch was für mich zu arbeiten.

– Wie du willst, sagt Fred.

Der Sergeant hat mittlerweile die Mädels in den Wagen gebracht, ohne daß man ihm auch nur gedankt, geschweige denn seine Nummer zwecks späterer Belobigung notiert hätte, und kommt nun zurück und steht rachelüstern in der Tür der Bank:

– Verdammter Hochadel, zum Teufel nochmal! Also, jetzt zu euch beiden. Entweder ihr verschwindet sofort oder schließt ab und bleibt hier! Verstanden?

– Nur keine Panik, sagt Fred. – Wir bleiben da.

Allerdings hört man nun das Geschrei eines ernsthaften Ehestreits von draußen:

– Ich hab dir die Scheiß-Schlüssel gegeben!

– Du verrückte Frau, die Schlüssel sind mit dich!

– Ich hab sie dir gegeben.

– Herrgott im Himmel! ruft der Sergeant aus. – Bringt die verdammte Karre endlich da weg!

– Wir können diese beschissenen Schlüssel nicht finden! brüllt die Blonde, als hätte der Sergeant durch seine Einmischung plötzlich schuld daran, und dann bricht sie in Tränen aus.

– Gut! Das reicht jetzt! Zurück ins Haus! Und zwar sofort!!

– Aaaaaaah! schreit die Blonde.

Der Italiener verpaßt ihr einen langsamen, weit ausgeholten Schlag ins Gesicht, und sie fällt wimmernd in sich zusammen. Er wirft sie über die Schulter und schleppt sie vom Auto zurück in die Bank.

– Und jetzt bleibt ihr verdammt nochmal hier! schreit der Sergeant. – Habt ihr mich verstanden?!

– Kommen Sie, sagt Fred und hilft dem Italiener, die stöhnende Blondine in einem der Stühle an den Schreibtischen abzuladen. Der Sergeant schaut zu, schüttelt den Kopf und rennt davon in Richtung Crown Court, um dort ein paar Leute zu verscheuchen, die noch aus der *Bacchus Wine Bar* kommen. Im Laufen spricht er in sein Funkgerät und hält seinen Helm am Kopf fest.

– Also gut, sagt Fred, als er die Tür schließt und wieder reingeht.

– Hey, Fred, sagt der junge Mann. – Wirf hier mal einen Blick drauf.

– Was ist das? fragt Fred.

– Das, was draufsteht, Fred. Ein Testament.

*

Unter den Leuten, die jetzt durch die Tür des Pizza-Express ins Freie getrieben werden, befinden sich auch sechs betrunkene, junge Yuppie-Idioten, die wie Figuren aus dem Film »Reservoir Dogs« gekleidet sind und von denen jeder zwei Bierflaschen in der Hand hält. Sie haben so lange widerstanden wie möglich und damit bereits die Polizei in Rage gebracht – ihr dicker Rudelführer hat mit lauter Stimme darauf bestanden, daß Frauen und Kinder verdammt nochmal zuerst gehen sollten. Brady sieht, wie die Limousine wegfährt und wie Chicho Suzy auf dem Rücken in die Bank zurückschleppt. Er greift sich die zwei nächsten Doggies und flüstert ihnen im Befehlston zu:

– Tut, was ich tue, und dann kommen wir alle weltweit ins gottverdammte Satellitenfernsehen. Kapiert?

Würde ein Haufen betrunkener Kinofetischisten und trauriger Poseure eine Chance ungenutzt lassen, in den Weltnachrichten als Doggies aufzutreten?

Einen Scheißdreck würden sie tun.

*

In der Bank hat Fred gerade erklärt bekommen, warum dieser Typ namens James Andrew Marsden seiner Tochter Jean Leefe, geborene Kane, fünfzigtausend Pfund in seinem Testament vermachen will.

– Puh, sagt er.

– Keine Verbindung, Fred. Kein einziger Beweis. Ich zahle Jimmy die Summe morgen in bar, und er gibt kurz vor Schluß sein Geldpaket ab, ohne daß jemand weiß, wo es herkommt oder warum ein Teil davon an Jean geht, und niemand kann Jimmy fragen, weil es dann keinen Jimmy mehr geben wird.

– Der arme Teufel, sagt Fred, schüttelt den Kopf und starrt immer noch auf das Testament.

– Und ich werde dich nicht auffliegen lassen. Warum? Weil ich nicht bis zu meinem Tod in der Angst leben möchte, daß du mich eines Nachts doch findest.

– Nein, nein, sagt Fred. – Das leuchtet mir ein. Na ja, ich hatte dich nur einfach nie als den Meisterverbrecher gesehen. Sind das deine Leute, mit der Blondine und dem Mercedes? Nette Idee. Wo sind die Knarren?

– Wir haben keine.

– Wie? Keine Knarren?

– Hätten wir kriegen können: Glaubst du, ich kann das alles organisieren, aber keine Schießeisen besorgen? Aber haben wir welche? Nein. Ich will bei dir keine Knarre benutzen, Fred. Du mußt dich nur von mir in die Eier treten lassen und dir von Chicho hier ein paarmal eins auf die

Birne geben lassen, und schon hast du fünfzig Riesen für deine Jean. Warum immer den anderen helfen, hilf dir auch mal selbst! Hilf deinen Enkeln!

– Is leicht für dich! drängt Chicho.

– Sobald wir weg sind, drückst du den Knopf, ganz wie du sollst, ist doch egal, denn wer zum Teufel wird in diesem Lärm diese eine Alarmsirene mehr hören?

Fred scheint sich nicht recht entscheiden zu können:

– Nett. Aber du hättest mich vorher einweihen sollen, Kumpel.

– Ich hatte nicht gedacht, daß du mir glauben würdest.

– Ich glaube nicht an Typen, ich glaube an Pläne. Sieht so aus, als hättest du da einen ziemlich guten. Ziemlich pfiffig. Ich war nie gut im Planen, aber ich erkenne einen guten Plan, wenn ich ihn sehe. Glatt wie eine Kugel.

– Dann steig jetzt ein, zum Teufel!

– Weißt du was? Du hättest verdammt nochmal Knarren mitbringen sollen. Das Problem ist, daß keiner glauben wird, daß zwei Typen MICH einfach so zusammengeschlagen haben, oder? Hast du daran nicht gedacht? Denk mal nach!

– Wir könnten dich überrascht haben.

– Nein, niemand kann mich überraschen. Habt ihr nicht wenigstens ein Messer? Was ist mit ihm?

– Nein. Schau her, …

– Wenn du eine Knarre gehabt hättest, hättest du mir in die Kniescheibe schießen können oder so.

– Das geht schon. Du behauptest einfach, ich hätte eine Knarre gehabt.

– Nein, die werden mir nicht glauben, die werden sagen, ich stecke mit euch unter einer Decke. Die sperren mich ein, ich kenne sie. Ich kann's nicht machen.

– Fred!

– Tut mir leid, Kumpel. Ich weiß es zu schätzen, daß du

mich nicht umlegen wolltest. Ehrlich. Ich schulde dir was. Aber nicht dieses Mal. Kann sein, daß es funktionieren würde, ich weiß es nicht, ich brauche Zeit zum Nachdenken, weißt du? Ich sag es nochmal, nur noch einmal, du hättest mich vorher einweihen sollen, das ist alles, was ich dazu sagen kann, und damit basta.

*

Ich schaute Fred an, dieses Massiv aus Knochen und Muskeln, und ich wußte, daß er recht hatte. Ich hätte ihn vorher einweihen sollen, und es nutzte jetzt alles nichts mehr. Also ließ ich die Arme sinken und sagte:

– Ja. Das ist es dann wohl.

Ich drehte mich zu Chicho und Suzy um:

– Das wars.

– Und was tun wir jetzt? fragte Suzy.

– Äh, sagte ich.

– Verpfeifst du uns?

– Nee, sagt Fred. – Fair ist fair. Ihr habt mich nicht umgelegt, und außerdem leg ich niemanden rein. Ich weiß nur, daß du Count Sowieso bist und du seine Tusse und du mein Laufbursche, O. K.? Und die Kohle kommt in den Safe. Seid ihr damit zufrieden?

– Danke, Fred, sagte ich.

– Mach dir nichts draus, Kumpel. Wenn du halt nur irgendeinen Ballermann mitgebracht hättest. Man braucht für so was Schußwaffen. Ist das dein erster Job?

– Ja.

– Netter Versuch. Ich wußte immer, daß du was im Hirn hast. Das ist die Hauptsache, was im Hirn zu haben. Und Knarren. He, wenn du mal ein richtiges Muskelpaket brauchst, das nächste Mal, dann weißt du, wo du suchen mußt. Wenn du Knarren nicht magst, brauchst du richtige

Muskeln, das ist es. Nimm's mir nicht übel, aber ihr zwei, ihr habt keine richtigen Muskeln, oder?

– Yep. Danke, Fred, sage ich. Ich drehe mich um, ohne Suzy oder Chicho in die Augen sehen zu können.

Weißt du, was ich fühle?

Nicht das, was du denkst.

Ich fuhr einmal, da war ich gerade mal siebzehn, in einem vollkommen überfüllten Zug von Italien nach Deutschland, ich hatte die ganze Nacht zwischen der Toilette und den pfeifenden automatischen Türen verbracht und gerade festgestellt, daß ich mein ganzes Geld verloren hatte, und ich hatte nur diese Flasche Rotwein, und da trank ich sie einfach und teilte sie mit irgendeinem Araber, der neben mir saß. Er ging weg, und ich schlief so halbwegs ein. All die verschiedenen Sprachen um mich herum vermischten sich zu einem großen Brei von Geräuschen, und im Halbschlaf konnte ich raushören, was ich wollte. Zwei Stunden später weckte mich derselbe Araber und zog mich, ohne etwas zu sagen, hinter mir her, und so folgte ich ihm. Er schleppte mich fast durch den halben Zug bis zu einem Abteil, in dem die Vorhänge zugezogen waren und an dem ein Schild in deutscher Sprache hing, auf dem stand RESERVIERT: GRUPPE POLNISCHER NONNEN. Aber im Abteil gab es keine polnischen Nonnen, sondern nur sieben Araber, und die gaben mir einen Sitzplatz, ich fühlte mich wie ein russischer Bauer, der ausnahmsweise mal nicht geprügelt wurde oder so, ein Sitzplatz war definitiv mehr, als ich jemals verdient hätte, ich brach in Tränen aus, und diese arabischen Männer schienen genau zu verstehen, warum, sie nickten und gaben mir Zigaretten und Wein und lächelten mir zu.

So fühlte ich mich jetzt. Ich dachte, danke, zum Teufel! Ich wollte am liebsten an Freds Schulter in Tränen ausbrechen und schreien: Danke, verdammt, danke, das ist weiß

Gott mehr, als ich verdiene! Ich will nur einen ruhigen Sitzplatz und ein bißchen Kohle und das alles vergessen.

Ich wollte einfach nur zurück in meine Hütte und alt werden.

Ich hole tief Luft und schaue dem Rest meines Lebens hoffnungsfroh entgegen.

Ich werde mich morgen für eine Buchhalterausbildung anmelden, das ist jetzt klar. Fred hat recht. Ich sollte etwas Anständiges tun. He, es ist nicht zu spät: Der durchschnittliche Uniabsolvent eines kulturellen Studiengangs ist 28 Jahre alt, bevor er das anfängt, was er sein Leben lang macht. Ich bin einfach nur Mr. Durchschnitt - Gott sei Dank! Ich möchte ein Durchschnittszuhause mit einer Hypothek, ich will Hausschuhe haben und einen Strickpullover auf Abonnement für die nächsten zwanzig Jahre und eine Frau und Kinder, und ich will das alles genau jetzt!

Und dann, als Fred sich umdreht, um den Sack mit dem Geld aufzuheben und in den Safe zu legen, blickt Suzy plötzlich zur Tür, und dieser Typ kommt rein, den ich nie zuvor gesehen habe.

Er ist klein und gedrungen, in den Vierzigern, wie ein O.T.E.K.-Hippie gekleidet, mit einem langen, braunen Ledermantel und die Jeans in dazu passende Cowboystiefel gesteckt. Er sieht aus wie ein New Age-Guru aus Stonehenge, sein Haar ist ziemlich lang, rot und dick und fällt in natürlichen Dreadlocks auf die Schultern. Sein Gesicht ist vernarbt, gefurcht und von Kokain gezeichnet, und sein Blick ist T. E. A., und zwar jenseits von Gut und Böse. Seine Augen sind von seinen Gedanken leergebrannt, und sie sind eine Gesundheitswarnung der Natur, die da lautet:

Nimm dich in acht im Umgang mit dem Besitzer dieser Augen, denn was auch immer ihm im Tageslicht geschehen mag, ist nichts im Vergleich zu dem, was in jeder Nacht in seinem Kopf passiert.

Und dann schlägt er mit einer Bewegung seinen Mantel auf, die darauf schließen läßt, daß er zu viele Clint Eastwood-Filme gesehen hat, und zieht diesen verdammten Revolver mit Schalldämpfer aus dem Gürtel.

– Wer zum Teufel bist du? sage ich in einem vorsichtigen Ton.

– Ich bin der Mann aus dem Kofferraum des Mercedes, sagt er: – Hi!

– Wer zum Teufel ist das? frage ich Suzy.

– Nur so ein Typ, sagt Suzy.

Und dann sagt Fred, natürlich zu mir:

– Das ist doch schon besser! Fünfzigtausend hast du gesagt?

– Aber... sage ich.

– Beide Beine, klar? sagt Fred und hebt seinen Zeigefinger. Sechzigtausend, und ich gebe euch gut zwei Minuten Vorsprung.

– Suzy...

– In Ordnung, sagt Suzy und nimmt dem Typen die Knarre aus der Hand und gibt sie mir.

Mir.

– Auf, keiner von uns kann schießen, sagt sie.

– Eine Linie zuviel eines schönen Tages, he, du weißt ja, wie das ist, grinst der Typ mich an und hebt seine zitternde Hand.

– Du hast mir erzählt, daß du früher Hasen geschossen hast, sagt Suzy.

– Böser Mann, sagt der Typ.

– Das ist lange her. Das waren Hasen, zum Teufel. Chicho?

– Nee, nee, nee, is sehr schwierig für mich.

Das stimmt schon. Als ich ein Teenager war, habe ich auf dem Land viele Hasen geschossen; es gibt dort auch nichts anderes für Teenager zu tun, außer sich das Hirn aus dem Kopf zu saufen, Dinge zu erschießen und von Nächten in der Stadt zu träumen. Ich hörte damit auf, als ich einen Hasen mit einem 22er Dumdumgeschoß direkt zwischen die Augen traf, und zwar aus einer Entfernung von vielleicht fünfzig Metern. Seine beiden Augen sprangen heraus, sie waren herausgequetscht worden und sahen aus wie kleine grauweiße Auberginen. Wieder eine Sequenz für die Drei-Uhr-morgens-Vorstellung meiner privaten Videosammlung in meinem Kopf. Ich zwang mich damals, das verdammte Ding zu grillen und aufzuessen, da ich es eh umgebracht hatte, aber es schmeckte wie getrocknete Kuhscheiße.

– Ist schon in Ordnung, Kumpel. Paß nur darauf auf, daß du die Außenseite meiner Beine triffst, innen sind nämlich die Arterien. Schieß da und da hin. Wird super aussehen, das haben wir auch immer so gemacht. Erinnert mich an damals. Ist das eine 22er? Ja, die sollte eigentlich nicht allzu viel Schaden anrichten. Komm schon.

– Beeil dich, sonst ist Brady weg.

– Herrgottnochmal! Wer zum Teufel hat gesagt...

– He, ganz cool, Mann, sagt der Typ. Verdammter Hippie.

– Tu es! sagt Suzy.

– Is leicht für dich, sagt Chicho.

– Nein, ist es verdammt nochmal nicht.

Und dann tue ich es einfach.

Von dem Revolver kommt praktisch kein Rückstoß, und mit dem Schalldämpfer klingt es so, als würde man ein paar Chips-Tüten zerdrücken. Die Kugeln gehen direkt durch Freds Beine hindurch und schlagen in dem Schreibtisch hinter ihm ein.

Fred blinzelt mir noch zu, bevor seine Beine nachgeben und sein Gesicht sich verzerrt. Dann trifft die Meldung von seinen Beinen in seinem Gehirn ein, und seine Augen verdrehen sich, und er fällt um. Das Blut spritzt nicht wie in Bradys Filmen, sondern es sickert einfach langsam und gleichmäßig heraus. Es verteilt sich, als wäre Freds Hose aus Löschpapier, und der Fleck wird einfach immer größer.

– Das Geld, sagt Suzy, und sie und Chicho rennen zu den Tischen. Ich schaue einfach nur auf Fred und spüre, wie sich der Anblick in mein Gehirn brennt, aber es tut nicht weh, es wird kein Alptraum werden.

– Warte, sagt Fred.

– Es reicht nicht. Ich werde meine Hand so ausstrecken, als hätte ich versucht, dich aufzuhalten, und du schießt genau durch die Mitte, O. K.?

– Bist du sicher?

– Genau in die Mitte, schieß mir nicht die Finger ab oder so einen Scheiß. Da. Komm schon, Kumpel, das sind fünfzigtausend für die Kinder meiner Jean oder sieben Jahre für mich. Glaubst du, da interessiert es mich einen Dreck, ob ich mit einer lächerlichen 22er einen Schuß durch die Hand bekomme? Es ist dein verdammter Plan! Hat keinen Zweck, sich so etwas auszudenken, wenn man nicht den Mumm hat, es auszuführen.

– O. K., O. K., O. K.

Also mache ich das auch noch. Es ist mir inzwischen egal, ich ziele nur kurz und drücke sofort ab. Die Kugel geht direkt durch Freds Hand und schmettert sie zurück, als hätte sie einen elektrischen Schlag erhalten. Die Kugel schlägt in den Spiegel mit dem Goldrahmen ein, und dieses Mal spüre ich, wie Teile von Freds Hand zurückprallen und mir ins Gesicht schlagen. Ich stehe da und starre in die Reste des Spiegels, kann aber nichts sehen. Suzy nimmt mir den Revolver ab und gibt ihm dem Typen zurück, der ihn in den Gürtel seiner Jeans zurücksteckt.

Inzwischen schaut mich Fred mit einem Gesichtsausdruck an, als hätte er gerade ein Erweckungserlebnis. Er hält seine Hand fest und kippt langsam nach hinten. Das Blut quillt zwischen seinen Fingern hervor, läuft in seinen Schoß und mischt sich mit dem Blut von den Beinen auf dem Zwanzigtausend-Pfund-Teppich.

Chicho und Suzy haben inzwischen einen Sack voll Geld. Es sieht gar nicht nach so viel aus, aber so ist das eben mit Geld, und dann packt mich der Typ und schiebt mich durch den Windfang mit den schwarzen Spiegelwänden. Ich werfe wie in einem Traum einen letzten Blick auf Fred, der jetzt an die Decke starrt, nach Luft schnappt und laut zählt: achtzehn, neunzehn, zwanzig, und dann gehen wir alle vier ruhigen Schrittes zum Wagen, lachen und machen Witze und tragen dabei ganz offen den Sack mit uns.

Als wir einsteigen, entdecken uns ein paar Polizisten am Rand des Platzes und winken uns wie verrückt zu. Ich brülle zu ihnen rüber:

– Die haben uns gesagt, wir sollen hier raus, zum Teufel! Der Sergeant hat gesagt, wir kommen durch!

– Ihr hättet hier schon vor fünf Minuten verschwinden sollen, verdammt!

Eine unangenehme Situation?

Ja, aber hier kommt der Plan zum Tragen.

Denn als wir den Wagen starten, beginnt plötzlich ein Krachen von Gewehrsalven, berstenden Flaschen und zerbrechenden Fensterscheiben. In der gegenwärtigen Stimmung schneiden die Platzpatronen wie Messer durch die Luft, eine Gruppe von Typen in schwarzen Anzügen und weißen Hemden löst sich aus der Masse, die sich auf Long Acre zubewegt. Sie haben Pistolen in den Händen und

brechen durch die sich wegduckenden Polizeikordons, werfen leere Wasserflaschen durch die Gegend wie Konfetti, und ihr Anführer, ein dicker, widerlicher Riese, brüllt:
– An die Arbeit, Jungs!!

Und jeder Polizist im Umkreis von einhundert Metern geht in Deckung oder zieht seinen Revolver.

Wir fahren weiter den Platz hinauf.

– Langsam, Prinzessin, sagt der Typ. Ein paar Bullen glotzen uns an, aber Suzy winkt und ruft:

– Wir sind's!, und Chicho ruft:

– Ich habe Schlüssel gefunden! Is leicht für uns jetzt, danke Ihnen, danke!

Hinter uns höre ich, wie der Alarm der Bank angeht, aber das höre ich nur, weil ich genau hinhöre, denn, wie im Plan vorgesehen, kreischen jetzt überall Sirenen und klingeln Alarmglocken aus allen Ecken. Ich drehe mich nicht um, sondern starre nur auf dieses eigenartige Ding, das Suzy an den Rückspiegel gehängt hat, ein Skelett aus blauem und rotem Blech.

– Einundvierzig, zweiundvierzig, dreiundvierzig, sagt der Typ.

Doch niemand interessiert sich für uns, als wir bei den Polizisten am Rand des Crown Court ankommen, fast alle sind an der Schlägerei in der Bow Street beteiligt, wo Helme, Schutzschilde und Knüppel durcheinanderfliegen. Ich höre sogar, wie Brady brüllt:

– Laßt mich verdammt nochmal los, ihr abgewichsten Scheißpenner!,

und ein paar der Polizisten drehen sich um und schreien:

– Bringt den verdammten Mercedes hier raus!, aber sie

halten uns nicht an, denn sie wissen, daß ein weißer Mercedes hier durchkommen soll. Sie haben den Wagen schon vor Ewigkeiten registriert, er war schon da, als sie ankamen - wie könnten sie auch so einen Wagen vergessen? Einige von ihnen hatten gesehen, wie Chicho Suzy ins Gesicht schlug und sie in die Bank schleppte, wie könnte jemand vergessen, wie ein vom Glück gesegneter Südländer eine Blondine mit so einem flachen Bauch verprügelt?

Ganz wie geplant.

Und jetzt gleiten wir langsam zwischen den Pollern hindurch, und der Wagen biegt nach rechts in die Bow Street ein, wo Polizisten herumbrüllen und auf den Haufen von kämpfenden Typen zurennen und uns durchwinken und nervös zum Bombenauto rüberstarren.

Ganz wie im Plan. Chicho dreht sich um und grinst:

- Is leicht für uns. So eine schöne Plan!

- Fünfundfünfzig, sechsundfünfzig, siebenundfünfzig, sagt der Typ.

Das zweite Hinterrad rutscht auch sauber vom Gehsteig auf die Straße, und jetzt sind alle vier Räder auf der Straße, und ich sehe, wie Suzy sich darauf vorbereitet, auf die Tube zu drücken, aber erst gleiten wir schön langsam in die Mitte der Bow Street, doch dann läßt Suzy das Lenkrad zurückschnellen und tritt sanft auf das Pedal. Als wir am Pizza Express vorbeikommen, spürt man bereits, wie der Motor zu ziehen beginnt.

Zu unserer Linken ist Brady mit seinen Doggies unter einem Haufen Bullen begraben, ganz wie im Plan.

Sie haben ihre Plastikpistolen abgefeuert und ihre Wasserflaschen zerbrochen, ganz wie im Plan.

Die Straße ist komplett mit Glassplittern übersät, Splitter von den Wasserflaschen, die Brady und seine Doggies hier genau zum richtigen Zeitpunkt zerbrochen haben, ganz wie in dem ach-so-wahnsinnig-klugen Plan eines abgedrehten, vollkommen bescheuerten, armen Wichsers (mir).

Und genau wie uns jetzt die Luft ausgeht, geht sie auch zwei von den Reifen aus, in dem Moment, als wir uns gerade direkt vor dem Pizza-Express befinden und (dank des Plans) von der Hälfte der gesamten Londoner Polizei umgeben sind.

Schöner Plan.

15. Und Suzy nickte einfach

Suzy blieb vollkommen cool, sie ging langsam vom Pedal und warf mir nur einen kurzen Blick zu und konzentrierte sich dann wieder darauf, die Polizisten nicht zu zerquetschen, die uns weiterwinkten und uns zuriefen, daß wir verschwinden sollten. Wir bogen im Schneckentempo in den Long Acre ein, bummpa-bummpa-bumm, wo die Polizei immer noch damit beschäftigt war, Büroleute und Verkäufer zu evakuieren.

Chicho dankte den Polizisten laut und zeigte auf Suzy, als wäre es alles ihre Schuld, was könne da ein Mann auch tun? Und der Typ saß da mit seinen Händen über dem Schoß, um die Knarre zu verdecken, und grinste und murmelte vor sich hin wie der Papst beim Rosenkranz beten, aber in Wahrheit zählte er siebzig, einundsiebzig, zweiundsiebzig, und ich saß auf dem Sack voll Geld und hätte mir am liebsten die Gedärme aus dem Leib geschissen und wünschte mir von ganzem Herzen, ein Buchhalter zu sein.

– Eine Minute dreißig, sagte der Typ.

– Oh, Scheiße, sagte ich. – Wo sollten wir jetzt sein?

– Mindestens am Ende von Long Acre, sagte Suzy. – Außer Sichtweite, wenigstens das.

– Heilige Mutter Gottes, sagte Chicho.

– Wenn wir durch die Absperrung kommen, bevor Fred rauskommt, haben wir vielleicht noch eine Chance, sagte ich.

Nur krochen wir immer noch zwischen den gepanzerten Autos den Long Acre runter und kamen an der U-Bahnstation vorbei, als Suzy neben mir in den Außenspiegel blickte und sagte, ohne sich umzudrehen:

– Zwei Minuten vor zehn. Scheiße.

Ich drehte mich um und sah den Long Acre hinauf, und tatsächlich: Plötzlich gab es eine Gegenbewegung in den

Polizeimassen, ein gepanzerter Landrover bog in die Bow Street ab.

– Sie haben Fred entdeckt, sagte ich.

– Dann lebt er wenigstens noch, sagte Suzy.

– Gut geschossen, sagte der Typ.

– Is sehr schlecht für uns, sagte Chicho.

Die Felgen fraßen sich mittlerweile in den Asphalt. Wir waren nun an der Absperrung auf der halben Höhe des Long Acre. Sie winkten uns durch. Aber vor uns lag immer noch der Rest der langen Straße und eine schaulustige Menschenmenge. Dazu wimmelte es von Polizisten, die versuchten, die Leute zu vertreiben beziehungsweise aufzuhalten.

– Wie schnell kommen wir voran?, fragte ich Suzy, ohne mich nach vorne zu lehnen.

– Nicht schnell genug. Wir haben wahrscheinlich noch dreißig Sekunden, bis sie es kapieren, vielleicht noch ein bißchen mehr bei all dem Durcheinander hier. Bis zum Leicester Square schaffen wir es jedenfalls nicht, bevor sie die Fahndung durchgeben.

– Kommt drauf an, was für eine Fahndung sie ausrufen, sagte der Typ. – Halt an, sobald du kannst. An irgendeiner Seitenstraße. Hier.

Und Suzy hielt an. Sie tat einfach, was er sagte, einfach so, sie steuerte den Wagen durch die Menschenmenge hindurch an den Straßenrand und hielt direkt vor diesem Geschäft, wo oben so ein Waldhorn herausragt, Paxman's heißt es. Sie fuhr so dicht neben den Fußgängern entlang, daß diese sie schon für einige Sekunden böse anschauten, aber dann drehten sie ihre Köpfe und Kameras zurück in Richtung Long Acre, damit sie das Hollywoodsche Pyrotechnik-Spektakel nicht verpaßten, das jetzt bald, wie sie wußten, einfach kommen mußte.

– Steigt aus, sagte der Typ. – Schön langsam, verschwindet in der Masse, nicht drängen, verschmelzt einfach nur mit den anderen. Ach, übrigens (sagte er zu mir mit seinem bleichen Blick), wenn ich glauben würde, ich würde Suzy wiederkriegen, indem ich dich umlege, dann würde ich es jetzt tun. Peng. Aber das funktioniert nicht, also lasse ich es. Zu spät. Ganz schön übel, was?

Suzy schaute ihn an, als wisse sie, was er jetzt gleich tun würde, und als habe es nicht wirklich etwas mit ihnen beiden zu tun, sondern als läge es an der Welt an sich, als sei es die einzige Handlungsmöglichkeit, und sie stimmte zu mit der Frage:

– Bist du dir sicher? fragte sie.

– Ich bin dir was schuldig, Prinzessin, sagte er.

Und Suzy nickte einfach.

Also stiegen wir alle aus, und ich schwang den Geldsack über die Schulter, als wäre es ein Sack mit schmutziger Wäsche.

– Sie können hier nicht parken, verdammt! schrie ein Bulle, während er gleichzeitig noch in sein Funkgerät sprach und andere Leute anbrüllte.

– Schauen Sie sich die verdammten Reifen an! rief ich. – Sie haben uns gerade erst hier hergeschickt. Entscheiden Sie sich endlich mal!

– Vorsicht! wies er mich zurecht und widmete sich wieder seinem Funkgerät.

Chicho bahnte uns den Weg durch die Menge. Alle machten Platz für einen Gefangenenwagen, in dem jetzt wohl Brady sitzen mußte. Als wir ein Stück weit in die Masse eingetaucht waren und in die Seitenstraße bei dem Geschäft mit dem Waldhorn einbogen, riskierte ich einen Blick zurück und sah folgendes:

Der Typ stand mitten auf der Straße und schaute den Long Acre runter. Ich stand auf Zehenspitzen und guckte in dieselbe Richtung wie er und alle anderen, und ich sah Polizisten, die sich umschauten, da und dort hinzeigten, in ihre Funkgeräte sprachen und sich schließlich zu dem weißen Mercedes mit Heckflossen umdrehten.

Und dann ging der Typ einfach in lockerem Schritt zum nächsten Obermackerbullen, riß mit einem Schwung seinen Mantel auf und zog die Knarre raus. Der Schalldämpfer war jetzt weg, und man konnte selbst aus der Ferne seine Hand zittern sehen. Er feuerte einen Schuß in die Motorhaube des nächstgelegenen Bullenautos, Boiiing!, und alle duckten sich und schrien und versuchten wegzukommen. Dann drückte er dem Bullen die Knarre an den Hinterkopf, klemmte ihm mit dem linken Arm den Kopf ein und zerrte ihn in die Mitte der Straße, in Richtung der Absperrung, also in Richtung Bow Street. Eine Reihe Polizisten sprang ihm hinterher, sprang aber auch gleich wieder zurück, als sie sahen, was er neben ihrem Kommissar auch noch in der Hand hatte. Der Kommissar verharrte in tapferer Alarmbereitschaft, machte sich vernünftigerweise aber doch auch schlaff. Alle anderen brüllten und rannten herum, während der Typ mit einer blechernen Stimme schrie:

– Zurück oder ich leg ihn um!!

Zurück oder ich leg ihn um!!

Zurück oder ich leg ihn um!!...

Wir mußten nicht einmal rennen, denn die Menschenmenge trug uns fast bis zu Seven Dials.

Als wir uns dort dann aus der Masse herausschälten, war Suzy bereits die Perücke losgeworden und hatte einen rosafarbenen Gummimantel aus ihrer Handtasche gezogen und übergeworfen. Chicho gab mir seine Sonnenbrille, und wir trennten uns. Ich wanderte in Ruhe mit dem millionenschweren Wäschesack auf dem Rücken die Charing Cross Road entlang, bog scheinbar ziellos in die Old Tottenham Court Road ein und befand mich bald im unterirdischen Parkhaus in der Nähe des Britischen Museums. Dort war Suzys schrecklicher, alter Automatik-Mini geparkt. Ursprünglich hatten wir geplant, an diesem Ort die Wagen zu wechseln, aber nun lud ich da einfach den Wäschesack ab. Ich hatte mich so daran gewöhnt zu tun, als enthalte er nur Wäsche, daß ich es inzwischen selbst glaubte und ich ihn einfach mit einem Schwung auf den Rücksitz warf. Eine Menge Geldbündel fiel heraus, und ich mußte in das Auto klettern und alle wieder in den Sack stecken. Danach schloß ich den Wagen ab und ging.

Das Geld einfach in einem Parkhaus mitten in London zurücklassen?

So sicher wie eine Bank.

Jeder redet über Autodiebstahl, zum Teufel, was erwartest du eigentlich, wenn du ein Auto auf der Straße parkst, das fünfmal mehr wert ist als das Jahresgehalt deines Nachbarn? Du glaubst wirklich, daß es morgen noch da ist? Von welchem Planeten kommst du eigentlich? Vom Planeten »Himmel der Mittelschicht«, natürlich. Kriminalität ist bloß nur das Werkzeug der Natur für den Ausgleich von Gehaltsunterschieden. Wenn du deine Stimme für die Gehaltsunterschiede abgibst, dann bekommst du auch die Kriminalität mitgeliefert. Aber wer auf dieser Welt wird schon einen abstoßenden, alten Automatik-Mini klauen? Ein professioneller Dieb? Nein, denn er ist keinen Scheißdreck wert. Ein Joyrider? Hör zu, welcher Joyrider würde einen gesellschaftlichen Alptraum riskieren und in Joyrider City mit einem furchtbaren, alten Automatik-Mini auftauchen? Ein auf Autoradios spezialisierter Dieb? Nein, denn Suzy hat sowohl das Autoradio als auch die Lautsprecher herausmontiert, und jeder kann die Löcher sehen, wo vorher die Lautsprecher waren. Außerdem ist das Parkhaus voller schöner BMWs und Volvos. Man könnte hier im Kofferraum von Suzys Auto die Kronjuwelen über Nacht liegen lassen, fünf Minuten sind da überhaupt kein Thema.

Und davon abgesehen kamen Suzy und Chicho in dem Moment in das Parkhaus, als ich wieder ins Tageslicht hinaustrat. Sie sahen mich nicht oder taten einfach genau das Richtige und gaben vor, mich nicht zu sehen. Ich machte es genauso und ging für die nächsten zwanzig Minuten ins Britische Museum und schaute mir das Gold und die Juwelen an, die man zweitausend Jahre vor Christus mit irgendeinem Hauptmann begraben hatte. Das sollte mich daran erinnern, daß nichts von wirklich großer Bedeutung war. Aber es führte dazu, daß ich plötzlich ganz starkes Verlangen danach hatte, Suzy zu sehen – ich hätte beinahe mitten im Britischen Museum zu weinen angefangen, und so ging ich nach Hause und wartete darauf, daß sie vorbeikam, genau wie im Plan, und wartete darauf, daß mein Gehirn sich wieder beruhigte und aufhörte, immer wieder die Worte zu wiederholen: Ja, Scheiße, und?

Eigentlich hätte sich alles verändern sollen. So wie wenn man das Rauchen aufgibt; jeder hat so lange davon geschwärmt, daß du glaubst: WENN ICH AUFHÖRE, WIRD ALLES ANDERS. Und dabei bleibt alles gleich, der Job ist immer noch Scheiße, und du steckst immer noch voller Angst und Begierde... nur rauchst du eben nicht mehr. Oder als man sechszehn war und alle so lange übers Bumsen redeten, daß du irgendwann dachtest, Bumsen ist wie Sterben und dann als MANN wieder auferstehen. So fühlte ich mich jetzt. Ich hatte es getan, ich hatte die Tür eingetreten, und alles, was ich da drinnen fand, waren Bilder von mir DAVOR und DANACH, aber sie waren alle identisch.

Ich saß einfach da und war einfach immer noch nur ich selbst.

Irgendwann stand ich dann auf und ging zu dem Telefonhäuschen in der Goldhawk Road, ganz und gar nicht wie im Plan vorgesehen.

Und dreimal darfst du raten, was dann passierte!

Der Anrufbeantworter war dran.

Und jetzt darfst du dreimal raten, wie ich mich dann fühlte!

16. Das kollektive Unbewußte im Zeitalter des Autos

Diese Bierflaschen waren Bradys Rettung.

So wie sich die Dinge entwickelten, biß sich die Polizei genau daran fest. Sie wußten, daß es zwischen Brady und uns eine Verbindung gab, nur daß es eigentlich keine geben konnte, denn der einzige, von dem sie beweisen konnten, daß er zur Gang gehörte, war der Typ, und Brady hatte keinen blassen Schimmer, wer dieser Typ denn nun war, der Typ selbst wiederum hatte noch nie von Brady gehört, und so sagten beide schlichtweg die Wahrheit. Als die Polizei gerissenerweise ein zufälliges Aufeinandertreffen der beiden auf der Toilette inszenierte und filmte und dann den Film sorgfältig untersuchte, mußten sie feststellen, daß die beiden eindeutig die Wahrheit sagten, daß sie sich wirklich nie vorher gesehen hatten. Das verunsicherte die Polizei zutiefst und erschütterte ihre Überzeugung, daß sie diesen Fall knacken würde.

Zunächst hatte Brady so stur auf den Plan vertraut, daß er dachte, die Zeitungsberichte über die Schießereien seien nur fingiert worden, um ihn hinters Licht zu führen. Später glaubte er dann an ihre Richtigkeit, aber das half der Polizei auch nicht, denn Brady war dermaßen sauer auf mich, daß ich ihm nicht den ganzen Plan anvertraut hatte, daß er nur darauf aus war, so verdammt schnell wie möglich herauszukommen und mir die Zähne einzuschlagen. Er war keineswegs scharf darauf, für ein paar Jahre hinter Gitter zu kommen, und blieb einfach vollkommen stumm. Natürlich versuchte es die Polizei mit anderen Mitteln: Sie ließen das Licht brennen und weckten ihn zu jeder beliebigen Zeit und so weiter, aber Brady hat die ersten zwanzig Jahre seines Lebens damit verbracht, auf endlose, leere Felder in Roscommon zu starren und morgens um drei Uhr in den Regen gejagt zu werden, um mutierende Kühe auf die Welt zu bringen oder so. Für ihn war das alles nur ein lächerliches Schauspiel, daher versuchten sie dann einfach die Wahrheit auf die gute alte Weise direkt aus ihm herauszuprügeln, doch Brady macht sich nichts aus physischem Schmerz. Ich glaube zwar, daß er ihn fühlt, er MUSS ja irgendeine Art primitiven Nervensystems haben, aber er macht sich einfach nichts daraus. Ich habe früher bereits halbernste Kämpfe mit ihm ausgetragen, und ich weiß, wenn es wirklich ernst würde, würde man nie gewinnen, indem man ihm Schmerzen zufügt. Man muß ihn mit denselben Mitteln bezwingen wie ein großes Insekt, indem man nämlich einen großen und essentiellen beweglichen Teil aus ihm entfernt. Wie auch immer, Brady ließ einfach die Prügel über sich ergehen, stand auf und sagte: Sind Sie fertig, meine Herren? Und dann gab die Polizei auf, denn weiter konnten sie nicht gehen, ohne ihn ernsthaft und sichtbar fertigzumachen, und die Tage, wo sie das tun konnten, sind Gott sei Dank vorbei, vor allem nachdem die halbe Welt Brady in seinem Doggie-Anzug und mit seiner Plastikpistole im Fernsehen gesehen hat, wie er rumlief, als wäre er gerade auf dem Weg, den Nobelpreis für die Personifizierung von Plastikschwänzen entgegenzunehmen.

Also versteifte sich Bradys Anwalt auf die These, daß Brady nur verhaftet worden wäre, weil er Ire sei und die Polizei eben mal wieder einen Rotschopf aus der Arbeiterklasse fertigmachen wollte. Er führte alle möglichen Beweise an, die deutlich machten, daß Brady lediglich ein abgedrehter, verlorener Filmfanatiker war, der bekannterweise in seinem traurigen Phantasie-Outfit in der U-Bahn umherfuhr. Es sei einfach mit Brady durchgegangen, als es für einen Moment so aussah, als würde alles Wirklichkeit werden.

Aber der entscheidende Schlag gelang dem Mr. Klugscheißer-Anwalt, als er fragte, wie zum Teufel die Polizei glauben könne, Brady sei Teil eines groß angelegten Plans, wenn es doch SEINE Bierflaschen waren, die das Fluchtauto unbrauchbar gemacht hatten? Welcher unglaublich bedauernswerte Trottel von Terrorist hätte das wohl in seinen meisterhaften Plan eingebaut? Angeblich brach die Jury bei dieser Frage in lautes Lachen aus.

Sehr witzig.

Dieses ungeplante Dahinschleichen auf Long Acre hatte zur Folge, daß es ziemlich unangenehme Videoaufnahmen von uns gab.

Chicho hatte damit keine Probleme, denn wer würde in London wohl die Augen nach irgendeinem fetten, alten Südländer aufsperren? Mehr konnte man in seinem Fall nicht auf den Bildern erkennen. Wenn Engländer zwischen Italienern, Franzosen, Spaniern, Portugiesen, Griechen, Türken und Arabern zu unterscheiden wüßten, hätte es für ihn schwierig sein können. So wie es sich verhielt, brauchte er sich nur in den Hinterhof im Café eines Freundes unten bei Victoria zu verziehen. Es sieht aus wie jedes x-beliebige, krebserzeugende Café, aber wenn man davon weiß und auf Spanisch danach fragen kann, kommt man durch die Hintertür in diesen kleinen Garten, in dem an zwei Tischen unter Sonnenschirmen lauter schweigende spanische Männer sitzen, die Karten spielen und Wein trinken. Hübsch. Sicher.

Suzy war außer Gefahr, da die Aufnahmen lediglich irgendeine Frau mit riesiger, blonder Perücke und einem Haufen Make-up zeigten. Suzy mußte lediglich die Perücke loswerden, sich abschminken und wieder sie selbst sein. Damit war sie eine andere Frau und außer Gefahr, und sie hätte in einen Raum voller Fahndungsposter marschieren können, niemand hätte sie auch nur zweimal angeschaut.

Natürlich mußte sie eine Zeitlang darauf verzichten, überall ihren flachen Bauch zur Schau zu stellen, da die Bullen das natürlich bemerkt hatten, so was entging den Jungs vom Crown-Court nicht. Also mußte sie ihn verstecken. Ein Schlag für Suzy, ohne Zweifel, aber sie nahm es gut auf, sie zog einfach in diesem Jahr ihre dicken Winterpullover ein wenig früher an.

Als ich mich im Fernsehen sah, fühlte ich mich wie ein Hund mit zwei Schwänzen: Ich sah überhaupt nicht aus, als hätte ich eine Glatze!

Im Ernst: Ich mußte mich ziemlich still verhalten. Ich sehe so normal aus, daß die Leute genauer hinschauen, um zu sehen, wie ich wirklich aussehe. Sie legen Typen wie mich nicht einfach unter BLONDES FLITTCHEN oder REICHER SÜDLÄNDER ab.

Ich mußte natürlich raus, um meine Geschäfte zu erledigen. Ich bezahlte umgehend Mr. Supaservice für seine Dienste, und einige Tage später ging ich runter zur Hammersmith Bridge mit einer Tesco-Einkaufstüte, gefüllt mit £ 200.000. Ich hatte die ganze Zeit die Wahnvorstellung, daß ich überfahren werden und querschnittsgelähmt mit diesem Sack voll Geld aufgelesen würde. Ich raste über die Straße wie ein armer Teufel, der in Sarajevo Brot besorgen ging, aber ich kam ohne Probleme an und wartete einfach, während ich auf den Fluß schaute und eine Zigarette rauchte. Als ich zwei Stimmen näherkommen hörte, drehte ich mich auch nicht um. Sie sagten:

– Yeah, sicher, richtig, ich verstehe, klar, und ist es nicht gerade DAS Geschäft, ich meine, yeah, nein, nehmen wir einfach einen Moment lang an, daß Stalin nicht einfach nur irre geworden ist, ja? Ist das in Ordnung?

– Mmmmmm.

– Genau, genau, genau. Und vielleicht ist es ja gerade der Kampf um die Herrschaft über die Produktionskräfte, der in der UdSSR die genuine Präsenz reaktionärer Elemente involvierte, die als Modernismus im Gewand der Technokraten von Magnetogorsk auftraten, ja? Wollen wir diese Idee ins Meer werfen und sehen, ob die Flut sie trägt?

– Mmmmmm.

Es kam mir nie in den Sinn, daß ich mich vielleicht vor einem Messer hätte in acht nehmen sollen oder so. Das war auch in Ordnung, da ja nichts in der Richtung passierte, die Schritte hielten kaum inne, es wurde einfach nur der Geldsack neben mir weggezogen, und Stimme Nr. 1 sagte:

– Na, der Alte!, und weg waren sie.

Auf dem Weg nach Hause ertappte ich mich plötzlich bei folgendem Gedanken:

– Jetzt ist es in Ordnung, jetzt kann ich in Ruhe überfahren werden!, und so beschloß ich, daß ich mich zu Hause sofort hinlegen würde.

Zu Hause zwang ich mich, mich normal zu verhalten.

Ich ging zu Bob und meiner großen Schwester zum Abendessen und achtete darauf, wie immer in letzter Zeit über Geld und Jobs zu jammern, und ich nickte und hörte zu, wenn Bob mir wieder einmal erzählte, daß ich mich immer noch zum Anwalt oder Buchhalter umschulen lassen könnte oder so, wenn ich nur wirklich wollte. Er fing sogar an, selbst an seine Worte zu glauben, während er vom Rotwein leicht rosa anlief, er war einfach darauf aus, mich und sich für den Himmel der Mittelschicht zu retten. Dabei dachte ich die ganze Zeit nur: MONEY MONEY MONEY AIN'T IT FUNNY und daß ich inzwischen gar nicht mehr ein solches Haus haben wollte.

Nach all diesen Monaten des mörderischen Neids hatte ich jetzt plötzlich die Schlüssel für den Himmel der Mittelschicht in der Hand und stellte fest, daß ich gar nicht mehr eintreten wollte.

Ich ging zurück in meine Hütte, hob eine Bohle hoch und starrte auf den großen Berg Geld, den mir Chicho am Tag nach dem Job vorbeigebracht hatte, und dachte:

Vielleicht ist es so, daß die Dinge, die du tun mußt, um das zu kriegen, was du willst, das verändern, was du willst?

Ich traf mich nicht mit Suzy.

Ich hörte nichts von Suzy.

Außer ihrer Stimme auf ihrem Anrufbeantworter.

Ich quasselte zwei Wochen lang ihre Kassette voll. Ich rief sie an, nur um ihre Stimme sagen zu hören, daß niemand da war. Ich erfand phantastische Geschichten, um mir zu erklären, warum sie mich nicht zurückgerufen hatte. Immer wenn ich zu dem Haus meiner großen Schwester aufschaute und sah, daß Bob am Telefon war, begann ich, wild umherzugehen und zu knurren LEGVERDAMMTNOCHMALAUFDUARSCH, denn es konnte ja sein, daß Suzy anrufen wollte und die Leitung dann seinetwegen besetzt war. Ich entschied, daß sie wohl einfach untergetaucht war, daß sie verschwunden war.

Aber dann kam dieser Bericht in den Nachrichten, wie eine Gruppe harter Mädels mit Videokameras ganz Soho zum Stillstand gebracht hatte. Jedesmal, wenn einer von diesen Schlägertypen der Pornobarone auftauchte, waren plötzlich auch diese Riesen in Jogginganzügen und mit Funkgeräten da und sagten ihnen ins Gesicht, daß sie, wenn sie die Mädchen auch nur anfaßten, ihre Köpfe in der Themse wiederfinden könnten. Der Boß dieser Riesen trat im Fernsehen auf in seinem strahlendweißen, gebügelten Jogginganzug, ein großer Schwarzer, dessen Jacke den Aufdruck SICHERHEIT FÜR DAS VOLK 081-777-7777 trug, und er sagte:

– Schauen Sie, mein Bester, ich kann Ihnen nicht sagen, wer uns engagiert hat, weil ich es selbst nicht weiß. Anonyme Dame, Barzahlung per Post und so weiter. Gut, es gab ja keine Gewalt, oder? Na? Na also. Und das war auch ein verdammtes Glück für die anderen!

Barrington-Charrington, natürlich.

Suzy, natürlich.

Also mußte ich mir eingestehen, daß sie immer noch in der Stadt war und daß sie meine Anrufe einfach nicht beantwortete, weil sie nicht wollte.

Deprimierend?

Ohhhhhh, nein. Keineswegs.

Ich steckte bereits so tief drin, ich war bereits so tief in der Hölle, daß es mir tatsächlich lieber war, wenn sie mich nicht sehen WOLLTE, als daß sie einfach weg war. Man kann ja versuchen, den Willen von jemandem zu ändern, mit ein bißchen Glück jedenfalls, aber man hat keinen Einfluß darauf, ob jemand DA ist oder nicht. Als ich kapierte, daß sie mich einfach nicht sehen wollte, war ich zutiefst erfreut und beschloß, daß ich sie einfach schnell treffen und sie umstimmen mußte, bevor das WIR nur noch Vergangenheit war und sie eine neue Geschichte angefangen hätte.

Und so machte ich eines Nachts, so etwa drei Wochen nach dem Ding, etwas vollkommen Trauriges und Dummes: Ich rasierte mein Haar komplett ab, kaufte eine Sonnenbrille und hing einen halben Abend lang in *Filthy MacNasty's* rum für den Fall, daß Suzy dort auftauchen würde.

Gott sei Dank kreuzte sie nicht auf und sah mich, wie ich dort rumhing und alles aus reiner, jämmerlicher Ungeduld heraus zu versauen drohte. Jämmerlich deswegen, weil alle Ungeduld jämmerlich ist. Wenn du ungeduldig bist, bedeutet das, daß du der Zukunft nicht vertraust. Du hast Angst, das Boot zu verpassen. Man kann so sehr Angst davor haben, etwas zu verlieren, daß man es gar nicht erst bekommt.

Was sind die drei entscheidenden Unterschiede zwischen einem Supermodel und einem Playboy-Mädchen? Geduld, Geduld und Geduld.

Noch Tage danach lag ich in meiner Hütte, zitterte und fühlte mich krank und dachte daran, wieviele Leute mich möglicherweise gesehen hatten. Ich glaubte sogar allmählich, daß der glatzköpfige Mann in dem Wohnklo gegenüber alles geschnallt hatte und er jetzt nur noch seine Modellflugzeuge baute, um mich zu täuschen (zur Zeit arbeitete er an einem großen Doppeldecker), damit ich nicht merkte, daß er alles wußte. Ich begann mir vorzustellen, wie ich mich zu ihm schleichen und den Dreckskerl mit einer Axt abschlachten würde, egal, ob jemand das mitkriegte. Oder wie ich ihm einfach zur U-Bahn folge und ihn auf die Gleise stoße. Eines Abends erwischte ich mich dabei, wie ich das alles im Detail plante.

Ich beschloß, daß ich dringend eine Hirnabkühlung brauchte, und wählte Greek Teds Handynummer. Ich sagte, daß ich nur für heute abend den besten Platz im ersten Rang haben wollte.

Greek Ted ist ein Dealer der Spitzenklasse, der (natürlich) einen weißen Mercedes fährt. Es war sein Wagen, der mir die Idee für das Fluchtauto gebracht hatte. Mit dem ersten Rang hatte ich ihm zu verstehen gegeben, daß ich ein einziges Mal eine Portion von seinem persönlichen Exklusivstoff haben wollte. Ich fragte ihn auch, ob er Suzy gesehen hatte, aber er verneinte. Als ich auflegte, war mir klar, daß ich SIE wollte und nicht die Droge, aber Selbsterkenntnis hat noch nie wirklich zur Besserung geführt, und so ging ich an diesem Abend in die Wohnung von Greek Ted, einem Himmel für geschmacklose Designer. Ich gab das Geld seinem Aufpasser, einem breit gebauten Typen, dem eine Fettwulst über den Hemdkragen quoll, und wartete zusammen mit diesem Typen Patch, einem zitternden Wrack aus der unteren Mittelschicht, auf meinen Schuß. Wir saßen da, wie zwei Typen in einem Zug, die sich oberflächlich kennengelernt haben und jetzt wünschen, daß sie sich nie getroffen hätten.

Greek Ted stand am Becken und bereitete den Stoff zu, als er plötzlich zu mir sagte, ohne sich zu mir umzudrehen:

– Komischer Zufall, Mr. Denver, daß du mich fragst, ob ich Suzy, die schwarze Witwe, gesehen hätte. Wußtest du, daß ich bei ihr an der Reihe gewesen wäre?

– Nee, sagte ich.

Dann drehte er sich um:

– Es war eine Abmachung, verstehst du? Ich habe ihr guten Stoff zu einem stark reduzierten Preis gegeben. Ich war an der Reihe. Kapiert? Es war eine verdammte Abmachung, so gut wie jedenfalls, und sie hat mir noch nicht einmal einen geblasen, und dann kam irgendein Schwanzlecker an die Reihe. Irgendein Wichser. Ha. Wir benutzen mein eigenes, persönliches Besteck, in Ordnung, Mr. Denver?

Und damit nahm er diese große, echt silberne Spritze aus einem Designer-Sterilisierer, nahm eine nagelneue Nadel aus der Verpackung, schraubte sie auf und begann, sie aufzuziehen.

– Reicht für zwei, sagte Greek Ted. Mr. Patch zitterte jetzt noch stärker. Greek Ted lachte, ha, ha.

– Ich komme zuerst dran, sagte ich.

– Ganz in meinem Sinne, Mr. Denver. Du zuerst. Der Eintagsausflügler kommt zuerst dran, ha, ha. Patch macht es nichts aus, stimmt's Patch? Patch ist nicht auf einem Tagesausflug, Patch ist auf dem Dauertrip, nicht wahr, Patchy? Patch hat sowieso kein Blut mehr in seinen Adern, Mr. Denver. Sein Herz pumpt nur noch den reinen Stoff durch die Gegend, ha, ha. Nun, hier kommt das Zeug, meine Herren, ist garantiert das beste auf dem Markt.

Ich hatte meinen Arm schon aufgepumpt, Greek Ted nahm ihn und rieb meine Armbeuge wie eine Krankenschwester, stach die Spritze ein und zog den Kolben nur gerade so weit zurück, daß etwas Blut hineinlief. Gerade als ich meine Augen geschlossen hatte und darauf wartete, wie das Sonnenlicht meinen Kopf durchfluten würde, sagte er:

– Na, wo ist Suzy?

Ich schaute herunter: Die Nadel steckte immer noch drin, die Spritze war immer noch voll, dünne Fäden meines Bluts durchzogen die trübe Flüssigkeit. Greek Teds dicke, fette Hand hielt immer noch meinen Arm am Ellenbogen fest, und sein Daumen war immer noch am Drücker. Ich blickte auf meinen Arm und die Nadel, die dort drinsteckte, und sah, wie das Blut langsam aus dem Loch in die Nadel kroch. Es war, als wäre es der Arm eines anderen, und ich sah auf seinen Daumen, der ein ganz klein bißchen weiß war, durch den Druck, der auf ihn ausgeübt wurde. Dann merkte ich, daß der Aufpasser von Greek Ted hinter mir stand.

– Reicht für zwei, sagte Greek Ted. – Ha, ha, das ist zweimal mehr, als einer allein verträgt, Mr. Denver, ha, ha. Suzy ist mir was schuldig. Wo ist sie? Hast du sie gebumst? Wenn du sie gebumst hast, bist du mir auch was schuldig, verstanden? Wo ist sie? Ich brauch nur ein bißchen zu lang zu drücken, und dein Tagestrip dauert bis in die Ewigkeit.

Er hatte vor Lust seine Zunge zwischen die Zähne geklemmt, er geilte sich gerade an dem reinsten Rauschmittel auf, das es auf der Welt gibt: Macht.

Aber zu meiner Überraschung war es mir vollkommen egal. Und das überraschte ihn ebenso. Er schaute mir in die Augen, als suchte er nach jemandem, den er nur so zum Spaß fertigmachen könnte, aber er fand nur einen, der ihm sagte: Mach doch.

Also tat er es natürlich nicht. Statt eines kurzfristigen Machtgewinns wählte er die dauerhafte Geschäftsbeziehung, nickte einfach nur und drückte die Spritze genau bis zur Hälfte. Beim dritten Herzschlag füllte sich mein Kopf mit einem durchdringenden Geräusch wie dem von einer langsam zurückschlagenden Welle auf einem langen, einsamen Kiesstrand, und die chemischen Engel hoben mich sanft nach oben. Er zog die Nadel heraus und gab die Spritze, ohne hinzusehen, an Mr. Patch weiter, der sie sich gierig griff und dabei ein Geräusch zwischen einem Seufzer und einem Japsen von sich gab, wie ein Fallschirmspringer, der in letzter Minute noch das Auslöseseil findet.

– Auf Wiedersehen, Mr. Denver, sagte Greek Ted, als ich ging.

Anstatt verrückt zu werden, nahm ich also Urlaub. Zum Teufel, manchmal ist es besser, dazubleiben und zu kämpfen, und manchmal ist es angesagt, für einige Zeit abzuhauen. Manchmal muß man ein paar Schritte zurücktreten, um Atem zu schöpfen und einen guten Anlauf zu nehmen.

Von Mr. Supaservice bekam ich einen netten kleinen Japaner mit einem halblegalen Kennzeichen (er gab ihn mir kostenlos, wie das jeder gute Geschäftsmann tun würde, nachdem man sich als sicherer und profitabler Kunde erwiesen hat), und ich fuhr damit nach Schottland. Ich wanderte dort hysterisch durch die Berge, setzte mich an die Seen und beobachtete die Sonne, wie sie durch die hohen, schnell dahinziehenden Wolken brach. Das Licht glitt so schnell durch die Heide und das dunkle Gras, daß es fast so aussah, als würden grüne und gelbe Suchscheinwerfer die Berge durchforsten, aber ich wußte, daß man nicht nach mir suchte.

Immer wenn ich jemanden traf, der mich fragte, was ich so trieb, sagte ich einfach nur, daß ich London verlassen hatte, da es ja nur ein Haufen von Yuppie-Scheiße sei. So etwas kommt überall außer im Südosten Großbritanniens hervorragend an, und somit auch hier. Hier und da traf ich normale Leute und führte normale Unterhaltungen, und in einem kleinen Dorf namens Kinghorn traf ich sogar ein halbwegs normales Mädchen. Sie war eines der Mädels aus dem Ort, das bereits angefangen hatte, sich umzusehen. Sie wollte mehr, als ihr hier geboten werden konnte, sie fühlte bereits den Pulsschlag der Fremde, das süße Lied von King's Cross lockte sie in die Ferne. Wir trafen uns, nachdem sie ihre Arbeit in der Kneipe beendet hatte, ich saß auf einer Bank und aß Kartoffelchips und einen dieser wurstförmigen Fische, die sie dort oben verkaufen, mmmmm, und nach einer Weile sagte ich: Hör zu, ich versuche gerade, dieses andere schottische Mädchen zu vergessen, ich tauge zur Zeit für niemanden und ganz besonders nicht für dich. Und darauf sagte sie: Na ja, ich habe es bisher noch nie getan, und wer sagt, daß es für ewig sein muß? Also war das geregelt. Ich war durchaus dankbar, mit jemandem bumsen zu dürfen, aber ich wünschte dauernd, es sei Suzy, und sie merkte das. War auch nicht schwer, sie wurde auch wütend, obwohl ich sie gewarnt hatte. Ich sagte ihr, sie könne mich ja in London besuchen, und schließlich fuhr sie mit mir runter, aber sie war überhaupt nicht beeindruckt, als sie herausfand, daß meine Hütte wirklich eine Hütte war und nicht nur eine Metapher. Damit war es schnell vorbei, sie nahm die Chance wahr und trennte sich von mir, statt umgekehrt. Derjenige, der Schluß macht, fühlt sich immer ein bißchen besser, und ich tat so, als wäre ich verletzt, was mir nicht schwerfiel, da ich wirklich verletzt war, aber nicht ihretwegen, sondern nur im allgemeinen.

In Wahrheit hatte auch ich selbst die Schnauze von meiner Hütte voll, ich hatte mir Wohnungen mit hohen Fenstern und Gärten und so weiter in Shepards Bush und in

Notting Hill angesehen, aber hatte nichts gefunden, in dem ich mir ein Leben hätte vorstellen können.

Alles, was ich mir darin vorstellen konnte, war: ich, aber ohne Leben.

Ich fragte mich, ob Brady und Chicho wohl mit ihren in Erfüllung gegangenen Wunschträumen genauso Probleme hatten, aber ich nahm an, daß das nicht der Fall war.

Warum nicht?

Weil sie nach Hause gefunden hatten, darum:

Chicho würde binnen einer Woche die Kaufpapiere für die Hälfte des Holzofenrestaurants seines Halbbruders in Saragossa unterzeichnet haben.

Brady ging im kommenden Monat zu einer Kneipenversteigerung in Mayo.

Sie würden Barkäufer sein.

Schön, ein Barkäufer zu sein.

Schön, nach Hause zu finden.

Fred war auch zu Hause. Er war ein Held in Dalston. Der *Daily Express* sammelte für ihn Geld, und die Verbrechergemeinde, die es besser wußte, stufte ihn hoch von Mr. Muskel zu Mr. Big. Als seine Tochter Jean Leefe plötzlich von einem unbekannten Typen namens Jimmy, der an Aids gestorben war, sechzigtausend Pfund erbte, sah Fred jeden mit seinen durchsichtigen, braunen Augen an und sagte: Armer Jimmy, ich hab den Typen nie kennengelernt, aber angeblich hatte er immer ein Auge auf meine Jean. Die Verbrecher schüttelten nur ihre Köpfe vor lauter Neid und Verehrung.

Noch nie hatte man so viele Malven und Rittersporne bei einer Beerdigung gesehen.

Jimmys Beerdigung war am Tag Zwei von Dais Zyklus, aber Dai brach natürlich die Regel. Er sagte, es sei der Sinn eines Totenmahls und der ganzen Zeremonien, daß man den Job hinschmeißt und sich die Leber ruiniert, es sei einfach ein Zeichen von Respekt, und mehr als das: Es ist ein Zeichen dafür, daß man akzeptiert, daß gelegentlich die Kacke über einen hereinbricht, daß man manche Dinge wirklich für immer verlieren kann und daß keine Lebensversicherung der Welt uns wirklich retten kann. Und daß es jenseits des Lagerfeuers sehr, sehr dunkel und kalt ist und daß alles, was wir haben, nur wir selbst sind.

Und so saßen wir nachher in Filthy MacNasty's und tranken Whisky und Bier, und Dai brachte die Typen dort dazu, daß sie nur dieses eine Mal anstatt ihrem Gedudel Patsy Kline spielten, besten Dank. Und da ich Dai alles erzählen kann, erzählte ich ihm dann alles.

– Was wir alles tun, um diese Freiheitstickets zu bekommen! sagte er am Schluß.

– Freiheitstickets?

– Für dich heißt das Geld, du hirnloser Angelsachse. Ich werde es dir zeigen. Sagen wir, du bist ein Angestellter in einem Reisebüro.

– Bitte sehr, sagte ich.

– Ich trete in dein virtuelles Reisebüro ein. Einen schönen virtuellen Morgen, der Herr.

– Und Ihnen einen ebensolchen zurück in die Fresse, Sir.

– Ich glaube, ja, ich glaube, ich möchte morgen gerne nach Barcelona fliegen, damit ich zum Sitges hinunterspazieren und eisgekühlten Manzanilla Sherry trinken kann, wenn der Abend langsam kühl wird und die Strandjungen in ihren Latexhosen an mir vorbeiparadieren, damit ich mir aussuchen kann, mit wem ich mir später das Hirn aus dem Kopf ficke.

– Ein sehr idyllisches Szenario, mein Herr.

– Wie viele Freiheitstickets wird mich das bitte kosten?

– Äh, ungefähr eintausend.

– Aber so viele habe ich nicht. Ich habe sie weder durch Arbeiten, Betteln, Borgen, Ausbeuten oder Stehlen bekommen können (und das sind schon alle fünf Wege, um sie zu kriegen)!

– Nun, mein Herr, das sieht dann aber recht düster aus, nicht wahr?

– Es scheint fast, als wäre ich nicht frei genug, um nach Barcelona zu fahren, nicht wahr?

– Man könnte tatsächlich diesen Eindruck gewinnen, mein Herr. Sie könnten nach Reading fahren, mein Herr. Man sagt, daß, äh, wie soll ich mich ausdrücken, daß die SZENE dort recht lebendig ist, nach den Standards der Provinz, jedenfalls.

– Ja, ja, ich bin gerade frei genug, um nach Reading zu fahren. Das soll meine Grabinschrift sein. Was mich daran erinnert: Vergeßt nicht, daß ihr sterben müßt!

– Gott schütze mich, Sir, ich hatte es ganz vergessen.

– Also, was wirst du jetzt mit deiner Freiheit anfangen? fragte er, und ich antwortete, daß ich es nicht wirklich wisse, und er sagte: Wenn du nicht weißt, was du mit dir anfangen sollst, dann heißt das, daß du dich nicht kennst. Aber ich tue es, sagte er.

– Wie? Du kennst DICH?

– Das auch. Ich habe festgestellt, mein Lieber, daß du ein völlig außer Kontrolle geratener Fetischist bist. Das mußt du akzeptieren. Was du wirklich in dir drin möchtest, ist, daß du nicht weißt, was als nächstes passiert. Habe ich etwa unrecht?

Ich gab zu, daß er (wie üblich) wahrscheinlich recht hatte. Ich erzählte ihm, daß ich immer wieder träumte, ich sei gerade dabei, mit jemandem, den ich kaum kenne, in ein Auto einzusteigen, um irgendwo hinzufahren, wo ich noch nie war. Es ist jedesmal ein angenehmer Traum, und ich wache auf, und mir ist übel, weil es nicht die Realität ist, obwohl ich keine Ahnung habe, was mir eigentlich abgeht.

– Du trauerst etwas nach, das du nie besessen hast, nickt Dai.

– Ja, sagte ich. – Ziemlich beknackt.

– Na ja, unser einziger Trost ist natürlich, daß es diese monumentale Gerechtigkeit gibt, die besagt, daß es für jeden dasselbe ist, sei er nun Achill oder ein unterdrückter Buchhalter. Das einzige, das wir fürchten müssen, ist das Unvermeidbare. Das ist ein ziemliches Scheiß-Angstobjekt, wenn man bedenkt, daß es unvermeidbar ist. Gott sei Dank, daß morgen Tag Drei ist und die Jungs mich erwarten. Vielleicht wird ab heute jeder Tag ein Tag Drei sein. Ich habe es versucht, ich habe es versucht, aber siehe: Der Mensch plant, und die Götter lachen. Denk daran, gelegentlich eine Postkarte zu schreiben.

– Wie, von Shepards Bush?

– Von wo auch immer du letztendlich landest. Und ansonsten merk dir nur noch eins: Das Leben ist nicht wie dieser recht schöne, aufgemotzte Wagen dort draußen. Man braucht im Leben keine Rückspiegel. Alles, was einem hinterherkommt, sind nur die alten rostigen Teile, die noch irgendwie angebunden sind.

– Was für ein recht schöner, aufgemotzter Wagen? fragte ich, da Dai das mit einem schelmischen Blick gesagt hatte.

– Ah, sagte er und rutschte elegant von seinem Barhocker.

Ich folgte ihm nach draußen. Er schaute nicht zurück, das macht er nie, wenn er sich verabschiedet hat. Dort draußen auf der Straße stand Suzy.

Natürlich.

In schwarzem Leder, natürlich, das Haar streng nach hinten gekämmt und tiefschwarz gefärbt, natürlich. Sie saß in diesem lächerlichen, amerikanischen 50er-Jahre-Schlitten mit Heckflossen. Nicht etwa billige Aufsteckflossen wie bei einem Zuhälter-Mercedes, sondern große Flossen aus Chrom und Stahl und mit Lichtern wie Torpedos. Und neben ihr saß Mr. Supaservice, der vergnügt sein Geld zählte.

- Hi, sagte ich.

- Hi, sagte Suzy.

Eine Pause. Dann blickte Supaservice auf und blinzelte mir zu:

- Hey, keine Angst, Mr. Stark-und-Hart Milkybar. SupaS ist nur hier in die nördliche Tundra gewandert, um Miss Silkyshift zu helfen, dieses alte Kriegsschiff testzufahren. Aber sie hat es schon gefangen und eingesponnen, die Spiderwoman schlägt so schnell zu, wie sie denkt. Hier habt Ihr Eure durch und durch legalen Papiere, Miss Spinerette. Bar oder Scheck?

- Scheck, sagte Suzy.

- In Ordnung! Würde mich freuen, sie wieder als Kundin zu haben.

Und damit sprang er über die Tür und huschte davon.

Noch eine Pause.

- Hübsch, sagte ich.

- Ich dachte, es würde die Polizei gleich doppelt hinters Licht führen, sagte Suzy. - Es ist kaum originell, nicht gerade phantasievoll, aber was ist denn auch schon so toll daran, originell zu sein? Originell heißt nicht automatisch auch gut. Ich mag den Wagen, weil er nicht originell ist. Er ist das Gegenteil von originell, nämlich das kollektive Unbewußte im Zeitalter des Autos. Und ich habe ihn.

- Hat er Automatik? fragte ich, ohne sie anzusehen.

- Haben die alle, sagte sie, ohne mich anzusehen.

– 20 Liter auf hundert Kilometer? (dito)

– Du träumst. (dito) – Ja, ist nicht besonders ökologisch, ich weiß, aber vergiß nicht: Nur, wenn bloß eine Person drinsitzt. Wenn zwei drin sind, dann ist es wirklich nicht schlimmer als ein jämmerlicher Buchhalter, der allein mit seinem beschissenen Granada zur Arbeit fährt.

– Ja. Ja, sagte ich. – Wo bist du gewesen?

– Hier und dort. Habe nur versucht, meine Gedanken zu ordnen. Und du?

– Überall, war damit beschäftigt, nicht den Kopf zu verlieren. Warst du das, die Barrington-Charrington engagiert hat?

– Wen? Ach so – ich dachte er heißt Walsingham-Sandringham oder so.

– Ja, so ähnlich.

– Du kennst ihn?

– Kannte ihn vor Ewigkeiten. Schön zu wissen, wo er steckt. Man weiß nie.

– Man weiß nie was?

– Ich weiß nicht. Ich bin gerade erst dabei, die Trailer in meinem Kopf zum Laufen zu bringen. Der Film kommt entweder, oder er kommt nicht. Wie gehts dem Typen?

– Hm, ich kann wohl schlecht nach Pentonville marschieren und ihn besuchen, oder? Ich nehme an, daß es ihm da drin ganz gut gehen wird.

– Sie werden ihn lieben.

– Vielleicht kühlt er dort ein bißchen ab. Er könnte es gar noch schaffen, seine Pensionierung zu erleben. Und wenn ich dann auch noch lebe, werden wir einfach zwei sehr, sehr alte Freunde sein, die sich einmal beinahe gegenseitig das Leben ruiniert hätten, aber darüber hinweggekommen sind. Man muß quitt sein, dann kann man weitermachen.

– Wohin fährst du?

Suzy zuckte mit den Schultern. Sie nahm dieses Ding aus ihrer Tasche, sie mußte es in dem Moment im Mercedes abgerissen haben, als wir Fersengeld gaben, ich hatte es gar nicht bemerkt, dieses kleine, glänzende Skelett aus rotem und blauem Blech. Sie band es an den Spiegel und stieß es an, so daß es sich drehte:

– Ach, dieser Blechhaufen hier ist nur für lange Strecken geeignet, er ist viel zu groß für London, er braucht Luft zum Atmen.

– Ja, ziemlich schlecht zu parken.

– Eine Katastrophe, selbst mit Servolenkung. Ich glaube, ich sollte eine schön lange Reise mit ihm machen. Ich habe an Berlin gedacht. Nun?

Also wirklich.

T. C. Boyle im dtv

»Aus dem Leben gegriffen und trotzdem unglaublich.«
Barbara Sichtermann

World's End
Roman · dtv 11666
Ein fulminanter Generationenroman um den jungen Amerikaner Walter Van Brunt, seine Freunde und seine holländischen Vorfahren, die sich im 17. Jahrhundert im Tal des Hudson niederließen.

Greasy Lake und andere Geschichten
dtv 11771
Von bösen Buben und politisch nicht einwandfreien Liebesaffären, von Walen und Leihmüttern...

Grün ist die Hoffnung
Roman · dtv 11826
Drei schräge Typen wollen in den Bergen nördlich von San Francisco Marihuana anbauen, um endlich ans große Geld zu kommen.

Wenn der Fluß voll Whisky wär
Erzählungen · dtv 11903
Vom Kochen und von Alarmanlagen, von Fliegenmenschen, mörderischen Adoptivkindern, dem Teufel und der heiligen Jungfrau.

Willkommen in Wellville
Roman
dtv 11998
1907, Battle Creek, Michigan. Im Sanatorium des Dr. Kellogg läßt sich die Oberschicht der USA mit vegetarischer Kost von ihren Zipperlein heilen. Unter ihnen Will Lightbody. Sein einziger Trost: die liebevolle Schwester Irene. Doch Sex hält Dr. Kellogg für die schlimmste Geißel der Menschheit...
Eine Komödie des Herzens und anderer Organe.

Der Samurai von Savannah
Roman
dtv 12009
Ein japanischer Matrose springt vor der Küste Georgias von Bord seines Frachters. Er ahnt nicht, was ihm in Amerika blüht...

Tod durch Ertrinken
Erzählungen
dtv 12329
Wilde, absurde Geschichten mit schwarzem Humor. Geschichten, die das Leben schrieb.